CH005489430

DANS L'OMBRE

Édouard Philippe est nommé Premier ministre le 15 mai 2017. Il a été maire du Havre et député.

Gilles Boyer a écrit deux romans avec Édouard Philippe : *L'Heure de vérité* (Flammarion, 2009) et *Dans l'ombre* (Lattès, 2011). Il est également l'auteur d'*Un monde pour Stella* (Lattès, 2013). Il a été l'un des plus proches collaborateurs d'Alain Juppé pendant plus de quinze ans et son directeur de campagne lors de la primaire présidentielle des Républicains de 2016.

ÉDOUARD PHILIPPE
GILLES BOYER

Dans l'ombre

ROMAN

JC LATTÈS

© Éditions Jean-Claude Lattès, 2011.
ISBN : 978-2-253-16257-5 – 1re publication LGF

« Au plus fort la pouque ! »

Dicton cauchois.

« La politique est presque aussi excitante
que la guerre, et tout aussi dangereuse. »

Winston CHURCHILL.

« Même les paranoïaques peuvent avoir
des ennemis. »

Pierre PONTE.

Prologue

Dimanche 9 mai, Matinée

Je suis un apparatchik.

Je l'ai toujours été. Je ne me suis jamais pris pour un homme politique. Je connais beaucoup de mes pairs qui ont souhaité passer la barrière. Certains ont plutôt bien réussi. Ils ne sont pas nombreux et je ne les aime pas. Dans mon monde, on trouve beaucoup de gens qui sont là pour des raisons qui n'ont pas grand-chose à voir avec leur talent politique : des femmes parce qu'il en faut, des veules parce qu'il y en a, des flatteurs parce qu'ils ne représentent rien, et que rien, en politique, c'est souvent moins dangereux que quelque chose. Tous ceux-là, je fais avec. Mais ceux que je ne peux pas supporter, ce sont les apparatchiks qui se prennent pour des politiques.

Dans mon monde, les politiques et les apparatchiks vivent ensemble. Ni les uns ni les autres ne peuvent survivre seuls. Tous ceux qui se trompent sur la partie du monde à laquelle ils appartiennent sont des désastres vivants.

L'apparatchik, c'est un guerrier qui sert un maître,

un professionnel qui connaît son milieu, qui utilise ses armes, qui pare les coups qu'on veut porter à son patron. C'est un mécanicien, un organisateur, un inspirateur, un souffleur. C'est le bras, l'oreille et, parfois, le cerveau du politique.

Un politique, c'est autre chose. C'est une capacité à incarner, une volonté de projection vers les autres, une empathie animale, une énergie constante. C'est une aptitude à sentir et à toucher les gens, à leur faire comprendre que l'on est à la fois comme eux et différent, capable de les comprendre et pourtant au-dessus d'eux. Un politique ne vit que lorsqu'il est regardé, lorsqu'il est écouté, et lorsqu'il doit convaincre : que sa position est la bonne, que ses idées sont les plus justes, qu'il est le meilleur, ou le plus fort, ou le plus drôle, et qu'il fait la différence. Je n'en connais pas qui se pense inutile. Ou qui conçoive que quelqu'un d'autre ferait mieux. Aussi bien, c'est peu envisageable. Mieux, c'est impossible.

À part être élu, j'ai tout fait. J'ai organisé des déplacements et des meetings, écrit ou corrigé des centaines de discours, participé à des milliers de réunions, passé mon temps à courir la province à la rencontre de Barons installés ou de jeunes coqs impatients de les déloger. J'ai arrangé des coups pour des types que je méprisais et j'ai exécuté d'autres que j'estimais. L'inverse aussi, c'est vrai.

Je connais les joies intenses que procure ce milieu. Les montées d'adrénaline, les rares amitiés fidèles, l'esprit de camaraderie qui se noue entre des gens qui veulent la même chose. Je connais le bonheur des discussions interminables où l'on refait le monde et le sentiment enivrant qui porte tous ceux qui croient décider d'un programme. Je mesure parfaitement l'intérêt que peut présenter la vie aux côtés des puissants, et plus encore lorsqu'on est celui qui leur permet de le devenir ou de le rester.

Je connais aussi les aspects moins réjouissants : les petites trahisons, les compromis baveux, les renoncements pathétiques. Je vis depuis trente ans dans un monde où les gens sont plus méchants et plus retors que la moyenne. J'ai toujours supporté cet aspect du métier parce qu'il est la contrepartie de ce que j'aime.

J'ai commencé dans ce milieu parce que j'aimais la politique, et j'ai continué parce que j'aimais le Patron. Je l'aime toujours d'ailleurs. Vingt-cinq ans de vie commune et de combats souvent violents ont tissé une relation très forte entre nous. Personne ne peut prétendre le connaître aussi bien que moi.

Le Patron est un vrai politique. Un pur. Il a confiance en moi, parce que je n'ai saisi aucune occasion de le trahir. Et pourtant, Dieu sait si j'aurais pu. Certains disent qu'il a besoin de moi, moi qui connais tous ses secrets, moi qui tiens son système. C'est possible, mais je n'en ai jamais profité et je n'en profiterai jamais.

Cela fait vingt-cinq ans que je vis pour qu'il devienne Président. Ses chances sont réelles. Il y a deux ans, personne n'y croyait, sauf peut-être nous autres, ceux du premier cercle. Il y a six mois, j'étais certain de sa réussite.

Aujourd'hui, le jour de l'élection, je ne suis plus sûr de rien. Ni de ses chances, ni de lui, ni de moi.

En deux quinzaines de campagne, le bel édifice politique que j'avais contribué à construire s'est affaissé.

Tout avait commencé à Lille, sous le soleil. Ou peut-être était-ce précisément à Lille, sous le soleil, que tout s'était arrêté.

PREMIÈRE PARTIE

1.

Il faisait beau. Un mois de février exceptionnel. Le soleil partout sur la France, même dans le Nord. Le dérèglement climatique pour une fois béni des Dieux. C'est toujours plus difficile d'expliquer qu'il faut s'inquiéter du réchauffement de la planète quand la fin de l'hiver lillois a des allures de printemps madrilène.

Le Patron effectuait un déplacement délicat et important sur les terres de Marie-France Trémeau, qui avait été sa principale concurrente pour obtenir l'investiture du parti lors de notre « primaire » à l'américaine.

Tous les parlementaires du département, y compris Trémeau, étaient présents au petit déjeuner, enfin tous ceux de notre camp, qui ne sont pas majoritaires par là-bas. Le simple fait qu'ils soient venus, alors que l'année dernière ils s'écharpaient encore et que l'année prochaine ils s'y remettraient sans doute, constituait déjà un beau succès. Les responsables

locaux du parti étaient présents eux aussi, enthou-
siastes et moins blasés. Une réunion en petit comité
avec le Patron, c'était pour chacun d'entre eux
quelque chose de rare qui ferait les beaux jours des
réunions militantes à venir.

Pour une fois, j'accompagnais le Patron, en dépit
de mon profond mépris pour les gens qui aiment le
suivre en déplacement. La fausse complicité du chef
et du collaborateur qui partagent, une nuit, le même
hôtel me fait horreur. Je connais trop les luttes
minables qui peuvent agiter les entourages pour
savoir qui sera dans la voiture du Patron, qui pourra
lui parler un peu plus longtemps, qui se tiendra derrière lui pour récupérer les dossiers qu'on lui fait passer pour profiter de son entregent à Paris.

L'avantage avec le Patron, c'est qu'il ne me demande
jamais de l'accompagner. Si je suis là, c'est bien, et si
je n'y suis pas, c'est bien aussi. Parfois je l'accompagne et il a l'air surpris que je sois là. Souvent je ne
viens pas et, au retour, il a l'air tout aussi surpris que
je ne sois pas venu. En fait, ça lui est indifférent, pour
autant que le déplacement soit bien organisé.

Ce jour-là, le déplacement était sensible : le Tout-
Paris des journalistes politiques était venu observer le
Patron et Trémeau, côte à côte, après s'être si dure-
ment affrontés six mois auparavant. Il fallait que
cette journée se passe bien, que l'apparence d'unité
soit totale, et qu'aucune petite phrase déplacée ne
vienne polluer nos efforts.

Autrefois, je faisais tout pour le Patron. Et j'étais
seul ou presque. À présent, l'équipe s'était étoffée et
chacun était dans son rôle. Tout en étant responsable

de tout, je n'étais plus en charge de rien, ce qui était à la fois une forme de libération et une source d'inquiétude pour un maniaque du détail comme moi.

Comme tous les jours, la belle Marilyn s'occupait de la presse, et s'en occupait bien. La Valkyrie, notre organisatrice en chef, avait réglé chaque détail de notre déplacement, comme de tous les autres, et veillait au grain. Fangio était prêt à démarrer en trombe pour transporter le Patron vers son étape suivante. Le Cow-boy était toujours au contact du chef, prêt à bondir en cas de danger.

J'étais dans un coin avec le petit Caligny et nous nous cherchions une utilité, lui parce qu'il n'avait encore rien prouvé, moi parce que j'étais censé être le chef de tous ces gens qui avaient désormais appris à vivre sans moi.

Le petit était tout excité : c'était la première fois qu'il accompagnait le Patron. Ses yeux brillaient. C'est toujours émouvant, les premières fois, on s'en souvient longtemps. Et puis ça n'est pas chose commune de se retrouver aussi près d'un homme qui peut devenir Président lorsqu'on a à peine plus de vingt ans. La ressemblance du petit Caligny avec son père, l'ancien ministre disparu dix ans auparavant, était frappante, autant dans les attitudes que dans les traits. La même tignasse, les mêmes yeux sombres, le même sourire, la même façon d'appuyer ses propos par un geste ferme de la main droite. Il n'avait pas cette élégance endimanchée qu'ont les jeunes peu sûrs d'eux, avec une veste trop grande, un pantalon trop court, des chaussures fatiguées : lui s'habillait simplement, assez décontracté, avec une veste en velours, une chemise blanche et un jean bleu sombre. Professionnel, mais détendu. Il avait en lui ce qui ne s'invente pas, une forme d'aisance à se mouvoir dans son corps, une forme d'assurance humble que j'avais rarement constatée chez quelqu'un de son âge.

Je ne savais pas très bien pourquoi le Patron l'avait recruté dans l'équipe de campagne : il n'avait aucune expérience et ne nous apportait rien. Mais depuis son arrivée, il avait montré qu'il ne gênait personne et qu'il était capable de se rendre utile. C'était déjà mieux qu'une palanquée de types avec beaucoup d'expérience et encore plus de prétentions.

Pour observer la situation, nous nous étions mis à l'écart de la maison natale du Général, première étape de notre visite : le cortège des voitures, les militants spontanément mobilisés pour l'accueil, l'espace pour la presse qui suivait en bus. Tout était en place.

Drapeau au vent, inondée par le soleil qui donnait aux briques blanches un aspect presque scintillant, la maison de la rue Princesse n'avait rien d'extraordinaire, si ce n'est l'identité de l'illustre nourrisson qui y avait vu le jour. Mais pour tout candidat soucieux de se réclamer d'un tant soit peu de gaullisme, c'était un passage obligé. Sourires, poignées de main, bises à madame, petit geste de la main, retour en arrière pour prendre une photo avec le téléphone portable de la petite, hop, clic-clac-Kodak, et en avant. Rien dans les mains, rien dans les poches, le sourire naturel : surtout ne jamais avoir l'air pressé.

J'observais le Patron, presque comme si c'était la première fois : il portait beau ses soixante-trois ans, avait gardé son allure de jeune homme (on le lui reprochait presque, tant la rondeur était sympathique), n'avait pas perdu ses cheveux même s'il avait passablement blanchi depuis quelques mois et de manière assez soudaine. Il fallait l'aider à bien s'habiller : sa femme ne pouvait plus s'en occuper, lui s'en fichait, mais les Français aimaient voter pour quelqu'un d'élégant et il se laissait faire. En cette belle journée de février, un costume gris passe-partout, une chemise bleu ciel, une cravate rouge et un léger imperméable noir pour parer aux averses lilloises. Rien d'original, mais au moins voilà un terrain où on ne l'attaquerait guère.

Je l'écoutais, presque comme si c'était la première fois : cette voix chaude, rare, reconnaissable entre mille, qui était devenue une marque de fabrique et qui accompagnait ce sourire gentil, bienveillant, presque sincère. Ces phrases courtes, simples, ces questions chaleureuses, cette attitude, altière sans être hautaine. Il était bon. Et il était à sa place. Je le voyais, fatigué, mais dopé par la campagne, se pliant sans rechigner à toutes les obligations que son entourage lui imposait, bien décidé à ne rien laisser au hasard.

J'avais fini par confier une mission au petit Caligny qui n'attendait que ça : veiller à ce que Marie-France Trémeau soit en permanence aux côtés du Patron, qu'elle ne se laisse jamais distancer quand bien même elle l'aurait souhaité. Nous avions tellement de mal à cicatriser les plaies de la primaire que chaque détail serait examiné à la loupe. La tension était encore vive, et pourtant, il fallait qu'elle soit impalpable.

Cette femme, objet de toutes nos détestations, aurait donné cher pour être ailleurs, comme c'est souvent le cas des hommes ou femmes politiques de haut niveau. Elle ne faisait pas son âge, cinquante-cinq ans bien tassés, il fallait bien l'admettre. Elle avait ce port de reine qui inspire le respect, et une bouche minuscule qui n'avait fait que conforter mon préjugé sur le sujet : difficile d'avoir une petite bouche et un grand cœur. Elle devait avoir un coiffeur à demeure pour être ainsi impeccable en toutes circonstances. Elle portait l'un de ses légendaires tailleurs-pantalons. Mal mariée, sans enfants, elle avait en elle cette imperceptible sécheresse des femmes qui ne seraient jamais mères, ce qui en faisait, assurément, une redoutable politique : un cœur d'homme dans un corps de femme, la bonne combinaison pour faire de la politique, même si ce n'est pas forcément la meilleure dans la vie de tous les jours.

Alors qu'elle était tenue d'accueillir son vainqueur sur ses terres, elle s'affichait sous son meilleur jour, souriante, avenante, mais avec dans les yeux ce voile que j'étais peut-être le seul à voir, cette détresse, cette haine rentrée lorsqu'elle regardait le Patron. Elle cherchait toujours à s'éloigner un peu, et j'observais en souriant les efforts désespérés du petit Caligny pour l'orienter dans la bonne direction, celle des caméras et des photographes où tant d'intrus tentaient de se faire leur place.

Les autres parlementaires, eux, collaient sans problème au peloton. Ils entendaient être sur la photo à côté du Patron, prêts à déclamer à qui voulait les entendre qu'ils étaient des fidèles, qu'ils se donnaient à fond pour sa victoire, qu'ils étaient à son service parce que si c'était lui qui gagnait, nos idées seraient défendues et notre pays se porterait mieux. La tenue des élections législatives six semaines après le second tour de la présidentielle n'était pas sans lien avec leur enthousiasme soudain. En faisant la campagne du Patron, ils faisaient surtout la leur. Je ne pouvais pas leur en vouloir. De toute façon, j'avais décidé de ne pas en vouloir aux parlementaires. Au moins jusqu'à l'élection du Patron.

Du coup, les parlementaires n'étaient plus simplement polis avec moi, ils étaient devenus sobres et directs, pour les plus intelligents d'entre eux, ou carrément dégoulinants d'amabilité pour les plus médiocres.

Jean Texier, le bras droit de Trémeau, député certes mais d'un département lointain, avait fait le déplacement, confirmant par sa seule présence l'importance du moment. Lui et moi faisions le même boulot : éminence grise, homme des coups et des petites phrases. Mais lui avait décidé de se faire élire pour conquérir une indépendance qu'il n'utilisait d'ailleurs guère. Ce jour-là, il était venu pour observer, alimenter la presse et tenir compagnie à sa patronne, qui devait se sentir bien seule depuis sa défaite.

J'ai des sentiments partagés sur Texier.

Je le déteste, pour toute une série de raisons. D'abord pour avoir cherché si souvent à tuer – politiquement – mon Patron, mes collaborateurs et, à l'occasion, moi-même. Mais je le déteste surtout parce que je n'aime pas ce qu'il est, un faux politique et un vrai apparatchik. Je déteste Texier, mais je le respecte. Nous avons cette forme de complicité que nouent parfois deux hommes qui font le même métier au service de causes différentes. Nous sourions aux mauvais coups de l'autre, mi-ennuyés, mi-admiratifs. Je craignais Texier : il n'avait pas de scrupules et, même si on ne m'en prêtait guère, je savais que je n'irais jamais au-delà de certaines limites qu'il avait déjà allègrement franchies.

C'est une ordure, mais je lui reconnais un vrai talent. Il n'a pas son pareil pour ciseler des formules assassines, drôles et assez ambiguës pour laisser croire qu'elles sont élogieuses. Lorsqu'il n'était qu'apparatchik, nous avions des relations cordiales : on aidait nos patrons à se flinguer mutuellement, mais en même temps, on ne s'attaquait pas directement. On se parlait. On riait ensemble. Il faut toujours rire avec ses adversaires en politique. Si vous ne riez pas avec eux, c'est que vous êtes sectaire, ou inquiet, ou chiant. Dans tous les cas, c'est mauvais signe.

Texier a une capacité exceptionnelle à faire croire qu'il est l'inverse de ce qu'il est. Son physique donne de lui une image trompeuse. On le dit élégant et on le croit volontiers jeune, alors qu'il a dépassé la soixantaine, mais sa minceur éternelle, son air rieur et la chance de n'avoir plus de cheveux depuis plus de vingt ans (ce qui évite à quiconque de les voir blanchir) le font presque passer pour un quinqua récent. On le croit calme alors qu'il est hystérique. On le dit fidèle alors que je sais qu'il n'aide jamais autant ses amis que lorsqu'ils n'ont besoin de rien.

À l'écouter, il est à la fois humaniste, poète et résistant. La vérité est différente. Lorsque Trémeau avait quelque chose de désagréable à dire, c'est Texier qu'elle envoyait à sa place. Lorsqu'elle préparait un mauvais coup, c'est Texier qui concevait et qui exécutait. Si Trémeau avait gagné, il aurait été ministre. Il devait être furieux de voir le train passer et de s'être trompé de quai.

Pendant la primaire, Trémeau et le Patron avaient joué la comédie de la campagne apaisée, « entre amis et que le meilleur gagne », sur fond de haine tenace et de combat sans merci. Texier et moi, de notre côté, nous étions livrés à une guerre de tous les instants, pour récupérer avant l'autre les fichiers des nouveaux adhérents, pour aller dans les meilleures conditions dans les départements sensibles ou pour nourrir la presse d'informations peu glorieuses sur l'adversaire.

À présent que la primaire était passée, les rôles s'inversaient. Nos patrons se détestaient et c'était à nous d'huiler les rouages. Malgré le ressentiment de Texier et de sa patronne, d'autant plus vif que la défaite avait été courte et imprévue, nous devions nous parler et nous entendre. Pas facile pour deux types comme nous, qui avions toujours été dans le même parti mais jamais dans le même camp…

Texier était là, et je devais m'en occuper, car, de son côté, il ne manquerait pas de souligner toute situation où sa patronne serait « maltraitée ».

— Ta présence nous honore !

J'essayais de gommer toute ironie, en sachant parfaitement que le résultat serait mitigé…

— Je n'aurais pas raté ça pour un empire. Regarde-les, nos meilleurs amis du monde.

— Et regarde-nous ! ajoutai-je en souriant.

— Oui, la concorde règne.

Il avait l'air de bonne humeur, ce qui était rarement une bonne nouvelle.

— Tu sais, cette journée est importante pour nous. Pour le parti.

— Oui, Marie-France fait ce qu'il faut pour que ça se passe bien.

— Et nous aussi, je pense.

— Hmm, grommela Texier, visiblement sceptique.

— Tu ne vas pas faire le coup du vaincu martyrisé, quand même ?

Texier sourit.

— Tu as remarqué que c'est toujours le vainqueur qui pose cette question ?

Sans témoins, nous nous asticotions toujours, et il était rare que le ton monte en dehors de quelques grandes occasions. La primaire en avait constitué une, et elle avait laissé des traces.

— Allez, viens, souris-je en lui tapant sur l'épaule, allons regarder la chambre où la mère du Grand Homme a mis bas.

La visite de la maison natale du Général fut menée rondement. Sans être complètement gaulliste, le Patron avait, chose assez commune chez ceux qui aspirent aux plus hautes fonctions, une affection particulière pour le Commandeur. Et puis ils partageaient quelques points communs : *Cyrano de Bergerac*, dont le Patron, comme le Général, pouvait réciter des pages et des pages ; Londres où le Patron avait vécu au tout début de sa vie professionnelle (dans des circonstances qui n'étaient guère comparables, je le reconnais volontiers) ; le sens de l'État aussi, ce qui

26

n'est pas donné à tout le monde. Le goût des formules enfin. Plus il vieillissait, plus le Patron avait tendance à répondre aux questions par des formules elliptiques empruntées à son Panthéon de grands orateurs où de Gaulle trônait en bonne place. Il se nourrissait de chaque lecture pour enrichir sa quête du bon mot. Lorsqu'il en trouvait un, il fermait les yeux brièvement en le répétant du bout des lèvres sans faire un bruit, l'enregistrant ainsi pour toujours.

Mais, révérence pour de Gaulle ou pas, pas question de perdre une demi-journée à admirer une maison bourgeoise typique de la fin du XIXᵉ dans les Flandres françaises à deux mois du premier tour d'une élection présidentielle. En une grosse demi-heure, le Patron avait fait le tour, signé le livre d'or dans lequel s'étaient commis tous ceux qui avaient rêvé d'être la réincarnation du Général, serré les louches et rappelé à la presse l'importance et la modernité du message gaulliste. Sur un signe ferme de la Valkyrie, il avait pris congé de tout le monde et s'était engouffré dans la voiture : il fallait foncer vers le laboratoire de recherche en imagerie médicale que nous devions visiter pour nourrir ce déplacement thématique consacré, si je m'en souviens bien, à « l'innovation, réponse aux défis de la mondialisation ».

Il devait y en avoir pour vingt bonnes minutes de voiture. Dans la bousculade, le petit Caligny avait remplacé le Cow-boy à la place du mort, contraignant celui-ci à s'installer dans la voiture suiveuse, avec la Valkyrie et Marilyn. Le Cow-boy, pardon l'officier de sécurité du Patron, le VO en langage courant, de l'ancien vocable « voyages officiels », devait être furieux de ne pas être au contact de l'autorité qu'il était censé protéger. Il se consolerait avec Marilyn à ses côtés. Je parie qu'il l'aurait volontiers protégée si seulement elle en avait exprimé le besoin. La Valkyrie, elle, n'avait visiblement pas besoin de protection. En duel à mains nues contre le Cow-boy, j'aurais volontiers misé un petit billet sur elle.

J'étais à l'arrière, à côté du Patron, qui semblait détendu. Fangio conduisait vite mais sans à-coups.

Trémeau et Texier, qui devaient accompagner le Patron pour l'ensemble de la journée, étaient montés dans une autre voiture suiveuse. Pour faire bien, il aurait fallu que le Patron invite Trémeau à partager son court trajet, mais c'était au-dessus des forces de l'un comme de l'autre. J'étais bien certain qu'un éditorialiste parisien remarquerait ce détail.

Le petit Caligny consultait le répondeur de son téléphone. Le Patron observait la ville qui défilait sous nos yeux. Son visage était fixe et seuls ses yeux bougeaient à toute vitesse. Il était en train de préparer quelque chose, un discours ou une idée sur un sujet. Ces périodes de rêverie, comme volées à l'hystérie de la campagne, lui permettaient de se poser et de réfléchir. Je le laissais dans un silence dont je connaissais l'importance et la brièveté. En général, le Patron interrompait sa rêverie en posant à la cantonade une question tordue. J'adore ses questions tordues. Elles mettent les autres dans un état de perplexité qui suffit à illuminer mes journées.

Je crois que j'ai compris qu'une Tuile nous tombait dessus quand j'ai croisé les yeux du petit Caligny qui se retournait vers nous.

Il y avait quelque chose de bizarre dans ses yeux, pas de la peur, pas de la surprise non plus, encore moins de la désinvolture, quelque chose d'indéfinissable, un mélange d'incompréhension et de mauvais pressentiment. En tout cas, ce n'était pas le Patron qu'il cherchait à regarder, mais bien moi. Ce qui le turlupinait était donc soit dérisoire, soit vraiment important. Et comme le petit Caligny, en dépit de son jeune âge, n'était pas du genre à s'angoisser pour des choses dérisoires, c'est que quelque chose de sérieux lui occupait l'esprit. J'ai immédiatement basculé en mode « protection ». Ne pas angoisser le Patron, ne pas le laisser gérer des choses qui ne relèvent pas de lui. Attendre un peu avant de lui communiquer des informations afin d'en savoir plus et de pouvoir lui proposer une réaction.

Le petit Caligny a dû voir dans mon regard qu'il ne fallait pas parler tout de suite. Il m'a fixé droit dans les yeux et il a attendu.

C'est à ce moment que le Patron est sorti de sa rêverie.

— Je me demanderai toujours pourquoi Napoléon a décidé d'envahir la Russie, alors même qu'il savait que son armée ne pourrait ni s'y déplacer ni s'y ravitailler selon les méthodes habituelles, lesquelles étaient pourtant les conditions indispensables de sa suprématie.

Tu parles d'une question tordue…

— L'orgueil, peut-être ? osa le petit Caligny, qui pensait encore qu'il fallait répondre à toutes les questions du Patron.

Le Patron souriait.

2.

Pinguet sait qui a truqué le vote du 15 septembre. Pinguet pourrait parler. Mais Pinguet est mort. Curieux, non ?

Curieux n'était pas le mot.

Le message était bref. La voix ne m'évoquait rien. Un homme, sans accent, parlant lentement. Le numéro était masqué et le petit Caligny ne voyait pas de qui il pouvait s'agir.

À notre arrivée, une fois le Patron éloigné, il m'avait tendu son portable et j'avais écouté le message en affectant le calme le plus absolu. Mais j'étais sur le cul.

Le scrutin du 15 septembre, c'était le vote des militants grâce auquel le Patron avait été choisi comme candidat du parti à la présidentielle. Notre primaire.

La victoire du Patron avait pris tout le monde de court : tous le donnaient fini quelques semaines auparavant. Mais Trémeau, grande favorite, avait commis

30

quelques bourdes dans la dernière ligne droite, et le Patron avait réussi à jouer le rôle du sage et à fédérer *in extremis* toutes les oppositions à la personnalité controversée de son adversaire. Les années pendant lesquelles le Patron avait consciencieusement et en silence labouré le terrain avaient sans doute aussi fini par payer.

Cette défaite surprise n'avait fait qu'accroître la haine de Marie-France Trémeau et de ses acolytes envers mon Patron et moi, et nous consacrions malheureusement depuis lors autant de temps à essayer de parer les coups de nos amis que ceux de nos adversaires : Trémeau, sans pouvoir le montrer, avait tout intérêt à ce que le Patron perde pour espérer se présenter la fois suivante.

La victoire du Patron avait été extrêmement juste, moins de 500 suffrages de militants sur près de 230 000 exprimés, mais jusqu'à ce mystérieux coup de fil, personne ne l'avait contestée ni questionnée.

Quant à Pinguet, je n'en connaissais qu'un. Sénateur de l'Isère. Il était vieux, ce qui n'est pas anormal pour un sénateur, mais je n'avais pas entendu dire qu'il était mort. Et je ne voyais pas vraiment ce qu'il venait faire dans le tableau.

Le petit Caligny me dévisageait avec des yeux inquiets. J'essayais de faire bonne figure, mais je voyais bien, dans son regard, que j'étais loin du compte.

Dans la vie, on a peur de ce qu'on ne comprend pas.

Et là, je ne comprenais vraiment pas.

En d'autres temps, ou en d'autres circonstances, j'aurais sans doute écouté le message calmement, mimé l'indifférence et haussé les épaules. Mais à deux mois de la présidentielle, je ne haussais plus les épaules : rien n'était anodin.

— Pinguet, c'est qui ? Le sénateur ?

— Vous connaissez ? Bravo, mon petit !

— J'ai vu son nom dans des articles sur mon père.

J'avais tendance à oublier que le petit Caligny était né dans la politique. Ça lui donnait au moins l'avantage de savoir que des choses s'étaient passées avant qu'il ne s'y intéresse. Même dotés d'un ego normal, les jeunes pensent toujours qu'avant eux, il ne s'est rien passé de notable, et qu'avec eux les questions nouvelles se posent, les enjeux sérieux apparaissent et les dilemmes cornéliens se révèlent. Lorsque leur ego est surdimensionné, lorsqu'ils pensent qu'ils sont nés pour exercer les plus hautes fonctions, et ça arrive assez souvent, alors ils croient carrément qu'ils vont transformer le milieu, qu'ils vont « faire de la politique autrement » et qu'ils vont réussir la synthèse entre la proximité, l'intelligence, le sens de l'intérêt général et le sens de l'humour.

Le petit Caligny, au moins, connaissait sa carte électorale et l'importance de l'Histoire. Le Patron l'avait fait entrer dans le premier cercle pour des raisons qui m'échappaient encore un peu, mais qui étaient sans doute fondées. Il faisait donc partie de l'entourage. Autant le traiter comme tel.

— C'est le seul Pinguet que je connaisse, en effet. Il est sénateur de l'Isère depuis près de vingt ans. Il ne laissera pas un souvenir impérissable sur les bancs du Sénat, ni de mauvaise réputation. C'est un type correct, qui s'est lancé en politique assez tard, après avoir bien réussi dans les affaires. Aucune espèce de fidélité connue : il a changé de groupe parlementaire au moins deux fois et a dû soutenir à peu près tous les candidats de son camp à la présidentielle, du moins ceux qui avaient une chance sérieuse. Pas très malin, mais riche je crois. Cela dit, en politique, ça compense assez peu.

— Et qu'est-ce qu'il a à voir avec le vote interne du 15 septembre ?

C'était bien la question.

J'aurais aimé que tout le monde l'oublie, cette primaire. Les combats acharnés au sein de la même famille laissent forcément des traces, et l'intérêt bien compris de notre camp, c'était que tout le monde se préoccupe plutôt du scrutin à venir.

— Mon petit, je n'en sais rien et j'aimerais avoir passé l'âge de jouer aux devinettes avec des crétins qui n'ont rien d'autre à faire que de laisser des messages, mais, malheureusement, quelque chose me dit que le type qui vient de vous passer un coup de fil n'a pas fini de s'amuser. Je vais réfléchir à tout ça. En attendant, telle la moule avant la marinière, j'aimerais que vous la fermiez intensément. On ne parle à personne. Compris ?

— OK. Mais il y a quelque chose qui va devenir un vrai problème en tout état de cause.

— Quoi ?

— Il va falloir arrêter de m'appeler mon petit. Je m'appelle Louis.

Il était bien, ce petit. On devrait pouvoir en faire quelque chose. Mais dans l'équipe, tout le monde avait son surnom : il n'y échapperait pas.

3.

Mardi 16 février, 11 h 45

Le Patron avait l'air concentré et passionné. Alors qu'il était à peine capable de se servir d'un ordinateur pour consulter ses mails, il semblait absorbé par les enjeux de l'innovation en matière d'imagerie médicale. Il posait des questions. Il écoutait les réponses, et il trouvait le moyen d'adresser un petit mot à chaque personne présente, comme s'il était pleinement disponible pour elle. Ces déplacements lui offraient l'occasion de toucher les gens, physiquement, mais aussi moralement, parce qu'il partageait, pendant un instant, leur vie, leurs combats, leurs angoisses.

Marilyn paraissait décontractée. Elle ne l'était pas. Ça se voyait au frottement nerveux de ses pouces sur les articulations des autres doigts. Un tic peu visible mais systématique. Je m'approchai tranquillement d'elle.

Bon, bien sûr, Marilyn, ce n'était pas son vrai nom, mais ça lui allait tellement bien. Le Patron avait la manie des citations, moi, celle des surnoms.

Marilyn était une vraie pro, toujours de bonne humeur, en tout cas avec les journalistes, connaissant parfaitement son public et son Patron. Quand elle savait, elle était précise. Quand elle ne savait pas, elle l'admettait, ce qui était toujours préférable. Quand elle voulait faire passer un message, elle savait le formuler de façon à ce que les journalistes reprennent presque *in extenso* ses propres mots. Et quand elle voulait noyer le poisson, elle était capable, avec ses yeux de velours et sa langue de bois, de vous endormir le plus féroce éditorialiste de Paris. Pou-pou-pidou !

La quarantaine épanouie, le cheveu très noir et mi-long, le teint mat, la silhouette légèrement, et heureusement, arrondie par les années à défaut de l'avoir été par les grossesses, elle séduisait encore beaucoup de trentenaires et déjà tellement de quinquagénaires. J'en savais quelque chose. Ce qui m'a toujours impressionné chez elle, outre ses décolletés sous-entendus mais bien réels, c'est sa capacité à séduire les hommes sans énerver les femmes. Quand on y pense, ce n'est pas courant. Moi, par exemple, je séduis peu mais j'énerve beaucoup. Celles qui savent séduire, non pas en imposant leur beauté, mais au contraire en enchantant inexorablement l'âme de leur interlocuteur, me laissent pantois. Marilyn est très douée pour ça. Elle s'intéresse à l'autre ; elle met de façon presque spontanée son talent et son esprit à la disposition de son interlocuteur, qui n'en revient pas de voir une jolie femme se rendre aussi accessible. Ce n'est pas tant le physique de Marilyn qui séduit, c'est ce qu'elle fait de son cerveau alors qu'elle dispose de ce physique. Du coup, elle n'est pas de celles, nombreuses dans ce métier, dont on se dit qu'elles perdront en influence à mesure que les années passent. Non, on ne se dit sûrement pas ça.

Évidemment, mon regard sur Marilyn a perdu, au fil des années, beaucoup de son objectivité. Mais je constate que tous ceux qui l'ont, un jour, sous-estimée s'en sont mordu les doigts.

— Tout va bien ?

Je ne savais pas bien si j'affirmais ou si je posais une question.

— Hmm. Il est parfait. Les journalistes sont contents, ils font des images. Il a été très bon sur la politique de recherche et très solide sur les questions de financement. De toute façon, les journalistes politiques ne connaissent rien aux dossiers techniques… On reste encore vingt minutes, et on part déjeuner à l'hippodrome.

— OK.

Je marquai un temps de silence, en regardant ailleurs, puis je repris, sur un ton qui se voulait anodin :

— Est-ce que tu as eu des questions sur la primaire de septembre récemment ou sur quelque chose relatif à cette période ?

Marilyn connaissait son métier. Elle savait très bien que si je posais cette question, c'est qu'il y avait une raison, potentiellement importante.

— Non, pourquoi ? Il faut que je sache quelque chose ?

— Pour l'instant je crois qu'il n'y a rien. Dis-moi si tu entends parler de quelque chose de ce style.

J'avais essayé de dire ça de façon neutre. Mais je me rendis bien compte, en le disant, qu'elle ne se contenterait pas d'une réponse aussi évasive. Comme elle ne souhaitait pas que tous les journalistes présents nous voient en train d'engager une conversation animée, elle me fit un grand sourire, me toucha doucement l'épaule comme si je venais de dire le truc le plus gentil au monde. De loin, on devait avoir l'air des meilleurs amis du monde. Peut-être de deux amants.

— Tu te fous de ma gueule ou quoi ? dit-elle avec un grand sourire. Tu sais ce qui va se passer si tu ne me dis pas rapidement s'il y a un sujet à couvrir ? Un beau matin, un de ces petits mecs, là, tu vois avec l'espèce de gros appareil photo sur l'épaule qu'on appelle une caméra, il va poser la question sans prévenir au Patron. Et là, de deux choses l'une : soit il sait répondre, et peut-être qu'il va sortir un truc qu'on préférerait ne pas voir sortir, en tout cas pas maintenant ; soit il ne sait pas répondre, ou pire encore il est simplement embarrassé par la question, et là on se prend des mauvaises images en boucle sur toutes les chaînes d'info et sur le web. Alors, s'il y a un problème, tu me dis ce qu'on doit dire au Patron de répondre si on lui pose la question, et tu me dis à moi ce que je dois faire passer aux journalistes.

Le tout dit calmement, toujours avec le sourire, comme si elle me demandait des nouvelles de vieux amis communs. Comme si j'avais encore des amis… Cela dit, elle n'avait pas tort. Bien sûr, je n'avais aucun élément. Je ne savais pas si quelque chose allait nous tomber sur la tête. Je ne savais pas à quel moment. Et je ne savais pas si ça ferait mal, qui serait visé, ni comment y répondre. Dans le doute, je lui racontai sous le sceau du secret le message reçu par le petit Caligny et je lui promis de la tenir informée en temps réel.

Elle hocha la tête. Son regard était curieux. Je ne savais pas si elle se demandait pourquoi j'avais voulu lui cacher quelque chose de sensible ou si elle voyait déjà, à l'époque, que cette affaire pouvait nous attirer sur un terrain glissant.

Je me fais peut-être des idées, mais j'ai eu l'impression, à cet instant précis, de l'avoir déçue. Une fois de plus.

4.

Le Patron venait de faire une entrée triomphale dans la salle de banquet de l'hippodrome de Marcq-en-Barœul. L'atmosphère était joyeuse, la bière coulait à flots, la chaleur des gens du Nord n'était pas feinte, et, si les circonstances avaient été différentes, j'aurais presque profité de l'occasion. Le Patron avait prononcé quelques mots bien sentis en arrivant dans la salle. Il avalait son plat avec bonne humeur, et il allait se lever pour faire le tour des tables. Trente ans de métier, plusieurs fois ministre, et il continuait à se taper le tour de toutes les tables de tous les banquets auxquels il assistait, ce que tout le monde trouvait formidable, sans s'imaginer la débauche d'énergie que cela pouvait représenter.

La Valkyrie était dans un coin, discrète comme toujours. C'était une femme mystérieuse, qui avait toujours eu notre confiance sans jamais vraiment pénétrer le premier cercle, celui des confidents. On ne parlait pas à la Valkyrie. Lorsqu'elle parlait, c'est qu'elle avait un problème, et elle parlait rarement. Une fausse blonde platine musclée, aux cheveux courts, immanquablement vêtue d'un pantalon de treillis, d'un tee-shirt, et de Converse, qui devait plaire aux hommes (et aux femmes) en mal d'autorité. Elle avait passé dix ans dans une agence d'événementiel avant d'en claquer la porte et de venir frapper à la nôtre, pour notre plus grand soulagement : après son arrivée, je n'eus plus jamais de souci à me faire pour nos déplacements, toujours millimétrés, ni pour nos grands meetings, dont elle était devenue l'ordonnatrice. C'est fou comme l'organisation de gros événements paraît simple lorsqu'elle est gérée par des professionnels ou par des Allemands. Pour elle, un banquet de 1 000 personnes ne représentait plus un véritable défi, mais sa force résidait précisément dans le fait que, quel que soit l'événement, elle y consacrait la même énergie et le même souci du détail.

Nous échangeâmes un sourire, que j'accompagnai d'un pouce levé vers le ciel.

Il m'était difficile, par téléphone, avec du monde autour de moi, de me lancer dans une enquête approfondie sur ce coup de fil anonyme. Je m'isolai néanmoins un instant pour appeler le Major.

— J'aurai trois questions à voir avec toi à ton retour, commença-t-il.

Le Major est parfait dans son genre. Je ne sais pas où il a pris cette habitude, mais il annonce toujours le nombre de sujets qu'il veut évoquer avec vous avant de commencer à parler. Ce sont les seules fioritures qu'il se permet dans une conversation, surtout au téléphone. Il est champion du monde toutes catégories de la conversation téléphonique la plus brève. Dans ce métier, c'est un défi aux lois physiques les plus élémentaires.

J'avais laissé le Major diriger la campagne du Patron. Trop d'emmerdements, trop de contraintes. Objectivement, c'était beaucoup mieux d'être le vrai bras droit du Patron sans avoir à gérer l'organisation du QG, l'impression des documents, le financement de la campagne, l'organisation des meetings, les réunions avec les syndicats et autres lobbies de tout poil. J'avais volontiers laissé tout ça au Major, sachant que tout le monde s'adresserait de toute façon à moi lorsqu'il y aurait une question importante. Le Major le savait, il s'en fichait, et c'est pour cela qu'il avait été choisi. Ma position était la plus enviable : confident, délivré des corvées, j'avais gardé le meilleur, je choisissais mes sujets et mes combats. J'allais où je voulais, je m'occupais de ce qui m'amusait, laissant les contraintes aux autres. Je l'avais bien mérité, après vingt-cinq ans.

— Et je serais ravi de les régler avec toi dès mon retour. En attendant, j'ai une urgence. Il faut que tu regardes un truc pour moi, assez rapidement, ça ne sent pas très bon mais je ne peux pas t'en parler au téléphone. Organise une réunion au QG avec le directeur informatique du parti, toi et moi, demain à la première heure. Ordre du jour : le vote lors de la primaire du mois de septembre. Et je voudrais que tu regardes aussi ce qu'on a sur le sénateur Pinguet. Discrètement si possible.

— C'est tout ?

Du coin de l'œil, je voyais Texier qui m'observait. S'il savait lire sur les lèvres, j'étais mal.

— Non, en fait, repris-je, j'aurais bien aimé qu'on profite de ce coup de fil pour discuter des raisons pour lesquelles Napoléon a décidé d'envahir la Russie en plein hiver. Des idées ?

— Non, fit le Major sans ciller. J'appelle dès que j'ai du neuf sur Pinguet. Réunion demain matin à 7 h 30 dans mon bureau avec l'informaticien.

Concis et matinal, le Major. Plus concis que moi, et nettement plus matinal. À sa décharge, il faut reconnaître que diriger une campagne est un métier de chien. On passe son temps à jongler entre les susceptibilités des ténors du parti, les questions matérielles, les décisions stratégiques, les états d'âme de ceux qui ont peur de perdre, les plans sur la comète de ceux qui espèrent la victoire et la motivation de tout un appareil qui, contrairement à ce qu'on pense, est toujours prêt à s'assoupir.

Je l'aimais bien, le Major. Il était efficace. Il était clair. Il était doté d'un solide bon sens et ne manquait pas d'intuition, deux qualités qui ne se marient pas toujours. Moi qui aimais peu de gens, je devais admettre que je l'aimais bien. Je ne suis pas certain que ce sentiment ait été partagé, mais je m'en fichais.

Voyant que j'avais raccroché, et visiblement soucieux, Texier s'approcha lentement de moi :

— Je peux te dire un mot ? Je viens de recevoir un message étonnant.

Bon sang. Notre anonyme ne nous avait visiblement pas réservé l'exclusivité de ses informations.

— Un message ? fis-je, aussi détaché que possible.

— Oui, et je suis très en colère.

— Eh, allons-y mollo d'accord ? On ne sait même pas qui…

— Mollo ? Mollo ? Ton QG me dit que ton Patron n'a pas encore donné de date pour son déplacement dans ma circonscription, et tu voudrais que j'y aille mollo ??

Ce n'était que ça !

— Ne t'énerve pas, je te promets de lui en reparler.

— Je ne veux pas que tu lui en reparles. Je veux que tu décides qu'il viendra. Tu as le pouvoir de décider ce genre de choses, non ?

— Je vais lui en reparler, je te dis.

Texier s'éloigna en grommelant.

Je n'avais pas été loin de me trahir. Si je commençais à perdre mes moyens sur un truc aussi anodin…

5.

La journée s'était terminée sans problème. Un peu de retard vers la fin, mais c'était assez courant et ça n'avait gêné personne. À l'Université catholique de Lille, l'amphithéâtre était comble et l'ambiance surchauffée. C'était un bon moyen de requinquer le Patron, ces réunions avec des étudiants, un auditoire pas forcément acquis à sa cause. Il savait parler aux étudiants, et encore plus les retourner. J'adorais le voir faire ça. Tous ces jeunes gens qui arrivaient dans l'amphi pétris de certitudes, convaincus de rencontrer un génie ou un salaud. C'était tout un art de conforter les uns et de convaincre les autres.

Il se plaisait tellement dans cet amphi qu'après la réunion, il avait imposé à tout le monde de rester pour boire un verre à la cafétéria de l'université, en réponse à la sympathique invitation lancée par un groupe d'étudiants. Belles images et bonnes interviews de jeunes gens disant combien ils avaient été surpris de pouvoir discuter aussi librement avec lui. Les radios rapportaient en boucle les propos d'une jeune étudiante tout émoustillée qui expliquait que le Patron « était vachement séduisant et trop fort parce qu'il parle à la jeunesse comme à des adultes ». La syntaxe était foulée aux pieds, mais le message politique était excellent et la jeune fille appétissante, alors…

Cela dit, j'avais hâte que la journée se termine. Le Patron avait expliqué qu'il voulait faire une campagne pleine d'images simples. Le Major en avait déduit que si possible, les déplacements se feraient en train. Et pour rentrer de Lille, c'était possible. Une heure de train qui me permettrait d'aborder tous les sujets importants avec le Patron. En pratique, si je l'avais accompagné, c'était surtout à cause de cette heure-là, propice à la conversation, utile pour faire arbitrer quelques choix, indispensable pour que je prenne mes instructions.

Les journalistes étaient au fond de la rame, et Marilyn les occupait en commentant les dépêches AFP tombées au cours de la journée. J'avais insisté auprès d'elle pour qu'aucun d'entre eux ne voyage assis à côté du Patron. En général, ce genre de faveur permet à un journaliste d'obtenir une exclusivité, de faire du off, de nourrir un papier transversal. Le Patron faisait ça très volontiers d'habitude, et il l'aurait sans doute fait ce soir-là, si je n'avais expliqué à Marilyn qu'il était fatigué et que je préférais le briefer sur les sujets chauds plutôt que de l'exposer à une gaffe de fin de journée. Je le connais, le Patron, en fin de journée, lorsque la pression commence à se relâcher, à cause de la fatigue ou simplement parce que tout s'est bien passé, il se surveille un peu moins et il devient trop naturel. C'est dans ce genre de moments qu'il peut assassiner un de ses collègues, dans une formule d'une méchanceté aussi parfaite qu'inutile en pleine campagne, lorsqu'il faut rassembler dans son camp puis au-delà.

Nous étions tous les trois, le Patron, le petit Caligny et moi, dans un wagon vide du train de 22 h 09. Le Patron était de bonne humeur. Il discutait avec le petit Caligny. Enfin, il parlait et le petit Caligny écoutait. D'une oreille distraite, je l'entendais expliquer pourquoi des deux occupations allemandes, les Lillois avaient finalement souffert davantage de la première, entre 1914 et 1918, que de la seconde. Caligny avait l'air de trouver ça curieux. Il avait parfois l'étonnement des garçons forts en thème qui découvrent, en discutant, des faits qu'ils n'ont pas appris dans les manuels. Tout ça était charmant, mais il était temps de passer aux choses sérieuses. Je posai le dossier que j'étais en train de potasser et d'une voix aussi chaleureuse que possible, j'interrompis le petit Caligny au moment où il s'apprêtait à poser une question.

— Désolé d'interrompre cette conversation sur un sujet aussi brûlant pour la campagne en cours, mais j'ai quelques questions à voir avec vous avant que le train n'arrive à Paris, et je crois que ce serait le bon moment pour que notre jeune ami aille voir comment Marilyn s'y prend pour occuper une meute de journalistes affamés sans se faire mordre.

Le petit Caligny comprit le message tout de suite. Je me retrouvai enfin seul avec le Patron.

— Il est bien ce petit. Il apprend vite. Pardon pour l'interruption, mais on a plusieurs points difficiles à couvrir.

— Vous vous demandez encore pourquoi j'ai proposé à Louis de se joindre à nous, n'est-ce pas ?

— Il m'arrive de me demander pourquoi, en effet. Il est malin, c'est vrai, mais de là à être utile dans cette campagne…

— Un œil neuf est toujours utile… J'aimais bien son père, vous savez. Et puis quand un fils veut découvrir le milieu dont son père était un espoir, il ne faut pas mégoter. Ça peut donner des résultats merveilleux. Regardez Randolph et Winston Churchill…

— Pardon ?

— Winston Churchill était le fils de Lord Randolph Churchill, brillant esprit, député à vingt-six ans, ministre des Finances à trente-six, mort à quarante-six. Il aurait pu devenir Premier ministre, vous savez. Il aurait même dû, s'il n'était pas devenu fou. Encore que la folie ne soit pas rédhibitoire. À la fin de sa vie, il était encore député, il délirait en pleine séance du Parlement. Winston a été marqué par la folie de son père, mais peut-être plus encore par sa chute. On ne comprend pas Winston si on ne sait pas qu'il a cru toute sa vie mourir jeune. On ne peut pas totalement exclure que Louis soit également marqué par la disparition de son père. Et si nous préparions un Winston à la française, nous n'aurions pas perdu notre temps, non ?

Je n'en croyais pas mes oreilles. C'était la première fois qu'une campagne présidentielle se transformait en stage de formation aux fonctions de futur chef d'État. Ce qui était bien avec le Patron, c'est qu'il était toujours capable de me surprendre, même après plus de vingt-cinq ans de vie commune.

— Ah, je vois bien que vous êtes sceptique, reprit-il. Je vais vous dire : j'ai soixante-trois ans, vous en avez à peine dix de moins, vous pensez qu'on peut se passer d'un peu de jeunesse dans l'équipe ? Ce gamin est rusé, il ne demande qu'à travailler, il m'a l'air fidèle et il a les centres d'intérêt des ados d'aujourd'hui.

J'avais compris que le petit Caligny n'était pas négociable. Mais le Patron n'était pas décidé à s'arrêter.

— Par exemple, si jamais on me demande de citer un chanteur d'aujourd'hui, qu'est-ce qu'il faut que je réponde ?

— Il n'y a qu'un chanteur valable, c'est Bruce Springsteen. Les autres, c'est du flan, de la variété. Pour les Français, euh… Cabrel ?

— Cabrel ? Cabrel ? Mais vous êtes encore plus ringard que moi ! Je vais vous dire, j'aime bien Cabrel, mais si j'en parle comme d'un chanteur moderne, tous les 18-30 ans vont me rire aux naseaux. Voyez, c'est pour ça qu'on a besoin de Caligny. Notamment.

— Très bien, très bien.

J'avais envie d'évoquer les sujets sérieux. On n'allait pas passer une heure à parler du gamin.

— Bon, Texier vous fait dire qu'il veut impérativement une visite dans sa circonscription, avec visite de l'amarrage des frégates et des chantiers de réparation navale plus meeting de soutien. Il m'en a reparlé aujourd'hui, et je crois bien qu'il commence à y mettre une pointe de menace.

— Ah bon ? Texier ? Le même qui était le facto-tum de Trémeau et qui m'a craché à la gueule pendant toute la primaire ? Et maintenant il faudrait que j'aille lui rendre hommage ? Il a compris que c'est moi, le vainqueur, et pas sa pétroleuse ? Qu'est-ce qu'il peut faire, Texier ? Faire de la défense de la Marine nationale un thème de campagne contre moi ? S'il ne comprend pas que ça n'a pas de sens de construire vingt-cinq frégates si nos soldats arrivent en retard sur le théâtre d'opérations à cause du manque d'avions de transport et avec trop peu de munitions pour leurs armes lourdes, qu'est-ce que j'y peux ?

— Je sais tout ça. Et Texier est insupportable. Mais en même temps, il est important en interne. C'est le bras droit de Trémeau et faire un geste permettrait de panser les plaies. En plus, il a besoin de soutien, parce que la prochaine législative n'est pas gagnée pour lui.

— Mais elle est excellente sa circonscription : elle a toujours été à nous !

— Oui, mais elle a changé. Beaucoup de nouveaux habitants. Un électorat qui évolue. Les dernières cantonales ont révélé une avancée de l'opposition. Comme Texier s'est vu pousser des ailes et une carrière nationale, il n'est plus très présent et en face, ils ont lancé un type très bien. Il a du souci à se faire. Elle peut très bien basculer, cette circonscription.

— Très bien. Raison de plus. Vous lui direz que je ne viens pas. Pas maintenant en tout cas. Et vous lui direz, de ma part, que ceux qui veulent mon soutien pour leurs législatives ont intérêt à me soutenir pour la présidentielle. Sans condition et avec enthousiasme. Quoi d'autre ?

Le Patron était remonté comme un coucou. Il avait raison d'ailleurs. Lorsqu'on a gagné l'investiture de son propre parti et qu'on entre dans une campagne présidentielle, il faut changer de braquet et éviter de se faire tirer vers le bas par tous ceux dont vous étiez l'égal hier, mais avec qui vous devez rompre insensiblement pour être enfin au niveau. Il avait raison de ne pas céder au chantage minable de Texier. Celui-là, il viendrait quoi qu'il arrive manger dans notre main le moment venu. Quel manque de classe…

En attendant, j'allais devoir lui expliquer que le Patron ne viendrait pas et qu'il fallait se mettre au boulot pour notre candidature. Clairement mais sans aller au clash. Le Patron pouvait être ferme, mais il ne fallait pas donner trop d'arguments au camp d'en face pour faire campagne à reculons. C'était tout le problème d'une investiture gagnée par surprise et de justesse. Les battus ne rêvaient que de revanche et il fallait éviter de leur donner trop de raisons de repartir au combat. Ça promettait un entretien pas simple. Pas au téléphone, trop compliqué. J'allais devoir l'inviter à déjeuner. Quitte à dire des choses désagréables, autant les dire en déjeunant…

— Je m'occupe de Texier. Une autre question. J'ai un mauvais pressentiment sur des rumeurs à propos des élections internes pour l'investiture. Je ne sais pas encore d'où ça vient, mais visiblement quelqu'un cherche à nous déstabiliser. C'est le futur sauveur de la France qui a reçu un coup de fil ce matin et qui m'en a prévenu.

Le Patron, qui venait d'ouvrir un dossier dans lequel se trouvait son programme pour le lendemain, releva la tête. Il ne disait rien et essayait de comprendre l'impact de cette nouvelle.

— Qu'est-ce qu'on sait exactement ?

— Pour l'instant, rien ou presque, mais j'ai déjà commencé mon enquête. Un inconnu a laissé un message sur le portable du petit Caligny nous alertant sur les résultats soi-disant truqués de la primaire et sur la mort d'un certain Pinguet.

— Le sénateur ?

— Peut-être, mais ça m'étonnerait : on l'aurait su s'il était mort. Je suis en train de chercher. J'ai une réunion demain matin tôt pour voir ce qu'on peut trouver. Je m'en occupe.

Le Patron opina. Il pouvait difficilement faire autre chose. Il savait que quand je disais que je m'occupais d'un dossier, il n'y avait pas de problème. En principe. Nous sommes restés tous les deux sans parler, à regarder comme ça dans le vague pendant quelques minutes. Je ne pouvais pas m'empêcher de trouver ce silence un peu lourd. Le petit Caligny, qui nous observait sans doute du coin de l'œil, a vu que j'avais terminé. Il s'est donc rapproché de nous, en m'interrogeant du regard pour savoir s'il pouvait s'asseoir avec nous.

Le Patron l'interpella avant que je puisse répondre :

— Venez, Caligny, laissez-moi vous parler de Churchill.

Au pire, cette journée aurait au moins servi à ça : j'avais enfin trouvé un surnom pour le petit Caligny.

6.

Mercredi 17 février, 3 h 50

Je n'ai jamais besoin de grand-chose pour subir une bonne, une vraie insomnie. La moindre contrariété du soir, et peu de soirs en étaient en ce moment exempts, suffisait non pas à m'empêcher de m'endormir, mais à me tenir éveillé entre 2 et 5 heures du matin. Bien entendu, le sommeil me revenait quelques minutes avant l'heure prévue de mon lever, ce qui aurait pu compromettre la productivité de ma journée. Mais j'avais fini par m'habituer à ce rythme.

Au retour de Lille, ce fut une de ces nuits.

À 3 h 50, après trois heures de sommeil, j'ouvris grand les yeux pour ne plus les refermer. Dans ce déplacement bien huilé, un grain de sable était venu s'insinuer jusque dans mon esprit : un coup de fil anonyme, peu sympathique, à deux mois du premier tour.

Pinguet sait qui a truqué le vote du 15 septembre. Pinguet pourrait parler. Mais Pinguet est mort. Curieux, non ?

Par où commencer ? Le scrutin du 15 septembre ou Pinguet ? Mon pressentiment était que la vraie mauvaise nouvelle, c'était l'apparition de ce type, sorti de nulle part.

Le vieux Pinguet. J'avais beau rassembler mes souvenirs, aucun rapport ne me venait à l'esprit entre la primaire et lui. Il n'était ni partisan du Patron, ni partisan de Trémeau. Neutre et prudent, comme les sénateurs savent l'être, il avait attendu que le Patron soit désigné pour faire campagne, pas très activement d'ailleurs. Son implication plus grande n'aurait sans doute pas changé la face de la campagne, mais c'était aussi mon rôle de prendre note de l'investissement de chacun, et de m'en souvenir. Il n'avait jamais joué de rôle dans les instances du Parti, ne s'était jamais fait remarquer. Il faudrait que je creuse le sujet avec le Major.

J'essayais de me concentrer sur le scrutin du 15 septembre, second tour de cette primaire épique. Qu'est-ce qu'il voulait insinuer, le type au téléphone, en parlant de tricherie ? Sur quoi s'appuyait-il ? Bien sûr, tous les scrutins serrés sont contestables et contestés, *a fortiori* les scrutins internes dans un parti, où les procédures sont rarement irréprochables. Mais Trémeau, tout en manifestant sa mauvaise humeur, n'avait pas voulu apparaître mauvaise perdante en contestant le résultat. Et pourquoi sortir cela tout d'un coup, cinq mois après le vote en question ? Si le vote avait été truqué, je crois que j'aurais été au courant. D'ailleurs, si on l'avait truqué, ç'aurait été plus facile…

De toute façon, je ne la sentais pas, cette primaire. Trop de premières fois, trop d'innovations. Première fois qu'une investiture pour le candidat à l'élection présidentielle était serrée, première fois qu'on se dirigeait vers un scrutin interne à deux tours, première fois que les militants se prononçaient par un vote électronique grâce à Internet. Les militants, même lorsqu'ils constituent l'avant-garde éclairée du prolétariat, ou, comme chez nous, d'un libéralisme fortement teinté de social-démocratie et de conservatisme, n'aiment guère les nouveautés. Quant au vote par Internet, c'était formidable pour donner le sentiment aux responsables du parti qu'ils dirigeaient une formation moderne, mais c'était surtout un moyen extraordinaire de foutre un bordel noir dans les fédérations départementales et chez les cadres qui devraient, en pratique, organiser le vote d'un paquet de gens qui n'avaient pas vu un ordinateur depuis *2001, l'odyssée de l'Espace*.

Dès qu'il avait été question d'abandonner la bonne vieille urne transparente, cadenassée, surveillée par chaque camp pour le vote par Internet, je m'étais dit qu'on était parti pour la gloire. Le Patron avait moins de préventions que moi. Peut-être n'avait-il pas envie de passer pour un vieux schnock, lui qui était le plus âgé des candidats en lice. Peut-être avait-il pensé aussi qu'il serait plus simple de vérifier la régularité du vote par Internet que celle du vote papier. Il faut reconnaître que des mauvaises manières, avec les urnes traditionnelles, on en avait subi quelques-unes. Pas sûr qu'on n'en ait pas infligé certaines, parfois. Autant les élections politiques, organisées par les mairies sous le contrôle de l'État, se déroulaient la plupart du temps de façon correcte, autant les élections internes des partis renvoyaient parfois aux pires pratiques des républiques bananières ou soviétiques.

En la matière, je crois que j'ai tout vu : absence d'isoloirs ; absence de bulletins ; absence de bureaux de vote même ; urnes en carton transportées vers un « bureau central » situé à une bonne centaine de kilomètres pour dépouillement ; nombre de suffrages exprimés supérieur au nombre des électeurs inscrits sur les listes ; transport en bus de petits vieux avec petits cadeaux et enveloppes toutes préparées dans le bus, présence dans le bureau du responsable du coin expliquant pour qui il fallait voter... Je crois aussi que j'ai tout fait. Donnez-moi un système de vote, manuel, mécanique, électronique, numérique ou tout ce que vous voudrez, et je vous donnerai au moins cinq façons de le détourner. La fraude électorale, c'est la pathologie de l'apparatchik. Il n'est pas obligé de pratiquer, mais il est obligé de connaître.

La démocratie interne est une invention récente dans les partis, et encore, elle n'est pas totalement entrée dans les mœurs. Du reste, quand on fait de la politique, si on n'est même pas capable de s'assurer un résultat au sein de son parti, il est urgent de penser soit à changer de parti, soit à changer de métier. Mon boulot consistait aussi à faire en sorte que le Patron n'ait besoin ni de l'un, ni de l'autre.

Il reste que je n'aimais pas cette idée de vote électronique par Internet. Je me souviens d'ailleurs que ce qui m'avait le plus agacé, dans cette histoire, c'est de me dire que j'allais devoir essayer de comprendre comment fonctionnait le système de vote, et que, pour comprendre, j'allais devoir poser des questions à des informaticiens. Je déteste poser des questions à des informaticiens. Pour être complètement honnête, je crois que je déteste encore plus écouter leurs réponses.

Je ne sais pas si c'est eux ou si c'est moi, mais je ne comprends pas ce qu'ils me disent. Ni leur vocabulaire, fait d'acronymes techniques directement hérités de l'anglais, ni leur syntaxe, qui semble n'avoir que de très lointains points communs avec le français qui se parle encore dans la majeure partie de notre beau pays, ne me sont accessibles. Les objections qu'ils opposent aux demandes les plus simples sont le plus souvent ésotériques, et incluent systématiquement les mots « matrice », « système » ou « ingénierie ». Et il y a toujours quelque chose dans leur œil qui ressemble à une forme de consternation amusée devant l'étendue de mon ignorance. Comme s'ils y connaissaient quelque chose en technique électorale, ces types ! Comme si le seul fait de savoir brancher un ordinateur pouvait excuser une inculture souvent crasse ! Comme si je la ramenais, moi, parce que j'ai lu à peu près tout ce qui a été publié sur la politique en France depuis plus d'un siècle...

Le Major ne serait pas de trop pour m'aider à garder mon calme.

4 h 30. Résigné à ne plus dormir, je m'étirai dans mon lit. Dans le noir, dans ce lit trop grand et trop vide, je me représentais cette chambre, impersonnelle, pathétique échantillon de cet appartement de vieux garçon. Je me levai, enfilai un tee-shirt et un

caleçon, et fis une halte dans la salle de bains pour me passer de l'eau fraîche sur le visage. Dans le miroir, je voyais le visage d'un homme bien plus vieux et marqué que ce que j'imaginais. Je sortis vers le salon. J'allumai la télé, qui me servirait, temporairement, de lumière, et j'optai pour la fin d'un match de basket américain.

Je me préparai un grand bol de café au lait et des tartines grillées. J'allumai mon ordinateur pour balayer les sites d'info et lire tout ce qu'on écrivait sur la campagne. Quitte à ne pas dormir, autant prendre un peu d'avance sur la journée.

Aucune mauvaise nouvelle, en apparence. Les comptes-rendus de la journée à Lille étaient plutôt positifs, en tout cas ils n'étaient pas négatifs, ce qui revenait au même. Avec les années, j'avais appris à me contenter d'un papier neutre.

Un autre article retint mon attention : il portait sur la liste des candidats possibles à un mois de la date limite de dépôt des candidatures.

Le paysage politique était assez classique : deux poids lourds, mon Patron et son principal adversaire, Vital, un social-démocrate. J'aurais volontiers défini mon patron comme social-démocrate, mais il se trouvait qu'il représentait la droite et le centre dans cette élection, et qu'il fallait agir en conséquence, sous peine de ne pas même figurer au second tour. Ce qui ne l'empêcherait pas d'appliquer, une fois élu, le programme de son choix…

La gauche était aux affaires depuis trop longtemps. Le Président sortant, un vieux socialiste rusé, ne se représentait pas, et il soutenait Vital comme la corde soutient le pendu, laissant le jeu largement ouvert :

aucun favori clair ne se dégageait, et ça se jouerait dans un mouchoir, au second tour, entre Vital et mon Patron.

Vital accusait un handicap politique, lié au désir probable des Français de choisir l'alternance. Mais il disposait d'un avantage administratif, le fait que ses amis étaient au pouvoir et détenaient les manettes de l'État au moment des élections, le ministère de l'Intérieur, les Préfets, les Renseignements généraux, la Police : officieusement, l'appareil d'État était à son service.

Au premier tour, plusieurs candidats entendaient représenter leurs idées, voire troubler le jeu entre les deux favoris. L'analyse du journaliste faisait le point : tous les candidats ne pourraient pas recueillir les 500 parrainages d'élus, les fameuses 500 signatures.

Pour l'essentiel, Vital devrait compter avec la candidature du Géant Vert, un écolo pur jus qui mesurait près de deux mètres, et du Gaucho, un crypto-communiste qui n'avait rien d'argentin mais qui décimait les gêneurs aussi sûrement que l'insecticide du même nom, représentant de l'extrême-gauche qui, pour une fois, avait su fédérer l'essentiel de ses mouvances. J'étais aussi en train d'aider un original de gauche à se présenter, en lui récoltant quelques parrainages. Le journaliste le qualifiait de trublion, susceptible de gêner marginalement Vital. Marginalement. Tout allait se jouer à la marge, alors je ne négligeais aucun détail.

Dans son camp, le Patron devrait essentiellement gérer le Centriste, c'est-à-dire un candidat du centre-droit qui croyait en Dieu et à l'indépendance du centre (tant que Dieu et le centre continueraient à pencher à droite), mais aussi le Radical, c'est-à-dire un autre type du centre-droit qui détestait le précédent et tous les cathos. Vercingétorix était également en lice, dans le seul but de pérorer contre l'Europe, et soi-disant pour la France. Nous avions également, le Patron et moi, suscité la candidature d'une « écolo de droite », pour éviter que toutes les voix écolos aillent à gauche, et dont nous espérions qu'elle grappillerait quelques points. Je veillais moi-même en ce moment à ce qu'elle obtienne ses parrainages. L'article rappelait que cette candidature était, sinon encouragée, du moins considérée avec bienveillance, dans l'entourage du Patron. Le type ne croyait pas si bien dire.

On savait à l'avance, sauf bourde majeure, vers qui se reporteraient tous ceux-là au second tour : chacun dans son camp, le soutien serait chèrement monnayé, mais il serait apporté.

Un candidat restait inclassable et immaîtrisable, rappelait à juste raison l'article : le Facho, candidat d'extrême-droite, qui refusait d'être qualifié de tel mais qui ne faisait rien pour qu'on arrête.

A priori une grosse dizaine de candidats, et deux grands favoris, dont mon Patron de toujours. Les premiers sondages prévoyaient un coude-à-coude, et cette affaire allait se jouer à pas grand-chose.

Je refermai mon ordinateur pour regarder les informations de 6 heures. Je sentis mon esprit s'embrumer et mes yeux se fermer. C'est le moment que choisit mon réveil pour sonner.

7.

À 7 h 20, les rues de Paris sont presque désertes. J'ai toujours été frappé par ce décalage horaire un peu extravagant entre Paris et la province. À deux cents kilomètres de Paris, on commence à travailler à 8 heures et on déjeune à midi. À Paris, il faut avoir une bonne raison pour travailler aussi tôt et proposer un déjeuner à midi pile vous fait immédiatement passer pour un vrai, un beau, un merveilleux plouc. Il n'y a guère que les ingénieurs et les responsables d'une campagne présidentielle qui se lèvent tôt à Paris. Avant il y avait aussi les ouvriers, mais on n'en trouve plus guère *intra muros*.

Je me demandai pourquoi j'avais laissé le Major fixer l'heure de la réunion. Ce n'est pas que je n'aime pas me réveiller tôt. C'est assez agréable de se dire qu'on va profiter d'une journée longue par la seule grâce d'un réveil matinal. Et puis Paris, le matin, a quelque chose de magique. L'air y est plus pur, l'eau qui coule dans les caniveaux plus propre. Se promener dans un endroit qui bientôt se remplira de bruits, de mouvements, de visages m'a toujours donné un sentiment de puissance un peu absurde. Comme si je pouvais prévoir l'avenir, me détacher du monde ou me promener dans un décor.

C'est le matin que je travaille le mieux. Je suis productif, vigilant, réactif. Après 14 heures, les effets de mes insomnies nocturnes se rappellent à mon bon souvenir. J'ai commis beaucoup d'erreurs dans ma vie, et la plupart en début d'après-midi. Avec le temps, j'avais appris à ne rien décider durant ces heures où mon cerveau s'assoupissait.

Le chauffeur du taxi m'avait déjà regardé trois fois dans son grand rétroviseur. Il se demandait qui j'étais. Il avait dû me voir à la télé ou dans les journaux, mais il ne mettait pas de nom sur ce visage fatigué. Ça avait l'air de l'agacer. Et comme je n'avais aucune envie de parler avec lui, je tournais ostensiblement la tête. Avec les chauffeurs de taxi, c'était simple, comme avec les femmes : soit immédiatement, je savais qu'on allait s'entendre, et je leur posais des questions, je les interrogeais, j'imitais le Patron en campagne. Soit c'était l'inverse et ils provoquaient chez moi une froideur qui me surprenait moi-même. Celui-là était plutôt de la seconde catégorie. Sa façon de m'appeler monsieur, tout à l'heure, peut-être.

7 h 20. Personne dans la rue, mais ces yeux posés sur moi. Normalement, je n'aurais même pas dû penser à ce chauffeur. J'aurais dû réfléchir tranquillement, ou passer des coups de fil, ou engueuler des collaborateurs en leur demandant pourquoi je n'avais

pas encore eu la revue de presse du Patron pour voir qui oserait me répondre que si je ne l'avais pas encore, c'est peut-être parce que je n'étais pas encore arrivé au bureau. J'aimerais en trouver un qui ose me répondre ça. Je lui collerais une promotion dans les cinq minutes. Mais ils n'osaient pas. J'étais trop proche du Patron. Pour beaucoup d'entre eux, m'agacer, c'était risquer de lui déplaire.

J'étais comme hypnotisé par ce rétroviseur géant. Je me voyais dedans. C'est toujours incroyable de se voir dans un rétroviseur, surtout lorsqu'on est assis à l'arrière et sur le côté. J'avais mauvaise mine.

— Je vous ai vu à la télé.

— Vous avez Canal + ?

— Ben non. Je crois bien que je vous ai vu aux actualités.

— Ah, aux actualités, ça m'étonnerait. Dans le film du samedi soir un peu tard, je dis pas, mais aux actualités, ça m'étonnerait. Peut-être *Le journal du hard*. Et encore, ça fait un bon bout de temps que j'ai pas été filmé. En tout cas, mon visage. Mais ça fait plaisir d'être reconnu, comme ça, dans un taxi, parce que bon, en général, c'est pas ma tête qui frappe l'imagination, si vous voyez ce que je veux dire, hein ?

C'est bon. Le type était en train de se décrocher la mâchoire. Il se demandait si c'est du lard ou du cochon. Évidemment je ne souriais pas. Je faisais comme si je pensais à autre chose. De toute façon, on arrivait au QG. La course était payée par le compte de campagne. Avant de sortir, je lui laissai un pour-boire royal de 50 centimes d'euro.

— Allez je vous laisse, il faut que j'aille bosser. Ils ont de gros besoins dans ce milieu…

Et voilà. 7 h 25, et j'avais presque le sourire, aussitôt réprimé : il y avait bien longtemps que je ne souriais plus en passant la porte du QG.

L'hiver précédent, je m'étais occupé de chercher un QG de campagne.

Le Patron m'avait demandé l'impossible : un local accessible, sécurisé ou sécurisable, avec des places de parking, dans un quartier ni trop chic ni trop glauque, grand, fonctionnel mais sympa, dans une rue passante mais pas trop. Un endroit avec une centaine de postes de travail, une grande salle de réunion, disponible jusqu'en mai, donc pour une courte durée. Le tout à rechercher dans la plus grande discrétion. Ben voyons…

Une fois l'impossible écarté, j'avais choisi l'imparfait : un immeuble moderne sur trois niveaux, dont le rez-de-chaussée, et des verrières au dernier étage, dans le IXe arrondissement, près de la gare Saint-Lazare, où nous nous étions installés au tout début du mois de janvier.

Le local était sympa. J'avais tout de suite vu ce que je pourrais en faire. L'indispensable était de pouvoir caser tout le monde. Et du monde, il y en avait : entre la production des documents de campagne, les responsables des déplacements du candidat et de ses soutiens, l'organisation des réunions publiques, le service de presse, la petite cellule juridique et financière, la conception et la diffusion des argumentaires et réponses aux courriers, les relations avec les parlementaires et les élus locaux, la sécurité, il y avait au moins une bonne centaine de personnes en permanence.

Nous avions posé de grands panneaux à l'extérieur pour que personne ne puisse ignorer ce qui se passait là, sans masquer pour autant la vue à l'intérieur pour les curieux qui voudraient vérifier qu'on travaille, ni compromettre la discrétion et la sécurité des occupants. La politique ou l'art de concilier l'inconciliable.

L'accès au local était contrôlé en permanence par des types du service d'ordre, qui étaient suffisamment dissuasifs, puis par un accueil avec à la fois de jeunes et jolies hôtesses, parce qu'il fallait séduire, et quelques vieilles de la vieille, celles qui connaissaient tout le monde, parce qu'il fallait bien trier entre les volontaires utiles et la cohorte de fâcheux qui se cherchent une utilité en venant au QG. C'est le problème d'une campagne présidentielle : si vous la gagnez, vous êtes en position d'obtenir beaucoup de choses pour beaucoup de gens. Du coup, ceux qui ont quelque chose à demander ont tendance à venir proposer leurs services. Et même s'ils ne savent rien faire, ils essaient de s'incruster.

Nous pouvions ainsi à la fois accueillir à bras ouverts, sans quoi on aurait dit dans tout Paris que le QG de campagne était un bunker, sans manquer d'en tirer des conclusions sur le candidat, et filtrer, sans quoi ce serait le bordel et c'est le Patron qui finirait par en subir les conséquences. Créer une ruche, où les gens bosseraient tout le temps, et quelque chose de convivial et de chaleureux. Je dois dire que c'était plutôt réussi, et le QG tournait à plein régime depuis plus d'un mois et demi.

Notre objectif était que les visiteurs, notamment les journalistes, se disent d'emblée que c'était là que la campagne se passait. Cette alchimie inexplicable peut, ou non, se créer, et certaines campagnes n'ont jamais décollé sans qu'on sache vraiment si un QG terne en était la cause ou la conséquence. Disons qu'un bon QG n'a jamais fait gagner une campagne, mais qu'un mauvais QG peut assez facilement la faire perdre.

Ce matin-là, le hall d'entrée était désert. Les types préféraient souvent travailler tard que commencer tôt. Ceux qui avaient une vie en dehors, en tout cas.

Je m'accordai un instant pour prendre un café. J'avais eu l'idée de proposer une cafétéria gratuite réservée aux permanents, comme dans une start-up californienne. Tout le monde était content, et la productivité en était améliorée d'autant. Quant aux fâcheux, ils avaient conservé un droit inaliénable : celui de payer leur café et leur sandwich, ce qui limitait mathématiquement leur temps de présence.

Les grandes verrières du dernier étage donnaient à l'ensemble un cachet qui plaisait. Le Major y avait son bureau. Comme le Patron. Comme moi.

Mon grand café à la main, je gravis les grands escaliers centraux transparents pour rejoindre le Major.

Bien sûr, il était déjà là. Une force de la nature : grand, carré, le cheveu court et blanc, les mains solides. Sa poignée de main était trop ferme pour être celle d'un homme politique, qui ne peut pas se permettre d'écraser les phalanges de ses électeurs, mais elle donnait immédiatement une bonne idée de ce qu'était le Major. Sa voix venait compléter le tableau d'un homme d'une petite soixantaine d'années, sérieux et droit, comme un officier à la retraite. Le Major n'est pas militaire. Il n'a jamais été major d'aucune école, enfin pas que je sache. Il ne s'appelle pas Major, cela va sans dire. Mais il dirige la campagne avec une telle poigne et un tel brio que je l'appelle Major. Avant, lorsqu'il n'était que directeur général du parti, je l'appelais l'adjudant. Il n'aimait pas. Je crois qu'à tout prendre, il préfère Major.

Son bureau était d'un banal achevé : une grande table en bois clair, avec des trous dans le coin pour que les fils de l'ordinateur puissent passer. Un écran d'ordinateur. Un très gros téléphone avec beaucoup de touches. Des dossiers partout. Un coffre. Deux fauteuils et une table basse ronde pour les réunions. Des photos de famille : Mme Majorette avec un nain dans les bras qui devait être l'un de ses innombrables petits-enfants ; une photo en *pater familias* dans la grande maison du Berry ; une autre avec le Patron. Tout ce qu'il faut pour confirmer la première impression qu'on se faisait en voyant le Major : un type carré, solide, loyal, sinistre.

Normalement, la réunion aurait dû se tenir dans mon bureau. Il y a quelques années, dans ces circonstances, j'aurais fait attention à ce genre de détails : celui qui se trouve dans son bureau pour une réunion a toujours l'avantage. Et, avant cette campagne, je n'étais pas du style à laisser l'avantage à quiconque. Maintenant tout ça se calme un peu. Et puis mon bureau ne se prête pas vraiment à une réunion à plusieurs : j'en avais volontairement choisi un très exigu, où toute réunion était impossible.

Depuis que nous étions au QG, dès qu'une réunion à plus de trois personnes devait se tenir avec moi, je l'organisais ailleurs, dans une salle impersonnelle, dans le bureau de quelqu'un d'autre, voire dans celui du Patron lorsqu'il n'était pas là et que je voulais impressionner mes interlocuteurs, dans la cuisine du sous-sol, au café, mais ailleurs.

— Jolies photos et bon article. Chapeau.

Dans d'autres circonstances, j'aurais été ému. Le Major n'est pas seulement avare de mots, il ne félicite quasiment jamais.

— Ah, c'est à Marilyn qu'il faudra dire ça. C'est elle qui a goupillé l'opération. Il a été bon, cela dit. Plus ça va, meilleur il est dans ce genre de trucs. Quand il aura quatre-vingt-dix-huit ans, il sera excellent, et on pourra vraiment espérer quelque chose. Courage, encore une bonne trentaine d'années d'efforts !

— On fait ça dans mon bureau ? demanda le Major sans un sourire.

— Oui, mais rajoutons une quatrième chaise.

— Je croyais que tu voulais une réunion à trois. Toi, moi et le dingue.

— Et Winston, Major, on l'oublie ?

— Winston ?

— Oui, le petit Caligny. S'il veut réussir son stage de président, il faut bien qu'on l'associe. Et puis rien de plus formateur, pour le futur sauveur de la Nation, qu'une vraie discussion avec un informaticien avant 8 heures du matin. Une fois qu'on a fait ça, honnêtement, on a bouclé le parcours initiatique.

Même habitué à mes ellipses et à mes conneries, je voyais bien que le Major avait du mal à comprendre.

Ses yeux clignotaient. Le Major était probablement un bon joueur d'échecs, organisé, réfléchi, parfois audacieux. Au poker en revanche, il devait être comme une grosse dinde de Noël qu'on s'apprête à plumer avant de la coller dans le four et de rajouter les marrons.

Cela dit, tant qu'on restait dans sa zone de compétences, le Major faisait bien les choses. En bon apparatchik, il entretenait des réseaux bien construits, savait renvoyer l'ascenseur, et, quand il posait une question, il obtenait des réponses.

— Bon, j'ai creusé sur Pinguet, comme tu m'as demandé, commença-t-il avant l'arrivée des deux autres. Un sénateur comme on n'en fait plus. Quelques casseroles mais rien de sérieux. Soixante-quatorze ans. Dans une vie normale, il serait en fin de parcours. Mais au Sénat... J'ai vérifié, il va très bien : pas de souci de santé, pas d'incident.

— Bon. Tant mieux pour lui, mais ça ne nous avance pas. Est-ce qu'il a un lien avec l'organisation de la primaire ?

— Je n'ai pas trouvé. Il ne faisait pas partie de la commission de contrôle que nous avions mise en place pour vérifier les opérations de vote. Il ne représentait ni le Patron ni Trémeau dans son département. Il n'a même pas pris position pendant la campagne interne. Difficile même de trouver une seule situation compliquée où il aurait pris une position risquée. Rien, je n'ai rien trouvé.

Le Major avait formulé tout cela d'un ton dubitatif. Il ne savait pas, et, fidèle à ses habitudes, ne disait rien puisqu'il n'avait rien à dire, ce qui démontrait à

la fois une grande intelligence et une forme d'originalité radicale dans le milieu politique.

Rien sur Pinguet. Je devais donc m'en remettre à
un informaticien pour espérer en apprendre davantage. Ce n'était pas ma dépendance préférée…

8.

Le petit Caligny et Paul Froux, le directeur informatique du parti, nous rejoignirent en même temps, sur le coup de 7 h 40.

Heureusement pour Winston, ils ne se ressemblaient pas du tout. D'ailleurs, Froux ne ressemblait à rien. Ses cheveux étaient plaqués en avant, sans que l'on sache vraiment si c'était une légère gomina ou une graisse naturelle qui les tenait en place. Sa chemisette en tergal jaune aurait pu égayer un peu le visage presque gris d'un homme plus à l'aise avec les écrans d'ordinateur qu'avec ses congénères, mais la cravate taupe condamnait l'ensemble.

Le petit Caligny, à côté, faisait figure de Dieu vivant.

— Qu'est-ce que vous faites là, Louis ? demanda sèchement le Major, que j'avais pourtant prévenu. Une manière de marquer son territoire, sans doute.

— Winston obéit aux ordres, mon bon Major. C'est tout de même réjouissant, non ?

À l'évocation du célèbre prénom, le petit Caligny me jeta un regard noir.

70

— On nous dit que la jeunesse est rebelle, qu'elle ne connaît plus les valeurs du travail et de l'effort et voilà qu'un jeune homme de vingt ans est capable de se lever pour une réunion à 7 h 30 du matin ! Réjouis-toi Major, c'est la preuve que Mai 68 est enfin liquidé !

Je devinais le Major furieux de ne pas avoir été briefé sur les raisons de la présence de Caligny, non seulement à cette réunion, mais aussi plus généralement au sein du premier cercle. Le petit Caligny, quant à lui, n'appréciait visiblement pas mon humour. L'informaticien me regardait d'un œil parfaitement vide, parce que c'est la seule façon dont il pouvait regarder quelqu'un. La journée était lancée.

Au bout de vingt bonnes minutes, je pus enfin mettre une image sur ce à quoi me faisait penser cet entretien. À une corrida. Une corrida d'un genre curieux. Pas le genre de combat dans lequel un type élégant affronte dans un habit de lumière et avec une grâce infinie un taureau lourd et courageux. Pas le raffinement extrême d'une lutte à la fois symbolique et sanglante. Plutôt une corrida qui opposerait une vache fatiguée et anxieuse à plusieurs types déterminés et agacés.

Il faut dire que dans le rôle de la vache, notre directeur informatique était d'une grande crédibilité. Il avait commencé à suer l'angoisse dès la deuxième question du Major. Ses explications se perdaient dans un luxe de détails aussi inutiles qu'incompréhensibles.

— Bon. Je ne veux pas connaître les détails techniques, Froux, pas pour l'instant. Ce que je voudrais que vous nous expliquiez clairement, avec des phrases, dans lesquelles il y aurait des mots, avec sujet – verbe – complément, des phrases normales en somme, c'est comment le système a été organisé.

— Eh bien, chaque adhérent porte un numéro, attribué par nous : ça fait office d'identifiant pour le vote. Ensuite, une matrice affecte selon un mode aléatoire un code secret à dix chiffres à chaque adhérent. Et c'est la combinaison de l'identifiant et du code secret qui permet de valider la procédure d'identification ouvrant la clé du vote électronique. L'urne électronique ouverte pendant la durée du scrutin ne peut être consultée qu'une fois le scrutin clos, et à ce moment-là, il suffit d'aller aux résultats, et on a immédiatement le score des candidats.

On sentait que Froux se forçait à parler lentement. Le col de sa chemise commençait à être humide. Il suait des cheveux, et il n'était même pas encore 8 heures du matin. En février. Je notai quelque part d'éviter absolument d'organiser une réunion avec ce type en fin de journée pendant l'été.

— OK. Jusque-là, je comprends à peu près. Pour pouvoir voter, un militant doit disposer d'un identifiant et d'un code secret. Qui les attribue ?

— L'identifiant est donné à l'adhérent par le parti. C'est nous qui attribuons un numéro à chaque militant, une fois pour toutes, du jour où il adhère pour la première fois. Enfin, quand je dis que c'est nous, c'est surtout le programme informatique, parce que le numéro qui sort est aléatoire.

— Et les codes secrets ?

— Les codes secrets, ils sont attribués par Droïde, qui utilise une matrice propre.

Le petit Caligny, qui était sans doute né, comme tous les types de sa génération, avec un ordinateur entre les mains, écarquillait les yeux. Comprenant qu'il n'aurait pas l'air plus idiot que nous en posant des questions simples, il commença à interrompre le délire de l'informaticien.

— Je ne suis pas sûr de bien comprendre. C'est quoi Droïde ? Et une matrice propre ?

— Droïde, c'est notre société sous-traitante, qui a conduit pour notre compte les opérations de vote, parce que ça demandait des logiciels, des ressources et une expertise qu'on n'avait pas en interne, parce que moi, je fais ce que je peux, j'ai pas les moyens de gérer tout ça…

— Et une matrice propre ?

— Ben, c'est une matrice aléatoire à eux. C'est le logiciel qui attribue des codes secrets compatibles avec le logiciel utilisé pour le vote. Pour chaque militant, ils attribuent un code secret, qui est envoyé directement au militant par la société. Comme ça, le parti ne peut pas savoir quel est le code secret d'un adhérent, et donc personne ne peut voter à sa place. C'est super *secure*, il y a des *firewalls* partout et aucun intrus ne peut s'infiltrer dans le système. En plus il y avait un huissier de justice à toutes les étapes.

Le type était presque touchant dans sa volonté de nous rassurer. Le Major commençait à sérieusement s'échauffer. Et pourquoi avais-je perçu un soupçon d'inquiétude dans son regard pendant que Froux parlait ? Il avait joint ses mains devant sa bouche, les doigts effleurant ses narines, comme s'il s'apprêtait à prier. En langage Major, cela voulait dire qu'il n'en fallait pas beaucoup plus pour qu'il se mette à étriper le type en face de lui. Ça ne me dérangeait pas. Un informaticien en moins, c'était plutôt une bonne nouvelle pour l'humanité de mon point de vue, mais en même temps, c'était l'obligation d'en recruter un autre. Et ça, à deux mois de la présidentielle, ce n'était pas forcément une bonne idée. Froux était moche, lent et borné, mais au moins il était là depuis longtemps. Confier l'accès du système informatique à un inconnu était en tout état de cause plus risqué encore que de laisser Froux aux manettes. C'était l'arme absolue des informaticiens contre les licenciements : le type qui décidait de les virer prenait instantanément le risque de voir la sécurité informatique de sa boîte compromise et un incapable encore plus nuisible prendre la place du prédécesseur…

Soucieux de préserver l'adrénaline du Major, et un peu la mienne, je me décidai à calmer le jeu :

— C'est sûr, s'il y avait un huissier… Bon. Et comment s'est déroulé le scrutin du 15 septembre ?

— … Mme Trémeau a perdu ? La voix de Froux traduisait de plus en plus la peur, l'incrédulité, l'incompréhension et toute une gamme d'émotions de plus en plus pathétiques.

Je n'en pouvais plus de ce type.

— Froux. Merci d'éclairer de vos lumières le petit Caligny, à qui la défaite de Trémeau et, corrélativement, la victoire du Patron avaient peut-être échappé. C'est précieux d'avoir un collaborateur comme vous, qui sait donner de la profondeur aux analyses et rappeler l'essentiel quand la confusion commence à s'immiscer dans les esprits. Je ne parle que pour moi bien sûr, et peut-être le Major souhaitera-t-il compléter mon propos, mais je voudrais savoir, comme ça, entre vous et moi, vous ne me prendriez pas un peu pour un con ?

J'avais envie d'étriper ce type, mais en même temps je me disais qu'il allait nous faire une attaque cardiaque si je continuais.

— Reprenons, Froux, reprenons dans le calme. Ce que je vous demande, c'est comment s'est passé le scrutin d'un point de vue informatique. Des incidents ? Des intrusions ? Des trucs qu'on ne sait pas expliquer ? Qu'on aurait du mal à justifier si on nous le demandait ?

— Tout a été *clearé* par Droïde et par l'huissier ! Aucune équipe ne s'est plainte. Le résultat est 100 % sûr. Il ne peut pas y avoir de fraudes.

Je sentis la lassitude s'emparer de moi. D'un signe de la tête, j'indiquai aux deux autres que la vache était à eux et qu'il leur revenait de planter les dernières banderilles. Le Major me regarda d'un air résigné, ce qui ne lui ressemblait pas. Le petit Caligny, moins agacé que nous, essayait toujours de comprendre l'architecture du système. C'était lui qui posait les questions. Elles étaient bonnes d'ailleurs. Et j'avais l'impression qu'il comprenait les réponses. Avec un peu de chance, une fois qu'il aurait intégré toutes les subtilités du système, il pourrait répondre aux questions qui continuaient à me venir à l'esprit.

Tout de même. Avoir besoin d'un interprète pour comprendre ce que racontait un type qui bossait dans le même parti politique que moi depuis plus de dix ans... Si les ennemis du Patron apprenaient ça, ils se paieraient une bonne tranche de rigolade... Et si, en plus, ils apprenaient que le petit Caligny était en train de prendre la direction d'une réunion à laquelle le Major et moi participions, ils commenceraient à reprendre espoir.

— Major, je propose que nous laissions Winston essayer de comprendre cette affaire et que nous nous occupions de notre vrai métier. Nous avons une campagne à gagner et un Président à faire élire !

Le petit Caligny allait devoir s'y coller. Le Major et moi devions préparer la réunion du matin avec le Patron.

9.

Comme tous les matins ou presque, le premier cercle était réuni autour du Patron : le Major, Marilyn, Régine, la secrétaire particulière du Patron, formidable pasionaria qui se serait jetée sous un train pour lui et qui gérait son agenda, ses coups de fil et ses courriers au cordeau. Et Démosthène. Et moi.

Nous étions les fidèles, ceux qui ne trahiraient jamais, qui iraient jusqu'au bout, qui se couperaient un bras pour protéger le Patron.

Je n'ai pas encore parlé de Démosthène. Il fait pourtant partie du premier cercle et, à ce titre, il est un membre incontestable de l'équipe. Il travaille avec le Patron depuis longtemps. C'est un intellectuel, un vrai, un surdiplômé des écoles, qui parle le latin, le grec, l'allemand et l'anglais, quatre langues quasi inconnues dans le milieu politique français, surtout l'anglais.

Le Patron l'avait retourné à l'époque où tout le monde pensait qu'il était fini. Démosthène, universitaire bon teint, agrégé de lettres classiques et de géographie mais surtout féru d'histoire allemande, écrivait des articles, publiait des livres et parlait dans des colloques. Autant dire qu'il ne servait pas à grand-chose. Mais comme il était intelligent, il avait été remarqué par je ne sais qui, et embauché pour écrire les discours d'un ancien Premier ministre qui détestait le Patron. Un jour ils avaient fini par se croiser, par se parler et par se plaire. Et Démosthène, tout en continuant pour gagner sa vie à enseigner des disciplines dont je ne comprenais même pas l'intitulé, avait rejoint bénévolement l'équipe du Patron, c'est-à-dire la secrétaire et moi, parce qu'à l'époque, en fait d'équipe, on était seulement trois. Tout le milieu avait daubé sur cet intello complètement paumé qui quittait le camp des puissants pour aller ramer avec les fous. Mais aujourd'hui, plus personne ne critiquait son choix.

J'ai toujours été un peu mal à l'aise avec Démosthène, sans savoir exactement pour quelle raison. Il est plutôt sympathique, d'humeur égale, bien élevé et pas du genre à tirer la couverture à lui. Je n'ai jamais eu d'accrochages sérieux avec lui, en tout cas jamais au-delà de désaccords mineurs sur des éléments de langage destinés au Patron. À sa décharge, Démosthène est totalement dénué de sens politique. Il vit dans le monde merveilleux des idées, celui où l'on peut tout penser et où il faut tout dire, celui dans lequel les puissants sont les sachants.

Moi, je vis dans le monde moins merveilleux du marketing électoral, des dépêches incessantes, des arbitrages politiques, des services rendus, des coups à éviter ou à donner. Chez moi, les puissants souhaitent le rester ou aspirent à le devenir encore plus. Je ne suis pas certain que mon monde soit plus vrai ou plus faux que le monde de Démosthène, simplement ce n'est pas le même.

Même s'il préférait intellectuellement le monde de Démosthène, le Patron devait vivre, se battre et gagner dans le mien. Mais même le plus navrant des commentateurs sportifs vous dirait qu'une bonne équipe, c'est avant tout des compétences variées et des caractères complémentaires. Et Démosthène était parfait pour gratter un discours fondateur à partir d'une demi-phrase grommelée par le Patron entre deux portes.

À nous six, en comptant Winston, nous étions l'équipe du Patron, son entourage, son premier cercle. Il nous avait choisis, chacun avait son rôle, il comptait sur nous et nous étions déterminés à ne pas le décevoir. J'avais une place particulière du fait de mon ancienneté à ses côtés, et tous les autres le savaient sans que j'aie besoin de le rappeler.

Nous n'étions pas forcément amis, même si l'entente était plutôt cordiale entre nous, mais nous étions unis et soudés derrière lui, et il nous rassemblait, tel un fil rouge qui aurait transcendé nos différences. Nous devions l'emmener au bout du chemin. Il allait devenir Président, grâce à son talent, à sa volonté, à son charisme et à son travail. Et aussi grâce à nous.

Il allait devenir Président, mais, en attendant, il était de mauvaise humeur. Ça se voyait à mille petits détails. À sa façon de ne pas nous regarder lorsque nous étions entrés dans le bureau ; à son air absorbé par les papiers qu'il lisait alors que nous nous instal-

lions ; au clignement un peu accéléré de ses paupières ; à son silence alors que nous étions prêts.

Dans ce genre de circonstances, le mieux était de
le laisser fixer le rythme de la réunion, et donc de se
taire. La secrétaire relisait sans bruit l'agenda du
Patron. Marilyn pianotait sur son BlackBerry, ce qui
n'avait rien d'original puisque les gens qui s'occupent
de communication font le maximum pour montrer
au monde entier qu'ils sont en permanence en train
de communiquer. Le Major relisait une note qu'il
avait préparée pour le Patron. Démosthène essayait
de déchiffrer les titres des livres qui avaient fait leur
apparition sur le bureau du Patron. Moi, je regardais
tout le monde.
Je me raclai la gorge, histoire de montrer que nous
étions là et que, nous aussi, nous avions du boulot.
Personne dans l'entourage n'osait ce genre de choses
avec le Patron. C'était un de mes privilèges. Plus de
vingt ans de bons et loyaux services pour en arriver
là…
— Vous êtes enfin tous là ? Nous pouvons commencer ? Parce que si vous avez encore des choses à
lire, je peux continuer à vous attendre.
La mauvaise foi du Patron était parfois insondable.
Près de dix minutes à le contempler en train de lire
des notes et c'est lui qui nous engueulait. Enfin, le
Patron, c'était lui. Lui qui en bavait. Lui qui jouait le
combat de sa vie. Difficile de lui contester le droit
d'être un peu de mauvaise humeur.
Il me tendit la fiche qu'il venait de lire.
— Tenez, je ne comprends rien à cette note. Vous
direz à son auteur qu'il y a deux hypothèses : soit je

suis un idiot, soit il a du mal à exprimer clairement des idées simples.

Connaissant Démosthène, il lui faudrait bien une nuit pour résoudre cette énigme.

Le Major attaqua par l'agenda. Il s'y prenait toujours de la même façon : il commençait par faire la liste des déplacements programmés et énumérait les éventuelles questions à régler. Seules les plus délicates relevaient des réunions avec le Patron, les autres ayant été tranchées par le Major et par moi auparavant, avec la Valkyrie. Après avoir obtenu les réponses dont il avait besoin, il passait aux propositions de déplacements en donnant un avis sur le projet préparé par les équipes de la Valkyrie ou par les élus à l'origine de la demande. J'étais en général consulté à un moment ou à un autre.

Lorsqu'on viendra m'interroger un jour sur le Patron, parce qu'un journaliste en quête de notoriété souhaitera écrire un livre sur lui, je mettrai l'accent sur son exceptionnelle capacité à décider. Le Patron aime décider et il n'a jamais eu peur de trancher, y compris lorsque les décisions à prendre emportaient des conséquences difficiles. Mais à la vérité, son processus de décision est d'une complexité inexplicable. Il décide parfois très vite, tout seul, en donnant le sentiment d'une absolue certitude. Et d'autres fois, je le vois demander à chacun son avis, consulter plusieurs fois, susciter une discussion lui permettant de peser et de repeser les enjeux. Une des choses qui me fascine le plus, c'est que, contrairement à l'impression qu'il dégage immanquablement, lorsqu'il consulte il sait souvent ce qu'il va choisir, mais que lorsqu'il décide tout seul et très vite, il est finalement peu sûr de lui, comme si le simple fait de décider était plus important que la nature de la décision.

Bien sûr, prendre des décisions n'est pas simple. Si le genre humain s'entretue depuis quelques milliers d'années pour savoir quel est le meilleur régime politique, ce n'est pas seulement pour offrir aux yeux ébahis des générations futures l'exemple de la médiocrité. C'est parce que s'entendre sur la façon de prendre les décisions est redoutable. Et lorsque enfin on s'est mis d'accord sur comment doivent être prises les décisions, encore faut-il les prendre.

Après le Major, c'était traditionnellement Marilyn qui s'exprimait, le plus souvent pour raconter rapidement les rumeurs de la campagne, celles dont se délectait le petit monde politico-médiatique, mais qui, par l'effet d'un pacte non écrit, ne filtreraient pas dans les journaux. Le Patron adorait ces histoires. Il affectait de ne pas s'en préoccuper, mais ne pouvait s'empêcher de demander à Marilyn, ou à moi, ce qui se disait, ce que les journalistes racontaient sur les candidats, ce que les éditorialistes prévoyaient, ce que les entourages susurraient. Le Patron écoutait avec amusement et s'indignait assez régulièrement des propos qu'on lui prêtait, sans toujours les démentir pour autant.

Une fois évoquées les rumeurs, Marilyn passait aux choses sérieuses en proposant au Patron un programme de contacts avec la presse, en fonction des thèmes à aborder et des déplacements envisagés. L'idée générale était de concilier deux exigences contradictoires : faire du neuf, pour intéresser la presse, et toujours marteler le même message, pour convaincre l'opinion. Le tout sans faire de gaffes.

Démosthène prenait des notes. Chaque décision prise par le Patron voulait dire plus de boulot pour lui. Pour chaque déplacement, il devrait superviser la préparation d'un dossier dans lequel figureraient un déroulé minute par minute préparé par la Valkyrie, des éléments de fond sur l'histoire, la géographie, l'actualité du lieu de la visite et sur le thème retenu. Pour chaque opération de presse, un dossier récapitulant les éléments essentiels des sujets d'actualité, afin que le Patron ne soit pas pris en défaut par une question, et surtout des anecdotes, des citations dont le Patron raffolait. Pas étonnant qu'à force de préparer ce type de dossiers, Démosthène ait fini par être omniscient. Aux dossiers de Démosthène, le Major ajoutait une note politique sur l'état du parti dans le département, les ambitions de tel ou tel élu local, les questions les plus sensibles ou des éléments de langage. Et moi, je rajoutais ma petite touche, avant que le dossier ne soit transmis au Patron qui, en digne représentant de la vieille école, lisait tout ce qui lui était transmis par ses collaborateurs. Et tout revenait annoté, rayé ou commenté. J'ai renoncé à essayer de comprendre comment il faisait pour tout lire et pour tout ingurgiter. C'était sans doute pour cela aussi que c'était lui le Patron.

Mis à part sa mauvaise humeur qui rafraîchissait l'atmosphère, tout était plutôt normal. Mais il était écrit que cette journée, commencée péniblement avec un informaticien désespérant, ne serait pas comme les autres.

— Alors qu'est-ce que c'est que cette histoire de Pinguet et du scrutin d'investiture ?

J'étais soufflé. Je n'en revenais pas que le Patron en parle devant tout le monde, même si rien de ce qui se disait dans cette pièce ne filtrerait jamais à l'extérieur. La surprise passée, je fis le point sur ce qu'on savait, c'est-à-dire pas grand-chose.

— Le petit Caligny a reçu un appel anonyme hier. Un homme a laissé un message disant qu'un certain Pinguet savait que le vote de la primaire avait été truqué, mais qu'il était mort entre-temps. Nous avons tous pensé au sénateur, mais il a l'air d'être en pleine forme et, pour le connaître un peu, je vous confirme qu'il n'est jamais au courant de rien. Quant au scrutin, nous avons commencé à chercher s'il y avait quelque chose de pas clair. On va continuer à se renseigner sur le mystérieux Pinguet, et je vais refaire tout l'historique du vote du 15 septembre pour voir s'il y a eu des problèmes. Pour l'instant, on me dit que tout s'est passé normalement.

Le Patron écoutait, concentré.

Démosthène, qui entendait parler de cette affaire pour la première fois, voulut sans doute alléger l'ambiance. Entre l'Intellectuel et le fou du Roi, il n'y a souvent qu'une différence de point de vue.

— Qu'est-ce que ça peut vouloir dire, être sûr du scrutin ? On sait qu'on a gagné, certes de justesse. Personne n'a contesté la victoire. Même Trémeau a reconnu sa défaite !

— L'important n'est pas tellement que la rumeur soit vraie ou fausse, repris-je. L'important, c'est qu'elle se répande, et l'important, c'est notre capacité à la tuer dans l'œuf. Si on nous sort une mauvaise rumeur deux mois avant l'élection, sur le thème l'élection interne a été truquée, on a quelque chose qui est susceptible de foutre le bordel dans notre camp et plus généralement de casser l'image d'intégrité du Patron.

Le Major, toujours prompt à calmer les esprits, dut sentir que je commençais à m'échauffer.

— Rien ne prouve que quelque chose d'anormal se soit passé à l'occasion de la primaire. Ce n'est pas parce qu'un type se met à balancer le début de commencement d'une rumeur qu'il faut croire qu'elle est fondée. Moi, à ce stade, je crois trois choses : premièrement, c'est à nous de prouver à tous ceux qui voudraient faire courir des rumeurs que le scrutin du 15 septembre a été à tous égards exemplaire. Deuxièmement, nous devons nous rencarder très sérieusement sur Pinguet. Troisièmement, je crois qu'il faut rester discret sur cette affaire tant qu'on n'a pas plus d'informations et que surtout, surtout, nous devons continuer à bosser sans être obnubilés par quelque chose dont pour l'instant nous ne savons rien.

Normalement, après une intervention aussi carrée du Major, le Patron aurait dû conclure, dire qu'il était d'accord avec ce qui venait d'être dit, donner deux ou trois consignes, et puis passer à autre chose. Mais le sujet devait déjà le préoccuper.

— Est-ce que les journalistes vous ont déjà interrogée ?

Marilyn était dans la boucle. Elle non plus ne s'attendait pas à ce que le Patron relance la discussion sur le sujet.

— Non, rien du tout pour l'instant. Mais je crois en effet que si ce truc sortait, ce serait très mauvais pour nous. La primaire a été sanglante et on a encore beaucoup de mal à dégonfler les histoires sur les trahisons ou sur les pressions qui auraient été exercées depuis le Siège. Mais ça, à la limite, ça ne me fait pas trop peur. Ce qui m'inquiète, c'est que Vital, en face, a joué très tôt la carte de la « politique autrement », avec ses réunions de concertation et sa grande consultation citoyenne. Il va vouloir surfer sur l'image du « parler vrai », et ce sera beaucoup plus facile pour lui si on a l'air de vieux magouilleurs, enfin, je veux dire de magouilleurs…

Oups, ça c'était presque une gaffe. Laisser entendre devant le Patron qu'il était vieux. Même moi, qui parfois n'hésitais pas à le taquiner, je faisais attention sur ce sujet et, en tout cas, je ne l'aurais pas titillé aujourd'hui.

Démosthène crut devoir en rajouter une louche.

— Si je peux juste donner mon avis, je crois qu'il faut vraiment faire attention. Vital fait un tabac sur ce thème de la politique autrement. Il essaie de montrer que lui n'est pas un homme d'appareil, qu'il n'a pas peur de s'inscrire en faux contre l'avis dominant de son parti sur des points sensibles, qu'il écoute vraiment ce que les électeurs ont à dire. Les gens en ont assez d'une certaine politique et c'est plutôt malin de s'adresser à eux comme à des acteurs plutôt que comme à de simples électeurs. Je ne dis pas qu'on doit faire comme eux, bien sûr, mais bon, je crois qu'on ne devrait pas sous-estimer notre adversaire…

Cette réunion partait en sucette. C'était la deuxième de la journée. Ça commençait à faire beaucoup. Il fallait que j'intervienne.

— Ne mélangeons pas tout. Il y a la question de l'appel anonyme, et sur cette question, le Major a tout dit, je suis entièrement d'accord avec lui. Et puis il y a une question plus générale, sur la manière de réagir à la campagne de Vital. Et là il faut arrêter de déconner à plein tube : faire de la politique autrement, ça n'existe pas ! Je veux bien que le slogan soit beau, qu'il sonne bien, mais il ne correspond à rien. C'est du vide. Ça ne veut rien dire ! Faire de la politique autrement que quoi ? Tous les élus écoutent. Vous en connaissez, des élus, qui ne préparent pas une campagne en organisant une tonne de réunions avec le maximum de gens pour écouter ce qu'ils ont à dire ? Tu crois quoi ? fis-je en apostrophant Démosthène. Que, brutalement, Vital a vu la lumière et qu'il a fait disparaître les fondamentaux de la politique ?

— Je ne dis pas ça, je dis que...

— Mais enfin, quand j'entends un élu me dire qu'il veut faire de la politique autrement, je pense la même chose que quand j'entends le patron d'un hypermarché me dire que son objectif, c'est de donner du pouvoir d'achat au consommateur. Je pense qu'on se fout de ma gueule. Dans la distribution, l'objectif, c'est de faire venir et revenir du monde dans le magasin pour gagner du pognon. Dans la politique, l'objectif, c'est de mobiliser son électorat, de tisser des réseaux, de développer un discours qui corresponde aux attentes des électeurs au moment de l'élection pour être élu.

— Je comprends bien, mais...

— La politique, c'est un métier. On aime ou on n'aime pas, mais il n'y a pas mille façons de le faire. Il faut bouffer du terrain. Tous les types qui ont été élus présidents de la République ont sillonné la France en long, en large et en travers avant de commencer à se poser la question de savoir si le moment de se présenter était enfin venu. Et pour faire ça, il faut un parti politique, et tous ceux qui pensent qu'on gagne sans un parti, sans des équipes, sans des réseaux, sans des militants, sans des compromis, sans argent et en se bornant à écouter ce que les gens ont à dire te prennent pour une grosse pomme.

— Je dis simplement que c'est une thématique qui prend dans l'opinion.

— Vital était chargé des sondages dans son parti quand j'étais encore étudiant. C'est un apparatchik pur jus. Il maîtrise sans doute mieux l'appareil militant de son parti que quiconque, pas parce qu'il est meilleur, mais parce qu'il le pratique depuis encore plus longtemps que tous ceux de son camp. À côté de lui, j'ai l'air d'un joueur de pelote basque égaré dans un marché de Noël en Alsace. Il vend la même sauce que tous les autres, et il a juste trouvé une étiquette qui fait vendre. Sur ce, j'arrête, parce que je sens que je commence à m'échauffer.

Le Patron m'avait regardé m'énerver en souriant. Honnêtement, j'étais vraiment le seul à pouvoir m'énerver devant lui. Tout le monde l'observait. Le Patron laissa passer un petit moment.

— Bon. Je crois que nous avons fait le tour. Il y a beaucoup de vrai dans ce qui a été dit. Beaucoup plus que ce qu'on dit à la télévision. En même temps, ce qui compte souvent, et c'est particulièrement vrai dans ce métier, c'est moins la vérité que ce qui est présenté comme la vérité. Autrement dit, je cours le risque d'être ringardisé si Vital réussit à convaincre que lui est l'homme de la modernité alors que moi je suis celui des magouilles d'un autre âge. La presse se plairait à raconter cette histoire. Elle ne serait pas vraie, mais elle serait belle.

Le Major, comprenant que la réunion était finie, se leva, suivi presque instantanément par tous les présents. Sauf moi. Je traînai pour rassembler mes affaires. Il y avait souvent quelques minutes pour moi après les réunions. Parce que même entouré de collaborateurs en qui il avait totalement confiance, il y avait des choses que le Patron ne voulait dire qu'à moi.

Le Patron s'était levé lui aussi. D'un geste amical, il me toucha l'épaule en me raccompagnant à la porte. Je me sentais obligé de le rassurer.

— Drôle d'histoire. Je vais régler ça, mais c'est le genre de problème dont on pourrait se passer en ce moment.

Le Patron marqua un temps d'arrêt. Puis d'une voix chaleureuse qui contrastait avec son regard froid et dur, il me répondit par une formule sur laquelle je médite encore :

— Oui, c'est un problème. Mais votre tirade m'a fait penser à ce que disait le bon Président Queuille sur la politique. Une formule très juste. Il disait que la politique n'est pas l'art de résoudre les problèmes, mais de faire taire ceux qui les posent.

Et, en esquissant un sourire mais sans que ses yeux lâchent les miens, il referma la porte de son bureau.

10.

La Tuile nous était tombée dessus le mardi, mais c'est seulement deux jours après que j'ai commencé à comprendre qu'elle allait nous faire mal.

L'attitude du Patron pendant notre réunion m'avait plongé dans la plus grande perplexité. On ne travaille pas aussi longtemps avec quelqu'un comme lui sans finir par le connaître. Je le connaissais bien, peut-être moins bien que ce que les gens pensaient, mais infiniment mieux que tous les autres. En général, je savais comment il allait réagir aux questions qu'on lui posait, ce qu'il allait dire et souvent comment il allait le dire.

Cette fois-ci, j'étais désarçonné.

Il avait lui-même évoqué l'affaire devant l'entourage, alors que je lui avais dit que je m'en occupais. Il avait relancé la discussion alors que le Major avait dit tout ce qu'il fallait dire. Il avait fait de cette péripétie un sujet important pour l'entourage. Pourquoi ? Parce qu'il était préoccupé ? Parce qu'il sentait quelque chose que je ne sentais pas ? Parce qu'il savait quelque chose que je ne savais pas ?

Et puis, cette remarque sur le fait de faire taire ceux qui posent les problèmes. Au premier degré, elle pouvait être comprise assez brutalement. Je savais bien que ni lui ni moi n'étions des adeptes du premier degré, mais quand même. Qu'est-ce qu'il voulait me dire ?

Si tout s'était arrêté là, j'aurais peut-être occulté cette remarque de mon esprit. C'était sans compter sur le petit Caligny et sur le Major.

— Truquer le vote était possible, commença Winston. Je ne sais pas s'il y a eu trucage, mais d'après ce que me dit mon oncle, c'était possible à certaines conditions.

— Votre oncle ?

— Oui, mon oncle, il est calé, en informatique. Je vous le présenterai, un jour.

Winston me surprenait. La veille, le directeur informatique nous expliquait que le système était inviolable et aujourd'hui, le petit Caligny se pointait, la bouche en cœur et son oncle en bandoulière, pour expliquer le contraire.

— D'abord, poursuivit Winston, il m'a dit très clairement que pour un esprit éclairé qui dispose d'un peu de temps, aucun système électronique n'est inviolable.

— Je savais bien qu'on aurait dû garder le système traditionnel, soupirai-je.

— Ah, parce que vous croyez qu'il est inviolable, lui ?

— Certainement pas, mais au moins je sais comment faire... Expliquez-moi ce qu'il vous a dit, avec des mots simples.

— Grosso modo, il faut deux choses : la liste des identifiants, c'est-à-dire le fichier des adhérents au parti, et la liste des codes secrets attribués par Droïde à chacun d'entre eux.

— Ça, j'ai compris. C'est même la seule chose que Froux explique clairement.

— Celui qui confronte ces deux documents peut donc potentiellement introduire des votes fictifs dans le système. Pour avoir une chance d'y parvenir, il fallait donc avoir à la fois une complicité chez Droïde et une autre au sein du parti.

— Des votes fictifs… provenant d'adhérents réels ? Comment faire ?

— C'est là où ça se corse : il faut savoir quels sont les militants qui n'iront pas voter, pour pouvoir voter à leur place sans qu'ils s'en rendent compte. Ça, je ne sais pas encore comment c'est possible, mais je vais creuser la question. Peut-être en faisant voter les morts, après tout ça doit se faire ailleurs… En tout cas, dites-vous bien que pour un type un peu futé, il était possible de truquer le vote.

— C'est quand même extravagant que ce soit aussi facile ! La commission qu'on avait mise en place avant le vote n'a rien vu ? Quand je pense à tous ces connards qui ont fait des pieds et des mains pour en être ! Ah, ça, quand il faut faire des trucs délicats, on voit peu de monde, mais quand il faut participer à une commission de contrôle interne, on en voit, des éléphants !

— Pour être complètement honnête, ils ont essayé de mettre des garde-fous. Par exemple, assez tôt, ils ont voulu imposer une limitation au nombre de votes émis par le même ordinateur.

— C'est possible, ça ?

— C'est même facile. Chaque ordinateur a une adresse sur Internet. C'est l'adresse IP. C'est souvent grâce à elle qu'on arrive à débusquer les téléchargements illégaux et autres joyeusetés pédophiles. La commission avait prévu qu'un ordinateur ne pourrait pas envoyer plus de dix votes, ce qui permettait de limiter les votes groupés de petits apparatchiks locaux qui auraient décidé de voter à la place des vieilles dames.

— Bon, c'est très bien. Et alors ?

— Cette règle a été levée au dernier moment, assez discrètement. En réalité, on s'était rendu compte que beaucoup de nos militants n'avaient pas d'ordinateurs. Et qu'un grand nombre ne savait même pas se servir d'une souris. Et si on voulait garantir une participation un peu sérieuse, il fallait que nos militants votent depuis les ordinateurs mis à disposition dans les permanences. Là, au moins, on pouvait leur expliquer. Du coup, les ordinateurs des permanences n'étaient plus soumis à aucune limite, et du coup l'idée même de limite par ordinateur avait été écartée.

Putain. Quand je pense au mal que je m'étais donné pour cette élection. Si j'avais su…

— Donc tous les garde-fous se heurtent à la réalité, poursuivit Caligny. Et qu'est-ce qu'on aurait dit si les petits vieux n'avaient pas pu voter ?

— Je ne sais pas ce qu'on aurait dit, mais ce que je sais, c'est que le Patron aurait perdu.

— Sans doute. Mais à qui profite le crime ?

La manipulation avait donc été possible. Restait à savoir si elle avait bien eu lieu. Le petit Caligny était moins catégorique.

— Je ne sais pas. Et honnêtement, personne ne peut savoir à ce stade, sauf à disposer des données de Droïde. Moralité, si on veut savoir s'il y a eu manipulation, il faut aller leur demander leurs fichiers.

Je n'étais pas certain que le terme de moralité ait sa place dans notre discussion, mais bon.

— Négatif, mon petit Caligny. Si je vais voir Droïde pour leur poser des questions, vous pouvez être certain que quelqu'un le saura. Et là, boum, la rumeur sort. Je n'avais déjà pas vraiment confiance dans cette bande de loulous, je ne vais pas en plus leur donner l'occasion de nous plomber alors que nous ne savons pas encore s'il y a eu manipulation. Cela dit, ce que vous me dites me laisse à penser qu'il y a peu de gens susceptibles de réunir les deux éléments que vous décrivez. On devrait pouvoir rapidement trouver qui a pu truquer le scrutin. S'il y a eu trucage.

— Oui et non. On est certain qu'il fallait une complicité chez Droïde. Ça limite sans doute le nombre. Mais ensuite, il fallait pouvoir disposer d'un fichier des adhérents, et ça, ça veut dire quelqu'un ayant de sérieuses connexions au sein du parti. Ou en ayant eu d'ailleurs, parce qu'après tout les identifiants ne changent pas.

— C'est-à-dire ?

Petit silence de Winston.

— Parfois je me demande si vous jouez au crétin ou si vous ne comprenez vraiment rien.

— Ne commencez pas à jouer à l'informaticien. Vous valez mieux que ça.

— OK, OK. Ce que je veux dire, c'est que lorsqu'un militant adhère au Parti, on lui donne un identifiant. Cet identifiant ne change pas : les deux premiers chiffres sont l'année de sa première adhésion, les deux suivants son département de résidence, les deux suivants la circonscription où il habite, etc. Quelqu'un qui a adhéré il y a dix ans a toujours le même identifiant, même s'il déménage entre-temps. Donc celui qui a une version du fichier des adhérents d'il y a, disons, cinq ans dispose d'un nombre considérable d'identifiants. Car, évidemment, on laisse les adhérents dans le fichier quelques années même s'ils ne renouvellent pas leur adhésion. Ça gonfle un peu les chiffres, et beaucoup finissent par revenir... Et pour truquer une élection, il n'est pas nécessaire de truquer tous les votes, il suffit d'insérer un certain nombre de votes truqués.

Même de tête, le calcul était facile. 302 638 adhérents à jour de cotisation, 229 817 votants, 115 204 voix pour le Patron, 114 613 pour Trémeau. 491 voix d'écart. 491 clics de souris. Rien du tout.

Largement assez pour gagner, mais beaucoup trop peu pour ne pas douter.

— Merci, Winston. Bon travail. Gardez ça pour vous pour l'instant. Votre oncle, vous lui avez raconté tout ça ?

— Juste assez sur le système informatique pour qu'il puisse m'éclairer.

— Et il ne dira rien ? On peut lui faire confiance ?

Le petit Caligny esquissa un sourire.

— On peut. Il est muet comme une tombe et celui qui arrivera à le faire parler contre son gré n'est pas né... Dites, il y a un autre truc qui me tracasse : à votre avis, pourquoi c'est moi qu'on appelle ?

Le petit Caligny avait visé juste. Au nombre des questions que je me posais et qui demeuraient sans réponse, celle-là était en haut de la liste. D'abord parce que sa présence au sein de l'entourage du Patron n'avait fait l'objet d'aucune publicité. Les vieux de la vieille avaient peut-être fait le rapprochement entre son nom et son ancien ministre de père. Mais peu de gens connaissaient son nom, et tout le monde avait oublié celui de son père.

— Aucune idée, mon jeune ami. Mais la question est bonne et nous aurions intérêt à trouver rapidement une réponse, dans votre intérêt et dans celui du Patron.

— Celui qui m'appelle est un homme. Il m'a choisi sans me connaître et la seule chose qui peut le conduire à m'appeler moi, c'est qu'il sait que j'ai une proximité relative avec le Patron.

— Et comment savez-vous que vous ne le connaissez pas ?

— Parce que je suis certain de ne jamais avoir entendu cette voix auparavant, mais surtout parce que je ne connais personne dans l'équipe de Vital. D'ailleurs, partons du principe que je ne connais personne dans ce milieu, on gagnera du temps.

Bien sûr qu'il ne connaissait personne dans ce milieu. À vingt ans, on ne connaît personne dans ce milieu. Même les jeunes investis en politique, ceux qui fréquentent assidûment les universités d'été des partis politiques et les mouvements qui gravitent autour d'eux ne connaissent personne. Ils se font prendre en photo bras dessus bras dessous avec des ministres qui passent pour donner le sentiment qu'ils s'intéressent à la jeunesse, ils en parlent autour d'eux, à leurs amis, à leurs parents plus souvent. Mais ils ne connaissent pas grand monde. Et en tout cas, personne ne les connaît. Le petit Caligny était plus lucide que les gens de son âge.

Et pourtant il se trompait.

— Caligny, vous ne connaissez personne dans l'équipe de Vital, certes, mais pourquoi pensez-vous que cet appel émane de l'équipe de Vital ? Pourquoi voulez-vous qu'un type de l'équipe d'en face nous prévienne qu'il détient une bombe alors qu'il a intérêt à ce qu'elle éclate ?

— Si ce n'est pas Vital, ou en tout cas quelqu'un de chez lui, qui est-ce ? Je veux dire, il faut quand même se demander à qui profite le crime. Je reconnais que c'est un peu curieux de prévenir l'ennemi de la manœuvre, mais bon, pourquoi pas ? Peut-être que chez Vital, ils pensent qu'on a aussi une bombe contre eux, et ils nous font savoir qu'ils ont du biscuit contre nous, pour nous inciter à rester calmes. Peut-être qu'on a un ami chez eux, qui trouve que ce genre de truc n'a pas de place dans une campagne présidentielle.

— Et peut-être qu'un jour il n'y aura plus ni déficit budgétaire, ni dette publique, ni chômage, ni pauvreté. Je ne dis pas que cela n'arrivera pas, mais bon, si j'étais vous et que je voulais parier, je limiterais ma mise, parce que vu comme vont les choses, il fera sans doute beaucoup plus chaud qu'aujourd'hui le jour où tout cela arrivera.

— Je suis heureux de constater que vos certitudes sont solides et que votre pessimisme est intact. Il n'empêche : qui peut avoir intérêt à nous prévenir ?

Bonne question. Je ne savais toujours pas qui appelait. Et je comprenais à peine ce qu'il disait.

11.

J'oscillais entre satisfaction et angoisse.

Du côté de la satisfaction, il y avait Winston.

Au milieu des nouvelles inquiétantes qui s'accumulaient ces derniers jours, je pouvais au moins me réjouir d'avoir eu une bonne idée en lui demandant de me donner un coup de main. Je n'étais pas certain qu'il ait compris que je n'avais formulé qu'une demande. Il avait dû prendre ça pour un ordre, tout droit descendu du bureau du Patron.

J'en étais arrivé à un point où je pouvais lui accorder un bon niveau de confiance. Dans ma hiérarchie personnelle, un bon niveau de confiance, c'est déjà assez élevé, le stade où je ne fais pas refaire par quelqu'un d'autre le boulot que je lui ai confié. Dans ce métier, lorsque vous n'avez pas confiance en quelqu'un, vous vous arrangez toujours pour confier la même mission à quelqu'un d'autre. Chaque fois que j'expliquais ça dans les dîners en ville, je passais pour un fou. J'ai donc arrêté. Non pas de procéder ainsi, parce que je préfère un système peu économe en moyens mais qui donne un résultat certain que l'inverse. En revanche, je ne dis plus comment je travaille ; ça m'épargne les regards interloqués et les moues moqueuses.

Du côté de l'angoisse, il y avait ma paranoïa naturelle.

La paranoïa, c'est la maladie professionnelle de l'homme politique et des apparatchiks. Les mineurs ont la silicose, les diplomates ont la solitude et l'alcoolisme, les profs ont l'amertume ou la dépression, et les hommes politiques ont la paranoïa. Impossible d'exercer ce métier pendant plusieurs années sans en être victime. C'est que, fondamentalement, pour faire de la politique, il faut avoir un ego. Il faut qu'il soit déjà bien développé au moment où on décide de se lancer, et puis il faut le faire grandir et le blinder. L'homme politique, et c'est peut-être encore plus vrai pour la femme politique, c'est un ego démesuré qui, en permanence, pense qu'il est meilleur que les autres, qu'avec lui les problèmes seront résolus, qu'avec lui la vie sera changée, qu'avec lui la paix sera préservée.

Je ne critique pas. C'est un moteur puissant et, après tout, pourquoi solliciter le suffrage des électeurs si on ne pense pas sincèrement qu'on va faire mieux que tous ceux qui ont essayé auparavant ? La conséquence naturelle de ce gonflement déraisonnable de la personnalité, c'est que très vite tout ce qui arrive autour de soi est interprété au travers d'une grille simple, brutale, magique : ce qui ne m'arrange pas a été fait contre moi ; ceux qui ne sont pas avec moi sont contre moi ; les coïncidences n'existent pas.

Tout le monde dans ce milieu est ou deviendra paranoïaque, mais avec des gradations. Le Patron l'est très modérément. Il a su conserver un sens de la mesure et un recul sur lui-même qui en font un des types les plus sains, de ce point de vue, du petit monde dans lequel je vis. Et puis à nous deux, cela fait une moyenne. Parce que moi, en revanche, je suis un paranoïaque assumé. Je sais que beaucoup de gens ne m'aiment pas et me veulent vraiment du mal. Du reste, même les paranoïaques peuvent avoir des ennemis. Je suis peut-être paranoïaque, mais, au moins, je suis toujours en vie.

Entre la satisfaction et l'angoisse, la seconde prévaudra toujours. D'ailleurs, le jour où ce sera l'inverse, il faudra sans doute que je change de métier.

Je pondérais tout cela, en me demandant comment une fraude avait pu être organisée sous mes yeux sans que je me rende compte de rien.

Le Major entra dans mon bureau sans frapper. Je détestais ça.

En le voyant, je revis son insistance pour adopter le vote électronique, et son inquiétude lorsque Froux tentait de nous l'expliquer. Ma paranoïa naturelle, sans doute.

— Je crois que je sais de quel Pinguet on parle.

Peut-être que l'angoisse allait tout de même s'effacer devant la satisfaction, finalement. Je lui fis signe de s'asseoir.

— Le sénateur est en pleine forme, assena-t-il. C'est de son fils qu'on parle.

J'avais du mal à y croire. Quand le fils d'un sénateur mourait, on le savait. Le *Bulletin Quotidien* et les
autres feuilles de chou du microcosme le mention-
naient et, au pire, les cadres du parti passaient un
coup de fil pour dire au Patron d'appeler le père
effondré.

— Il est mort ? Quand ça ?

— Lundi matin. Au CHU de Grenoble. Un de mes
amis qui bosse à la Direction générale de la gendarmerie, à qui j'avais demandé de se rencarder, vient
de m'appeler pour me dire qu'un certain Jean-
Dominique Pinguet, fils de son sénateur de père,
était décédé en cours d'opération.

— Qu'est-ce qu'il a eu ?

— Accident de voiture. Dans la nuit de dimanche
à lundi, trente-six heures avant le coup de fil anonyme, donc. Il roulait très vite, d'après ce que je comprends. Apparemment, il a voulu éviter quelque
chose, il a donné un grand coup de volant et il est
parti en tonneaux. Je n'en sais pas plus pour l'instant.

— Et comment se fait-il qu'on ne le sache
qu'aujourd'hui ?

— Ce n'était pas sa voiture, et il n'avait pas de
papiers sur lui, ou sur ce qui restait de lui. L'identification a pris un peu de temps.

Et voilà. On était jeudi, il était 18 h 47. La Tuile
nous était tombée dessus deux jours avant, et depuis
les mauvaises nouvelles succédaient aux mauvaises
nouvelles.

Il y avait au moins trois choses qui me paraissaient
claires. D'abord cet « accident » ressemblait autant à
un accident de la route que moi à une bonne sœur.

On passait d'une affaire gênante à une affaire violente, ce qui n'était pas neutre…

La seconde chose qui semblait évidente, c'est le lien entre le décès de Pinguet et l'appel anonyme. Le type qui nous appelait avait été très rapidement au courant du décès, avant même que la gendarmerie fasse le rapprochement. Comment ?

La dernière chose, c'est qu'entre mes angoisses grandissantes et mes maigres motifs de satisfaction, le déséquilibre allait devenir criant. Ce n'était pas neutre non plus…

— Tiens, voilà ce qu'on a trouvé sur le fils, fit le Major en me tendant un dossier.

Pinguet. Si ce n'était lui, c'était donc son fils. J'avais quand même du mal à croire que son père n'ait rien à voir là-dedans. J'ouvris le dossier sur la famille Pinguet, très complet. Le Major avait dû passer une bonne partie de la journée au téléphone pour rassembler un maximum d'informations sur eux.

Pinguet Jean-Dominique, Directeur de sociétés, né le 22 août 1966 à Grenoble (Isère), de Pierre-Étienne Pinguet, homme politique, et Mme Bénédicte Maupin. Ancien élève de l'École nationale supérieure d'informatique appliquée (ENSIA), champion de France (minimes) de saut à ski en 1980. Passion : œnologie, sports automobiles.

La notice du *Who's Who* était brève mais éloquente. La photo qui l'accompagnait datait un peu, mais la ressemblance avec son père était frappante. Comme par hasard, le type avait fait des études d'informatique appliquée. L'idée qu'on puisse ne pas appliquer l'informatique, c'est-à-dire en faire pour le plaisir, juste pour ne pas s'en servir, me semblait curieuse. Mais là n'était pas la question. J'avais d'un côté un problème avec un vote par Internet, et de l'autre un type qui avait des études d'informatique. À moins d'un hasard, il y avait quelque chose.

Dans une autre vie, que je consacrerais à autre chose qu'à la politique, j'habiterais en Italie. J'irais me réfugier dans le nord de la Toscane. Je mangerais du pain que je tremperais dans de l'huile d'olive, en sirotant les merveilleux vins de la région. Je goûterais l'ironie qu'il peut y avoir pour un apparatchik à se réfugier dans le berceau des Médicis. Je porterais sur l'humanité un regard serein, lointain mais sympathique.

Je croirais au hasard.

Dans ma vie d'aujourd'hui, c'est un luxe que je ne pouvais pas m'offrir.

— Le fils Pinguet avait plutôt bien réussi dans la vie, poursuivit le Major. Il a monté sa première boîte avec des bouts de ficelle, à une époque où personne ne croyait vraiment au commerce sur Internet, et il a utilisé à fond les contacts de son sénateur de père pour se faire un nom dans l'immobilier de montagne.

Belle moralité, chez les Pinguet. Le père était un spécialiste des questions liées à la haute montagne et le fils vendait des studios ou rachetait des blocs d'appartements aux promoteurs intervenant dans les stations de ski. N'importe quel juge d'instruction aurait aimé poser des questions.

— Il a vendu la première boîte très bien, et avec son pactole, il a monté une deuxième société, toujours sur Internet, toujours pour vendre, mais du vin cette fois…

104

Je me disais intérieurement que les contacts de son père avaient dû être moins utiles, même s'il ne fallait pas sous-estimer la capacité des membres du Sénat en matière d'apurement des stocks viticoles.

— ... et là, il a commencé à gagner pas mal d'argent. Pas parce que la société était profitable, mais parce qu'il a vendu au bon moment, juste avant l'explosion de la bulle Internet. Il aurait pu s'arrêter là. Il était jeune et presque riche. Mais il a voulu continuer, en réinvestissant une petite partie de ses gains dans une troisième boîte : « D&M ». Et tu sais ce qu'elle fait, cette boîte, hein, mon cher ?

Mon cher. Depuis quand le Major se sentait-il obligé de me donner du « mon cher » ? Je fis signe que non, je ne savais pas.

— Du conseil aux entreprises en marketing direct sur Internet. Toujours Internet. Il en vivait pas mal. Je ne suis pas certain que la boîte gagne beaucoup d'argent, mais le fils Pinguet était connu dans le monde d'Internet. Il passait pour un des gourous du e-business...

J'avais écouté le Major sans l'interrompre. À la fin de sa tirade, après un hochement de tête, je l'avais félicité pour la qualité de ses recherches. Et je m'étais employé à faire en sorte qu'il retourne à ses occupations.

Il m'avait laissé seul dans mon bureau, en plein désarroi. J'épluchai dans le détail toute la documentation et tous les sites susceptibles de me donner de l'info.

J'ai mis du temps à trouver. Presque une heure. C'est que je ne suis pas toujours très rapide avec

Internet. Je pense avoir été clair sur mes sentiments à l'égard des informaticiens et je reconnais que j'ai longtemps pensé que les ordinateurs n'étaient que des télévisions devant lesquelles on avait greffé des machines à écrire. Heureusement, même si je ne comprends pas comment ils fonctionnent, je sais à peu près m'en servir, ce qui est l'essentiel.

C'est le nom d'un des associés de Pinguet qui m'avait mis la puce à l'oreille. Les statuts de D&M indiquaient que la société avait trois fondateurs : Jean-Dominique Pinguet, Stanislas Dufourcq et Paul Grulier.

J'avais entrepris des recherches sur ces deux derniers noms.

Rien sur Google, sauf 57 pages et un nombre démentiel de renvois à des Grulier sans lien avec celui qui m'intéressait. J'ai cherché sur Yahoo. J'ai cherché sur plusieurs sites. Toujours rien, et en tout cas rien d'utile.

Mon Grulier était associé d'une société. Un entrepreneur. J'ai donc pensé à regarder sur les sites dédiés aux sociétés. Et là j'ai trouvé. Paul Grulier, associé fondateur de la société D&M, était parallèlement gérant d'une autre boîte, dénommée « scrutins électroniques et démocratie directe ». La SEDD, dont personne n'avait jamais entendu parler, existait depuis un peu plus de cinq ans. Et l'examen de son K-Bis, qui est aux sociétés ce que l'acte de naissance est au citoyen, révélait qu'en cinq ans cette société avait réalisé au moins une opération considérable. Elle avait changé de nom.

Elle s'appelait désormais Droïde.

12.

J'étais dans la position du CRS lorsque le petit
Caligny reçut le second message.

J'attendais le Patron. Ça n'a l'air de rien, mais, dans
ce métier, il est essentiel de savoir attendre. C'est un
des points communs entre le CRS et l'apparatchik.
Plus je vieillissais, plus j'en découvrais d'autres.
L'impopularité par exemple. Le célibat également, à
force de nuits passées à l'extérieur, de déplacements
imprévus, de vacances abrégées, d'esprit de corps et
d'appauvrissement intellectuel. La nécessité aussi.
Pas de démocratie sans CRS, parce qu'il faut bien
préserver l'ordre public entre les scrutins, et pas de
démocratie sans apparatchik, parce que ce sont eux
qui font vivre les partis politiques et que, sans parti
politique, il n'y a pas de démocratie.

Évidemment, vous trouverez toujours deux ou
trois beaux esprits qui vous soutiendront, la main sur
le cœur et les principes en bandoulière, que les partis
politiques ne sont que d'abominables machines à
tromper l'électeur, des clans tout juste organisés pour

conquérir le pouvoir et au sein desquels la plus claire partie du temps est consacrée à essayer de trucider ceux qu'on embrasse publiquement et à qui l'on prête des serments d'amitié éternelle. Partant de ce postulat, qui est exact, ils en déduisent que les partis politiques sont nuisibles et que la démocratie se porterait bien mieux si elle était purgée de cette fluxion, ce qui est idiot.

J'attendais, et, du coup, je réfléchissais. L'analogie avec le CRS avait ses limites.

Même si, aujourd'hui, beaucoup prétendent le contraire, nous n'étions pas nombreux, avant la primaire, à penser que le Patron pourrait se présenter à l'élection présidentielle. La presse, le grand public, les commentateurs, personne ne lui donnait une chance. Pour les uns, il était mort et c'était bien fait. Pour les autres, il était remarquable, sans doute, mais il avait raté trop d'occasions et ne pourrait plus jouer les premiers rôles. Pour la grande majorité, il était à la fois connu et oublié, comme un footballeur qui aurait stoppé net sa carrière.

Même certains membres de son premier cercle avaient fini par en douter. N'avais-je pas douté moi-même ?

Tous les politiques vivent avec leur cour. Si on a de ce milieu une vision romantique, on appelle cela le premier cercle. Si on l'observe en biologiste, on appelle cela des parasites. Je préfère parler d'entourage. C'est à la fois plus neutre, plus descriptif et plus vrai. Notre fonction est d'entourer, pour protéger, pour transmettre, pour marquer la rupture entre le monde extérieur et l'intimité d'un homme public.

En matière d'entourage, là aussi, j'ai tout vu : les mercenaires qui changent de patron au gré des fortunes ; les fidèles qui se font découper en rondelles plutôt que d'abandonner leur chef, quitte à y laisser leur carrière ; ceux qui se prennent pour le fils spirituel, la maîtresse ou le mentor, et qui le sont parfois, mais souvent brièvement ; les ambitieux qui espèrent accéder, grâce aux succès de celui qu'ils entourent, aux miettes de la gloire et aux mandats que l'on réserve aux Barons. J'ai vu des patrons qui ne changeaient jamais d'entourage et d'autres qui, à chaque étape de leur parcours, trouvaient utile de virer tout le monde pour recommencer.

Ces premiers cercles ne sont soumis à aucune règle écrite, seulement à des usages. D'abord il faut avoir un entourage : la solitude absolue en politique, en plus d'être ennuyeuse, est trop souvent suspecte. Ensuite il faut faire attention à son entourage, et surtout à ceux qui savent : les secrétaires particulières qui connaissent l'intimité la plus confidentielle ; les bras droits qui montent les coups les plus sordides ; les chauffeurs qui, malheureusement, finissent souvent par tout comprendre et toujours par tout dire. J'ai vu des hommes politiques sur le départ prendre un soin infini à recaser leur chauffeur, qui n'avait jamais réellement rien fait pour eux sinon conduire trop vite une voiture trop puissante, et négliger des collaborateurs dévoués. C'est un peu cruel, sauf pour les chauffeurs.

Il y a souvent quelque chose de pathétique à voir les entourages s'activer autour de leur chef. Il n'empêche. Les vrais seigneurs du métier réussissent souvent à garder autour d'eux des gâchettes exceptionnelles. Bien entendu, un entourage de première bourre ne réussira pas à transformer un sombre crétin en homme d'État. Mais dans un métier où il est si facile de chuter, dans un monde où les fautes se paient cher, dans ce milieu où les attaques sont permanentes et brutales, un entourage de qualité vous permet souvent de survivre. Voire de tuer les autres.

L'expérience m'a aussi appris que lorsque vous augmentez les conditions de température et de pression sur un homme politique, en le soumettant à une campagne électorale nouvelle pour lui, ou à une crise forte où il joue son avenir, ou mieux encore l'avenir de son pays, son entourage finit toujours par s'engueuler. La division de l'entourage, c'est un peu la scissiparité du monde politique : plus l'élu devient important, plus ceux qui l'entourent se divisent.

Et même si cela me désole de le reconnaître, nous n'avions pas fait exception à cette règle. Chacun d'entre nous rêvait que le Patron soit en mesure de se présenter à la présidentielle, mais nous étions peu à imaginer que cela soit possible, et lorsqu'il avait fallu le manœuvrer, puis manœuvrer au sein du parti pour qu'il se retrouve en situation d'être candidat, nous avions vécu des moments difficiles.

Une fois l'investiture décrochée, j'avais rangé ces désaccords au rang des mauvais souvenirs, fruits d'une pression trop soudaine et d'une insuffisante préparation de notre équipe. Mais je sentais bien, depuis que la Tuile nous était tombée dessus, qu'en matière de tensions, le pire était devant nous.

13.

Laissant prospérer ma paranoïa naturelle, je tentais d'échafauder une théorie pour expliquer cette succession d'événements dérangeants. Les questions s'imbriquaient les unes dans les autres, jusqu'à former un insoluble labyrinthe d'hypothèses et d'alternatives. La primaire avait-elle été truquée ? Si oui, par qui et sinon qui avait intérêt à le faire croire ? Le fils Pinguet avait-il été victime d'un accident banal ou avait-il été éliminé, mais par qui, et pourquoi ? Difficile de croire à un hasard à cause du lien entre Pinguet et Droïde... Et qui pouvait avoir intérêt à nous appeler ? Et pourquoi appeler le petit Caligny ?

J'en étais à me dire que tout cela était une conspiration pour m'occuper l'esprit afin que je ne puisse pas me concentrer pleinement sur la campagne du Patron, quand le petit Caligny entra, l'air contrarié et soucieux, dans mon bureau.

— Je viens de recevoir un message. Même voix.

Merde.

— Qu'est-ce qu'il dit, faites-moi écouter !

Le petit Caligny secoua la tête :

— Je ne peux pas. Ce n'est pas un message qu'il laisse, c'est un message préenregistré qu'il diffuse. Comme cette fois j'ai décroché, je n'ai pas pu l'enregistrer. J'ai tout noté juste après pour ne rien oublier. Il a commencé par expliquer qu'il ne voulait pas dire qui il était, mais qu'il avait une « conception de l'honneur qui n'était pas celle des autres ».

Tu parles. Un corbeau peut être utile ou néfaste, cela dépend du point de vue, mais il peut rarement prétendre à l'honneur et au panache.

— Il a insisté sur le fait « qu'il y avait urgence ». Il n'a pas dit si l'urgence était pour lui ou pour nous, mais sa voix, même enregistrée, était un peu tendue. Il m'a dit qu'il réunissait des papiers et qu'il voulait nous les faire passer, et qu'il était temps de faire connaissance. Il m'a donné rendez-vous.

— Et il veut vous voir où ?

— Sous le Pont-Neuf, samedi soir à 22 heures.

— Et vous avez répondu quoi ?

— Rien.

— Comment ça rien ? Vous déconnez ou quoi ? Le type veut nous filer des papiers et vous ne dites rien ? Mais je rêve !

Le petit Caligny me regardait interloqué. Il allait ouvrir la bouche pour se défendre quand j'ai compris.

— OK, OK. C'était un message enregistré. Au temps pour moi… Et comment devez-vous faire pour lui faire savoir que vous acceptez le rendez-vous ?

— On met un communiqué en ligne sur le site indiquant un déplacement d'un responsable national à Meylan lundi prochain.

— Meylan ? À côté de Grenoble ? Ah, ça, je reconnais qu'avant qu'il puisse y avoir un déplacement par là-bas, il s'en passera, des campagnes…

— Oui, mais c'est en Isère. En Isère. Le département du père Pinguet. Je crois que c'est une manière de nous mettre sur la voie.

— Oui. Bon. On appelle le webmaster et on lui dit de mettre en ligne un message comme ça. Mais vous n'allez pas à ce rendez-vous, mon petit Caligny. C'est moi qui vais y aller. Avec un des gars de la sécurité. J'ai des trucs à lui dire, à ce type qui commence à m'emmerder avec son anonymat.

— Ben voyons. Et puis quand le type cherchera un beau jeune homme comme moi, avec des cheveux et une bonne mine, il tombera sur vous et il nous prendra l'un pour l'autre. C'est sûr. C'est une bonne idée.

Dans toute cette histoire, je savais ce qui m'énervait le plus. Les ennuis susceptibles de tomber sur le crâne du Patron m'inquiétaient ; le fait de ne pas comprendre m'agaçait ; mais ce qui était le plus irritant, c'est que je ne me sentais pas bon. J'étais en retard. Mes réflexes étaient comme ouatés. Le petit Caligny, lui, donnait le sentiment de tenir le rythme et était de surcroît de plus en plus caustique. Plus je trouvais ce jeune homme malin, plus je me sentais vieillir.

— Une dernière chose. Il m'a invité à la plus grande prudence. « Plus que Pinguet qui avait constaté récemment qu'on ne l'était jamais assez. »

— Il a dit ça comme ça ?

— Je cite ses mots.

Un peu elliptique comme message. Le petit Caligny penchait pour une mise en garde un peu obscure. Moi, j'y voyais plutôt une menace.

Nous nous sommes regardés longuement. Les questions étaient encore plus nombreuses qu'avant et, de ce point de vue, le second message ne venait pas éclairer l'affaire. Mais il avait au moins un aspect positif : nous allions rencontrer le lanceur de tuiles.

Et, à l'instar de tous les CRS du monde, la perspective d'un peu d'action me réchauffait le cœur.

14.

Le bureau de Marilyn ne ressemblait à rien. Il était envahi de journaux, d'hebdomadaires et de dépêches. Dès qu'elle était dans son bureau pendant plus d'un quart d'heure, Marilyn rechargeait la batterie de son téléphone portable. Lorsqu'elle n'était pas en déplacement avec le Patron, à gérer une nième manifestation de l'hystérie journalistique, Marilyn passait son temps au téléphone, à en gérer une autre forme. Elle essayait d'orienter, de donner une version des événements favorable à nos intérêts. Les Anglais ont un terme magnifique pour ce job. Ils parlent de *spin doctor*. Le *spin*, c'est l'effet d'une balle. Selon l'effet que vous lui imprimez, la balle rebondit plus haut, moins haut, un peu plus à droite ou un peu moins à gauche. N'importe quel joueur de tennis ou de ping-pong sait que mettre de l'effet dans une balle est essentiel.

Donner du *spin*, c'est raconter sa version, trouver la bonne formule, montrer pourquoi ce que vous racontez de l'histoire est aussi intéressant que l'histoire elle-même.

Dans une campagne, le *spin* est essentiel.

Marilyn, dès qu'elle avait un moment de libre, appelait les journalistes, pour savoir ce sur quoi ils travaillaient, ce qu'ils pensaient écrire et pour leur indiquer sa version de l'anecdote ou de l'information. Sa version, c'est-à-dire, le plus souvent, la mienne.

C'est la raison pour laquelle je travaillais beaucoup avec Marilyn. Elle me consultait très régulièrement sur les réactions à formuler et elle m'informait aussitôt qu'une dépêche tombait. J'avais ainsi pris l'habitude de descendre jusqu'à son bureau pour faire le point avec elle.

La vérité m'oblige à dire que ce n'était pas la seule raison.

J'adorais descendre voir Marilyn parce qu'elle me plaisait. Physiquement d'abord, mais cela n'avait rien d'original. Elle était sans doute moins belle qu'il y a six ou sept ans, lorsque je l'avais recrutée, mais elle était encore plus charmante. Sa vivacité d'esprit compensait amplement l'effet très relatif du temps sur ses lignes et sur son teint. Ceux qui aimaient les corps jeunes, la spontanéité et l'insouciance des femmes de moins de trente ans devaient trouver qu'elle se fanait. Je pensais exactement le contraire. Avec le temps qui passe, elle était de plus en plus sensuelle. Rien ne l'impressionnait plus chez les puissants qu'elle côtoyait, et elle avait dû gérer les avances plus ou moins lourdes de tous ceux qui ne voyaient en elle que son physique. Sa capacité à séparer de façon hermétique sa vie professionnelle et sa vie privée était exceptionnelle. J'étais bien placé pour le savoir.

L'autre raison pour laquelle j'adorais descendre voir Marilyn, c'est que j'aimais lui parler. Je m'étais vite rendu compte qu'elle me permettait de mieux formuler mes idées. Lorsque nous discutions, elle posait les bonnes questions, et je voyais plus clair. De ce point de vue, elle était à peu près l'antithèse de Démosthène : elle donnait à ceux qui parlaient avec elle le sentiment d'être intelligent. Du coup, dès que j'avais du mal à exprimer simplement une idée, ou lorsque je souhaitais tester une argumentation que je pensais soumettre par la suite au Patron, j'allais lui parler.

Les interrogations et les hypothèses se bousculant dans ma tête, je m'étais dit que parler un peu à Marilyn me ferait du bien. J'entrai donc dans son bureau, comme toujours sans vraiment frapper.

Elle n'était pas seule.

Le Major était assis en face d'elle. Le Major m'a regardé et Marilyn a instinctivement jeté un coup d'œil vers l'écran de son ordinateur sur lequel les dépêches AFP tombaient en permanence.

Ils parlaient de moi, ou d'un autre parano, et je les avais interrompus.

La fraction de silence qui avait suivi mon entrée, le regard surpris du Major, sa simple présence dans ce bureau qui était bien moins courante que la mienne, l'air un peu gêné de Marilyn, tout indiquait qu'ils parlaient de moi, ou du Patron, ou de quelque chose de délicat. Dans d'autres circonstances, je les aurais mis mal à l'aise en leur demandant à quoi rimaient ces messes basses, mais je ne voulais pas me fâcher avec Marilyn avant d'avoir eu le temps de profiter de ses lumières.

— J'espère que je n'interromps rien de sérieux, mais je voulais savoir si on avait de l'info sur ce que prépare Vital pour son émission de demain.

Un peu d'ironie et le rappel de la présence d'un ennemi commun me semblaient être la meilleure façon de faire disparaître le malaise que mon entrée avait provoqué. Marilyn, probablement reconnaissante de cette perche tendue, se précipita pour répondre :

— On commence à savoir, oui. Il va se démarquer encore un peu plus de son parti et prendre position sur le nucléaire, il est pour, sur les zones vertes au sein des agglomérations, il est pour, et sur le maintien des 35 heures, il est pour.

— C'est gonflé d'être pour l'interdiction des voitures dans le centre des grandes villes. Il a quand même été maire de l'une d'entre elles. Ça va plaire aux bobos, mais pas à son électorat populaire.

Le Major venait de reprendre la perche. Embrayer sur la conversation engagée par Marilyn à mon invitation lui permettrait sans doute de ne pas évoquer le sujet sur la table avant mon arrivée.

— Pas certain. Et en tout état de cause, s'il prend position pour le nucléaire, il est obligé de donner des gages aux écologistes. Les zones vertes, c'est un de leurs dadas. Quant à son électorat populaire, ça fait bien longtemps qu'il a disparu. Autant faire le plein des voix chez ceux qui sont prêts à voter pour lui que de ramer comme un fou pour convaincre une petite proportion de ceux qui n'y sont plus prêts en risquant de décevoir sa base. Il a raison. Et s'il joue bien, il pourra toujours dire qu'il est un homme libre.

Le b.a.-ba de la politique. L'important, ce ne sont pas les positions dans l'absolu, c'est l'effet d'une position sur l'électorat.

C'est fou comme une conversation pouvait durer lorsqu'elle permettait d'éviter d'aborder un sujet qui fâche. J'avais déjà vérifié la pertinence de cette règle au cours de bon nombre de dîners de famille ou après une petite engueulade entre amis.

Pendant que nous débitions des banalités sur la campagne de Vital et sur le meilleur moyen de positionner le Patron, je me disais que cet épisode justifiait amplement mon choix. M'associer au petit Caligny pour essayer de régler cette affaire était une bonne idée. Après tout, il était à la source de cette rumeur puisque c'est lui qu'on avait appelé. Il était relativement inconnu à l'extérieur, et il me permettrait donc de poser des questions, par son intermédiaire, sans être remarqué. Et puis si je continuais à être désagréable avec lui, les gens lui parleraient sans doute plus volontiers. Il finirait bien par apprendre des détails utiles.

J'allais devoir l'inciter à discuter de cette affaire avec le Major et Marilyn. Ces deux-là ne me disaient pas tout, et je n'aimais pas ça.

15

Vendredi 19 février, 13 h 15

Déjeuner avec un adversaire politique est un sport que j'avais appris à aimer.

D'abord parce que j'aimais bien manger. Mais surtout parce que j'ai très vite compris que, pour réussir en politique, il fallait aimer tout ce qui semble abominable à un esprit raisonnable. Qui pouvait se réjouir de déjeuner avec un type qu'il déteste ? Qui pouvait trouver sérieux de conclure un accord avec quelqu'un qui ne les respecte jamais ? Et qui pouvait passer plus de temps à lutter contre des gens du même bord qu'avec des gens du bord opposé ? Un homme politique. Ou pire, un apparatchik.

Les règles d'un déjeuner politique ont beau être non écrites, elles n'en sont pas moins strictes. Tout compte : le lieu, la durée, la longueur des échanges, l'éventuelle conférence de presse qui suit. Tout est possible : jouer l'attaque, la défense, le contre ou le match nul. On peut vouloir informer, s'informer, désinformer ; on peut gagner ou bien perdre, mais pour durer, il faut connaître et respecter les règles.

Règle n° 1 : On laisse toujours parler un élu. Un bon déjeuner politique, c'est celui où l'autre parle de son sujet favori : lui-même. Comment Il voit la situation politique. Quel conseil Il a donné à qui. Quelles difficultés Il est en train de surmonter, car il y a de vraies difficultés, mais Il est en train de les surmonter, ce qui prouve bien qu'Il est à la hauteur.

Règle n° 2 : On ne déjeune pas de la même façon avec un sénateur et avec un député. Ni l'ambiance ni la durée ne sont identiques. Un député peut faire rapide, parce qu'il doit laisser penser qu'il travaille, ce qui n'est pas toujours faux, alors qu'un sénateur prendra son temps, afin de laisser croire qu'il n'a rien à faire, ce qui n'est pas toujours vrai.

Règle n° 3 : Il est souvent plus utile de déjeuner avec ses adversaires politiques qu'avec les types de son propre camp. Il n'est pas rare de voir se créer entre opposants une proximité et une confiance qui, sans être tout à fait amicales, n'en sont pas moins réelles. Dans le même camp, on vit ensemble en se tapant dessus, donc, très vite, sauf à s'aimer très fort, on en vient au mieux à se supporter, mais plus généralement à se détester cordialement. Entre élus de camps opposés, on se voit finalement peu, donc on se parle vraiment. On a toujours des ennemis communs, chacun dans son propre camp. On sait que le renvoi d'ascenseur peut être très utile et en plus, on se donne à peu de frais le sentiment de n'être pas sectaire.

Règle n° 4 : Quand on déjeune avec Texier, on se méfie.

Comme nous déjeunions à mon invitation, j'avais choisi le terrain. C'est important, le choix d'un restaurant dans Paris. Ceux qui aiment manger le choisissent en fonction du chef. Ceux qui aiment parler se déterminent en fonction de l'ambiance. Ceux qui aiment séduire connaissent les endroits où les jolies femmes font semblant de déjeuner. Comme je n'étais pas certain que le déjeuner débouche sur quoi que ce soit, sinon la frustration de Texier devant le refus du Patron de venir le soutenir, je m'étais dit qu'il fallait au moins que nous soyons vus ensemble. Pour le petit monde parisien, le fait que nous déjeunions en public tous les deux constituait en soi un message.

Dans la famille « déjeunons afin d'être vus ensemble par le monde politique », le restaurant *Chez Françoise* est idéal. À deux pas de l'Assemblée nationale, c'est une sorte de cantine pour députés sous l'aérogare des Invalides où se croisent en souriant, pleins d'une connivence légère, les parlementaires de tous les partis et les lobbyistes soucieux de les inviter.

Chez Françoise, notre déjeuner ne serait pas seulement remarqué, il serait commenté. Les Barons de notre camp comprendraient que les grandes manœuvres étaient engagées et l'état-major de Vital saurait que nous étions unis pour la bataille. Enfin c'est ce que j'espérais…

— Et comment tu vois la suite ?

La question rituelle. Celle qui doit être enseignée dans les mauvaises écoles de politique. Celle qui donne l'impression qu'on accorde de l'importance à celui à qui on la pose. Je la connais trop bien cette question. Elle est le tic de langage d'une grande

majorité des parlementaires qui font semblant de solliciter votre avis sur la situation politique. Je n'étais
pas surpris d'entendre Texier la poser. En revanche
j'étais un peu soufflé qu'il me la pose à moi. Il me
prenait pour qui ? Un débutant ?

— Bien. On va faire une belle campagne et on va
gagner. Et quand on aura gagné la présidentielle, on
attaquera les législatives.

Autant lui indiquer tout de suite que les deux
sujets étaient liés, à cette crapule.

— Si ton Patron gagne, il devra tenir la majorité,
qui est terriblement divisée, tu le sais. Il aura besoin
de tout le monde.

Ben tiens.

— Il le sait et je le sais. Mais je sais aussi que beaucoup de gens auront besoin de lui pour y rester, dans
la majorité. Parce que je n'ai jamais cru à l'idée que
les législatives qui suivaient une présidentielle gagnée
étaient une partie de plaisir. Qui peut dire à quoi
ressemblera l'Assemblée après ces législatives ?

La réponse était simple : nous deux. Texier et moi
étions les mieux placés pour connaître les circonscriptions solides ou fragiles, celles qui basculeraient
à coup sûr, celles dans lesquelles c'est le résultat de
la présidentielle qui déciderait de l'issue du scrutin,
celles dans lesquelles des dissidences pourraient venir
chambouler la donne. Celles aussi dans lesquelles
l'électorat avait changé, venant modifier les vieilles
habitudes. Celles qui ressemblaient à la circonscription de Texier.

Un petit sourire de sa part. Nous nous compre-
nions. Je voyais à son œil qu'il allait abandonner son

costume de politique pour redevenir l'apparatchik qu'il n'avait, au fond, jamais cessé d'être.

Il cessa d'arborer la bonne mine automatique du parlementaire. Je venais de terminer la sole meunière que je commandais systématiquement dans ce restaurant. Lui avait englouti un pavé sauce au poivre. Le déjeuner commençait enfin.

C'est lui qui attaqua le premier.

— Nous nous connaissons assez pour ne pas nous raconter d'histoires. Pour moi les choses sont claires : ton Patron a gagné la primaire, il est le candidat. Est-ce qu'il gagnera, je ne sais pas. Personne ne sait. Ce que je sais, c'est qu'il a besoin de souder son camp pour gagner. Et ça, on n'y est pas. Chez moi, ils sont encore très affectés par la primaire. Trop de mauvais coups. Trop d'attaques personnelles. Vous avez tiré sur ma patronne trop fort, et les parlementaires qui l'ont soutenue vous en veulent.

— Mais les militants nous ont donné raison.

— Peut-être. Mais les militants ne ressemblent pas aux électeurs, tu le sais. Beaucoup de gens disent que vous êtes macho, que vous avez privé la France d'une candidate qui incarnait la nouveauté, la jeunesse. Je ne refais pas la primaire. Je dis simplement que les fractures ne sont pas réparées.

Il tenait le discours classique. Je l'avais entendu cent fois depuis la fin de la primaire. Le discours des perdants. Vous avez gagné mais vous avez besoin de nous tellement plus que nous aurions eu besoin de vous.

— Les fractures, ça se répare avec du temps. On est juste après un combat dur, dans lequel je te rappelle que vous n'avez pas été les derniers à balancer.

Ta patronne, qui est toujours prête à expliquer partout qu'elle est La Victime des machistes, des conservateurs, des libéraux, des technocrates ou des militants, elle a quand même passé son temps à dire à tout le monde que mon Patron était un dinosaure.

— Je reconnais qu'il y a eu des excès. Des deux côtés. Peut-être des dérapages. Rien d'irréparable, j'espère. En tout cas de notre côté, nous continuons à croire que nous pouvons jouer un rôle.

Bien sûr. Mais lequel ? Le grand marché aux portefeuilles et aux strapontins n'était pas ouvert. C'était trop tôt. Je n'allais pas commencer à négocier, deux mois avant l'élection présidentielle, qui serait secrétaire d'État aux choux farcis. Je n'avais pas de mandat du Patron, et je n'en aurai pas avant le premier tour. On était encore loin du but.

— Jean. Ni toi ni moi n'allons négocier sur un coin de table la composition du gouvernement qui pourrait être nommé si nous gagnons l'élection. Ça n'est pas raisonnable. Ce que je peux te dire, c'est que mon Patron considère que le passé est le passé, que tout se jouera pendant la campagne, que ceux qui auront montré leur envie et leur talent au cours des mois à venir auront leurs chances, même s'ils ont soutenu ta patronne. L'union se fera dans l'action et dans la victoire, pas dans des discussions de marchands de tapis.

Texier écoutait avec attention. Il n'était pas surpris de ma réponse. Il aurait fait la même.

— Je comprends ce que tu me dis. Tout le monde peut le comprendre. C'est raisonnable. Mais c'est toujours le premier pas qui est le plus difficile. Si ton

Patron ne tend pas la main, qui pourra la saisir ? Et puis maintenant, c'est lui qui a le plus à perdre.

Je restais calme. Qu'est-ce qu'il était en train de me dire ?

— Nous avons tous beaucoup à perdre. Lui sa présidentielle. Toi ta législative. Et sans être lyrique, j'ai même tendance à penser que notre pays perdrait beaucoup s'il se passait de nous et qu'il faisait confiance à un type comme Vital.

Texier continuait à sourire. Il était en train de boire son café. Il le but lentement, jusqu'à la dernière goutte.

— Bien sûr, nous avons tous à perdre. Mais on ne perdra pas tous la même chose : ton Patron disparaîtra, tu trouveras un nouveau chef ou tu prendras ta retraite, nous ferons cinq ans d'opposition et ma patronne, qui est jeune et qui est populaire, prendra le contrôle de notre camp. C'est le genre de défaite qui est plus supportable pour moi que pour toi.

Objectivement, il n'avait pas tort. Ce qu'il disait était rationnel, construit, et surtout vrai. Il y avait forcément une petite partie de bluff, mais comme toutes les bonnes menaces, elle était fondée sur quelque chose de vrai.

Il n'allait pas l'emmener au paradis.

— Écoute, Jean, des mecs qui m'ont annoncé la défaite du Patron, j'en connais des tonnes. Ils pleurent encore. Cette présidentielle, il va la gagner. Quand il l'aura gagnée, tout le monde lui mangera dans la main. Et tous ceux qui ont joué contre lui devront assumer, devant leurs électeurs au moment des législatives et devant les médias pendant plusieurs années. Ta patronne peut devenir une pièce centrale du dispositif, si elle joue *fair play*. Tu dois la convaincre. Vous ne pouvez pas jouer la défaite. J'entends ce que tu dis sur la nécessité de rassembler. Je vais voir ce que je peux faire. On doit pouvoir se concerter sur les investitures pour après la présidentielle. Voyons-nous régulièrement pour essayer de faire en sorte que les choses se passent bien entre nos patrons. Ils en ont besoin. Tous les deux.

Il avait l'air de m'avoir écouté. J'avais proposé des réunions, des concertations, et laissé entendre que Trémeau pourrait avoir une place importante après l'élection. Je n'étais pas sûr de l'avoir convaincu, mais j'étais certain que mes arguments allaient le faire réfléchir, et qu'il en parlerait à sa patronne.

— Marie-France aura des candidats à proposer pour les législatives. Elle voudra qu'on les soutienne. Et elle ne comprendrait pas que ton Patron ne vienne pas m'apporter son soutien, dans ma circonscription, en gage de paix et d'union.

— Le meilleur moyen de le convaincre de venir n'est pas de brandir des menaces. Les législatives sont encore loin. Le mieux est d'enclencher l'union. Tu sais bien qu'il viendra si tout se passe correctement.

J'avais essayé de mettre toute ma conviction dans cette réponse parfaitement dilatoire.

— Tu es en train de me dire qu'il ne veut pas venir me soutenir ? Tu lui en as reparlé ? Si tu veux, il peut venir avant la présidentielle. Un meeting commun, Marie-France et lui sur la même tribune, chez moi, nous y serions sensibles.

Si je proposais ça au Patron, il mourrait d'un arrêt cardiaque et d'un accès de fureur.

— Je verrai ce qui est possible, mais l'important, c'est l'union et le travail en confiance.

Nous nous étions tout dit. Je réglai l'addition sans regarder son montant. Je n'avais pas un rond, à titre personnel, mais j'avais un budget presque illimité pour inviter mes interlocuteurs dans les bons restaurants. En politique, on devient rarement riche, mais il est difficile de ne pas finir gros.

Au moment de prendre congé, Texier me serra la main et se rapprocha de moi, comme pour ne pas être entendu.

— J'ai bien entendu aussi ce que tu disais sur la nécessité du *fair play* et de la confiance. C'est important la confiance. On me dit des choses auxquelles je ne veux pas croire sur le *fair play* dans votre équipe. Des rumeurs bien sûr…

Je ne disais rien. Comme il fallait s'y attendre, le sujet du déjeuner était abordé après le déjeuner.

— Il va sans dire que j'aurais beaucoup de mal à convaincre ma patronne qu'elle doit coopérer à une campagne dont l'acte fondateur aurait été une fraude. Et j'aurais également beaucoup de mal à convaincre ses supporters de ne pas organiser une candidature dissidente. Évidemment elle perdrait. Vous aussi cela dit. Mais perdre ne lui fait pas peur, tu sais. S'il s'agit d'incarner l'honnêteté et la fidélité à nos idées dans cette campagne, elle ira et perdre ne sera pas grave. Dans ce métier, l'important, pour gagner un jour, c'est de participer dès qu'on peut. Et ne te laisse pas tromper par son silence actuel, elle est tout à fait capable d'un acte fondateur si vous la poussez à bout. Nous attendons des gestes de votre part, et des gestes forts. Parce qu'entre nous deux, hein, nous savons bien qu'il était parfaitement possible de truquer le vote de la primaire, en tout cas, de mon côté, j'ai suffisamment d'estime pour toi pour t'en savoir tout à fait capable. À bon entendeur, si j'ose dire, salut !

Il a dû me dire au revoir, probablement me serrer la main en me souriant. Je ne m'en souviens plus. Je sentais la sole meunière remonter de mon estomac.

16.

Le mal était fait : je doutais. Je doutais du Major, de Marilyn. Je doutais même de moi. Le Patron était étrangement nerveux. Texier m'avait dangereusement secoué, et Trémeau allait ressortir du bois à un moment ou à un autre. La campagne de Vital battait son plein. J'avais rendez-vous avec un taré sous le Pont-Neuf le lendemain soir. D'où cette impression diffuse d'avoir perdu le contrôle.

Lorsque je me sentais tiré vers le bas, j'allais voir Démosthène. Chaque membre du premier cercle avait une grande utilité pour le Patron. Il en avait aussi une pour moi. Le Major me détendait tellement il était tendu. Marilyn me rendait meilleur. Winston me mettait un coup de jeune. Et Démosthène, tellement loin de toutes ces turpitudes, me rappelait que mes tracas n'étaient pas au centre du monde.

Il était dans sa position favorite : assis à son bureau, le buste presque allongé sur le plateau de bois, les jambes croisées vers la gauche et la tête penchée de l'autre côté pour faire équilibre. Il écrivait.

Tout son corps était immobile, sauf ses yeux et sa main, qui noircissait le papier, objet unique de son attention. Les raisons pour lesquelles Démosthène écrivait dans cette position, au risque de déclencher une sévère scoliose, et à la main, alors que toute sa génération utilisait l'ordinateur, étaient inconnues.

Chez les nègres, il y a ceux qui écrivent bien, ceux qui écrivent vite et ceux qui écrivent beaucoup. Démosthène écrivait vite et bien. Cela le plaçait dans une catégorie rare et particulièrement utile. Surtout en période de campagne, lorsqu'il faut écrire beaucoup. Pour toutes ces raisons, il ne venait à l'esprit de personne de l'inviter à se tenir droit ou à taper sur un clavier.

Démosthène dissertait sur la France. Lorsqu'on a la chance d'écrire pour un candidat à l'élection présidentielle, on s'adresse aux Français mais on parle à la France. Au sens propre comme au sens figuré, Démosthène en était retourné.

Il préparait un discours sur le sens de l'engagement politique, que le Patron devait prononcer quelques jours plus tard devant la jeunesse de France rassemblée, joyeuse et enthousiaste, dans je ne sais quelle salle de Bretagne.

Au moment où j'étais entré dans son bureau, il avait levé la main gauche vers moi pendant que la droite écrivait une idée qu'il ne voulait pas perdre. Puis son stylo s'était arrêté, comme bloqué dans son élan. Le corps de Démosthène s'était détendu, ses jambes s'étaient décroisées, sa tête avait repris une position normale, son buste s'était calé dans le fauteuil. Je l'avais interrompu. Si j'avais été un autre, j'aurais presque pu avoir des scrupules. Démosthène, impassible, prolongea oralement le déroulement de sa pensée.

— Tu sais comment Thatcher expliquait son engagement politique ?

— Pour le plaisir de casser du mineur écossais ?

— Elle disait qu'elle était entrée en politique parce que c'était là que se jouait la lutte entre le bien et le mal. Parce qu'elle croyait qu'à la fin, le bien devait l'emporter. C'est admirable, non ?

— Oui. Encore qu'il faudrait demander aux veuves des grévistes de la faim irlandais si elles considèrent que le bien l'a vraiment emporté. Mais sinon, je suis d'accord, c'est assez bon. C'est presque américain tellement c'est simple. Et le Patron va dire ça à Rennes ?

Démosthène rigolait en secouant la tête.

— Si je lui écris ça, il risque d'expliquer pourquoi prendre une décision est difficile, pourquoi il est légitime d'hésiter, pourquoi ni le bien ni le mal n'apparaissent d'emblée avec certitude, enfin, tu vois, il risque de dire le contraire, par pur esprit de contradiction.

Je n'étais pas certain que le Patron aurait vendangé un discours simplement pour le plaisir de contredire Démosthène. Mais à quoi bon rectifier ? Il ne faut jamais ramener sur terre un *speechwriter*. Une bonne dose de vanité est indispensable lorsqu'on écrit pour un autre et qu'on ne vit que par les mots qu'il prononce. Je n'allais pas le plonger dans un doute existentiel au moment où il allait devoir se mettre à pondre comme une poule en rut. Et d'ailleurs, je n'étais pas là pour ça.

— Il t'a déjà fait un coup pareil ?

— Oh, non, fit Démosthène avec un clin d'œil. Mais je le connais ! C'est assez humain d'afficher ce que l'on n'est pas. C'est vrai pour les individus, mais c'est encore plus vrai pour les peuples. Les Français prétendent depuis toujours qu'ils sont le peuple du cartésianisme. C'est extravagant. On n'a jamais vu plus illogiques et moins systématiques que les Français. Notre grammaire est remplie d'exceptions. Notre droit devrait être une cathédrale, claire, simple et solide, alors qu'il est en réalité à l'image de ces temples byzantins où tout s'enchevêtre sans que l'on sache très bien si cela va tenir ni ce que cela veut dire. Il y a tellement d'incohérences dans l'esprit français qu'il faut bien que nous ayons inventé le cartésianisme, sans quoi rien ne fonctionnerait.

— Intéressant…

— Mais c'est la même chose chez les Anglais, tu sais. Le pays du *fair play* ! Tu trouves vraiment les Anglais *fair play* ? Ces gens détestent tellement perdre, et sont tellement susceptibles de commettre les plus abominables horreurs quand ils perdent qu'ils ont été contraints, je dis bien contraints, d'inventer le *fair play*.

— Peut-être, oui…

— Et les Américains, la valeur fondamentale qu'ils défendent par-dessus tout, à toutes les sauces et à toutes les époques, c'est la Liberté. C'est bien ça, mais honnêtement, tu t'es déjà promené dans une petite ville américaine ? Tout le monde te regarde, tout le monde prévient la police si quelque chose n'est pas normal, le contrôle social est partout. Le « politiquement correct », ça vient d'où, de Pologne ou des États-Unis ? Comment peut-on croire une seconde qu'un pays dans lequel on n'est pas libre de dire les choses comme on les pense soit le pays de la liberté ?

— Oui, mais...

— Et on pourrait en dire long sur la non-violence de Gandhi, qui n'est sans doute pas apparue par hasard dans un pays où règne une violence terrifiante ; ou sur la prétendue efficacité allemande dans un pays où on discute de tout et tout le temps, avec des palabres incomparablement plus longues que chez nous, et des états d'âme à pleurer.

J'osais à peine lui indiquer que je trouvais que la Suisse portait haut les valeurs de précision et de propreté et que je n'avais pas l'impression, lorsque je me rendais à Genève ou à Neufchâtel, d'être à Calcutta ou à Marseille. Quant aux états d'âme allemands, j'avais une ou deux personnes dans ma famille qui auraient aimé qu'ils s'expriment un peu plus nettement entre 1933 et 1945, mais bon, Démosthène devait être en train de peaufiner des slogans et des idées, et il faut bien laisser aux grands esprits des périodes de respiration, de délire ou d'égarement.

La théorie de Démosthène était bien un truc d'intellectuel, un peu provocateur, un peu séduisant, un peu approximatif. Il y avait du vrai dans ce qu'il disait, et tout cela partait d'un constat pas complètement infondé, mais pourquoi une telle systématisation ? Démosthène était lancé...

— Ne me dis pas que tu n'as jamais été frappé par ces images de Kennedy s'efforçant de montrer qu'il était en pleine santé alors qu'il était infoutu de bouger normalement tellement son dos était en mauvais état. Et que dire de Chirac, qui a passé son temps à faire croire à tout le monde qu'il était gentil, cossard et pas intellectuel pour un sou ? Tu l'as connu. Tu vois bien qu'il était à la fois bosseur, méchant et très intelligent, non ? Et Mitterrand, qui a même été jusqu'à faire croire à tout le monde qu'il était socialiste ! C'est quand même pas rien !

Je me marrais intérieurement. Jusqu'à ce qu'un doute venu de je ne sais où m'étreigne.

— Et le Patron alors ? Qu'est-ce qu'il essaie d'afficher qui serait le contraire de lui ?

— Ah, la question est difficile. Je vois bien que l'apparatchik en toi pointe son nez. On veut faire des fiches. On veut noter qui dit du mal du chef pour pouvoir couper des têtes le moment venu. Saint-Just et Vychinski sont de retour !

Comme quoi on pouvait être deux fois agrégé et capable des poncifs les plus éculés. Chaque fois que je posais une question qui pouvait conduire quelqu'un à dire du mal devant moi du Patron, on me soupçonnait de tendre un piège pour mieux flinguer ensuite. Même si on ne prête qu'aux riches, c'était absurde. D'abord je n'exécutais pas aussi souvent. Et en plus, je n'avais vraiment aucun besoin de tendre des pièges pour préparer ce genre de réjouissances…

Démosthène, amusé par le tour que prenait la conversation, semblait réfléchir, la bouche ouverte, les yeux en l'air. Il avait l'air ridicule.

— Par exemple lorsqu'il fait mine d'être détaché des jeux politiques, il est en plein dans l'illusion, tu sais comme moi qu'il adore ça. Lorsqu'il insiste sur son image d'intellectuel, d'homme intègre, d'homme d'État, il est dans la vérité. Ce que je ne sais pas, c'est si la fidélité qu'on lui prête, à ses idées et à ses amis, est réelle ou feinte. Mais quelque chose me dit qu'on verra ça très vite, quel que soit le résultat de la campagne.

J'éclatai de rire.

— Ce qui est bien avec les intellectuels, c'est en tout cas que vous n'avez pas peur de raconter des conneries. Comment peux-tu penser que le Patron simule la fidélité ? Non mais tu l'as vu avec des types qui vivent à ses crochets depuis des lustres, tu l'as vu se mouiller pour des gens dans la panade alors qu'il n'avait rien à gagner. Le Patron est fidèle jusqu'à la moelle. Si ta théorie a pour seule conclusion que les ragots le font marrer alors qu'il dit en public qu'il ne les écoute jamais, c'est beaucoup de jus de crâne pour pas grand-chose. Je vous adore les intellos. Une grande lecture du monde pour aboutir, ô miracle, à quelques vérités du type : quand l'homme a soif, il boit. Super. Continue. Je te laisse bosser, ça vaut le coup.

— Tu peux toujours choisir de ne pas me poser autant de questions, si je dérange ton conformisme.

Démosthène s'était renfrogné. Il avait repris sa pose et me signifiait, par ses contorsions silencieuses, qu'il voulait recommencer à écrire, que je n'étais plus le bienvenu, que je ne l'avais d'ailleurs sans doute jamais été, et qu'il avait besoin de silence, de calme, d'intelligence, toutes choses que ma présence interdisait.

Je sortis donc en riant bruyamment.

Une fois dans l'ascenseur, je cessai de rire. Démosthène se trompait sur la fidélité du Patron. Mais avait-il entièrement tort ? Ce besoin permanent de mettre en avant l'intérêt général, de revendiquer la posture de l'homme d'État, sans être pour autant insensible aux stratégies les plus compliquées, à quoi correspondait-il ? Le Patron essayait-il d'afficher ce qu'il n'était pas ? Était-il capable de tricher ? De monter une manipulation aussi énorme, aussi risquée, mais lui garantissant l'investiture pour le scrutin présidentiel, le seul qui l'intéressait depuis toujours, le dernier auquel il serait susceptible de se présenter ?

Car après tout, si j'en croyais la rumeur, il y avait eu manipulation. Et le Patron avait gagné. Jusqu'à présent, je m'étais dit qu'il était forcément étranger à cette affaire puisque je n'y avais pas été mêlé. Comme si j'avais innocenté le cerveau parce que le bras droit n'avait pas bougé. Mais la question qui me taraudait de plus en plus, c'était de savoir si le cerveau avait eu envie. Et en réalité, je ne savais pas répondre à cette question.

Moi qui allais voir Démosthène pour m'évader un peu... Pour la première fois depuis que je l'avais rencontré, une bonne vingtaine d'années auparavant, je me rendais compte, en sortant de l'ascenseur, que je n'étais pas certain de connaître mon Patron.

17.

En politique, on est rarement confronté à la violence physique.

Le risque maximum, c'est souvent celui de prendre une tarte à la crème en pleine figure, ou des œufs, généralement pourris, parfois des tomates, trop mûres. Dans ce genre de situation désagréable, il faut rester digne. C'est souvent difficile, parce qu'avoir l'air digne avec des tomates qui dégoulinent sur un costume n'est pas à la portée de tout le monde. Mais c'est indispensable à une époque où tout est filmé, par des caméras de télé ou, pire, par des téléphones portables qui vous balancent en quelques secondes des vidéos sur Internet. La bonne règle est de ne pas s'énerver. Il n'y a rien de pire que l'énervement télévisé. Je me souviens de responsables politiques éminents insultant des pauvres types en pensant ne pas être entendus : cela avait fait les délices des commentateurs pendant des semaines et choqué dans les chaumières. Au pire, si vous vous énervez, il faut trouver quelque chose de télégénique. Une bonne paire de claques sur un jeune crétin en train de vous faire les poches et vous pouvez donner à bon compte le sentiment d'être un homme d'État soucieux de rappeler les valeurs d'autorité alors qu'on vous disait mou.

La violence physique est rare, mais la peur est courante.

On n'imagine pas ce que c'est de se lancer dans une foule compacte. Serrer des mains, c'est agréable, mais se faire happer par une foule de gens est une expérience à la fois rare et terrifiante. Rien ne prépare à l'impression d'une masse qui vous absorbe pour vous parler, vous toucher, vous palper.

Peu de gens vivent cette expérience, il est vrai. Il faut atteindre un certain niveau dans ce métier avant de se taper de vrais bains de foule. Mais quand vous y êtes, il faut savoir à quoi s'attendre.

Le Patron, peut-être aidé par sa grande taille, adorait ça. Rien de tel qu'un bon bain de foule pour comprendre la France. Il savait faire et les gens voyaient qu'il aimait ça. Combien de fois les officiers chargés de sa sécurité avaient-ils exigé qu'il renonce à cette manie, qu'il se borne à serrer les mains de gens tassés derrière des barrières ou qu'il se contente de traverser la foule entouré par un cordon de gardes du corps. Autant pisser dans un violon. Le Patron aimait et donc le Patron pratiquait. Je savais aussi qu'il adorait les images où on le voyait noyé dans la foule, sa tête dépassant d'une marée humaine. Il savait que ni Vital, trop petit, ni Trémeau, trop bourgeoise, ne pouvaient venir le concurrencer sur ce terrain.

Mais je savais aussi qu'un paquet de ses collègues avaient une trouille physique d'entrer dans la foule. La peur d'un coup, d'une arme blanche, d'une série d'insultes ; la peur d'être écrasé par cette masse grouillante qui compresse tout. Je me souvenais d'avoir parfois dû prendre le Patron par le bras et lui frayer un chemin à coups de pied dans les tibias des journalistes et des militants pour qu'il puisse sortir de la nasse.

Pour moi, les politiques qui ont peur de la foule n'ont aucune chance d'arriver au sommet. Si on a peur de l'électeur, même en masse, autant s'occuper d'autre chose, de poésie ou d'affaires, mais d'autre chose.

Cela dit, la peur est un sentiment difficile à surmonter. Au moment où j'approchais, avec le petit Caligny, du Pont-Neuf, je commençais à sentir mon ventre se serrer. Winston ne disait rien. Moi non plus. Mais je me demandais sérieusement si l'idée d'aller à ce rendez-vous était bonne. Nous étions deux, nous étions discrètement suivis par un des officiers de sécurité du Patron, et nous étions en plein cœur de Paris et pas dans un coupe-gorge de banlieue. Mais, pour la première fois depuis très longtemps, j'avais le sentiment d'une prise de risque physique.

Si j'avais été plus détendu, j'aurais plaisanté sur le côté caricatural de notre affaire. Un rendez-vous, en pleine nuit, avec un mystérieux contact : tout cela ressemblait à un remake de film américain. *Les Hommes du Président*, avec ces rendez-vous nocturnes dans un parking souterrain entre Robert Redford et *Deep Throat*. Sans doute fallait-il y voir un bon présage : dans le film, Gorge Profonde avait été précieuse, et si nous pouvions devenir pour de bon les hommes du Président, c'est que nous aurions réussi.

La nuit n'était pas noire. Il faut faire un sérieux effort pour avoir le sentiment d'être dans une nuit complète à Paris. La Ville lumière a une réputation à défendre. Nous étions arrivés par le pont des Arts, cette passerelle piétonne qui permet un point de vue magnifique sur la pointe de l'île de la Cité et sur le Pont-Neuf.

C'est Caligny qui avait eu cette idée. En traversant le pont des Arts, on pourrait repérer les lieux et observer ce qui se passait sous le Pont-Neuf sans attirer les regards. Quoi de plus banal que deux promeneurs sur cette passerelle piétonnière ?

L'idée était bonne, mais on ne voyait rien.

La Seine était sombre et semblait glacée. Même les lumières paraissaient s'y noyer. Quelques couples nous croisaient en avançant à grands pas sur la passerelle et tout semblait immobile sous le Pont-Neuf.

C'est amusant de penser que le plus ancien pont de la capitale s'appelle le Pont-Neuf. Je pensais à ce que m'avait dit Démosthène sur les peuples ou sur les hommes politiques : montrer avant tout ce qu'on n'est pas. Il faudrait que je lui suggère d'ajouter un exemple à sa théorie. À ceci près qu'au moment de son baptême, le Pont-Neuf l'était probablement, neuf. Que Démosthène trouverait-il à répondre à cela ?

Caligny vit en premier le type que nous cherchions. De là où nous nous trouvions, impossible de le reconnaître. Un homme, avec un blouson et une capuche, qui semblait nous fixer. Un sac à dos en bandoulière. Il nous avait vus, il savait que nous l'avions vu et il ne courait pas. Le petit Caligny avait eu le nez creux en me proposant d'annoncer un déplacement non pas d'un, mais de deux responsables nationaux à Meylan. Si notre inconnu avait été opposé à ce que Caligny soit accompagné, il ne serait pas venu. Ça m'avait seulement valu un coup de fil furieux de notre responsable local qui, et pour cause, n'avait pas été mis au courant du déplacement.

Le type avait commencé à longer la Seine sur sa berge sud et à se rapprocher de nous. Il était en contrebas, et nous étions sur le point d'atteindre l'extrémité sud du pont lorsque tout bascula.

Je n'ai pas vraiment vu d'où les deux ombres sortaient, mais elles avaient dû se dissimuler sur place depuis un bon bout de temps. Elles attendaient notre type qui rebroussa chemin et commença à courir à toute vitesse. J'emboîtai le pas et piquai un sprint comme si j'avais encore vingt ans.

Cent cinquante mètres devant moi, notre inconnu venait d'être rattrapé et passait un sale moment à se faire tabasser par deux gars qui n'y allaient pas de main morte. Putain. Je courus à fond en gueulant et en appelant à l'aide. L'officier de sécurité du Patron allait bien finir par se pointer. Il était armé, lui. Sur mon instruction, Caligny était resté en arrière.

J'ai balancé un bon coup de pied dans le ventre du premier des agresseurs de mon inconnu. Notre rendez-vous était à terre et avait l'air mal en point. Je n'allais pas tenir longtemps face à ces deux types masqués, baraqués et qui savaient se battre.

D'un geste rageur, je flanquai un grand coup de poing au premier des deux, mais j'avais laissé mon pouce à l'intérieur de mon poing, contrairement à tous les principes en vigueur. J'eus donc assurément beaucoup plus mal que le destinataire de mon moulinet maladroit. De l'autre main, je saisis le type au collet et lui arrachai sa cagoule. J'eus le temps d'apercevoir des cheveux roux et un teint blafard, avant de recevoir un grand coup sur l'arrière du crâne.

Et puis je ne me suis plus souvenu de rien.

18.

Je me suis réveillé dans un canapé bleu, accueilli par le sourire bienveillant d'un inconnu qui était à l'évidence médecin. J'étais dans une chambre grande et belle.

— Vous allez mieux ?

— J'ai mal au crâne, j'ai la main droite en compote, et j'ai l'impression d'avoir mangé un hérisson tellement j'ai la bouche pâteuse.

— Ne parlez pas. Vous avez pris quelques coups. Je crois que vous n'avez rien de sérieux, mais vous devriez aller à l'hôpital pour faire vérifier tout cela. Et puis il va falloir que vous vous reposiez maintenant. Prendre du repos, des vacances.

J'opinai sagement. Quand un médecin me dit de me reposer et que j'acquiesce tout en sachant que je n'en ferais rien, j'ai déjà l'impression d'avoir repris du poil de la bête. Du repos, des vacances, je veux bien moi, mais j'ai une campagne à gagner. Dans deux mois, cinq ou dix ans, quand le Patron aura tout arrêté, je prendrai peut-être un peu de repos, mais avant…

— Docteur, je vais bien, je crois. Je vous vois clairement, je me souviens de mon nom et je pense que je peux me lever et marcher, mais est-ce que je peux vous poser une question sans que vous m'hospitalisiez d'office ?

— Je vous en prie.

— On est où là ?

— Nous sommes chez Louis Caligny. Chez sa mère, plus exactement. Et pour l'hospitalisation d'office, soyez sûr que je l'aurais ordonnée si les trois personnes qui se trouvent dans la salle d'à côté ne me l'avaient pas interdit. Mais ça n'est pas raisonnable !

Chez le petit Caligny. Chez sa mère, la femme de feu Alexandre Caligny. Je me souvenais des images de l'enterrement de son mari. Elle était sacrément jolie à l'époque. Je ne l'avais jamais revue et elle avait complètement disparu de la circulation.

— Je peux les voir ?

— Ils n'attendent que ça, mais je vous rappelle que vous avez besoin de repos et que vous devriez éviter de trop parler.

J'acquiesçai à nouveau.

Le petit Caligny et le Patron entrèrent sans un bruit dans la grande chambre en croisant le médecin qui sortait. J'aperçus l'officier de sécurité, qui resta dans le couloir.

— Si c'est comme ça que vous vous occupez des dossiers que je vous confie, sourit le Patron, je vais finir par me faire du souci. Vous avez une sale mine.

Toujours le mot agréable qui remet d'aplomb le collaborateur fidèle. Mais je voyais bien dans ses yeux qu'il était inquiet, et d'abord inquiet pour moi.

— Ça va aller. Qu'est-ce qui s'est passé ?

Le Patron roula les yeux vers le ciel. Le petit Caligny prit doucement la parole.

— J'ai raconté pourquoi nous étions là-bas et ce que vous aviez fait quand la bagarre a commencé. Quand vous avez été assommé, les mecs ont balancé à l'eau le type avec qui on avait rendez-vous. Je n'ai rien pu faire. L'officier de sécurité a poursuivi les deux types, mais ils l'ont semé.

Le Cow-boy, une fois de plus, n'avait servi à rien. En dépit de son allure, ce type était nul.

— Et après, quand je me suis dit que tout cela sentait mauvais et qu'on allait sans doute perdre des points si la presse apprenait que le principal collaborateur du candidat à l'élection présidentielle avait été mêlé à une bagarre mortelle, j'ai décidé de vous porter avec le Cow-boy jusqu'à chez moi pour nous éviter d'aller expliquer ça à l'hôpital. J'espère que j'ai eu raison…

— Vous avez parfaitement réagi, Louis, et je vous félicite de votre présence d'esprit.

Voilà que le Patron commençait à décerner les médailles. J'étais sous le choc.

— Bagarre *mortelle* ? repris-je. Qui est mort ?

— Notre inconnu, je le crains, répondit Caligny. Je ne suis pas certain qu'il soit mort, mais il y avait du sang partout quand on est arrivé, ils avaient balancé le type dans la Seine et, à cette période de l'année, j'ai du mal à croire qu'un type qui pisse le sang puisse survivre dans l'eau froide. On ne voyait rien à la surface.

— Vous avez regardé les dépêches ? Les flics disent quoi ?

— Rien pour l'instant. Je pense vraiment que personne ne nous a vus. Pour les flics, si on commence à poser des questions, on risque un peu d'attirer l'attention, en particulier au ministère de l'Intérieur, et donc dans le camp Vital, vous ne croyez pas ?

Il avait raison, bien sûr.

— Mais est-ce que vous vous rendez compte du risque qu'on prend ? C'est bien de protéger la campagne mais qu'est-ce qui se passe si quelqu'un nous a vus ? Qu'est-ce qui se passe si le médecin qui m'a examiné parle ? Et si notre ami officier de sécurité se sent obligé de prévenir sa hiérarchie ? Vous vous rendez compte qu'on peut être accusé de non-assistance à personne en danger ou pire encore ?

Le Patron restait silencieux et c'est le petit Caligny qui parlait. Toujours d'une voix douce et incroyablement calme pour un jeune homme qui venait d'être mêlé à quelque chose qui ressemblait à un meurtre.

— D'abord, pardon de dire qu'on aurait dû y penser avant d'aller au rendez-vous. Le médecin ne parlera pas. C'est un ami de ma mère et surtout un ami de mon oncle. Je lui ai demandé de ne rien dire, il ne dira rien. Je m'en porte garant. Je crois que nous pouvons convenir entre nous que personne dans cette pièce n'a intérêt à parler. Quant à la non-assistance à personne en danger, c'est tout de même extravagant, vous avez secouru ce type, dont nous ne savons pas s'il est mort, mais vous l'avez secouru. Vous auriez pu vous faire tuer en y allant comme ça.

Le petit Caligny était gentil.

— Je sais, Winston. Je sais. Mais les seules personnes qui peuvent en témoigner sont dans cette pièce, et ce sont les mêmes qui ont omis d'appeler les secours alors qu'elles savaient qu'un homme venait d'être balancé dans la Seine.

J'avais calmé tout le monde avec cette remarque. Le petit Caligny commençait enfin à accuser le coup et le Patron semblait perdu dans ses pensées.

— Et le sac à dos du type ? Les papiers ? Vous n'avez rien trouvé ?

— Rien. Soit les agresseurs ont volé le sac à dos, soit il est passé dans la Seine avec son porteur.

Après un bon moment, le Patron brisa le silence.

— Cet incident regrettable me conduit à trois conclusions. D'abord, mon cher Louis, vous n'avez pas manqué de sang-froid et je crois que tout le monde ici est ravi que vous soyez avec nous. Bravo. Ensuite, si quelqu'un est mort pour cette histoire de rumeur, dont tout procède, ça ne veut pas forcément dire que la rumeur est vraie, mais cela veut dire qu'il faut la prendre au sérieux. Très au sérieux. Donc je veux savoir qui est derrière tout ça et ce qu'on dit si je suis interrogé. Enfin, je veux qu'on observe le silence le plus complet sur cette soirée. Gardons cela entre nous. On verra ce que votre mystérieux rendez-vous est devenu et ce qu'en dit le cas échéant la police. Et puis je crois qu'il faut que vous soyez prudents tous les deux. Un avertissement suffit, je crois.

— Deux avertissements, Patron. Deux.

Je lui racontai « l'accident » du fils Pinguet. La théorie de l'accident pouvait être rangée au rang des hypothèses invalidées. Pinguet était mort, et on avait voulu supprimer l'inconnu à la voix lente. Deux coïncidences troublantes. Et accessoirement, on avait failli m'ajouter au tableau de chasse, même si ma vie n'avait pas été en danger : s'ils avaient voulu me tuer, ils auraient pu le faire.

— Tout cela ne fait que renforcer ce que je viens de dire. Prudence et discrétion, mais il faut que j'aie des réponses maintenant. Je peux compter sur vous ?

Évidemment qu'il pouvait. Sur qui d'autre ?

Le Patron sortit. Je restais seul avec le petit Caligny. Il me proposa de l'aspirine et quelques médicaments laissés par le médecin. Je lui demandai un verre de porto. J'aime bien le porto, surtout blanc et très frais. Ça vaut n'importe quel remède.

— Alors, Winston, qu'est-ce qu'on fait maintenant ?

Le petit Caligny essayait de montrer qu'il était calme. Mais je voyais bien qu'il avait été secoué par la soirée.

— Je ne sais pas ce que vous envisagez, mais je vais vous dire ce que je pense. D'abord, nous avons un problème : soit nos agresseurs suivaient ce type depuis longtemps, soit ils l'avaient mis sur écoute pour connaître le lieu du rendez-vous, soit c'est moi qui suis sur écoute. Ensuite, je crois qu'un homme s'est fait tuer ce soir. Je crois donc qu'il y a plusieurs types, là, dehors, qui sont assez déterminés pour assassiner quelqu'un simplement parce qu'il voulait nous dire quelque chose. Je crois que ce quelque chose, le Patron va vouloir le découvrir, et qu'il va vous demander de le faire, et que vous allez me demander de vous aider parce que vous n'avez personne d'autre sur qui compter. Je crois donc qu'on se dirige vers des ennuis. Et quand j'ai des ennuis, surtout s'ils sont dangereux, je fais une chose : j'appelle mon oncle.

— Votre oncle ? L'informaticien ?

— Oui. Le frère de mon père. Gaspard Caligny. Il n'est pas seulement informaticien. Vous verrez, il a le plus grand mépris pour tout ce qui peut toucher à la politique ou à ceux qui en font. Il va vous détester. Mais s'il accepte de nous aider, croyez-moi, les types de ce soir peuvent commencer à se faire du souci. En attendant, vous restez couché et vous vous reposez, je vais lui demander de venir en fin d'après-midi.

J'aime bien les gens que je connais. Tout comme les endroits que je connais, les restaurants que je connais. Je n'aime pas la nouveauté, je n'aime pas les gens nouveaux, surtout à deux mois d'une élection. Je ne fais pas confiance. Mais j'étais trop fatigué pour débattre.

Je m'endormis presque aussitôt.

19.

Affaibli par les calmants, je passai l'essentiel de la journée à dormir. J'ouvris doucement les yeux, pour apercevoir un type assis à côté de moi, qui lisait un livre. Il n'avait pas encore réalisé que j'étais réveillé.

Il ressemblait à son frère et peut-être encore plus à son neveu : c'était l'oncle de Winston. Il devait avoir une cinquantaine d'années, il avait l'air sportif et la carrure solide. Ses yeux ne bougeaient pas. Son jean et sa veste en velours, qui auraient pu lui donner l'air décontracté, venaient contraster assez nettement avec son allure générale. Il n'était pas raide, mais il se tenait droit, campé sur ses appuis, comme si rien ne pouvait le faire bouger. Le type était sec comme un coup de trique, il devait rire lorsqu'il se brûlait, et il ne devait pas se brûler souvent.

— Ah, vous êtes réveillé, me dit-il finalement en posant son livre. Louis m'a dit qu'il avait besoin de moi et que vous m'expliqueriez. Je vous écoute.

— C'est vous l'informaticien ?

— Notamment.

151

Je tentai de m'asseoir dans mon lit, mais il dut m'aider pour arranger mes oreillers.

— Vous connaissez le monde politique ?

— Mon frère était ministre. Mais ce que j'en connais ne me donne pas envie d'en savoir plus.

— Que vous a dit votre neveu sur notre campagne ?

— Rien. Parce qu'il est bien élevé et qu'il est discret. Mais il m'a dit qu'il avait besoin de moi. Ça me suffit pour savoir que je dois l'aider. Si vous avez quelque chose à me dire, c'est maintenant.

L'oncle avait l'air déterminé à ne pas perdre de temps.

Je me décidai donc à lui raconter notre problème. Pas tout ce que je pensais, mais tout ce que le petit Caligny était en mesure de lui dire. Peut-être d'ailleurs lui avait-il déjà parlé. Pendant qu'il m'écoutait, il restait immobile.

— Mon Patron a gagné la primaire de notre parti en septembre, d'extrême justesse, vous avez dû suivre ça dans la presse.

— Non.

— Deux mois avant, tout le monde pensait qu'il était fini et que Marie-France Trémeau serait notre candidate. Mais elle a fait deux ou trois bêtises, et le Patron a fini par apparaître comme un vieux sage utile, capable de battre la gauche qui nous gouverne depuis dix ans. C'était la première primaire aussi serrée dans un parti en France, et la première organisée avec un vote par Internet. Le parti a organisé l'élection, mais le Patron s'est retiré de la présidence du parti dès qu'il a été candidat, à la fin du mois d'août, afin de ne pas être soupçonné d'interférence.

— Qu'est-ce que ça signifie ? Qu'en fait c'est vous qui avez tout organisé, mais que vous avez voulu donner des gages ?

Je le regardai. Le type comprenait vite.

— C'est un peu ça. Nous avons décidé que ce serait un vote des militants, et nous avons décidé que ça se ferait par Internet. Et nous avons décidé ça parce que ça nous arrangeait. Mais c'est une commission indépendante des deux candidats qui a organisé le vote : les modalités, les horaires, la collecte des résultats, etc. Trémeau n'a pas contesté le résultat en public, mais elle n'a pas cessé de nous mettre des bâtons dans les roues en sous-main.

— Et pourquoi n'a-t-elle pas contesté le résultat, à votre avis ?

J'aime quand on me pose les bonnes questions.

— C'est le syndrome Al Gore. Dans mon monde, être un perdant, c'est un problème. Mais être un mauvais perdant, c'est un péché mortel. Elle a préféré préserver ses chances pour l'avenir, tout en espérant la défaite du Patron pour récupérer le parti et être candidate la prochaine fois. Comme vous le savez, le premier tour est dans deux mois, et l'élection s'annonce très serrée entre Vital et le Patron. Il y a huit jours, votre neveu a reçu un message anonyme sur son portable, l'alertant de la mort d'un dénommé Pinguet et du trucage allégué de la primaire. Le Pinguet en question est le fils d'un sénateur de notre bord, et il s'est fait un nom dans les sociétés informatiques. Nous avons découvert qu'un de ses proches était associé de Droïde, la société qui a orga-

153

nisé le vote par Internet. Nous avons surtout appris qu'il était mort dans un mystérieux accident de voiture deux jours avant ce coup de fil. Notre correspondant a ensuite rappelé votre neveu en lui donnant rendez-vous sous le Pont-Neuf pour lui remettre des documents sur cette affaire, mais le rendez-vous a tourné court, notre anonyme s'est fait jeter à la Seine par deux inconnus, les documents en question se sont volatilisés, et j'ai été assommé par un rouquin. Pas question d'en parler à la police : le ministère de l'Intérieur est aux mains des amis de Vital.

L'oncle sourit.

— Et là, je n'y vois pas clair. Surtout, je ne sais pas comment m'y prendre pour progresser : je suis habitué au combat politique, de celui-là j'ai toutes les clés. Ici, c'est différent : il y a eu mort d'hommes, et ce n'est pas mon métier.

L'oncle du petit Caligny opina.

— Je vois. Je vais vous aider.

Ben voyons. Je regrettais déjà de lui avoir parlé : ce type était sans doute parfait dans son rôle, mais il ne connaissait rien à la politique.

— Bien sûr. Je vous remercie. N'hésitez pas à m'appeler si vous apprenez quelque chose. Ce sera toujours un plaisir de vous revoir.

Il se leva et se rapprocha de moi.

— Je ne crois pas. La seule raison pour laquelle nous allons nous revoir n'aura rien à voir avec le plaisir. La seule chose qui nous rapproche, c'est Louis. C'est un garçon remarquable, vous savez ?

— Je suis bien d'accord avec vous. Intelligent, courageux et fidèle.

— Exactement. Trois qualités qui me laissent à penser qu'il va connaître des déconvenues dans le monde politique. Son père a fait de la politique. Il avait le virus. Le père est mort, le fils a attrapé le virus. Qu'est-ce que vous voulez que je vous dise ? Il faut bien le laisser vivre…

J'avais du mal à voir où il voulait en venir. Je restais donc silencieux.

— Alors justement à ce sujet. Il a perdu son père il y a dix ans. Depuis dix ans, je veille sur lui. Un peu comme son père l'aurait fait, mais moins bien, enfin à ma façon. Sans doute un peu moins civilisée, je le reconnais. Je vais donc vous dire les choses très simplement. Louis vous aime bien. Je ne sais pas pourquoi, mais c'est comme ça. Moi, je ne vous aime pas. Je ne vous connais pas. Vous m'êtes indifférent. La seule certitude que j'ai vous concernant, c'est que si vous replacez une fois, une seule fois, mon neveu dans une situation dangereuse, ou si vous l'exposez à nouveau aux types que vous avez rencontrés l'autre soir, c'est vous qu'on retrouvera dans la Seine. Je suis clair ?

J'aurais pu lui demander de descendre de ses grands chevaux, lui rappeler que ce n'était pas moi qui avais choisi d'impliquer le petit Caligny dans cette histoire, que j'avais aussi insisté pour l'accompagner au rendez-vous afin qu'il n'y soit pas seul. J'aurais pu aussi lui dire d'aller se faire foutre. Mais il y a des gens qui savent capter l'attention et inspirer le respect lorsqu'ils s'expriment. Et l'oncle du petit Caligny m'avait balancé sa tirade sans élever le ton, sans parler plus vite, en me regardant droit dans les yeux. Il ne rigolait pas.

Je restai donc sans voix.

— Je vous appelle dès que j'ai du nouveau, dit-il en partant sans me serrer la main, ni me saluer.

En pleine possession de mes moyens, je n'aurais fait qu'une bouchée de ce type. On se rassure comme on peut.

Je m'apprêtai à me rendormir, lorsque mon portable sonna : c'était Marilyn.

— Tu es assis ?

— Je suis couché, même.

— À sept heures du soir ?

— Je te raconterai. Qu'est-ce qui se passe ?

— *Le Matin* va faire un écho sur la rumeur de fraude, demain matin. Il faut qu'on se prépare ce soir, il faut qu'on voie le chef.

De couché, je passai en position assise, ce qui me valut un insupportable mal de crâne.

Je ne pensais plus pouvoir tomber aussi bas.

20.

L'annonce de la sortie de la rumeur le lendemain nous obligeait à réagir. Il était grand temps de fabriquer les éléments de réponse. Je dis « fabriquer » non pas parce qu'il s'agissait de les inventer, mais parce qu'il fallait dire la vérité en fabriquant les bonnes phrases. J'avais vu trop d'exemples d'hommes politiques voulant se défendre face à une calomnie, forts de leur bonne foi, mais s'enfonçant à force de dire la vérité sans l'avoir mise en forme. Mise en forme comme on le fait d'un texte sur l'ordinateur.

Ce que je voulais, c'était rédiger notre vérité, et la décliner sur les ondes en espérant que tout le monde s'en contenterait.

Rétablir la vérité, c'est parfois assez simple. Mais stopper une rumeur, c'est une autre paire de manches. Il y a toujours quelques situations en politique où, quoi qu'on dise, personne n'écoute. Où la parole est discréditée. Où tout le monde a par avance décidé que vous aviez tort, quoi que vous disiez.

Quand vous louez aux frais de l'État un appartement de fonction dont le loyer est égal à dix fois le smic, vous avez beau vous justifier, rien n'y fait. Lorsque le problème peut se résumer en une phrase simple et explosive, il est à la fois explosif et insoluble.

Les problèmes compliqués sont plus faciles à traiter : il suffit de tout embrouiller, plus personne n'y comprend rien et on s'en sort souvent. Par exemple, on peut parler de blanchiment d'argent dans une chambre de compensation au Luxembourg, 99 % des gens n'y comprennent rien et les autres se demandent pourquoi ils n'y ont pas pensé eux-mêmes.

Ici, hélas, le problème était redoutablement simple : la rumeur disait que le Patron avait triché aux élections. On pouvait difficilement faire plus clair, ni plus grave. Il fallait que la réponse apportée soit tout aussi simple : le Patron n'avait pas triché, et je vous le prouve.

Malheureusement, cette preuve, je ne l'avais pas encore. Et cela renforçait encore le mal de tête lancinant qui ne me lâchait pas depuis le coup de fil de Marilyn.

— Tous ces pisse-vinaigre de journalistes sont vraiment des connards ! Ils passent leur temps à vous parler de leur déontologie, du caractère particulier et essentiel de leur métier, de leur place centrale dans la vie démocratique et Pan ! Dès qu'ils peuvent, une saloperie !

À l'exception du petit Caligny, nous étions tous dans le bureau du Patron. Réunion urgente. Je lui avais pourri sa seule soirée libre de la semaine, il était furieux. Marilyn avait réussi à obtenir le texte du confidentiel qui allait sortir le lendemain dans *Le Matin*. Un jour, je lui demanderai comment elle arrive à obtenir ce genre de choses.

On commence à s'inquiéter, dans l'entourage du candidat à l'élection présidentielle, d'une rumeur persistante selon laquelle les primaires très serrées ayant permis sa désignation auraient été truquées.

Les tuiles commencent souvent par un entrefilet. Ensuite, soit ça en reste là, soit ça gonfle. Ça paraît anodin, un entrefilet, ça ressemble à un nom de bifteck. Mais il faut toujours le traiter, faute de savoir à l'avance s'il va gonfler.

Et celui-là, on pouvait être sûr qu'il allait gonfler.

Quelques lignes, évidemment non signées. On citait l'inquiétude liée à la rumeur, ce qui permettait de parler de la rumeur. On donnait le sentiment que « l'information » venait de l'entourage même du candidat. Le type qui avait balancé ça était fort. Le journaliste – anonyme – restait prudent, mais il ne masquait ni sa curiosité ni son impatience, et nul doute que ses confrères se joindraient bientôt à lui pour nous inviter à commenter le sujet. À partir du lendemain matin, le Patron allait devoir réagir. Il fallait donc dès à présent définir une ligne, de préférence celle de la vérité, et s'y tenir, y compris lorsque d'autres informations, plus concrètes et étayées, seraient éventuellement publiées. De la journée de demain dépendrait en grande partie la suite de cette affaire : la une de tous les quotidiens ou une info qui fait flop ou pschitt.

On allait en prendre plein la gueule, et le Patron continuait sa logorrhée.

— Un abruti de chez Trémeau ou de chez Vital, sous couvert d'anonymat, susurre à l'oreille d'un plumitif qu'il y a peut-être un souci, et hop, sans rien vérifier, le type, lui-même anonyme bien sûr, sort la rumeur sans la moindre vérification ! Vous leur direz de ma part qu'ils peuvent se brosser pour des interviews à l'avenir !

Je notai, en mon for intérieur, que le Patron envisageait l'hypothèse que la Tuile puisse venir aussi bien de chez Trémeau que de chez Vital.

— C'est l'inverse qu'il faut faire. Pour l'instant, on a une rumeur dans un confidentiel. Si on veut que cela ne prenne pas, il faut au contraire traiter avec les journalistes, leur donner des éléments là-dessus, leur raconter très vite une autre histoire pour les occuper et leur montrer qu'on est détendu.

C'est aussi pour ça que j'aimais Marilyn. Elle était la meilleure dans son métier, mais surtout elle était capable de dire les choses au Patron, y compris qu'il se trompait.

Le silence qui suivit l'intervention de Marilyn fut seulement troublé par l'arrivée du petit Caligny, qui s'excusa platement de son retard. Il tenait un papier à la main.

— Bien sûr, j'oubliais, ironisa le Patron. Il-faut-toujours-être-gentil-avec-les-journalistes. Alors qu'est-ce que je dis ? reprit le Patron.

Il fallait que je me lance.

— Patron, on a réfléchi avec Marilyn et voilà notre proposition. Vous dites que ce n'est pas vous qui avez organisé les primaires, qu'à votre connaissance elles ont été régulières, que personne ne les a contestées, que vous êtes fier d'avoir été investi au terme d'un processus démocratique qui a permis à plus de 200 000 personnes de s'exprimer, que tout cela n'est que rumeur et que vous entendez bien placer le débat sur les sujets de fond, ceux qui intéressent vraiment les Français. Et vous passez à autre chose. Par exemple vous anticipez une annonce un peu forte sur un sujet qui vous tient à cœur.

— Hmm, encore le minimum de pensée dans le maximum de mots..., grommela le Patron. Et vous autres, qu'est-ce que vous en pensez ?

Personne ne bougeait une oreille, sauf le petit Caligny, qui essayait d'attirer mon attention depuis trois minutes et qui avait fini par attirer celle du Patron.

— Louis, vous n'avez pas l'air d'accord ?

Le petit Caligny me regarda. Il commença à parler en se levant et me tendit le papier qu'il tenait à la main.

— Je n'y connais rien, donc je ne suis pas le mieux placé pour parler, mais il me semble que vous pourriez, au moins au début, traiter cette affaire par la dérision. Honnêtement, personne n'a encore lu cet article. Et pendant quelques jours personne n'y fera attention, sauf si vous ou un porte-parole lui donnez de la consistance. Vous pourriez en rire. Dire que c'est une rumeur dégueulasse et que vous vous attendiez à ce type de rumeur, ou à d'autres. Vous pourriez dire que si on commence à commenter les rumeurs, on va bientôt vous demander si Sheila est un homme, si Pompidou ou Adjani sont malades ou si vous pensez qu'Elvis est encore en vie.

C'était bien vu. Je me marrais intérieurement en dépliant le papier qu'il m'avait tendu. C'était l'impression d'une dépêche de l'AFP. Le corps d'un homme noyé avait été retrouvé au port des bateaux-mouches du pont de l'Alma. Identité non déterminée.

— Vous n'êtes pas d'accord avec ce que vient de dire Louis ?

Le Patron avait compris que j'étais ailleurs.

— Si, si. C'est malin. Si Marilyn est d'accord, allons-y comme ça.

— Si vous voulez bien, c'est moi qui vais décider.

La mauvaise humeur du Patron n'était pas passée.

— Très bien. Maintenant, laissez-moi vous dire plusieurs choses. Sur ce dossier on est un petit peu court des pattes de devant. Donc j'aimerais comprendre comment on en est arrivés là. Ensuite je voudrais vous rappeler, mais vous le savez tous, qu'en politique, la loyauté est la vertu cardinale. Vous pourrez avoir toute l'intelligence du monde, du bon sens, de la réactivité, toutes ces qualités se retourneront un jour contre votre chef si vous n'êtes pas loyal. Vous êtes dans cette pièce parce que j'ai choisi que vous y soyez. Je présume donc que vous êtes loyaux. Et la loyauté implique la discrétion.

Le ton du Patron traduisait une colère froide.

— Ce que je constate, c'est que quarante-huit heures après notre dernière réunion, la presse indique que mon entourage s'inquiète. C'est un hasard, bien sûr, mais la définition d'un hasard, c'est qu'il ne se produit qu'une seule fois. Je n'entends pas incriminer qui que ce soit, pas encore en tout cas, mais soyez très prudents avec vos entourages, y compris personnels et sentimentaux. Nous entrons dans une période de turbulences, nous allons être mis à l'épreuve, et ce n'est sans doute rien à côté de ce qui nous attend d'ici l'élection. Des questions ?

Tout le monde se taisait. Tout le monde était mal à l'aise.

— Bon, dans ce cas, si ça n'embête personne, je vais rentrer dormir puisque vous me faites décoller pour Pau à l'aube, dans exactement sept heures.

Le départ du Patron provoqua un soulagement général.

J'avais affreusement mal au crâne. Avant de rentrer me reposer, je pris à part le petit Caligny.

— Mettez votre oncle sur le coup du type qui a été retrouvé dans la Seine, voyez s'il peut trouver son nom. Ça, ce serait utile.

21.

Le lendemain, *Le Matin* sortit effectivement la rumeur, dans les termes exacts que Marilyn avait prévus.

Le Patron sortait d'une visite d'hôpital à Pau lorsque la question lui fut posée.

— Une rumeur insistante sous-entend que le scrutin de la primaire n'a pas été parfaitement sincère. Que répondez-vous ?

— Une rumeur insistante ? Je n'ai vu qu'un écho anonyme et infondé dans la presse, jusqu'à présent. La rumeur deviendra insistante si vous le décidez, et c'est votre responsabilité de journaliste. Je ne sais pas si je dois répondre puisque je ne connais pas la question qui m'est posée.

— Êtes-vous certain de la régularité de la primaire ?

— Je me permets de rappeler que je n'en étais pas l'organisateur. Je vous retourne la question : vous pensez que c'est à moi de démontrer qu'elle a été régulière ? N'est-ce pas plutôt à ceux qui ont un

164

doute, soit de le démontrer, soit de se taire ? Si je vous dis par exemple ce matin qu'un de mes collègues députés a un penchant pour les jeunes garçons ou toute autre turpitude, est-ce que vous irez lui poser la question ? Et est-ce que ça sera à lui de démontrer que ce n'est pas le cas ? Non, bien sûr, et heureusement. Alors que certains me souhaitent d'échouer, c'est normal, c'est le jeu de la politique. Mais je ne me laisserai pas faire. Cette rumeur n'a, à ma connaissance, aucun fondement. Évidemment, dès qu'on procède à un vote, on donne prise à ce genre de rumeurs, *a fortiori* lorsqu'on souhaite, comme c'est le cas ici, recourir à des technologies innovantes. J'ai demandé que soit diligentée une enquête interne sur les conditions du vote et sur le recueil des résultats, et cette enquête dira, j'en suis sûr, que tout a été régulier. En tout cas, je suis fier que, pour la première fois dans l'histoire de notre parti, son candidat à l'élection présidentielle ait été désigné par un vote de ses adhérents.

Je coupai le son de la télé. Pour l'instant, ça suffirait bien. Pour l'instant.

22.

Jeudi 25 février, 9 h 04

Comme chaque fois que le Patron allait rencontrer une des Parques, Marilyn préparait le dossier de presse. Les dernières déclarations des Barons, les articles de fond sur les grands sujets du moment, les dépêches : tout était bon à prendre. Le Patron détestait être pris en défaut.

Lorsqu'il s'agissait de préparer des émissions de radio ou de télé, c'était pire. En plus du dossier de presse consacré à l'actualité, il exigeait de Démosthène un nombre extravagant de notes sur les sujets techniques du moment, afin d'être en mesure d'expliquer les moindres détails ou de donner des chiffres précis. Et pour boucler le tout, il organisait la veille ou le matin même une réunion pour peaufiner ses arguments ou ses formules.

Au début, je trouvais cela grisant. Combien de fois m'étais-je pris à sourire de fierté et de satisfaction en entendant le Patron balancer en direct et comme à l'improviste une formule bien sentie que je lui avais suggérée le matin même. Après plusieurs années à ce rythme, le plaisir passait un peu. Chaque invitation au *Grand Jury* de RTL ou au *Rendez-vous politique* d'Europe 1 me foutait un week-end en l'air…

Cette fois-ci heureusement, il ne s'agissait que d'un déjeuner avec l'une des Parques. Telles les déesses grecques de l'Antiquité, les grandes éditorialistes de la place prétendaient dérouler le destin des hommes politiques et lire dans leurs pensées. À grands coups d'éditoriaux, de papiers d'analyse et de dîners en ville, certaines pensaient être en mesure de faire les carrières. Toutes étaient convaincues de pouvoir les défaire.

Il faut faire avec les Parques, comme avec beaucoup d'autres paramètres dans ce métier. Elles existent, elles sont intelligentes, elles peuvent être nuisibles. Si vous les fuyez, vous existez moins. Si vous ne voyez qu'elles, vous risquez de lasser. Si vous préférez l'une à l'autre, vous allez déplaire. Il faut donc les traiter, les inviter à déjeuner en tête à tête, pour commenter l'actualité, pour raconter des anecdotes, pour proposer des analyses. Le mieux est donc de faire ça à intervalles réguliers mais pas trop rapprochés, de jouer le jeu, puisque c'est un jeu, en donnant de l'info et en restant attentif parce qu'au fond vous pouvez aussi apprendre des choses.

Marilyn faisait en sorte que le Patron déjeune avec une Parque tous les mois. Pour ce type de déjeuners, la préparation était plus légère que pour une interview proprement dite. Le deal était clair, on ne faisait que du *off*.

Le *off*. Les coulisses de la presse politique. L'essentiel du spectacle pour certains. Ce qu'on ne peut pas dire à tout le monde, soit parce que cela ne serait pas compris, soit parce que cela serait aussitôt démenti. Le *off* : l'information avant la publication, celle qu'on ne peut pas signer, celle que personne ne peut vérifier, celle qui donne à la Parque quelques clés pour mieux comprendre, quitte à reprendre dans sa plume une phrase glissée par un autre...

Au cours d'un déjeuner comme celui qui s'annonçait, un paquet d'anecdotes ou d'informations allaient être échangées, et un bon nombre d'entre elles se retrouveraient dans les colonnes « confidentiel » des magazines, non signées, invérifiables, souvent intraçables. Il reviendrait à la Parque, ou à son rédacteur en chef, de faire le distinguo entre une information sûre dont la source était incertaine et une rumeur colportée juste pour nuire à quelqu'un. La frontière était étroite et à peu près aussi étanche qu'une passoire.

Évidemment, il y avait fort à parier que le déjeuner serait l'occasion d'évoquer la rumeur du moment. Comment le Patron réagissait-il à cette information ? Pouvait-on prouver quelque chose dans cette affaire, une manipulation ou une absence de manipulation ? S'agissait-il d'une tentative de déstabilisation ? Toutes questions pertinentes et que je me posais moi-même depuis le début, sans savoir quoi penser. Toutes questions qui seraient forcément posées au Patron. Toutes questions auxquelles Marilyn et moi allions devoir trouver des éléments de réponse.

Marilyn était à sa table de travail. Elle imprimait les documents et rassemblait les photocopies des articles qu'elle avait sélectionnés. Je m'étais assis en face d'elle avant qu'elle ne me le propose. J'avais des choses à lui dire.

Je commençai par lui demander ce qu'elle pensait du déjeuner.

— Il fallait le faire. Il était prévu depuis longtemps. L'annuler aurait éveillé des soupçons. De toute façon, il la connaît par cœur, il lui fera un grand numéro de charme et ça devrait passer. Je suis en train de préparer quelques phrases. Écoute.

C'était du solide. Prudent mais solide. Un peu langue de bois, mais bien enlevé tout de même.

Plus je l'écoutais, plus je me disais qu'elle était belle. Elle portait un chemisier blanc, légèrement entrouvert. Marilyn n'était pas du genre à mettre en avant son physique. Elle était capable de se livrer à des numéros de charme assez raffinés, et pouvait allumer à peu près n'importe quel bipède de n'importe quel sexe, mais sa distinction naturelle lui interdisait d'aller au-delà de certaines limites. Elle évitait d'exhiber un décolleté ravageur dans un milieu d'hommes dont la libido est à peu près du niveau des radiations à Tchernobyl (juste après l'accident), alors même qu'elle savait que cela aurait pu l'aider dans son job.

Mais un début de décolleté est tellement fascinant.

Je voyais le début de son sein. Un petit grain de beauté trônait juste au-dessus de son sein droit. J'étais fasciné. Je tentai d'être discret, de la regarder dans les yeux, de donner l'impression de réfléchir, mais la seule chose qui comptait, c'était ce grain de beauté, ce sein, Marilyn.

Marilyn a des petits seins. Normalement je n'aime pas ça. Mon truc, je l'avoue, ce serait plutôt les poitrines un peu rondes. Pas accablées et avachies, non, pas lourdes au point d'être tombées, mais enfin, quelque chose en relief. Pas les petites excroissances décharnées et hasardeuses. Les mannequins qui défilent en offrant leur verticale platitude me laissent sans voix. Une vraie poitrine, c'est rond, c'est confortable, c'est accueillant et on doit pouvoir mettre son nez au milieu avec jubilation.

Et pourtant, je restais bloqué sur les seins de Marilyn et sur ce grain de beauté. Contempler cette petite tache brune sur cette peau bronzée suffisait à exciter mon imagination et à me rappeler des souvenirs émus et frustrés.

Nous avions couché ensemble deux fois. Et les deux fois je m'en étais voulu. Pas d'avoir couché avec elle, au contraire, mais de n'avoir pas su donner à ces moments une dimension particulière, et de ne pas avoir su gérer l'après-sexe.

La première fois, c'était à Nice, il y a sept ou huit ans. Marilyn avait rejoint l'équipe quelques mois auparavant. Elle était jolie comme un cœur, enthousiaste, célibataire et le microcosme était à ses pieds. Tout le monde se demandait quel serait le premier député à pouvoir faire état de ce trophée. Même le Patron, qui est plutôt austère et qui prétend, depuis que je le connais, avoir été échaudé et ne plus goûter aux aventures passagères, la regardait avec gourmandise.

Nous nous entendions bien. C'est moi qui avais conseillé au Patron de l'embaucher, et elle le savait. Elle était déjà une des meilleures dans ce métier, et nous avions cruellement besoin de quelqu'un comme elle.

L'hôtel dans lequel nous étions descendus n'avait aucun charme. Une machine à congrès située sur la mer. La réunion publique s'était bien passée. Le Patron était parti coucher chez des amis et Marilyn et moi avions terminé la soirée au restaurant, puis au bar, puis au lit. Je dis ça un peu brutalement, parce que c'est dans cet ordre-là que cela s'était passé. En fait nous avions bien dîné, dans un restaurant italien qui servait un très remarquable risotto aux écrevisses et au bacon. Nous avions beaucoup parlé au bar de l'hôtel, en dégustant un porto blanc bien frais. La soirée était belle et j'avais enfin trouvé une jolie femme qui acceptait de parler pendant des heures de stratégie politique. J'avais évidemment trop bu. Elle aussi je crois.

Je me souvenais de deux choses après coup, si j'ose dire. D'abord, c'est la première fois que j'avais proposé à une femme de descendre plutôt que de monter. Il se trouve que le bar de la piscine du Radisson était situé sur le toit et que les chambres étaient donc en dessous. Ensuite, je me souviens de l'absence totale d'inhibition de Marilyn. Elle faisait l'amour de façon totalement décomplexée, révélait sa nudité avec plaisir, exprimait avec une précision presque crue ce qu'elle voulait et ce qu'elle ressentait. Moi qui me croyais plutôt à l'aise dans ce domaine, j'avais trouvé ma maîtresse.

Le bon indicateur, après une nuit de sexe, c'est le petit déjeuner. En règle générale, l'idée de prendre le petit déjeuner avec une femme avec laquelle je viens de passer la nuit m'est insupportable. Moi, je me couche, je rentre et c'est fini.

Parfois, je me dis que je n'ai pas envie de petit déjeuner mais que je recommencerais volontiers à faire des galipettes. C'est le signe que l'affaire ne durera pas mais que je suis tombé sur un coup exceptionnel et qu'il faut conserver le numéro de téléphone de la dame en prévision d'un prochain meeting ou d'une longue soirée d'hiver.

Si, après une nuit de sexe, j'ai envie de prendre le petit déjeuner avec la dame, c'est qu'elle est vraiment bien : jolie, intelligente, présentable. Dans cet ordre. Je suis comme je suis.

Avec Marilyn, la question du petit déjeuner ne s'était pas posée, en tout cas pas en ces termes.

Au beau milieu de la nuit, alors que nous avions terminé la troisième série d'assauts, elle m'avait signifié, avec gentillesse mais avec autant de clarté dans les propos que celle qui prévalait quelques minutes auparavant pour me dire de mettre ma langue un peu plus haut, qu'il était temps de regagner ma chambre.

Ça m'avait coupé mes effets.

Le lendemain, nous nous étions croisés au petit déjeuner. Elle discutait avec un journaliste qui couvrait le déplacement et qui devait dormir dans le même hôtel que nous. D'un regard ou d'un sourire, je ne sais plus, elle m'avait fait comprendre que nos relations étaient redevenues professionnelles et que la nuit était finie. Elle m'avait fait le coup que je faisais en général. Elle m'avait fait un coup de mec, enfin ce que je considérais comme un coup de mec, car enfin, les femmes ne sont pas comme ça. Elles ne peuvent pas avoir envie de vous utiliser simplement pour la nuit. Si elles font comme nous, on ne s'en sortira jamais.

172

Je m'en voulais toujours, aujourd'hui, de ne pas avoir cherché à forcer l'affaire. Et ce n'était pas le deuxième, et dernier, moment que nous avions passé ensemble qui pouvait relever le niveau.

Ce grain de beauté obsédant me ramenait à Nice. J'étais bien le seul.

Plus j'écoutais Marilyn, plus je comprenais où elle voulait en venir, et moins j'aimais la tournure de ce qu'elle me disait.

— Tu es sûr que tu me dis tout sur cette affaire ? demanda-t-elle en plantant ses yeux dans les miens.

— Tu en sais autant que moi.

Je mentais bien sûr. Personne n'avait parlé de l'épisode du Pont-Neuf à Marilyn, et je m'étais bien gardé de mentionner l'oncle du petit Caligny. Marilyn était bien la dernière personne à qui j'allais raconter ça. Je sais bien que j'aurais dû lui en parler : si j'avais raisonné en termes purement professionnels, j'aurais dû le faire. Mais le grain de beauté, associé aux coups de fil anonymes, aux morts qui tombaient autour de nous, et à l'adrénaline de la campagne, m'avait fait perdre une bonne partie de ma lucidité et franchir quelques échelons dans ma paranoïa déjà avancée.

— Je l'espère. Pour toi et pour le Patron. Parce que tu sais qu'on peut faire plein de choses avec la presse, lui raconter des histoires à dormir debout, lui faire croire les analyses les plus farfelues ou les rumeurs les plus débiles, mais il ne faut pas lui donner une information fausse qui pourrait être démentie par les faits.

Je souris en essayant de montrer que je comprenais, que j'étais d'accord avec elle, que je n'en savais pas plus qu'elle et que tout allait bien. Le genre de sourire pas simple à réussir quand on en sait plus qu'elle et qu'on est certain que rien ne va bien.

J'essayai de changer de sujet.

— La fuite dans le journal, est-ce que tu as un moyen de savoir d'où elle vient ?

— Difficile. C'est le genre d'info que les journalistes ne divulguent pas, sauf si j'ai quelque chose à leur offrir de beaucoup plus gros. Et en plus c'est risqué parce que si j'attire l'attention là-dessus, mes contacts vont se dire qu'il y a quelque chose de sérieux. Et je les comprends.

Marilyn était touchante dans son rapport avec les journalistes. Elle les prenait au sérieux sans les estimer. Elle savait que leur métier était difficile et qu'il était soumis à des règles qu'il fallait respecter, et en même temps elle jugeait qu'ils travaillaient trop peu et se contentaient trop facilement de l'écume ou de l'apparence. Lorsque je les attaquais, elle les défendait. Lorsqu'elle les attaquait, il fallait se taire.

— Il n'y a pas un type au *Matin* qui pourrait te dire d'où ça vient ? Par amitié ou contre la promesse d'un scoop ultérieur ?

Marilyn me regarda fixement, comme si elle hésitait.

— En la matière, l'amitié n'existe pas. Et les promesses, depuis que je te connais, je sais qu'elles n'engagent que ceux qui les croient.

Notre réunion de travail *a priori* amicale se transformait en règlement de comptes. Qu'est-ce qui lui arrivait ? En dépit d'une certaine affection pour les rapports tendus, voire d'une véritable passion pour les engueulades qui me permettent d'écraser mes interlocuteurs sous des masses de formules méchantes, de menaces à peine déguisées et de mauvaise foi abyssale, je décidai qu'il était inutile de poursuivre sur ce terrain devenu glissant.

Mais Marilyn ne voulait pas en rester là.

— Tu sais le problème avec ces éléments de langage ?

Je ne voyais pas. Ou plutôt si, je voyais bien qu'ils étaient destinés à ralentir une attaque à l'origine inconnue et à la parade incertaine. Je fis signe de la tête que je ne savais pas.

— On répond à côté de la plaque. On donne à penser que la fraude était possible, et que personne n'est capable de dire aujourd'hui qu'elle n'a pas eu lieu. Si j'entendais parler pour la première fois de cette affaire dans la presse, je croirais volontiers qu'il s'est passé quelque chose. Et comme je te connais, comme je sais ce dont tu es capable, je me dis que s'il s'est passé quelque chose, tu étais à la manœuvre. Et le fait que tu me mentes quand je te demande si tu me dis tout sur cette affaire me laisse à penser que je ne me trompe pas beaucoup.

J'étais soufflé.

— Tu ne crois quand même pas que j'ai trafiqué la primaire ? Tu me prends pour qui ?

— Pour un apparatchik qui attend cette campagne présidentielle depuis trente ans et que rien n'arrête. Tu sais très bien que s'il te demandait ça, tu en serais capable.

— Et tu crois qu'il pourrait me demander ça, lui ?

J'avais parlé trop vite. J'aurais dû commencer par tenir la ligne de défense consistant à dire que j'étais incapable de faire ça. Je ne l'aurais pas convaincue, mais au moins j'aurais gagné du temps.

— Je ne sais pas. Je ne crois pas. Mais justement, s'il ne te l'a pas demandé, je ne comprends pas pourquoi tu as fait ça. Et je ne suis pas la seule !

Elle en avait parlé au Major. Ils s'étaient mis d'accord pour penser que j'étais derrière tout ça. J'étais furieux.

— Mais je n'ai rien fait, bordel ! Vous êtes dingues ou quoi ?

Marilyn leva la main de façon définitive.

Face à ce mur d'incompréhension, je choisis de quitter théâtralement son bureau en claquant la porte. J'envoyai balader d'un geste rageur et pathétique une pile de magazines sur la table du couloir. L'édifice patiemment bâti autour du Patron était en train de prendre l'eau. Je me retrouvais au banc des accusés, tout simplement parce que les autres me savaient capable de ce genre de turpitudes : je payais mes vingt années de basses œuvres.

Tout le monde finissait par douter de tout le monde : même moi, je commençais à douter du Patron. Quant à Marilyn, il était clair que la confiance entre nous était rompue depuis belle lurette : nous pouvions travailler ensemble dans un cadre apaisé, mais à la première crise, les amertumes du passé reprenaient le dessus.

J'avais besoin de prendre l'air. Sur le pas de la porte à l'entrée du QG, je tentai en vain d'allumer une cigarette. Le vent glacial de février neutralisait mon briquet, et mes mains tremblaient trop, de froid et de rage, pour y remédier.

De colère, sous le regard étonné du type de la sécurité, je lançai mon briquet à l'autre bout de la rue et jetai ma cigarette au sol. Je tremblais à présent de tous mes membres, ce qui m'empêcha de sentir à temps mon téléphone qui vibrait dans ma poche.

Je rappelai aussitôt l'oncle de Winston, dont le numéro s'était affiché.

— Votre noyé s'appelle Mukki, Paul Mukki.

— Bonjour à vous également, comment allez-vous ? répondis-je en réfléchissant à ce nom, déjà entendu.

— Ça vous dit quelque chose, ce nom ? demanda l'oncle sans réagir.

— Oui, vaguement. Comment avez-vous retrouvé son nom ?

— Un magicien ne dévoile jamais ses trucs, vous vous souvenez ?

Pour son surnom, j'hésitai entre Mandrake et le Tonton flingueur. En tout cas, il me donnait de la matière.

Mukki. Je connaissais ce nom. Et je me mis à trembler de plus belle, non plus seulement de froid ou de rage, mais aussi de peur.

Paul Mukki, ancien salarié du parti, pas très haut gradé, mais tête et nom connus pour qui avait fréquenté le Siège du parti depuis longtemps. Si je m'en souvenais bien, il était au service des adhésions, là où on saisissait les coordonnées des adhérents.

Là où on avait accès au fichier.

23.

Vendredi 26 février, 8 h 45

Le Patron n'en revenait pas non plus.

— D'abord Pinguet, ensuite Mukki. Mais qu'est-ce que ces bras cassés viennent faire dans cette affaire ?

— Ah ça, Patron, s'ils n'avaient qu'un bras cassé, ils iraient beaucoup mieux qu'aujourd'hui…

Ma repartie, destinée à faire sourire le Patron et à détendre un peu l'atmosphère, fut reçue par un sourire glacial.

— Sérieusement… Je ne mettrais pas Pinguet et Mukki dans le même sac. Pinguet, on ne le connaissait pas très bien, mais Mukki, c'était un proche, un salarié du parti, la famille.

Le Patron haussa les sourcils.

— La famille, la famille, c'est vite dit. Votre Mukki, vous me dites qu'il a démissionné du parti quand on a pris le pouvoir. J'ai du mal à voir ça comme un geste d'amitié, et encore moins comme le signe d'une appartenance à la famille.

— Reconnaissons-lui au moins le mérite d'être cohérent. Il s'entendait parfaitement avec l'équipe

178

précédente, qui l'avait recruté, et quand ils sont partis, il est parti. Cela dit, le Major s'en souvient, et il me dit que c'était un type réglo. Il paraît que c'est lui qui avait planqué les papiers il y a six ans, lors de la première perquisition au Siège. À l'époque, il était employé à la comptabilité et, quand le juge d'instruction s'est pointé à l'accueil avec tout le tintouin, il a foncé récupérer les comptes dans le bureau du Trésorier, les a foutus dans un sac, et est parti se réfugier sur le toit. Personne ne l'a vu faire, et il a sans doute évité un paquet de mises en examen.

Le Patron esquissa son premier sourire depuis longtemps. J'étais certain qu'il se souvenait parfaitement de la perquisition, parce qu'il savait qu'elle constituait la première étape d'un mécanisme qui l'avait conduit à prendre le pouvoir au sein du parti. Mais je constatai également qu'il ne connaissait pas l'anecdote.

— Vous savez ce que disent les Turcs : les cygnes appartiennent à la même famille que les canards, mais ce sont des cygnes.

Le petit Caligny cligna nerveusement des yeux.

— Ce que je veux dire, Louis, c'est que pour quelqu'un qui est de la famille, il nous a tout de même coûté cher : sa fidélité et sa présence d'esprit nous ont fait perdre au moins cinq ans. Si tout le monde avait été condamné dans cette histoire, nous aurions pris le parti bien avant...

Tout cela avait été dit avec un brin d'ironie. Le petit Caligny se demandait si c'était du lard ou du cochon. Est-ce que le Patron en voulait à Mukki d'avoir retardé son ascension, ou est-ce qu'il était admiratif du dévouement dont avait preuve le militant ? Probablement les deux. Le Patron pouvait penser une chose et son contraire.

— Et qu'est-ce qu'il faisait avant notre arrivée, ce Mukki ?

Je connaissais trop bien le Patron pour voir que la désinvolture avec laquelle il traitait cette conversation était feinte. Derrière le calme et l'ironie, le Patron voulait comprendre et attendait des informations précises. Heureusement, avant d'aller le briefer, le petit Caligny et moi avions fait nos devoirs. J'avais longuement interrogé le Major, consulté quelques dossiers et surtout incité le petit à traîner du côté de la DRH pour glaner le maximum d'informations.

— De ce que je comprends, osa Winston, Mukki était, au sens premier du terme, une petite main.

Le petit Caligny affectait un sérieux papal, et pourtant, intérieurement, il me faisait sourire. Les jeunes qui se concentrent me font toujours le même effet. Ils essaient de compenser leur manque d'assurance par une caricature des types les plus pompeusement mornes qu'ils ont pu rencontrer. Un jour, j'ai même entendu un type de dix-neuf ans m'expliquer très sérieusement qu'il était un homme de réseaux. Quand j'étais jeune et que je voyais un de mes potes révéler ces faiblesses de façon aussi criante, j'en éprouvais une gêne très ambiguë, mélange de consternation devant cette immaturité et de jubilation devant cette capacité à se tirer des balles dans le pied. Aujourd'hui, je regarde ça avec bienveillance lorsque ce travers est le fait d'un garçon aussi futé que le petit Caligny. Si, en revanche, le jeune homme me semble idiot, ou limité, ou même bavard, je n'hésite pas : je pulvérise le cuistre.

Le Patron, de toute façon, avait décidé dès le début de la campagne d'être gentil avec son jeune protégé.

— C'est-à-dire, une petite main ?

— Il faisait de la saisie informatique avec ses petites mains, c'est tout. Et ce qu'il saisissait n'est pas exactement neutre parce qu'il s'agissait des adhésions. Le nom, le prénom, l'adresse, la profession, la date de naissance, la date d'adhésion, le fameux identifiant : toutes ces informations étaient consciencieusement saisies par Mukki dans le fichier central.

Je n'étais pas surpris. Atterré mais pas surpris. Il était clair depuis un bon bout de temps qu'aucune bonne surprise n'était à espérer dans cette affaire. Si Mukki avait été chargé de la diffusion des autocollants pour les élections locales, son nom n'aurait pas été évoqué. Cela dit, le fait qu'il ait eu accès au fichier des adhérents, et même que son rôle ait été de constituer ledit fichier était préoccupant.

— Et comment est-ce que ce type a été recruté pour faire ça ?

— Il n'a pas été recruté pour ça, intervins-je. Lorsqu'il s'est fait engager, il était attaché au service intérieur. D'après ce que je comprends, il portait les caisses et aménageait les bureaux. Trois ans après son recrutement, il s'est fait muter au service informatique. Son dossier est vide ensuite, jusqu'à son départ, une semaine après votre élection à la présidence du parti.

— Et qui l'a recruté, ce Mukki ?

La question qui tue. Dans un parti, avoir été recruté par quelqu'un est souvent bien plus important qu'avoir été recruté pour quelque chose. Je me souviens encore de l'espèce d'enquête archéologique que j'avais dû conduire lorsque le Patron et moi avions pris les rênes pour déterminer qui venait d'où. Lorsque vous savez ça, vous ne savez pas forcément qui vous sera fidèle, mais vous avez des idées assez claires sur qui ne le sera pas…

— Je ne sais pas. Il n'y a rien dans le dossier là-dessus. Il a été recruté il y a douze ans, il est resté huit ans au Siège, et puis ensuite, il est parti, et on ne sait pas où il est allé. Son dossier est mince.

Encore une bizarrerie. Dans le dossier d'un apparatchik, on trouve toujours d'assez bonnes indications sur l'origine du recrutement : la lettre d'un élu local recommandant chaleureusement un militant fidèle qui veut monter à Paris, ou le courrier moyennement aimable d'un parlementaire souhaitant se débarrasser d'un importun. L'annotation sur le courrier, à la main et dans la marge, du destinataire qui exécute d'un « AR » signifiant qu'il faudra se borner à renvoyer un accusé de réception poli, automatique et négatif, qui griffonne un « m'en parler » intimant à d'autres de trouver de bonnes raisons de refuser ou qui bénit d'un « Faire quelque chose » qui vaut tous les sésames.

Mais dans son dossier, rien de tel. Mukki aurait donc été recruté sans références ? Dans un parti politique ? Dans *ce* parti politique ? Impossible. Mais qui avait pu avoir intérêt à dissimuler l'origine du recrutement d'un obscur ?

Je formulais à voix haute mes interrogations et mes doutes. Le Patron opinait. Le petit Caligny, non sans raison, se borna à constater que ces questions trouveraient sans doute plus de réponses si on les posait au Major, dont le métier était tout de même de gérer cette boutique, y compris dans ses sordides aspects administratifs, qu'en les lui posant à lui. Il n'avait pas tort, mais je n'avais pas envie que le Major en sache autant que moi. Pas encore en tout cas.

— Et comment est-il parti ?

— Là non plus on ne sait pas grand-chose. Il y a sa lettre de démission, qui n'indique aucune adresse postale, et qui est postérieure d'une semaine au Congrès au cours duquel vous a été élu président du parti, il y a quatre ans. Vous n'étiez pas encore arrivé dans les lieux qu'il les avait déjà quittés.

Un apparatchik qui démissionne. Aussi courant qu'une moule qui lâcherait son rocher. Dans les partis, les élus passent, souvent trop lentement d'ailleurs, mais les permanents restent. C'est d'ailleurs pour cela qu'on les appelle les permanents, en langage officiel. Certains passent ainsi une bonne partie de leur vie professionnelle à lutter contre le risque d'être viré par la nouvelle équipe qui arrive tout en essayant de toutes leurs forces de quitter leur poste dès qu'une opportunité de faire autre chose se présente, dans un cabinet ministériel ou dans une grande entreprise... Mais qui veut d'eux ?

Sans doute la démission de Mukki était-elle passée totalement inaperçue. Elle avait dû arranger tout le monde. Le trésorier avait vu avec soulagement un départ qui serait bientôt plus que compensé par l'arrivée de la nouvelle équipe entourant le nouveau Patron, avant la venue d'un nouveau trésorier. Et moi, je n'avais pas fait attention. Je ne me souvenais pas d'avoir appris qu'il avait démissionné.

— Vous avez fait le tour de ceux qui ont bossé avec lui ? Ils s'en souviennent ? Ils sont restés en contact ?

— Ils se souviennent très bien de lui. Ils en disent plutôt du bien d'ailleurs : bon camarade, travailleur, simple, discret. Mais, visiblement, personne n'est resté en contact avec lui. Loin des yeux, loin du cœur, comme on dit.

— Mon petit Louis, si vous pensez que les gens qui travaillent ici ont un cœur… Mais là n'est pas la question. Il faut qu'on sache plusieurs choses : qui l'a recruté et pourquoi on ne sait rien sur son recrutement. Quelque chose me dit qu'il doit y avoir un lien. Ensuite il faut qu'on sache où il est parti, et ce qu'il a fait depuis.

Le Patron était tracassé. Il se faisait du souci. Mon job consistait précisément à les lui éviter. Je préférais de loin ses colères matinales.

24.

Marilyn entra dans mon bureau, avec la tête des mauvais jours.

— On va morfler dans *L'Enquête* de la semaine prochaine, j'ai eu des infos, ils préparent un long papier sur l'organisation du vote, ils vont parler de Droïde.

— Ils vont nous mettre en cause ?

— D'après ce que je sais, ils vont rappeler que même si le Patron n'était plus Président du parti au moment du vote, c'est lui qui a plaidé pour le vote électronique et en a organisé les modalités avant de partir.

— Ce qui est vrai. On ne pourra pas rester sur notre ligne très longtemps.

— Non.

— Ils vont parler de Pinguet ?

— Ça m'étonnerait.

— Ça sort lundi ?

— Oui sauf si ça sort sur Internet avant.

Depuis Pierre Dac, grand scientifique devant l'éternel, chacun sait que tout corps plongé dans un flux d'emmerdements pivote de façon à lui offrir sa surface maximale.

La noyade me guettait.

25.

Depuis qu'on ne fume plus dans les cafés, on peut prendre son petit déjeuner au bar sans avoir l'impression de manger un cendrier. Moi qui suis fumeur, je reconnais qu'il n'est pas désagréable d'être dispensé de l'odeur du tabac froid le matin.

L'Espérance était un bar sans âge, c'est-à-dire vieux. On y buvait son petit noir dans une tasse jaune et épaisse. Les tabourets du zinc étaient usés, les tables aussi et, à bien y regarder, les clients encore plus. À mon arrivée le matin, on m'y servait invariablement mon café, ma tartine de beurre salé et mon jus d'orange. Le service était rugueux pour l'inconnu mais bienveillant pour le fidèle aux habitudes établies. *L'Espérance* était, à tous égards, un vrai rade parisien. C'était mon café.

Le Tonton flingueur était arrivé avant moi. Il était assis au fond de la salle. On ne voyait que lui en entrant. Lui, de son côté, pouvait observer tous les occupants et les nouveaux arrivants. Pour l'instant, cela voulait dire moi et le concierge de l'immeuble d'à côté, qui descendait avec une régularité imperturbable ses deux bières avant 9 heures du matin. La cigarette était interdite pour raisons de santé, mais on pouvait encore entretenir sa cirrhose avant l'aube au pays de Descartes. Il devait y avoir une logique... La théorie de Démosthène me revint à l'esprit et j'en esquissai presque un sourire.

L'oncle me regarda d'un air sceptique. Il devait penser que j'essayais de ne pas trahir ma nervosité. Il n'avait pas complètement tort.

Après toutes ces années, j'en avais vu défiler, des types qui essayaient de m'impressionner. J'avais été confronté à tous les rapports de force possibles et imaginables. J'en avais perdu un certain nombre, mais, avec le temps et l'expérience, j'en gagnais de plus en plus. J'étais de plus en plus fort, et le Patron de plus en plus craint. Les faibles n'osaient plus m'emmerder et les forts hésitaient avant de s'y risquer. J'avais des ennemis, mais dans ce métier, c'est indispensable si on veut défendre efficacement son Patron. Le type qui travaille en politique depuis vingt ans et qui n'a pas d'ennemis ne fait pas bien son boulot. De ce point de vue, je n'étais pas en reste.

Gaspard Caligny était différent. Il n'essayait ni de me plaire, ni de m'impressionner. Je lui étais visiblement indifférent. Il n'avait pas peur de ma puissance ou de mon pouvoir de nuisance. Il n'avait pas besoin de moi. Je n'avais aucune prise sur lui. Moi qui savais parfaitement l'effet que l'indifférence pouvait produire sur les autres, je découvrais avec agacement que je n'aimais pas qu'on l'affecte à mon endroit.

— Louis va arriver, mais j'ai des choses à vous dire avant.

La poignée de main était ferme. Ses yeux avaient plongé dans les miens. J'avais l'impression d'être nu. Enfant, c'était mon pire cauchemar : me retrouver sans culotte, à l'école, et tirer comme un fou sur mon tee-shirt pour ne pas être à poil au milieu des autres.

— Bonjour à vous également.

L'oncle se cala sur la banquette et souffla légèrement.

— Parlons peu mais parlons bien…

— Moi qui croyais que vous alliez me raconter votre vie !

Il y avait sans doute quelque chose de puéril à vouloir montrer combien j'étais décontracté. Je savais que l'ironie facile et les reparties de mauvais boulevard ne cachaient jamais longtemps l'angoisse et l'infériorité. Dans un duel, les forts ne font pas les malins. Le Tonton flingueur n'avait même pas souri…

— J'ai fait un premier tour de piste sur votre équipe. Pour une bonne partie d'entre eux, rien à signaler, et en tout cas aucun secret. La plume et la secrétaire semblent sans histoire.

Je ne disais rien et essayais de lisser au maximum mes expressions. Je ne voyais pas très bien quelles histoires on aurait pu trouver sur Démosthène, sauf peut-être une passion coupable pour des livres que la morale bourgeoise réprouve. Quant à Régine, la secrétaire, la seule histoire de sa vie était le Patron et il n'y aurait jamais de place pour autre chose dans son quotidien. L'espace d'une seconde, je me dis qu'il en était sans doute de même pour moi…

— Votre copain le directeur de campagne est moins net.

Mon sourcil droit bougea insensiblement. Il avait vu. Merde. J'avais montré que j'étais intéressé.

— J'en saurai plus très rapidement, mais d'après ce que je comprends il fait partie de ces types aux fidélités successives. Il se donne beaucoup de mal pour donner l'impression que sa vie est carrée : Travail, Famille, Parti, si vous me passez l'expression, mais je ne suis pas convaincu.

Pour le coup je souris ouvertement. La formule était bien choisie et révélait un humour certain.

— Quant à votre amie en charge de la presse, elle a une vie aussi compliquée qu'intense.

Il n'avait pas eu besoin de préciser quoi que ce soit et rien dans son expression n'avait trahi la moindre allusion, mais j'étais persuadé qu'il savait pour Marilyn et moi.

— Elle fréquente un journaliste, ce qui ne traduit rien en soi sinon une faute de goût si vous voulez mon avis, mais passons, ça arrive à des gens très bien. Le jeune homme est plus jeune qu'elle. Il a les cheveux longs et il s'appelle Maussane. Vous connaissez ?

Je connaissais. Mauvaise nouvelle. À bien des égards.

— Pas vraiment…

— Moi non plus. Mais j'en connais peu, des journalistes. Je ne les aime pas. Ce qui est intéressant, c'est le mal que ces deux-là se donnent pour que leur histoire reste secrète.

— Secrète ou discrète ?

— Vous saviez qu'ils étaient ensemble ?

Je fis non de la tête.

— Si c'était seulement discret, elle vous l'aurait dit, non ?

Touché. Le légionnaire visait juste. Et j'avais brusquement envie de changer de sujet.

— Et Mukki, vous avez trouvé quelque chose sur lui ?

— Des choses qui devraient vous intéresser.

Un silence. Il ménageait ses effets. En politique, j'avais appris la patience.

— Vous voulez savoir où il travaillait, Mukki, avant d'aller se baigner dans la Seine et d'être retrouvé sous le pont de l'Alma ? Au Conseil général de l'Isère.

Et merde.

Ce n'est pas l'Isère qui posait en soi un problème. On peut y passer de bons moments si on évite Grenoble. C'est plutôt le Conseil général de ce département qui causait un sérieux problème. C'est que ledit Conseil général avait deux caractéristiques embarrassantes : il comptait le père Pinguet parmi ses élus historiques et avait eu l'immense privilège d'être présidé pendant près de dix-huit ans par un type de première qualité. Un type qui avait démissionné de son poste il y a un an pour se consacrer à temps plein à son nouveau défi. Un type qui s'appelait Vital, qui était candidat à la présidentielle et dont l'objectif essentiel était de battre le Patron.

J'avalai la mauvaise nouvelle comme je pouvais.

— Et qu'est-ce qu'il y faisait, Mukki ?

— Pas grand-chose. Il était employé par le département pour assurer la maintenance des collèges. Cela lui laissait le temps de faire du ski l'hiver et du tennis l'été, j'imagine. Les voisins le décrivent comme assez solitaire, souvent bougon ou de mauvaise humeur, sans être jamais violent ou désagréable.

Faire la gueule à La Tronche, c'est tout de même un beau programme, non ?

J'écarquillai les yeux.

— La Tronche. C'est là qu'il vivait. Jolie petite commune. Canton de Meylan. Banlieue chic de Grenoble.

— Je connais.

Je connais toutes les communes de plus de 3 000 habitants. Je connais tous les maires de toutes les communes de plus de 3 000 habitants. Pas personnellement, mais leur nom en tout cas. Parfois j'en oublie quelques-uns. Il y a des départements ou des régions pour lesquels j'ai toujours plus de mal que d'autres. Je ne me suis jamais fait à l'Alsace par exemple et je ne suis pas très bon sur les Savoie. Mais dans l'ensemble, je connais plutôt bien ma carte électorale. Je sais quelles communes forment les cantons. Pour Meylan, c'est facile, il y en a quatre. Et évidemment, je sais à peu près quel conseiller général est élu dans quel canton. Surtout celui de Meylan. Difficile en ce moment d'oublier qu'il s'agit du fief du sénateur Pinguet. Difficile aussi d'oublier que Mukki l'avait évoqué dans le dernier message qu'il nous avait laissé avant d'être poignardé et noyé.

En dix minutes, l'oncle du petit Caligny venait de faire le lien entre Mukki, auteur probable des appels anonymes, mort il y a quelques jours alors qu'il voulait nous parler de la fraude, Vital, candidat bien vivant à l'élection présidentielle et le seul susceptible de battre le Patron, et le père Pinguet, sénateur et père inconsolable d'un accidenté de la route qui avait trempé dans l'organisation de la primaire.

— C'est tout pour l'instant, mais je ne fais que commencer.

C'était déjà pas mal, pour un début. Je tentais de reprendre mes esprits en continuant à interroger l'oncle que je regardais un peu différemment depuis quelques minutes.

— Et les agresseurs de Mukki ? L'enquête progresse ?

— Non. Aucune trace, aucun témoin. Pas surprenant du reste, les témoins c'est vous et Louis... À part que l'un des deux est rouquin, je n'ai pas beaucoup d'indications. Mais je ne suis pas inquiet. Je vais retrouver les types qui ont fait ça... L'enquête sur l'accident de Pinguet non plus ne donne rien. Les gendarmes n'avancent pas. Il va falloir que je m'en occupe moi-même...

Une esquisse de mépris avait semblé se dessiner sur son visage. J'avais déjà vu des militaires expérimentés, ayant beaucoup tourné à l'étranger, exprimer cette forme de dédain pour la maréchaussée qui le leur rendait bien. Je savais au moins que quand le Tonton méprisait, cela se voyait.

— Continuez. On a besoin de savoir...

La transformation de son visage, rapide et profonde, m'interrompit brutalement. Il avait vu son neveu entrer dans le café, et avait immédiatement cessé d'être celui que je connaissais pour devenir un autre. Ses yeux s'étaient remplis de chaleur, son corps s'était détendu et il avait cessé d'être un fauve. Je ne l'avais encore jamais vu sourire, l'effet était saisissant. Il avait l'air sympathique et chaleureux. Surtout, il inspirait confiance. Ce n'était plus l'ancien soldat solitaire qui était en face de moi mais un chef qu'on devinait solide et respecté, quelqu'un qui avait dû commander à des hommes. Et qui avait dû être obéi.

Pour la première fois, je les voyais ensemble. Le petit Caligny semblait être autant le fils de son père que celui de son oncle.

Je me souvenais assez bien d'Alexandre Caligny, de son charme incontestable et de son ambition assumée. Je retrouvais chez le fils la bonne mine du père, le sourire franc et l'impression qu'on pouvait immédiatement lui faire confiance. Mais dans sa façon d'observer, d'être attentif à ce qui se passait autour de lui sans pour autant se livrer, il rappelait immanquablement son oncle.

Pendant quelques minutes, la discussion fut légère.

Gaspard Caligny était charmant quand il parlait à son neveu. Sa voix était douce, son ton discret. Il rassurait. Il donnait confiance. Je m'imaginais sans peine combien il avait dû user de cette faculté pour permettre à un aîné, ayant perdu son père à la sortie de l'enfance, de surmonter ses peurs.

Je me rendis compte, en les écoutant parler, que je ne savais pas grand-chose de la vie de Winston, sinon qu'il était le fils d'un homme politique disparu prématurément et qu'il était le neveu d'un légionnaire souvent glacial. J'avais constaté que sa mère vivait dans un bel appartement parisien. Je savais qu'il avait un frère et une sœur, qu'il avait fait Sciences-Po, qu'il était malin, courageux et plutôt doué. C'était déjà beaucoup, mais en même temps, c'était encore très peu.

C'est le petit Caligny qui nous ramena au cœur du sujet.

— Alors qu'est-ce qu'on sait sur ce Mukki ?

Je racontai ce que l'oncle m'avait dit en prenant bien soin d'être à la fois concis et complet. Je crus deviner un hochement de tête de Gaspard à la fin de mon résumé, qui avait sans doute valeur de chaleureuse approbation.

— Il faut vraiment que vous puissiez parler au père Pinguet. Il est au centre de toute cette histoire.

Le petit Caligny était affirmatif comme on peut l'être à son âge.

— Je commence à en avoir assez des déjeuners indigestes. Vous croyez vraiment que je vais pouvoir tirer quelque chose de cette vieille baderne ? On voit bien que vous ne connaissez pas le Sénat ! Faire parler un sénateur qui ne veut rien dire, c'est comme vouloir faire boire un âne. Et encore, faire boire un âne, c'est sans doute moins dangereux…

Le petit Caligny se mit à rire. Son oncle sourit, sans que je sois capable de dire s'il souriait à cause de ce que je disais, ou simplement parce qu'il était heureux de voir son neveu rire joyeusement.

— Je suis certain que vous vous en sortirez très bien. Plus j'y réfléchis, plus je me dis que c'est lui la clef de cette histoire. Au fond c'est assez simple : on sait que Mukki a constitué une bonne partie du fichier des adhérents du parti lorsqu'il y travaillait, ou en tout cas qu'il avait accès à toutes les données. On sait que la société du fils Pinguet a organisé le vote et attribué les codes secrets. Pour truquer le vote, il fallait avoir le fichier et les codes. Autrement dit, lorsque Mukki rencontre le fils Pinguet, la manipulation du vote devient possible. Et quel est le moyen le plus rapide de relier le fils Pinguet et Mukki ?

— Le père Pinguet. Élémentaire mon cher Winston !

Gaspard se raidit brusquement.

— Pourquoi vous l'appelez Winston ?

J'hésitai avant de répondre. Je devinais que le sens de l'humour de l'oncle était relatif dès qu'on parlait du neveu.

— C'est la règle quand on rentre dans l'entourage du Patron. On a un surnom. Louis, c'est Winston ou le petit Caligny. Winston parce qu'il ira loin et le petit Caligny parce que…

— … Je préfère Winston. Je n'aime pas qu'on dise qu'il est petit.

Winston ne disait rien, mais je voyais dans ses yeux qu'il se marrait intensément.

— Et vous, c'est quoi votre surnom ? me demanda soudain Winston, goguenard.

— Si j'en avais un, vous le connaîtriez, non ?

— Je peux aussi l'inventer…

— Oui, bon très bien, enfin tout ça nous éloigne du sujet. Je veux bien que Pinguet soit au centre de cette affaire, mais il faut au moins que l'on sache s'il connaissait Mukki… et puis comprendre le rôle de Vital dans cette affaire… et puis savoir pourquoi Mukki a cherché à nous avertir…

L'oncle m'interrompit.

— Avant tout, je crois qu'il serait utile de savoir s'il y a eu fraude oui ou non. On dirait que plus personne ne se pose cette question simple et essentielle. Je vais m'en occuper.

Il avait raison. Et d'ailleurs, même s'il avait eu tort, il ne nous avait pas demandé notre avis, il s'était contenté de nous dire qu'il allait s'en occuper, ce qui constituait sans doute dans son esprit une forme de faveur, d'ouverture au dialogue et à la concertation.

L'oncle embrassa son neveu et me serra la main.

La journée commençait sous un jour un peu différent des précédentes. Nous tenions une piste. Pour la première fois depuis que la Tuile nous était tombée dessus, j'avais le sentiment de tenir une partie du puzzle. Ce n'était pas grand-chose, mais au moins j'avais l'impression d'être un peu moins passif.

Et puis j'étais désormais certain d'au moins trois choses.

D'abord les Caligny. Le petit me plaisait bien, et son oncle se révélait utile. Il avait l'air décidé à ne pas laisser son neveu se débattre tout seul, et dans cette histoire, les amis de mes amis…

Le Major ensuite. Il suscitait un doute dans l'esprit de l'oncle de Winston, et je ne pouvais pas m'empêcher de le partager. Le Major n'était pas totalement clair dans cette affaire. Il ne me disait pas tout, donc il cachait quelque chose. J'allais devoir faire attention à lui et ça, c'était un vrai problème. Quand les membres d'une équipe commencent à douter les uns des autres, il est rare que l'équipe joue mieux.

Et puis il y avait Marilyn. Marilyn qui m'avait accusé d'être à l'origine de cette histoire. Marilyn et son amant dont elle ne m'avait jamais parlé. Cela aurait pu suffire à m'énerver si je n'avais eu rien d'autre à penser. Je savais bien qu'elle n'avait pas à me tenir informé de toutes ses aventures, mais je me disais que lorsqu'elle aurait une histoire sérieuse, elle m'en parlerait, au nom de notre amitié ou de notre complicité.

La tristesse que je sentais poindre n'avait pourtant rien à voir avec de la jalousie, ou si peu.

Ce Maussane, son amant, je le connaissais. Il était journaliste. Au *Matin*. Le journal qui avait sorti la rumeur de la fraude…

26.

L'article de *L'Enquête* fut, en effet, publié le lundi suivant.

J'en fis la lecture au Patron à la première heure.

Le papier ne faisait qu'expliquer les modalités du vote interne, avec une interview du Secrétaire général du parti, une explication du système de vote par Internet sous-traité à une société informatique dénommée Droïde, qui avait « refusé de répondre à [leurs] questions », les sources possibles d'erreur ou de fraude, une brève comparaison avec quelques systèmes étrangers.

L'article citait un ingénieur informatique qui affirmait qu'aucun système n'était parfaitement inviolable. Ça me rappelait les témoignages d'experts à la barre d'un tribunal, lorsque l'avocat mis en difficulté cherchait à leur faire dire qu'il existait toujours une infime possibilité qu'ils aient tort.

Le magazine donnait ensuite la parole à Texier :

— *Certains sous-entendent que les proches de Marie-France Trémeau ne sont pas étrangers à la diffusion de cette rumeur...*

— C'est faux, nous suivons ce feuilleton par la presse. C'est d'ailleurs très intéressant.

— Certains disent également qu'elle digère mal sa défaite…

— C'est quand même formidable ! Qui a voulu le vote par Internet ? Qui l'a organisé ? Ce n'est sûrement pas Marie-France Trémeau, qui a exprimé très tôt son scepticisme. Qu'on ne vienne pas aujourd'hui lui reprocher d'avoir eu raison !

— Quelles conséquences pourrait-elle tirer de ce rebondissement ?

— Nous n'en sommes pas encore au stade des conséquences. Nous voulons que la lumière soit faite sur ce qui s'est réellement passé. S'il y a eu tricherie, c'est évidemment très grave, et, dans cette hypothèse, je recommanderai, mais c'est mon avis personnel, à Marie-France de se sentir déliée de tout engagement vis-à-vis de ce vote interne et d'agir selon sa seule volonté.

— Donc de se présenter aux élections ?

— Ce sera à elle seule d'en décider.

De rage, je balançai le magazine à travers le bureau du Patron, qui me regarda de travers.

— Trémeau s'était engagée à respecter le résultat de la primaire tant qu'elle était sûre de la gagner, ironisai-je.

— De deux choses l'une, m'interrompit le Patron : soit elle a des preuves que le scrutin a été faussé, dans ce cas-là qu'elle les produise, soit elle n'en a pas, dans ce cas, elle ne peut prétendre à rien. Appelez votre copain Texier, ajouta le Patron en se tournant vers moi, écoutez ce qu'il a à dire. C'est quand même un peu fort de café, il faut qu'on marque le coup.

— Ce n'est pas tout ça qui m'inquiète le plus, osai-je.

— Ah bon ? Et qu'est-ce que vous avez de plus inquiétant que ça ?

— Si Trémeau a dit ça, c'est qu'elle est sûre de son coup, autrement dit qu'elle a des renseignements sur le trucage du scrutin. Il faut se faire une raison : notre informateur ne nous donne pas l'exclusivité de ses infos...

Le Patron fronça les sourcils. Tant que cette affaire ne serait pas réglée, même s'il faisait les meilleures propositions du monde pour sauver la planète ou pour éradiquer le chômage des jeunes, personne ne l'écouterait. Le débat sur la primaire parasitait toute la campagne. Ça me rendait malade.

— Bon, allez, il faut qu'on relise ce projet de discours sur le temps de travail, je n'y comprends rien. On me fait remonter aux calendes grecques, je préférerais parler des vraies gens.

Démosthène avait encore frappé, incapable de tenir une démonstration sans remonter, et c'était sans doute le cas de le dire, aux calendes grecques. Au feutre rouge, côte à côte, nous avions entrepris de barrer des passages entiers, et de rajouter le cas imaginaire d'une Mme Y, qui habitait disons en Lorraine, et qui aimerait bien travailler davantage pour gagner du pouvoir d'achat, mais qui ne pouvait pas. Le bon exemple qui faisait acquiescer dans les chaumières.

Nous étions tous les deux penchés sur le projet de discours, le crayon à la main, lorsque Marilyn entra dans le bureau, une dépêche d'agence à la main. Elle aussi entrait sans frapper, à présent, sans que le Patron s'en offusque.

— Tenez, une dépêche avec une déclaration de Vital sur le temps de travail, pour votre discours de demain. Il dit que les Français veulent davantage de temps libre.

— Du temps libre sans pouvoir d'achat pour se faire plaisir, ça ne sert à rien. La vérité, c'est que le travail, c'est la liberté.

— Ah oui ? m'agressa Marilyn. Va dire ça au type qui bosse à la chaîne depuis trente ans. Tu es un privilégié ! Nous sommes tous des nantis dans cette pièce : pour nous, travail égale plaisir. Mais comment vont réagir tous ceux pour qui les journées sont une abominable corvée ?

— Ne vous en faites pas, je vais nuancer le propos, conclut le Patron, visiblement surpris de notre accrochage.

Marilyn quitta la pièce, non sans me gratifier de son regard le plus noir. Le Patron resta silencieux quelques instants, puis reprit sa plume en grommelant que son équipe était merveilleuse.

Marilyn.

Un puissant souvenir d'elle me revint à ce moment précis : celui du jour où le Patron avait pris le parti. Le jour où nous avions cessé d'être la minorité, le jour où tout devenait possible. À la tête du parti, le Patron avait une chance de gagner un jour la présidentielle.

Tout s'était joué pendant le Conseil national du parti, à la loyale, lorsque les Barons avaient fini par considérer que c'était au tour du Patron de prendre les rênes, qu'après les difficultés judiciaires que nous avions traversées, seule une personnalité dont l'intégrité était reconnue par tous saurait remettre la machine d'aplomb. Tout s'était joué aussi, plus discrètement, à coups de pression sur les secrétaires départementaux du parti, à qui j'avais dû tordre le bras pour obtenir qu'ils fassent voter leurs troupes comme il fallait. Tout s'était joué enfin à coup de bluffs dans les médias. Marilyn avait réussi à faire du Patron le dernier recours. La presse jugeait ainsi de façon presque unanime que le parti allait exploser, sauf miracle, et que ce miracle ne pouvait prendre qu'une forme : le Patron. Nous avions tous joué notre partition, sans fausses notes, avec une coordination et un sens du travail d'ensemble dignes des meilleurs orchestres.

Et nous avions dû échanger, au cours de cette journée, des centaines de SMS. D'abord pour se dire ce que nous faisions, pour faire circuler l'info, pour se serrer les coudes, parfois sans avoir rien à se dire. Puis, sans que je sache très bien ni pourquoi ni comment, le ton avait changé entre Marilyn et moi. Plus intime. Plus drôle aussi. Les messages avaient défilé à une fréquence plus soutenue. Au milieu de ce combat épique, Marilyn et moi avions repris nos échanges niçois, cette complicité d'amants occasionnels qui poursuivent un même but.

À la fin de la journée, après le discours du Patron devant les cadres du parti, après son passage au 20 heures de TF1, après son arrivée au Siège du parti où ses alliés politiques l'attendaient, Marilyn était venue dans mon bureau. Elle s'était assise en face de moi, à la place qu'occupait en général le Patron quand il était là, à la place qu'il aurait occupée s'il n'avait décidé de s'installer aussitôt au 6e étage, à la place où il était susceptible de venir s'asseoir à n'importe quel moment au cours de la soirée pour venir discuter avec moi. Et nous avions parlé. Et nous avions ri, du rire tranquille des vainqueurs qui savent que la victoire n'est qu'un passage. C'est Marilyn qui avait fermé la porte. Elle s'était approchée de moi, m'avait pris la main et m'avait fait me lever. Et elle m'avait embrassé. Un baiser de cinéma, long, passionné mais serein. Un baiser dont j'avais l'impression qu'il exprimait une forme de plénitude. Je la serrais dans mes bras, vaguement conscient que n'importe qui pouvait entrer dans le bureau et que si le Patron choisissait de passer une tête à ce moment, il serait surpris, voire fâché.

Puis Marilyn m'avait poussé sur le canapé du bureau, avait enlevé le chemisier blanc qu'elle portait ce dimanche glorieux, et m'avait souri. Le plus beau sourire du monde. Rien à voir avec celui qu'elle distribuait aux autres. Rien de mécanique dans ce sourire-là, rien de forcé. Un sourire plein d'abandon, de simplicité, avec une lueur empreinte de tendresse et de nostalgie dans les yeux. Un sourire vrai. Le plus beau sourire qu'il m'ait été donné de voir.

Elle s'était assise sur moi, avec un charme désarmant. Et nous avions fait l'amour. Tout aurait pu être sordide, mais rien n'était plus calme, plus naturel et plus merveilleux. Le bureau avait disparu. Nous étions tous les deux en lévitation. Marilyn fermait les yeux, perdue dans un monde de plaisir dont j'avais du mal à croire qu'il m'était dû. Lorsqu'elle les ouvrait, elle souriait et je souriais comme un imbécile heureux face à ce deuxième miracle de la journée.

La seule chose qui me ramenait, par instants, à la réalité était la crainte de voir débarquer le Patron. Je pressentais qu'il était préférable qu'il ne sache pas ce qui se nouait entre Marilyn et moi. Parce qu'il ne s'agissait pas de lui d'abord, mais bien de nous, et que j'étais décidé à préserver le minuscule espace de liberté que j'étais en train de conquérir. Parce qu'aussi, je savais, au fond de moi, que pour le Patron il ne pouvait y avoir de fidélité que si elle était exclusive. Jamais il ne l'aurait formulé ainsi, bien sûr. Mais, quand je reprenais pour une minute mes esprits entre les caresses et les sourires, je savais que le lien que le Patron créait avec les membres de son entourage était d'une nature telle qu'il ne supporterait guère une forme de concurrence. Aimer Marilyn, ce serait, à la fin, ne plus le servir aussi bien. Construire quelque chose avec Marilyn reviendrait mécaniquement à miner la relation particulière que le Patron et moi avions forgée.

Sans doute y avait-il dans cette improvisation sexuelle quelque chose de grisant. Le risque de voir quelqu'un entrer dans ce bureau, et plus encore celui de voir la confiance du Patron remise en cause représentaient un danger presque réjouissant. Le temps n'avait pas suspendu son vol, il était totalement dilaté : je sentais les secondes s'égrener physiquement et je voulais qu'elles durent ; j'avais le sentiment d'avoir perdu trente ans et d'être à nouveau adolescent ; le futur me semblait ouvert, presque indéterminé.

Et puis le téléphone avait sonné.

Au moment de la première sonnerie, j'étais à genoux, et Marilyn avait les cuisses ouvertes, les mains sur ma tête et le sourire aux lèvres. Je ne suis pas même pas certain de l'avoir entendue, cette première sonnerie. Je pensais à autre chose. Je ne pensais à rien. Je pensais à Marilyn, et cela suffisait.

J'ai marqué un temps d'arrêt à la quatrième ou à la cinquième sonnerie. Je ne sais plus. En tout cas quand j'ai compris que c'était le Patron qui appelait. Cela ne pouvait être que lui. Qui aurait laissé la sonnerie aussi longtemps un dimanche soir, aussi tard ? Les journalistes avaient mon portable. Les Barons étaient rentrés se coucher dans leurs fiefs. Celui qui m'appelait savait que j'étais dans mon bureau. Il laissait sonner parce qu'il savait que j'allais répondre. Cela ne pouvait être que le Patron.

J'ai marqué un temps d'arrêt. Et Marilyn a posé ses yeux sur moi. Et son sourire d'extase s'est tranquillement estompé. Insensiblement, il s'est transformé en sourire classique, le sourire qu'elle destinait aux autres. Le charme était cassé. J'avais choisi, inconsciemment, par réflexe peut-être, par peur aussi de remettre en cause ce qui me liait au Patron. La peur avait dû jouer son rôle.

Marilyn et moi n'avions jamais reparlé de cet épisode. Elle m'avait quitté en m'embrassant tendrement, et en prétendant qu'elle était attendue. J'avais platement feint de la croire. Les grandes histoires d'amour se concluent parfois dans un fracas dramatique. J'avais le sentiment que celle-là n'avait pas commencé dans une tranquille banalité.

Rien ne nous liait plus, Marilyn et moi. Nous avions failli être amoureux. Nous avions choisi de rester amis. Enfin, j'avais choisi de ne pas être amoureux, et je l'étais encore, et nous étions sur le point de ne plus être amis. On pouvait regarder le problème dans tous les sens, la vérité m'apparaissait plus nettement que jamais : je m'étais planté dans des proportions hallucinantes.

Ce constat me rappela brutalement à la réalité.

— Vous êtes avec moi ? demanda le Patron.

Je devais être perdu dans mes pensées depuis plusieurs secondes.

— Pardon, je pensais à Texier.

— Eh bien, allez l'appeler, je vais finir ça, ça ira.

J'étais loin d'en être convaincu.

27.

Dans mon monde, l'usage veut qu'on marque le coup lorsqu'on considère avoir subi une mauvaise manière. On téléphone, on réagit, on s'émeut, on s'indigne. Tout cela est parfaitement vain, mais ne pas le faire, c'est passer pour un faible et donner le sentiment aux autres que celui qui attaque est dans son droit. Je devais donc faire savoir que nous nous étions indignés.

— Tes propos dans *L'Enquête* sont tout simplement inacceptables.

— Ne me parle pas sur ce ton. Ce n'est pas parce que tu t'es fait remonter les bretelles par ton boss qu'il faut me reprocher de faire mon job. Tu aurais dit exactement la même chose à ma place, et tu le sais.

Il avait raison, bien sûr.

— Tu mets de l'huile sur le feu, ça peut avoir de graves conséquences.

— De graves conséquences ? Ce qui a de graves conséquences, c'est que tout le monde doute de la sincérité du vote. Marie-France a été exemplaire dans la défaite, si on peut parler de défaite. Mais elle ne tendra

pas l'autre joue. Tu ferais mieux de te pencher sérieusement sur la question de la fraude, si tu ne veux pas que
la légitimité de ton patron soit durablement écornée.

— Je ne suis pas inquiet, mentis-je.

— Ah bon ? Pourquoi est-ce que tu m'appelles,
dans ce cas ?

— Je t'appelle pour te dire que vous avez intérêt à
vous tenir tranquilles. Que vous auriez tout à gagner à
continuer à jouer les bons perdants, parce que lorsque
cette affaire sera éclaircie, beaucoup de nos amis vous
tiendront rigueur, et pour longtemps, d'avoir tenté
d'en tirer prétexte. Je t'appelle aussi pour te dire que
nous partageons ton inquiétude pour la situation politique de ta circonscription, vraiment. Évidemment si
mon Patron gagne la présidentielle, tu pourrais la
conserver, à condition d'être correct avec nous. Mais
s'il perd, tu seras emporté dans la vague rose qui sui-
vra, et tu le sais. Voilà pourquoi je t'appelle.

— Ma situation personnelle importe peu, et je
n'apprécie pas ce chantage.

— Tu le prends comme tu veux. Mon message est
clair comme de l'eau de roche : si tu continues à tirer,
je te plante en juin. Et fais-moi confiance : je ne suis
pas certain de pouvoir te faire élire, mais je sais très
bien comment te faire perdre. Et je m'en occuperai
personnellement, même si je n'ai plus que ça à faire.
Surtout si je n'ai plus que ça à faire.

— Eh bien, ton avertissement, tu peux te le tailler
en pointe.

Puis il raccrocha.

Le grand théâtre de la politique continuait sa
représentation ininterrompue.

28.

Mardi 2 mars

À l'évocation du Luxembourg, les gens normaux pensent soit à des montages financiers compliqués dans un Grand-Duché dont personne ne sait très bien où il se trouve, soit au jardin parisien du même nom.

Moi, je pense au Sénat, et je me concentre parce que je connais trop bien ceux qui le peuplent.

Les députés, pour se faire élire, doivent convaincre des vraies gens, comme vous et moi, enfin surtout comme vous. C'est un exercice difficile, qui exige de l'organisation, de l'énergie et une vraie force de conviction. Cela dit, les députés restent élus par des gens dont la capacité à avaler des bobards me laisse toujours pantois. Je ne dis pas qu'on peut leur raconter n'importe quoi, mais honnêtement, je connais des députés qui le font, et qui sont brillamment réélus.

Les sénateurs, eux, ne sont pas élus par des gens comme vous et moi. Ils sont élus par des élus locaux. Leurs électeurs sont une petite partie de la population française, mais une partie qui a l'habitude de la politique. Difficile de berner un élu local : il en déjà vu des vertes et des pas mûres, et il sait ce que c'est qu'une campagne ou une promesse électorale. Se faire élire par des élus, ce n'est pas simple. C'est le métier des sénateurs et ils le font bien pour la plupart d'entre eux.

Derrière chaque sénateur, il y a une bataille ou une trahison. Parfois les deux. Pour être membre du club, il faut s'être débarrassé d'autres qui auraient pu prétendre au même emploi. Je me souviens d'un vieux sénateur qui, m'accueillant pour une de mes premières visites avec le Patron, m'avait glissé, l'air goguenard, que pour être membre il fallait avoir tué soi-même au moins une dizaine de rivaux mais qu'heureusement la moquette était rouge et épaisse : les traces de sang ne s'y voyaient guère et on n'entendait pas le bruit des cadavres qui tombaient à terre.

Quant au président du Sénat, élu par ses pairs, c'était évidemment le cador des cadors : se faire élire par des sénateurs, à qui on ne la fait plus, eux-mêmes élus par des élus à qui on ne la fait pas, c'était, comme disait le fils d'un de mes amis, la classe internationale.

Le père Pinguet, Dieu soit loué, n'était pas président du Sénat. Il ne le serait sans doute jamais, même si, à soixante-quatorze ans à peine, tous les espoirs de progression restaient autorisés dans une maison où l'idée même de limite d'âge était incongrue.

Il était sénateur depuis plus de vingt ans. Deux décennies à tuer systématiquement tous ceux qui voulaient sa place. Deux décennies à lutter avec acharnement pour le contrôle des élus locaux : rendre des services, être disponible, organiser des visites à Paris, rendre des services, défendre les dossiers de maires de communes de 250 habitants dans des ministères de plus de 100 000 agents, et surtout, surtout, rendre des services.

Physiquement, cela se voyait. Pinguet, qui portait en toutes circonstances un costume trois-pièces, avait le teint un peu rougeaud des bons vivants qui n'hésitent pas à abuser des alcools forts en fin de repas. Il n'était pas très grand mais se tenait bien droit, ce qui pouvait faire illusion. Il était chauve, mais rabattait une improbable mèche sur le dessus pour tenter de dissimuler sa calvitie.

J'étais arrivé en avance. On ne fait pas attendre un élu du peuple, sauf quand on veut faire monter la pression sur lui. Cela m'avait en outre permis de faire le tour des tables du restaurant du Sénat, ce qui n'est jamais inutile dans mon métier, à deux mois d'une présidentielle.

Pinguet arriva avec moins d'une dizaine de minutes de retard, ce qui correspondait à une forme de ponctualité admise dans ce milieu. Il était sombre. Sa cravate noire soulignait son deuil. Ses yeux cernés en disaient long.

— Cher ami, bienvenue et pardon de vous avoir fait attendre !

Le ton était onctueux, le regard chaleureux, la poignée de main presque franche. Pinguet avait du métier. Même au fond du trou, il feindrait d'être heureux de rencontrer quelqu'un susceptible de lui être utile.

— Bonjour, Président !

212

Je ne pouvais l'appeler par son prénom, il ne me l'avait jamais proposé. Monsieur le président aurait été trop distant. Monsieur le sénateur trop réducteur. Président était un bon compromis. Il pouvait choisir lui-même au titre de quelle présidence je l'appelais ainsi. Un sénateur est toujours président de quelque chose. Président tout court, cela faisait respectueux, c'était indispensable, mais pas obséquieux, ce qui aurait été inutile.

— Comment allez-vous ? Et comment va notre candidat ?

— Il va très bien, merci. Il m'a demandé de vous transmettre personnellement ses plus sincères condoléances. Il a été très affecté par la nouvelle. Je voudrais vous dire combien je suis moi-même désolé.

Le sénateur Pinguet leva une main au ciel. Un geste d'empereur romain, dont je ne savais pas très bien s'il voulait dire qu'il préférait ne pas en parler ou qu'il se résignait au sort que lui imposaient les dieux.

Après un moment de pause, il me dit d'une voix plus sourde qu'à l'accoutumée :

— Vous direz à notre candidat que j'ai été touché par son appel. Il a d'autres choses à penser et je suis sensible à cette attention pour un vieil homme dans le chagrin.

Je hochai la tête. Bien pratique quand on n'a rien à dire.

— Mais parlons d'autre chose si vous voulez bien. Racontez-moi. Comment vous organisez-vous ? Notre candidat est-il prêt ? Vous savez que je fais partie de ceux qui ne lui ont jamais manqué, quelles que soient les circonstances.

Bien sûr, vieux menteur.

— Je le sais, et il le sait également ! Il compte beaucoup sur vous pour que l'Isère lui soit favorable. Et puis, compte tenu de votre expérience dans cette maison et de votre influence sur vos collègues, il espère que vous saurez réunir le groupe parlementaire et le motiver pour cette campagne !

Je m'attendais à ce que nous nous engagions dans une bonne demi-heure de conversation inutile, comme c'est souvent le cas dans ce genre de déjeuner. Il n'en fut rien.

— Ça ne sera pas facile. Vous surestimez mon influence et vous n'imaginez pas à quel point les sénateurs sont hésitants à entrer dans la bataille.

Un sénateur hésitant avant un combat difficile, c'est concevable. Au Sénat, on pondère, on mesure, on calme. Les envolées lyriques et les joutes verbales qui, parfois, font le sel du Palais-Bourbon sont l'apanage des députés. Au Luxembourg, la prudence et le compromis sont une seconde nature. Et puis, à la différence des députés, le résultat de la présidentielle n'avait pas d'incidence directe sur la réélection des sénateurs. Autant dire que s'ils n'étaient pas convaincus, ils ne feraient pas campagne.

— Que voulez-vous dire, Président ?

— Les divisions sont fortes dans notre groupe. Je le déplore, mais je le constate. Beaucoup d'entre nous penchaient pour notre amie Trémeau. Son charme, sa jeunesse, sa façon un peu nouvelle de présenter les choses plaisaient aux vieux messieurs ici.

— C'est un peu court pour diriger la France, Président.

— Je suis bien d'accord avec vous, mais j'entends ce qui se dit au Sénat, ou ce qui ne se dit pas d'ailleurs, et je vous répète que les divisions, qui devraient avoir cessé, sont plus vives que jamais. Certains de mes collègues, de mes amis même, ne sont pas loin de pousser la jeune Trémeau à se présenter.

— Ce serait une folie !

— C'est aussi ce que je pense... mais, me disent-ils, si la primaire n'a pas été complètement transparente au sein du parti, peut-être est-il légitime de faire trancher par les Français la compétition entre votre Patron et la jeune Trémeau. Ce qu'ils pensent, au fond, c'est que le premier tour de la présidentielle sert à ça.

Au moins les choses étaient claires : *primo*, la rumeur voyageait à toute vitesse, et si les sénateurs incitaient Trémeau à se présenter, le Patron allait bientôt se retrouver avec une candidature dissidente au premier tour. *Secundo*, Pinguet roulait pour le camp d'en face. Quand quelqu'un commence toutes ses phrases en vous disant qu'il est d'accord avec vous et qu'il les termine en vous tapant dessus, il faut se méfier. Quand il passe de *notre candidat* à *votre patron*, le doute n'est plus permis.

Je décidai de ne pas relever. Mais quitte à évoquer la rumeur, autant aller jusqu'au bout.

— Président, je vois bien que vous avez eu vent de mauvaises rumeurs. Je ne peux pas croire que vous y prêtiez davantage qu'une oreille curieuse. Cette primaire a été correcte, et je le dis d'autant plus volontiers que ce n'est pas nous qui l'avons organisée. Toutes les garanties ont été prises, les résultats ont été vérifiés, personne ne les a contestés et je ne vois pas comment cette histoire de fraude pourrait prospérer. Ou plutôt si, je vois bien, mais cela aurait tout à faire avec de la malveillance !

Pinguet me regardait et ne disait rien. Je décidai de pousser encore un peu.

— Je crois me souvenir d'ailleurs que vous êtes proche de la société qui a organisé le vote ? C'est une garantie que vous pourrez faire valoir à vos collègues qui doutent, non ?

Pinguet ne parlait plus. J'avais sans doute été un peu brutal. Il regardait son assiette et finissait de mâcher consciencieusement son veau marengo. J'attendais qu'il termine. C'est lui qui prit la parole d'une voix très lasse.

— Proche non. Un de mes fils a... un de mes fils avait des intérêts dans cette société, comme dans beaucoup d'autres d'ailleurs. C'est celui qui est mort.

— Pardon, Président, j'ignorais, mentis-je, et je ne voulais pas...

— Je vous en prie.

Pinguet marquait le coup. Son visage, qui s'était ouvert au fur et à mesure de la conversation, s'était à nouveau assombri. Il commençait à s'agiter.

— Il roulait souvent très vite vous savez... trop vite, bien sûr... il a dû vouloir éviter quelque chose... ou s'endormir... Je ne sais pas.

Pinguet était affecté. On pouvait le comprendre. Mais je ne m'attendais pas à le voir aussi nerveux. J'hésitais un peu à pousser dans ses retranchements un vieil homme écrasé par le chagrin. Mais bon, j'avais une mission et je n'avais aucun doute sur le fait qu'à ma place, Pinguet aurait fait la même chose.

— Président, je voudrais vous poser une question qui me travaille depuis que nous avons entamé cette campagne. Vital, vous l'avez côtoyé pendant des années à Grenoble. Comment vous entendez-vous avec lui ?

Pinguet avait l'air presque surpris que je lui pose cette question.

— Bizarrement. Il est poli et moi aussi, vous me connaissez. Disons que comme pour nous tous, il est très différent dans son fief et à Paris. Bien sûr, il a quitté le Conseil général pour faire sa campagne, mais je dois dire que nous nous entendions bien. Il a toujours bien traité son opposition. C'est sans doute plus facile d'être ouvert lorsqu'il s'agit de goudronner une route départementale qui passe dans mon canton que lorsqu'une présidentielle est en jeu, vous me direz. Mais je reconnais que dès que j'ai besoin d'une subvention, je l'ai. À Paris, je le côtoie moins, mais je le vois faire : il est mauvais comme une gale, excessif, sectaire. Mais c'est votre problème, plus que le mien.

— C'est bien l'image que je me faisais de Vital.

J'enregistrai que Pinguet et Vital avaient de bonnes relations, ce qui pouvait expliquer que le vieux sénateur fasse la campagne avec le pied sur la pédale de frein.

Tout cela n'expliquait pas pourquoi Mukki avait été embauché au Conseil général à son départ du parti. J'hésitai à mettre les pieds dans le plat.

— Il se trouve, Président, que Vital a recruté il y a plusieurs années au Conseil général un ancien salarié de notre parti. Un type que je connaissais et dont j'ai entendu parler il y a peu à la suite d'un accident dont il a été victime. Je me demandais comment notre gars était passé à travers les mailles du filet.

— Je ne saurais vous dire...

— Vous ne l'avez sans doute jamais croisé de toute façon. Mukki ? Paul Mukki ? Ça vous dit quelque chose ?

Pinguet eut une demi-seconde d'hésitation.

— Jamais entendu parler... mais il y a tellement d'agents aujourd'hui dans les collectivités territoriales... et puis dans l'opposition, on rencontre rarement les fonctionnaires... Vous dites qu'il a eu un accident ?

— Oui. Enfin, en quelque sorte. Il est mort. Noyé après avoir été poignardé. Un fait divers horrible.

— Mon Dieu, quelle horreur ! Le pauvre garçon.

Pinguet était livide. Il se ressaisit presque aussitôt.

— Tout ça montre que nous devons faire de la sécurité un thème central de notre campagne. Votre Patron doit parler de lutte contre la criminalité. Nous vivons une époque redoutable et vous savez, si on ne fait rien, ces criminels viendront nous agresser jusque dans nos appartements. Je vous le dis. Il faut faire quelque chose.

Le père Pinguet était redevenu nerveux et sombre. Il avait envie qu'on change de sujet. Je n'en tirerais plus rien. Pour terminer le déjeuner en pilotage automatique, je revenais aux grands classiques.

— Et sinon, Président, localement, comment voyez-vous les choses ?

Pinguet se détendit presque. Plus rien d'intéressant ne serait dit.

29.

Le taxi qui me ramenait au Siège était parfait. Sympathique, rapide, silencieux. J'essayais de comprendre tout ce que j'avais appris. J'avais du mal.

Pinguet n'allait pas bien. Il était affecté par la mort de son fils et on le serait à moins. On peut être sénateur et avoir un cœur. Mais ce n'était pas le chagrin qui m'avait frappé dans ses silences ou dans le froncement de ses sourcils.

Pinguet était inquiet. Mais pour lui-même.

Le sénateur Pinguet, après une carrière au Sénat, et probablement pour la première fois, avait peur pour sa vie. Et ça, c'était probablement l'information la plus intéressante de la journée.

Enfin, c'est ce que je croyais juste après le déjeuner.

30.

Mardi 2 mars, 17 h 08

— Le Merdeux vous demande au téléphone.

Le Merdeux ? C'était qui celui-là ? De qui ma secrétaire pouvait-elle parler ? Elle aussi, elle avait la manie des surnoms ?

Elle jugea bon de préciser, les yeux remplis de malice :

— Je veux dire le maire de la commune d'Eu. Dans la Seine-Maritime.

Bien sûr. Le pauvre partageait avec quelques-uns de ses collègues le triste privilège de susciter une ironie facile dès qu'on mentionnait leur mandat. Pourtant, comme tous les autres élus locaux, il s'était battu comme un damné pour se faire élire maire, et il faisait de son mieux pour gérer les affaires de la commune.

La toponymie pouvait être cruelle. Parlez-en au maire d'Houilles, dans les Yvelines, au maire de Toutlemonde, dans le Maine-et-Loire, au maire de Montfroc, dans l'Ardèche, au maire de Poil dans la Nièvre, au maire de Montcuq dans le Lot, ou au maire de Seyssins, dans l'Isère (sans doute très copain avec le maire de Montéton dans le Lot-et-Garonne). La liste était longue. Je me souvenais que le Patron avait été invité à prendre la parole, il y a quelques années, à l'occasion de la rencontre annuelle de l'association des communes de France au nom burlesque et insolite. Je ne savais pas ce qui était le plus insolite d'ailleurs : leurs noms ou le besoin de se rassembler.

Il voulait quoi ? Obtenir du Patron une promesse en faveur d'un changement du nom de sa ville ?

Je soupirai.

— Passez-le-moi… Monsieur le Maire ? Qu'est-ce qui me vaut le plaisir de votre appel ?

— Cher ami, merci de me prendre si vite en ligne. Je voulais vous parler rapidement, parce que je suis un peu désarçonné.

— Désarçonné ?

— Oui, nous venons de recevoir les formulaires de parrainage des candidats à l'élection présidentielle. Jusqu'à ce matin, je n'avais pas d'hésitation particulière, mais j'ai reçu un coup de fil bizarre et je ne sais plus à quoi m'en tenir. Un coup de fil de quelqu'un qui s'est présenté comme un membre de l'équipe de Marie-France Trémeau et qui me demandait si je pouvais la parrainer.

Je bondis de mon siège.

— Du coup je ne comprends plus, reprit le maire. Qui est le candidat légitime ? Qui est le candidat soutenu par le parti ?

— Je vous remercie de m'avoir alerté. Je suis le premier surpris par cette démarche, qui va à l'encontre du vote validé des militants. Soutenir Mme Trémeau serait se placer en dehors du mouvement.

— Je vous remercie, je sais à quoi m'en tenir. Mais soyez vigilants, beaucoup de mes collègues s'interrogent.

Trémeau préparait une candidature dissidente. Notre Tuile prenait une dimension politique de première importance.

31.

D'ordinaire, après un déjeuner au Sénat, je prévois des après-midi tranquilles et j'essaie de ne pas dîner dehors. La digestion impose le calme et la raison commande de ne pas multiplier les excès.

Mais depuis le début de cette campagne, depuis le début de la primaire même, nous n'étions plus dans l'ordinaire. Chaque jour, j'avais mille choses à faire et autant de gens à voir. La campagne me ballottait à son rythme effrayant. Les déplacements d'abord, qui vous absorbent et vous trimbalent d'aéroports en hôtels anonymes, de salles bondées de militants déchaînés en visites d'usines symboliques de la France industrielle, de longues soirées sur les plateaux de télé aux petits matins des Français qui se lèvent tôt. Les sollicitations ensuite, des Barons qui voulaient exister pour entrer au Gouvernement en cas de victoire, des autres parlementaires qui voulaient faire remonter ce que « le terrain » ressentait, des communicants qui avaient un avis sur tout, des chefs d'entreprise, des conseillers du soir, des journalistes, des syndicats, des associations en tout genre…

Le Patron voulait parler à la France, mais moi, j'avais à gérer les Français qui se bousculaient pour lui dire un mot. Cela dit, la pire des erreurs aurait été de traiter tous ces gens à sa place. C'était sa campagne, et il devait donner le sentiment d'être joignable et vaguement accessible. Lui s'en sortait plutôt bien. De mon côté, plus j'avançais, plus j'avais le sentiment de me noyer sous les obligations et sous les interventions.

Et puis il y avait la Tuile qui me minait.

J'avais beau faire semblant, il m'était de plus en plus difficile de me concentrer sur la campagne alors que quelque chose se tramait pour qu'elle explose en vol. Le doute qui s'immisçait dans l'entourage du Patron en compliquait sérieusement le pilotage. Alors que j'avais besoin de confronter mes idées et mes théories à un esprit exigeant, je ne pouvais plus parler à Marilyn, qui faisait la gueule, et je n'avais guère envie de solliciter le Major que je sentais de plus en plus mal. Démosthène pissait de la copie et de toute façon, il était d'une utilité nulle pour ce genre de choses. En période creuse, j'aurais pu m'isoler un peu avec le Patron et réfléchir avec lui. Mais justement, nous n'étions pas en période creuse.

Restait Winston.

De plus en plus souvent, lorsque nous en avions le temps, nous allions boire un verre en fin de journée pour faire le point. Ce n'était pas encore de l'amitié : plus de trente ans nous séparaient et la complicité a besoin de temps pour combler cet écart. Mais je sentais au fond de moi que cela pouvait y ressembler, et j'étais le premier étonné de me livrer ainsi à un type de cet âge.

Le petit Caligny n'habitait plus avec sa mère. Il avait un studio, dans le Xe arrondissement, près du canal Saint-Martin, juste en face du Citizen Hotel, un petit hôtel branché mais charmant où j'avais passé des nuits délicieuses, en plein cœur de « Boboland », comme disait Winston pour désigner ce quartier emblématique de la transformation sociale et politique de la capitale.

Il y a encore vingt ans, on y trouvait des quincailleries, des garages et des cafés sans allure. C'était encore le Paris populaire des ouvriers et des employés modestes. On n'y était pas riche, mais on votait souvent à droite pour les élections locales, parce que l'ordre était une valeur importante, parce que l'on ne voulait pas être relégué, parce qu'on aimait le maire de Paris qui vous le rendait bien. On n'y était pas pauvre non plus, à vrai dire. Le canal Saint-Martin a toujours été du bon côté de la ligne 2 du métro parisien, celle qui a longtemps dessiné la ceinture secrète du Paris comme il faut.

Et puis les bobos étaient arrivés. Les célibataires branchés et les jeunes couples, diplômés et actifs avaient investi la place, pour échapper au centre trop cher ou à la périphérie trop lointaine. Avec eux, les bars avaient remplacé les cafés et les agences bancaires avaient fleuri là où vivotaient difficilement les artisans, avant que les boutiques de fringues et les galeries de photo n'achèvent de transformer le paysage. Les nouveaux habitants, pourtant plus riches que les autochtones, s'obstinant à s'habiller comme

lorsqu'ils étaient jeunes et fauchés, l'ambiance générale était au mélange entre les origines et entre les
classes. Mais derrière les cartons à dessin, les panta-
lons de treillis et les barbes savamment négligées, les
prix montaient et le quartier s'enrichissait. On s'était
alors mis à voter à gauche, pour la liberté, pour la
tolérance, pour la culture et contre tout le reste : la
misère, l'obscurantisme, les inégalités, le racisme, l'ordre
moral, la pollution, l'expulsion des sans-papiers et
des mal-logés, la faim dans le monde, la maladie et la
douleur.

Cela dit, le quartier était sympathique.

Souvent, nous changions de bar ou de restaurant :
lorsque l'humeur était bonne, c'était la *Madonnina*,
un petit italien où l'on servait des pâtes parfaites.
Lorsqu'elle était plus sombre, c'était l'espagnol de la
rue des Vinaigriers où la bière était fameuse et le
jambon à tomber.

Ce soir-là, nous étions chez l'italien. Nous tenions
une piste : ça se fêtait.

Le petit Caligny pensait comme moi.

— Le père Pinguet en sait forcément plus qu'il ne
le dit. D'abord il doit avoir les mêmes doutes que
nous sur l'accident de son fils. Et ce que vous lui avez
raconté sur Mukki a dû achever de le convaincre
qu'un truc malsain était en cours.

— Je ne sais pas s'il connaît Mukki. Il prétend
l'inverse, mais son visage démentait ses propos. Il a
clairement blêmi lorsque j'ai cité ce nom, je ne sais
pas si j'ai bien fait de l'alerter…

— S'il a peur, c'est donc qu'il a quelque chose à se
reprocher.

— Et pourquoi donc ?

— Son fils est mort dans un accident bizarre. Mukki est mort violemment. Si Pinguet a peur, c'est peut-être qu'il se dit qu'il est le prochain sur la liste, ou en tout cas que cela peut lui arriver. Et si c'est le cas, c'est bien qu'il a quelque chose à se reprocher…

C'est fou comme quand quelqu'un pense comme vous, vous avez tendance à le trouver intelligent. J'en étais exactement là avec le petit Caligny.

L'alcool et la satisfaction d'avoir enfin une piste nous réchauffaient. Sans être tout à fait ivre, le petit Caligny trahissait par mille petits détails l'état d'ébriété dans lequel il s'enfonçait rapidement. Il devenait tactile et touchait mon avant-bras chaque fois qu'il voulait insister sur un argument. Il passait sans cesse sa main dans ses cheveux. Il avait déjà fait trois passages aux toilettes, sous l'effet d'une consommation très respectable et d'une vessie sans doute un peu sous-dimensionnée. Il parlait plus fort que d'habitude et, surtout, il parlait beaucoup plus que d'habitude.

Il était dans l'état idéal pour se faire tirer les vers du nez. Je n'avais aucune raison de le faire, parce que j'aimais bien le petit Caligny, mais je me trouvais dans une position que j'ai toujours affectionnée tant elle permet d'apprendre de choses. Juste avant d'être ivre, un homme qui discute finit toujours par raconter des choses qu'il ne dirait pas sinon. Pas nécessairement des secrets, mais des sentiments ou des impressions qui d'ordinaire ne seraient pas formulés. Tout l'art consiste, pour celui qui veut tirer les vers du nez de son interlocuteur, à faire durer ce moment rare, en feignant de boire, pour rester sobre, et en contrôlant la consommation de l'autre pour qu'il ne bascule pas trop vite dans l'ivresse totale.

Je n'étais pas mauvais à ce jeu-là, et j'avais bien souvent glané des informations utiles en procédant de la sorte avec des apparatchiks encore un peu tendres ou des membres de cabinets ministériels trop sûrs d'eux.

Caligny parlait de tout, de son enfance près de Vannes, des amis de son père qui avaient d'abord été très présents puis moins, puis plus du tout après sa disparition, du cabinet d'avocats dans lequel sa mère avait refait sa carrière, de la façon dont il fallait préparer le Patron pour les étapes à venir, des idées qu'il avait pour mobiliser sur Internet, de son oncle qui lui avait appris les chants de la Légion et raconté les combats des anciens sur la RC4 et ceux qu'il avait livrés en son temps. Pour la première fois, je le voyais détendu, comme débarrassé du carcan de pudeur et de maîtrise dont il se parait discrètement depuis son arrivée dans l'entourage du Patron.

Je devais sourire bêtement en me disant intérieurement que ce garçon était un type bien, parce qu'il s'est soudain ressaisi, en me disant qu'il était tard, que la journée du lendemain serait rude et qu'il fallait rentrer. Comme deux amis passablement éméchés qui jouent à faire semblant de parler italien au patron du restaurant, nous quittâmes la *Madonnina* en rigolant.

Au bout de la rue, le canal Saint-Martin, impassible, nous attendait.

Il n'était pas seul.

Quatre hommes, assis sur les marches d'une passe-relle en métal qui enjambait le canal, observaient les passants d'un œil mauvais. Un couple de jeunes gens avait traversé pour les éviter. Je les avais vus très vite et quelque chose m'avait presque aussitôt semblé bizarre. Le petit Caligny continuait à pérorer, encou-ragé par la chaleur de l'alcool et par la proximité qu'il suggère.

Mon regard croisa celui d'un des quatre hommes : j'eus l'impression de reconnaître le rouquin de l'autre soir, qui était bien plus beau avec sa cagoule que sans.

Ni le petit ni moi n'étions en état de gérer une situation tendue. Discrètement, j'essayais donc de faire traverser Caligny pour éviter les types, sans que cela se voie, et sans qu'il s'en rende compte.

Mais le grand roux nous observait. Il s'était levé au moment où j'avais fait mine de changer de chemin. Il nous attendait. Ses yeux fouillaient la nuit et comp-taient les passants. Il était en chasse et sa présence n'avait rien à voir avec le hasard d'une mauvaise ren-contre. Enfin, c'est ce que je me dis maintenant, mais tout est confus. Au moment où je l'ai vu, j'ai compris que quelque chose n'allait pas, mais je ne savais pas que ça se passerait comme ça.

Il s'est approché de nous, suivi des trois autres, en nous demandant une clope avec un accent assez fort, dans le genre Europe de l'Est. J'ai dû répondre qu'on ne fumait pas, en accélérant le pas et en poussant le petit Caligny. Mais il a été plus rapide, et s'est planté devant nous. Et là, sans hésiter, sans un mot, sans que personne puisse voir venir quoi que ce soit, il a balancé un coup de poing d'une violence incroyable à Winston. Je l'ai vu tomber et je me suis entendu gueuler, mais aussitôt les trois autres se sont jetés sur moi.

J'en ai amoché un avant de tomber, mais l'alcool me coupait les jambes et ils étaient quatre. Ne pouvant rien faire sinon crier à l'aide, et encore pas longtemps, je me suis protégé, comme je faisais enfant lorsqu'un plus grand avait décidé de se passer les nerfs sur celui qui avait les meilleures notes de l'école. On se recroqueville et on essaie d'éviter qu'ils ne touchent la tête ou les couilles. Les deux pourraient peut-être encore servir.

Je n'aurais pas pu tenir très longtemps, au rythme où ils frappaient. Mon épaule brûlait, mon ventre aussi, j'avais reçu un coup sur la rotule et je ne sentais plus ma jambe. Le petit Caligny était allongé par terre, immobile, et ils ne semblaient pas s'occuper de lui. Un brouillard commençait à m'obscurcir la vue.

Au moment où j'allais lâcher prise, j'ai senti quelque chose qui saisissait un des types qui me bloquait par terre. Il y a eu comme une pause dans les coups. J'ai levé la tête prudemment. Le grand roux était à genoux. Un type était allongé par terre, assommé. Les deux autres s'étaient éloignés. L'oncle du petit Caligny était derrière le type, il lui tenait le bras, en arrière, en le tordant. Je me relevai comme je pus, les jambes en coton, ne parvenant pas à trouver l'équilibre. Pour ne pas tomber, je suis resté assis. J'étais à deux mètres du rouquin, qui me regardait avec ses yeux fixes et noirs. Il avait mal et ne pouvait pas bouger, mais il avait clairement envie de me sauter dessus à nouveau.

Et c'est là que j'ai entendu les bruits secs.

L'os humain, quand il se brise, émet un bruit très caractéristique. Lorsque c'est l'os d'un humain en vie qui se casse, il y a même deux sons. D'abord un craquement sec, qu'on entend parfaitement si on est assez proche de la scène, puis le cri de douleur de celui à qui appartient l'os, qu'on entend encore mieux, même à une distance raisonnable.

L'oncle a dû commencer par lui casser le poignet, puis l'avant-bras, mais sans doute plusieurs fois, un coup le radius et un coup le cubitus, parce que j'ai entendu plusieurs craquements. Le rouquin a hurlé. Les deux autres se sont enfuis. Puis j'ai entendu un ou deux autres craquements, sans doute le bras proprement dit, ou les doigts. Encore un cri terrible, puis des gémissements.

Puis j'ai tourné de l'œil moi aussi.

32.

Me réveiller dans un endroit inconnu sans aucune notion du temps passé devenait presque une habitude.

J'étais dans une chambre d'hôpital. Bleu clair. Calme. Mais bizarre. J'avais mal au crâne.

Derrière la fenêtre, il y avait un arbre immense et décharné. Au mur, un poste de télévision diffusait, sans un bruit, des images d'actualité que je voyais mal.

C'est quand j'ai essayé de lire le nom des personnes qui parlaient à l'écran que je me suis rendu compte de ce qui n'allait pas.

Je ne voyais plus que d'un œil. Mon œil gauche fonctionnait. Pas le droit. Je ne voyais que du noir, avec un vague halo de lumière au milieu.

J'ai immédiatement senti l'angoisse poindre, avec une poussée d'adrénaline. J'ai dû commencer à m'agiter, à essayer de me lever, et là, tout a tourné autour de moi. La télé est partie sur la droite, le lit aussi, l'arbre a suivi tranquillement. Et je suis tombé dans les pommes.

33.

De deux choses l'une. Soit je suis particulièrement fragile, soit les films américains racontent des âneries.

L'un n'exclut pas l'autre, je le sais bien, mais je dois dire qu'après avoir vu le médecin, je me demandais comment Hollywood osait montrer des types se taper dessus sans sembler avoir mal.

L'agression dont j'avais fait l'objet avait duré à peine trente secondes. Mais le bilan était pathétique : mon oreille interne avait été touchée, provoquant une perte provisoire de l'équilibre et ma cécité partielle était due à un décollement de la rétine.

Presque aveugle et difficilement capable de tenir debout, autant dire une épave. Et tout ça sans parler des bleus et autres contusions là où j'avais pris les coups.

Le petit Caligny allait mieux que moi. Il était plus jeune et se remettait mieux, et il avait sans doute moins pris que moi.

— Vous avez une sale gueule.

Et en plus il se foutait de moi.

— Le médecin vient de me dire qu'il allait me garder deux ou trois jours pour des examens. Et il m'a ordonné de me mettre au repos.

J'avais beau voir flou, je devinais le sourire du petit Caligny. Il savait que j'allais m'asseoir sur la consigne avec une désinvolture rageuse.

Le petit Caligny ne parlait pas. On avait dû lui dire de ne pas me fatiguer. Je déteste qu'on ne me parle pas. Si j'ai envie qu'on ne me parle pas, je reste seul. C'est plus sûr et plus pratique.

Je raclai ma gorge et demandai :

— Vous ne vous imaginiez pas que ça ressemblait à ça, une campagne présidentielle, hein ?

— Pas vraiment, non.

— Eh bien, moi non plus. J'ai mal partout, j'ai une gueule de déterré, et je ne vois que d'un œil.

— Vous n'aurez qu'à dire que votre femme vous bat.

— Si seulement, Winston, si seulement…

Winston sourit. Plusieurs minutes de silence. J'avais un peu de mal à parler et le petit Caligny ne savait pas très bien quoi dire.

— Il est curieux votre oncle. Heureusement qu'il était là, cela dit.

— Il a toujours été là quand j'en ai eu besoin. Lorsque mon père a disparu, il nous a beaucoup aidés. Dans les moments difficiles, il est toujours présent. Quand tout va bien, un peu moins, mais c'est mieux que l'inverse.

— C'est en effet assez rare dans ce sens-là.

— Assez oui. Mais précisément, il est rare. Il s'en tient dans la vie à quelques règles simples. Il est totalement indifférent à ce qu'on peut penser de lui.

C'est l'homme le plus libre que je connaisse. Et probablement le plus déterminé. Lorsqu'il était dans la Légion étrangère, il a fait des trucs assez incroyables. J'ai toujours cru que ma mère en rajoutait, mais, après ce que j'ai vu hier, j'ai tendance à penser qu'il en est vraiment capable. Lui n'en parle jamais.

— C'est toujours mieux d'avoir fait quelque chose et de ne pas en parler que l'inverse. J'en connais qui pourraient essayer de l'imiter.

Une galerie de portraits défila instantanément sous mes yeux. Comme un ange qui passe dans un dîner de famille, je voyais les Barons et toute la faune du QG de campagne m'assaillir pour présenter leurs états de service et leurs prétentions futures...

Penser à la mécanique de la campagne et à son rythme me fit l'effet d'un coup de massue. Je savais qu'une campagne était physiquement éprouvante, mais je voyais mal comment j'allais pouvoir faire avec un œil en moins et le tournis en permanence.

Pour la première fois, le découragement me guettait. Derrière le petit Caligny, je vis la porte de la chambre s'ouvrir. Le Tonton flingueur venait prendre des nouvelles.

— Vous avez une sale gueule.

— Décidément, la famille Caligny sait remonter le moral...

En même temps, je ne pouvais pas m'empêcher de penser que si la famille Caligny n'avait pas été là, il n'y aurait eu personne dans la chambre à mon réveil. D'ailleurs, peut-être que si Gaspard n'avait pas été là, je ne me serais jamais réveillé... J'eus, l'espace d'une seconde, un frisson de désespoir, mêlé d'un sentiment de reconnaissance.

— Vous nous suiviez ?

Gaspard esquissa un sourire avant de répondre.

— Je ne vous suis pas, je veille sur mon neveu. Nuance. Heureusement d'ailleurs, parce que si je devais compter sur vous, hein ?

Le ton était goguenard, mais pas méchant.

— Je crois qu'ils étaient venus pour vous faire peur, reprit-il. Pas plus.

— Ils ont parfaitement réussi.

L'oncle et le petit Caligny se mirent à rigoler. Gaspard reprit la parole :

— Moi, je n'étais pas seulement là pour leur faire peur. J'ai récupéré deux ou trois infos. D'abord, ça parlait une langue des pays de l'Est, j'ignore laquelle. Ensuite, j'ai aperçu sur le bras du rouquin un tatouage qui m'est familier : celui de la 13e demi-brigade de la Légion étrangère, basée à Djibouti, la grenade à sept flammes sur une croix de Lorraine. Narvik, Mers el-Kébir. *Sous le soleil brûlant d'Afrique, Cochinchine, Madagascar, une phalange magnifique a fait flotter nos étendards.* C'est eux !

Je ne souhaitais pas ardemment m'attarder sur ce grand moment musical et poétique.

— Vous n'avez pas réussi à les attraper ?

Caligny me jeta un regard noir.

— Je reconnais que je n'ai pas été terrible, ils n'étaient que quatre. Et puis vous m'avez tellement bien aidé, vous ne m'en voulez pas trop ?

Je me sentais minable. Minable de n'avoir pas été à la hauteur, et minable de ne même pas savoir remercier quelqu'un qui m'avait sauvé la mise.

— Désolé. Pardon.

Un silence.

J'étais cloué dans une chambre d'hôpital, entouré d'un gamin et d'un type que je ne connaissais pas six semaines avant, au plein milieu d'une campagne présidentielle qui était en train de partir en sucette. Et je ne comprenais toujours pas qui tirait les ficelles. J'avais, au sens propre comme au figuré, du mal à voir clair.

— Il y a plein de choses incompréhensibles dans cette histoire. Mais il y en a une qui l'est encore plus que les autres.

— Laquelle ? demanda le petit Caligny.

— Je ne comprends pas cette violence. La politique est un monde violent, je suis le premier à le savoir, mais une violence particulière. On se bat, on se jette des injures à la tête, on se trahit, on se critique, on en prend plein la gueule. Mais enfin, ce n'est pas normalement un monde physiquement violent.

— C'est tout de même un monde où il y a des morts.

Gaspard Caligny avait dit ça tranquillement.

— Ça arrive, oui. Tous les vingt ans, il y a un assassinat. De Broglie a été tué. Boulin et Fontanet sont morts mystérieusement. Je sais que certains ont brodé sur le suicide de Bérégovoy. La disparition de votre père, Winston, a donné lieu à des conjectures. Vous trouvez toujours des théoriciens du complot. Mais bon, en politique, on meurt symboliquement, on ne se fait pas lyncher au coin de la rue.

— Et alors ?

— Et alors, je trouve cette affaire particulièrement violente par rapport à ce que la politique propose d'habitude. Deux morts, deux agressions, ce n'est plus une présidentielle, c'est un western !

Gaspard avait écouté avec attention.

— Peut-être. En tout cas il y a une grosse différence entre les deux agressions dont vous avez été victime.

— Laquelle ?

— La première fois, c'était Mukki la cible, la seconde, vous étiez clairement visés. Ça veut dire que vous représentez désormais un danger pour nos amis, que quelqu'un se donne du mal pour vous faire peur. C'est plutôt bon signe.

— Je vous demande pardon ?

— Quand quelqu'un cherche à vous faire peur, c'est souvent que vous commencez à devenir gênant. Si nous gênons, c'est que nous sommes sur la bonne voie.

Il y avait une certaine logique. Mais je ne voyais pas en quoi nous étions sur la bonne voie, et je n'avais aucune idée de la direction où elle nous conduisait. Ma moue devait indiquer le doute dans lequel j'étais plongé.

— Ah bon. Il faut donc que je me félicite d'avoir été tabassé, ça prouve que j'existe, c'est satisfaisant. Et qu'est-ce qui vous permet de dire qu'on est sur la bonne voie, à part la circonstance qu'on ait essayé de nous faire la peau ?

Gaspard sortit un document d'un sac qui traînait au pied du lit. Il l'agita devant moi.

— Ça ! C'est très intéressant. Un peu technique mais passionnant.

— C'est quoi ?

— Un audit de sécurité du système informatique de la société Droïde. Il est daté de la fin août, deux semaines avant la primaire. Et vous savez où je l'ai trouvé ? Chez votre ami le Major.

J'eus l'impression de reprendre un coup sur la tête.

— Chez le Major ? Dans son bureau ?

— Non, pas dans son bureau. Chez lui, à son domicile, vous savez, là où on met les documents professionnels qu'on n'a pas envie de laisser traîner...

— Vous êtes entré chez lui ?

L'oncle me gratifia d'un regard condescendant. Dans tous les sens du terme, je n'y voyais plus clair : le directeur de la campagne du Patron, un de ses principaux collaborateurs, cachait chez lui un document de première importance pour notre histoire, et il n'en avait pas fait mention après la naissance de la rumeur.

J'avais beau avoir décidé de garder confiance dans l'entourage du Patron, ça devenait chaque jour un peu plus difficile.

34.

Lundi 8 mars, 2 heures du matin

Aucun risque que mes insomnies m'abandonnent à la lumière des événements récents. J'en étais réduit à regarder à la télévision un documentaire sur un troupeau de buffles.

J'étais revenu au QG deux jours après mon agression, au mépris de toute sagesse. J'étais vidé de mes forces, mais rester couché sur un lit d'hôpital m'épuisait bien davantage que l'illusion d'être utile au cours de la campagne.

La politique m'avait rendu paranoïaque, mais cette agression m'avait fait basculer dans un état nouveau. J'ai toujours été réservé sur la nature humaine, pour autant, la violence brutale à laquelle le petit Caligny et moi avions été exposés me conduisait à ne plus douter, et à voir dans le reste de l'humanité au choix une menace, une engeance misérable ou une masse confuse de malveillants dangereux. Cela peut sembler excessif, et je suis certain que si j'en avais parlé à des amis, ils m'auraient incité à nuancer un jugement aussi noir que définitif. Mais à quels amis

aurais-je pu m'ouvrir ? Et auraient-ils compris la différence entre savoir que la vie ne tient qu'à un fil et
en avoir fait l'expérience ?

Physiquement, les dégâts avaient été relativement
limités. Les bleus avaient progressivement disparu,
après avoir suscité la curiosité de tous ceux que je
croisais au QG de campagne. Derrière mon dos, on
avait dû mettre ça sur le compte d'un mari jaloux ou
d'une cuite qui aurait dégénéré. Ces stigmates mystérieux m'avaient au moins donné une excellente raison pour m'abstenir d'accompagner le Patron sur
tous ses déplacements. Ils m'avaient conduit à limiter
mes sorties en ville, mais tout cela tombait à point, le
rythme de la campagne s'intensifiant au fur et à
mesure que l'échéance du premier tour s'approchait.

Le décollement de la rétine était plus ennuyeux.
Les médecins affirmaient que cela n'était pas grave,
mais qu'il fallait opérer sans traîner. Je n'avais pas
encore décidé du moment. Perdre deux ou trois jours
dans une campagne était un luxe que je ne pouvais
guère m'offrir. Du coup, je macérais dans l'indécision, un peu inquiet tout de même, et plongé dans
une semi-obscurité qui n'arrangeait pas les choses.

La véritable séquelle était l'immense difficulté que
j'éprouvais désormais à me concentrer vraiment.

Je m'en suis rendu compte assez vite. Au début,
j'ai mis ça sur le compte de la fatigue, en m'en per-
suadant avec d'autant plus de facilité que l'explication était crédible. Quand on vit dans le monde
politique, on finit toujours par trouver convaincant
ce qu'on a envie d'entendre.

Mais il ne s'agissait pas seulement de fatigue. Les questions qu'on me posait me semblaient de plus en plus dérisoires, et les jeux de pouvoir auxquels se prêtaient les Barons et tous ceux qui gravitaient autour du Patron de plus en plus vains. Tout se passait comme si le théâtre de la politique était sur le point de ne plus me fasciner. Je restais déterminé à faire gagner le Patron, mais le reste m'ennuyait. J'étais désabusé, cynique, comme quand on sent que la fin approche, rendant les dernières semaines plus compliquées que de coutume.

J'aurais pu trouver cela normal, voire bon signe. Après tout, mettre un peu de distance avec un boulot qu'on fait depuis trente ans, ce n'est pas scandaleux. Certains y voient même le signe d'une lucidité qui conduit à la sagesse.

Pour moi, c'était surtout un sérieux problème. C'est qu'en politique, beaucoup de choses ne servent à rien, mais il faut les faire correctement. On n'a jamais vu quelqu'un perdre parce qu'il était médiocre, mais un type même brillant qui ne fait pas exactement ce qu'il faut risque en revanche d'être surpris le soir des résultats.

Mon incapacité croissante à me concentrer me faisait rater des choses. Elle donnait l'impression que je méprisais les détails, voire les gens. Je m'en sortais en expliquant, quand cela devenait nécessaire, que j'étais là pour gérer les choses importantes, et justement pas les détails. Je ne suis pas certain que je faisais illusion...

Pas aux yeux du Patron en tout cas.

35.

Nous étions dans le petit salon du QG qui avait été aménagé en salle de réunion pour le Patron. Lui seul l'utilisait, quand il passait au QG. Il y avait autour de lui tous les membres de l'entourage, à l'exception de Démosthène, quelques Barons invités pour les flatter et les trois Sorciers.

Pour les hommes politiques, les communicants sont une branche du métier. Quel que soit le parcours politique d'un élu, il croisera des communicants. S'il envisage une carrière, même locale, il travaillera avec eux. S'il espère un destin national, il les pratiquera à haute dose.

Les électeurs, et le grand public en général, savent qu'ils existent et les prennent pour des publicitaires à slogans. Mais ils n'imaginent pas la diversité des métiers, des rôles et des personnages qui forment cette famille à part dans le monde politique.

À partir d'un certain niveau, on peut difficilement faire sans. Le problème, c'est que c'est à partir du premier niveau. La moindre campagne cantonale exige que soient produits des tracts, une affiche, des professions de foi, parfois un site Internet. Personne n'imagine la masse de travail, d'hésitations, de calculs, de débats et finalement de stratégie que contiennent ces passages obligés du candidat à une élection. Quelle photo choisir ? Avec ou sans cravate, sourire affiché ou sérieux revendiqué, en studio ou sur le terrain, seul ou avec quelqu'un ? Un slogan ou pas ? Pour dire quoi ? Quelle police de caractère ? Quelles couleurs ? Et j'en passe…

Si vous avez besoin de produire ces documents, vous êtes tenu de vous poser les trois grandes questions de la politique : qu'est-ce que je veux dire ? qu'est-ce que je veux montrer ? comment je m'y prends ? Ce sont les questions de base. Que vous soyez candidat dans le deuxième canton de Charleville-Mézières ou à la Maison Blanche, vous devez vous poser ces questions, et vous devez trouver les bonnes réponses, qui sont parfois les mêmes.

C'est à ce stade qu'apparaissent inévitablement les communicants. On peut toujours faire sans eux, bien sûr, à l'instinct, mais c'est souvent rassurant de les laisser intervenir, pour conseiller, voire pour décider.

Quand c'est pour la cantonale de Charleville-Mézières, ils prennent la forme d'une petite agence de communication, ou d'un photographe qui aime la politique, ou d'un collaborateur qui connaît particulièrement la presse locale. Ce n'est pas toujours professionnel, mais ça a une opinion arrêtée sur la couleur de la cravate que vous devez porter, sur comment vous devez dire quelque chose ou ne pas le dire… Laissez-leur un peu de temps, et ils vous diront rapidement le message que vous devez porter. Dans leur métier, la forme annonce toujours le fond.

Si vous êtes candidat à une élection nationale, et notamment à une présidentielle, vous aurez forcément affaire aux vrais communicants, aux pros, aux Sorciers.

Le Patron concentrait dans sa relation avec les Sorciers toutes les ambiguïtés du monde politique à l'égard des communicants. Il ne les aimait pas. Le Patron, homme de l'écrit et du contact direct avec les gens, n'avait jamais pu aimer les codes et les exigences d'une profession avant tout tournée vers l'image. Mais il savait qu'il n'était pas possible de faire sans eux. Parce que l'image était un métier, et en l'occurrence pas le sien. Parce que les Sorciers disaient des choses que les autres pensaient sans oser les formuler. Et puis parce que, comme toujours avec les Sorciers, l'immense majorité était composée de charlatans, mais si vous en trouvez un qui sait faire tomber la pluie…

Quant à moi, j'avais fini par les considérer comme un mal nécessaire. S'ils n'avaient pas été là, on nous en aurait fait le reproche. Et puis après tout, on n'était jamais complètement à l'abri d'une bonne idée. Je n'étais pas vraiment d'humeur à entendre leurs bavardages, mais je ne voulais pas que quelque chose se décide sans moi. J'étais bien décidé à recadrer la réunion si elle partait en sucette. Pour moi, la communication, c'est la réponse à deux questions : que veut-on dire et à qui ? Le reste, c'est du pipi de chat.

Ils étaient trois ce matin-là. Trois Sorciers parmi les meilleurs de Paris, et Paris en compte beaucoup, même en période de crise. Surtout en période de crise.

Le premier était trentenaire, négligemment barbu, en costume noir et chemise blanche. Ses lunettes à grosse monture indiquaient à la fois sa condition d'intellectuel et son originalité. Ni l'une ni l'autre ne me semblaient évidentes, mais il faisait autorité et c'était la raison pour laquelle le Patron l'avait choisi. Le type était censé, du haut de ses trente-cinq ans, être le pape des nouveaux moyens de communication, du net, des réseaux sociaux, des e-campagnes et du e-networking. J'avais surtout l'impression qu'il mettait des « e » partout. Cela dit, je lui reconnaissais un sens de la formule impressionnant et un sens de l'humour très au-dessus de la moyenne.

Le second était moins jeune, moins mince et moins drôle. Il parlait fort et était riche. Associé principal d'une des plus grandes agences de communication de Paris, il avait tout vendu : des produits laitiers et du rouge à lèvres, ce qui lui permettait de penser qu'il connaissait les Français. Il avait conseillé une bonne partie des entreprises du CAC 40 confrontées à un problème d'image, et en tirait argument pour dire qu'il connaissait les situations de crise.

Après la victoire du Patron à la primaire, ses équipes avaient été chargées de réfléchir à l'image de la campagne, au slogan, à l'affiche, bref, à tout ce qui se voyait ou s'entendait. Depuis, nous avions des réunions régulières pour ajuster les messages et adapter les outils en conséquence.

Le troisième Sorcier était probablement le plus important des trois. La soixantaine en forme, il connaissait le Patron depuis toujours et on racontait volontiers dans Paris qu'ils étaient amis. J'en doutais, n'ayant jamais constaté entre eux la proximité humaine que requiert l'amitié véritable. Mais leur relation ancienne était fondée sur une estime réciproque, en forme de reconnaissance des mérites et des qualités de l'autre. Le Patron l'écoutait et le Sorcier n'en abusait pas. C'était déjà considérable. Des trois Sorciers, c'était lui le plus puissant. Tout son pouvoir venait des questions qu'il posait. Inlassablement, depuis son plus jeune âge, il sondait les Français. Pour les grandes entreprises, pour les syndicats, pour l'État, pour les partis politiques, de gauche ou de droite, il interrogeait des milliers de Français pour décortiquer ce qu'ils aimaient, ce qu'ils croyaient ou ce qu'ils redoutaient. Ses analyses étaient souvent percutantes, et, à son crédit, je devais reconnaître qu'il avait un talent sans pareil pour comprendre, au-delà des réponses brutes que les sondés formulaient, ce qu'il fallait saisir des chiffres qui en résultaient.

La réunion avait commencé depuis un quart d'heure. J'avais un peu perdu le fil des débats qui portaient sur l'image que le Patron devait véhiculer dans les dernières semaines de la campagne. Le jeune Sorcier était partisan de ne rien changer. Selon lui tout était joué, et modifier, même à la marge, le message du Patron ou la façon dont il se présentait au public serait mal compris, probablement inutile et sûrement contre-productif. Le Sorcier riche était en désaccord. Le Sorcier puissant restait prudent. Tout le monde avait un avis. Tout le monde parlait. C'était le bordel. Une vraie réunion de communicants.

Curieusement, le Patron ne disait rien.

Je le connaissais assez pour savoir qu'il hésitait. C'est toujours difficile de décider lorsque les avis sont contradictoires, mais ça l'est encore plus lorsqu'on est soi-même l'objet de la décision. Si le Patron avait été convaincu par une option, il aurait tranché très vite, et on serait passé à autre chose, mais là, manifestement, il ne savait pas. Il laissait donc parler tout le monde, en espérant se faire un avis au fur et à mesure des interventions.

— Les gens veulent de la proximité. Ils ont besoin de sentir que le futur Président les comprend, partage leurs angoisses, leurs goûts et leurs attentes. Ils ont envie d'avoir confiance en quelqu'un qui les connaît, et qu'ils connaissent. C'est très bien d'être un homme d'État, c'est parfait pour les livres d'histoire, mais ce que les Français veulent, c'est avoir l'impression de pouvoir dire quelque chose au Président et d'être entendus...

Proximité ou hauteur. N'importe quel candidat à n'importe quelle élection connaît le dilemme. Enfin ceux pour qui le problème peut se poser.

— ... Un homme d'État, ça n'est jamais qu'un homme politique mort depuis une quinzaine d'années. Ce n'est pas là-dessus qu'il faut se battre. Il faut profiter des dernières semaines pour mettre le candidat au contact des Français. Il faut qu'il soit en résonance avec leurs préoccupations. Vital, en face, est un véritable apparatchik. Il est l'homme d'un parti, vous devez être l'homme des Français !

Le Sorcier riche avait mis toute son autorité dans la démonstration. En mon for intérieur, je me disais qu'il avait peut-être raison, mais que s'il était amené à conseiller Vital, il aurait sans doute pu lui dire la même chose...

Le jeune Sorcier ne s'en laissait pas conter.

— Oui et non. Nous avons vendu au public un produit bien identifié. Le candidat est une berline familiale, solide, fiable, confortable, avec airbag et tout le tintouin en cas d'accidents. Quand les gens voient le candidat, ils voient une belle Mercedes. Et là subitement, pour je ne sais quelle raison, on devrait leur expliquer que leur Mercedes se transforme en Clio. Ceux qui aiment les Mercedes vont être déçus et ceux qui aiment les Clio vont flairer l'arnaque !

Trente ans de travail politique pour être comparé à une voiture. J'osais à peine regarder le Patron. En même temps, cela aurait pu être une lessive...

Je commençais à comprendre ce qui bloquait. Personne n'osait en parler, mais si les Sorciers étaient tellement préoccupés par l'image du Patron dans les dernières semaines, ce n'était pas seulement pour justifier leurs factures à venir ou pour pérorer, par la suite, dans les dîners en ville.

La Tuile faisait son effet.

Les Sorciers connaissaient la rumeur. Ils n'osaient pas l'évoquer, mais elle était bien présente. Modifier l'image du Patron, c'était surtout s'adapter à la rumeur qui gonflait, et à l'éventuelle mauvaise nouvelle qui pouvait en résulter. Si le Patron n'avait pas d'avis, c'est bien parce qu'il avait conscience de cette menace, et qu'il ignorait comment y répondre.

J'aurais peut-être dû intervenir pour mettre les pieds dans le plat et ainsi permettre à cette foutue réunion de se conclure. C'est sans doute ce qu'attendait le Patron. Et je n'y arrivais pas.

C'est Marilyn qui se lança. Avec intelligence et finesse, comme elle savait le faire, sans braquer personne, elle se borna à poser quelques questions en s'adressant directement au Patron.

— Je ne suis pas certaine de bien comprendre le débat. Au fond, votre image est bien assise dans l'opinion : vous êtes associé aux idées d'expérience, d'intégrité et de sérieux. Je ne me trompe pas ?

Personne ne contestait. Le Sorcier puissant opinait doucement.

— Vous voulez dire que je suis vieux, honnête et chiant ?

Toute l'assemblée éclata d'un rire que je ne pouvais m'empêcher de trouver forcé et nerveux.

— C'est vous qui le dites ! Mais ces trois caractéristiques sont des pépites précieuses. La première question qui se pose, c'est : sont-elles suffisantes, et, si tel n'est pas le cas, faut-il les compléter avec d'autres ?

Tout le monde approuvait du regard. Le Sorcier puissant prenait des notes.

— La seconde question est plus délicate. Il s'agit de savoir ce que nous devrions faire dans l'hypothèse où ces trois caractéristiques essentielles venaient à être remises en cause. Faudrait-il se battre pour insister sur ces thèmes ou faudrait-il en changer ?

Plus personne ne regardait le Patron.

Marilyn avait conclu son intervention sur un sourire. Je fixais ses lèvres, ému et nostalgique.

Je ne sais pas qui a pris la parole après Marilyn. Je n'écoutais plus. Je n'entendais même plus, simplement fasciné par ce sourire.

L'ambiance n'était pas plus légère autour de la table. Le Sorcier puissant était en train de pontifier.

— ... et je vous rappelle qu'en matière de communication l'important n'est pas ce que vous dites mais ce que les gens entendent !

Le silence pesant qui suivit cette affirmation définitive aurait sans doute pu durer une bonne minute si Démosthène n'avait fait son entrée à ce moment précis.

Il était, comme souvent, habillé de travers. Il était aussi un peu plus pâle que d'habitude. Il était entré sans frapper, dans une salle réservée au Patron, en pleine réunion. De quoi s'attirer une réflexion désagréable du Patron ou du Major.

— J'étais en train de vous écrire un discours pour la semaine prochaine. Le discours sur l'unité dans notre camp. Celui dans lequel vous allez rappeler l'histoire des différentes familles politiques et pourquoi aujourd'hui l'unité est nécessaire. Celui dont on a parlé il y a quelques jours...

Tout le monde regardait Démosthène en se demandant où il voulait en venir et ce qui lui prenait.

— ... et je regardais la télé. J'aime bien regarder la télé quand j'écris des discours...

Le Major fulminait et les Sorciers se demandaient s'ils n'étaient pas chez les fous.

— et voilà... je crois qu'il va falloir reprendre le discours...

En parlant il s'était approché du poste de télévision, avait mis la chaîne d'info continue, et monté le son.

On voyait Trémeau sortir d'une maternité. Une petite maternité du Doubs, menacée de fermeture, et qui avait fait l'actualité quelques semaines auparavant lorsque le personnel hospitalier, les élus locaux et les habitants du coin s'étaient mobilisés contre la décision de Paris.

Sa voix était claire et forte. Elle donnait l'impression d'être une femme déterminée, et en colère.

— Je suis venue apporter mon soutien à ceux qui essaient d'élever leurs enfants dans de bonnes conditions, à ceux qui travaillent dur comme les autres Français, qui paient leurs impôts comme les autres et qui ont le droit de pouvoir être soignés dans les mêmes conditions. Cette maternité ne doit pas fermer ! Et je ne comprends même pas que les candidats à l'élection présidentielle puissent oser se présenter sans avoir conscience de ce que vivent vraiment les Français !

Première claque.

Le journaliste poursuivit en lui demandant si c'était une critique à l'égard du Patron et si elle regrettait de ne pas pouvoir se présenter elle-même.

— Je ne critique personne. Je dis ce que je pense parce que j'y crois, et je ne me préoccupe pas de ce que les autres ont envie d'entendre. C'est ma façon de faire de la politique. Si elle plaît aux partis politiques, tant mieux. Sinon, eh bien tant pis car je n'en changerai pas. Quant à ma candidature, vous auriez tort de l'exclure. Rien n'est jamais exclu. Tout est même complètement ouvert. La date limite de dépôt des candidatures est fixée par la loi au 17 mars. Jusque-là, je ne m'interdis rien.

Deuxième claque.

Le journaliste, trop heureux de son scoop, lui demandait alors, en forme de dernière question, si elle ne craignait pas d'être prise pour une mauvaise perdante en n'acceptant pas sa défaite lors de la primaire.

— J'ai parfois perdu dans ma carrière politique. Quand la défaite intervient après un débat clair et que rien ne peut permettre de venir douter de l'honnêteté du processus électoral, j'accepte la défaite. C'est la démocratie. Mais j'aimerais être certaine que tel a bien été le cas lors de cette primaire. C'est mon droit, en tant que candidate, d'en recevoir l'assurance et d'en demander la preuve. Et si on ne m'apporte pas cette preuve, c'est mon droit de ne pas m'incliner devant ce qui apparaîtrait alors comme des manœuvres. Ce serait même plus que mon droit. Ce serait mon devoir.

Troisième claque. Fermez le ban.

Démosthène allait devoir réécrire son discours.

36.

Lundi 8 mars, 10 h 33

Le Patron réagit beaucoup mieux que les autres, ce qui ne me surprit pas. En vrai seigneur de la politique, il aimait les crises. Je ne dirais pas qu'il les attendait avec une impatience gourmande, car cela aurait été le signe du vice plutôt que celui du talent, mais les coups durs ne lui faisaient pas peur.

Souvent, je l'avais entendu me dire que ce n'étaient jamais les grands hommes qui faisaient l'Histoire, mais seulement l'Histoire qui révélait les grands hommes. Il y avait sans doute du vrai, et comme je n'ai en la matière aucun avis, j'avais toujours approuvé avec intérêt et ironie.

Ce que je savais, en revanche, c'est que l'annonce de Marie-France Trémeau constituait un très sale coup, de ceux dont il n'est jamais certain qu'on puisse se remettre. Ses trois petites phrases, qui étaient diffusées en boucle et reprises par les journaux télévisés du soir, remettaient en cause toute la campagne du Patron.

Lui restait calme. Le rythme accéléré avec lequel

ses doigts tapotaient la table trahissait son agacement, mais, à part cela, il avait pris le choc avec un flegme impressionnant. On ne pouvait en dire autant des autres. Le Major ponctua la fin de l'extrait d'un sonore mot de Cambronne, en plaçant ses paumes sur ses joues, coudes sur la table. Si une météorite avait écrasé sa maison de campagne, il aurait sans doute marqué la même surprise incrédule et consternée. Marilyn pinça ses lèvres et consulta immédiatement son téléphone portable. C'est sur elle qu'allait porter, dans les premières heures, la charge la plus lourde : tous les journalistes politiques de la place devaient être en train de composer son numéro afin d'obtenir une réaction. Le petit Caligny ne disait rien, ce qui était intelligent, et observait avec attention, ce qui l'était plus encore.

Les Sorciers avaient l'air gêné. Le jeune Sorcier restait sans voix et son puissant collègue paraissait plongé dans ses notes. Le Sorcier riche répondit au juron du Major en affirmant que Trémeau était à la fois une conne, une mal baisée et une salope, ce qui me semblait à la fois très excessif, vaguement contradictoire et extrêmement risqué en présence du Patron. Lequel ne laissa d'ailleurs pas passer cette sortie.

— Je suis impressionné par la profondeur de vos commentaires, mon cher. Mme Trémeau n'est rien de ce que vous dites. Elle est parlementaire de la République, elle est ambitieuse et elle joue sa carte avec audace. Elle nous pose un sérieux problème, c'est vrai, mais primo, elle reste dans notre camp et l'un de nous aura besoin de l'autre au second tour, deuxio, elle fait exactement ce que j'aurais fait si j'avais été à sa place et, tertio, et pardonnez-moi d'être vieux jeu, mais je n'accepte pas qu'on parle ainsi d'une femme devant moi.

En un instant le Sorcier riche se transforma en petit garçon pris sur le fait par son maître. J'aurais jubilé si le moment n'avait été aussi grave. Le Patron fit un tour de table et constata que personne n'avait d'idée géniale mais que la tonalité générale était plutôt combative.

Il renvoya ensuite tout le monde à ses occupations, en indiquant qu'il souhaitait réfléchir à la manière de surmonter cet obstacle puisque ceux dont c'était le métier n'y arrivaient pas.

Je pris ce compliment pour moi, et je ne me trompais pas.

37.

Lundi 8 mars, 12 h 15

— C'est extravagant ! D'abord une rumeur, puis des fuites dans la presse, puis cette garce de Trémeau qui nous tire dans les pattes et vous n'avez rien à dire ! Heureusement que vous êtes censé vous occuper de ce problème, parce que sinon qu'est-ce que ce serait !

Nous étions dans la voiture, avec le petit Caligny et Schumacher, cet imbécile de chauffeur, et l'orage éclatait.

J'en prenais plein la gueule, mais à vrai dire, ce n'était pas anormal. Cela faisait maintenant trois semaines que la Tuile nous pourrissait la vie et je n'avais toujours pas réussi à identifier celui ou celle qui voulait couler la candidature du Patron.

Je ne m'étais pas exactement tourné les pouces non plus, et j'aurais pu faire valoir au Patron que j'avais tout de même avancé, que j'avais failli me faire buter deux fois et que j'avais aussi, dans le même temps, une campagne à faire tourner. J'aurais paru chercher des excuses, et dans mon métier, les excuses ne servent à rien. Il faut des résultats. Lorsque vous n'obtenez pas ces résultats, il faut faire en sorte que quelqu'un d'autre soit responsable. Je ne dis pas que c'est joli, mais c'est comme ça.

J'avais pris le parti de ne pas répondre. Autant laisser passer l'orage. Je connaissais assez le Patron pour savoir qu'il défoulait ainsi le stress accumulé et qu'il aurait oublié, quelques heures plus tard, le ton et la teneur de ses reproches. Je me disais que la confiance accumulée entre nous servait aussi à ça.

— Monsieur, ce que vous dites est injuste.

Le petit Caligny avait manifestement décidé de ne pas se laisser marcher dessus. Sans doute l'inexpérience… ou bien l'orgueil… ou bien une forme de courage…

— Nous ne savons pas qui est derrière cette saloperie, c'est vrai, mais nous savons tout de même des choses. Nous savons qu'une fraude a peut-être été commise lors de la primaire, et en tout cas qu'elle était possible. Nous savons que Mukki et le fils du sénateur Pinguet ont trempé dans cette affaire et je vous fais remarquer qu'ils sont morts tous les deux, récemment et de mort violente, ce qui place cette affaire dans une catégorie un peu particulière, je crois que vous en conviendrez…

Il se battait bien d'ailleurs, et le Patron était un peu interloqué qu'un blanc-bec lui tienne tête.

— … il reste deux choses que nous ne savons pas. Y a-t-il vraiment eu fraude, et si oui, qui l'a organisée ? Et deuxièmement, qui tire les ficelles, et qui a intérêt à sortir toute cette affaire ?

Le Patron regardait le petit Caligny d'un œil noir. Je laissai le silence s'installer un peu, afin de calmer les esprits. Schumacher était concentré sur la route. Même lui avait compris qu'il était préférable d'être hors de l'écran radar du Patron pendant les heures à venir.

— Winston a raison, repris-je. Nous ne sommes plus très loin de la vérité. Nous allons trouver qui a fraudé. Nous sommes sur la bonne piste. Et j'espère que nous n'aurons pas de mauvaise surprise quand nous aurons trouvé.

Le Patron répliqua immédiatement d'un ton cassant.

— Qu'est-ce que vous voulez dire ?

— Que s'il y a eu fraude, elle a été réalisée dans votre intérêt, donc par quelqu'un qui vous est proche, ou dont on dira qu'il est proche de vous…

J'essayais de dire les choses doucement, mais je marchais sur des œufs.

— Vous êtes vraiment incroyable ! Vous n'êtes pas foutu de me dire s'il y a eu fraude ou non, et vous en êtes déjà à accuser quelqu'un d'autre !

— Je n'accuse personne. Pas encore et pas sans preuve. Mais je cherche, croyez-moi, je cherche.

Le lourd silence qui suivit n'était troublé que par les discrets grognements de Schumacher qui ne pouvait s'empêcher de ponctuer ses dépassements par des manifestations de plaisir. Ce type était vraiment une prune, en dépit de ses costumes et de ses faux airs de play-boy. L'idée qu'il pourrait raconter à tous les autres que je m'étais fait passer une soufflante par le Patron m'horripilait.

Le petit Caligny fut le premier à reprendre la parole.

— Notre problème de toute façon, aujourd'hui, c'est largement autant la rumeur que la fraude. Même si la fraude est une illusion, les dégâts que cause la rumeur sont bien réels, eux. Il faut qu'on remonte à la source de cette rumeur pour trouver le fraudeur, s'il existe. Qui a pu balancer cette rumeur ?

— Cherchez chez Vital, Louis. Il ne faut pas négliger Vital. Vous devriez relire vos classiques. *De la discorde chez l'ennemi*, par exemple. Vital sait parfaitement qu'il a toutes les chances de gagner si nous sommes divisés au premier tour, et incapables de nous rassembler au second. Et cette histoire est exactement ce qu'il est susceptible de nous balancer dessus. Il n'aura même pas besoin d'en parler, nous nous déchirerons nous-mêmes. Avec ses relais au ministère de l'Intérieur, il est parfaitement à même de manipuler qui il veut. Et il en est capable, croyez-moi.

Le Patron avait évidemment raison.

Pourtant une chose me gênait. Je ne pouvais pas m'empêcher de penser que Trémeau était partie un peu vite dans cette histoire. Elle réagissait au quart de tour à ce qui n'était qu'une rumeur, pour l'heure complètement infondée, et elle se mettait en position de diviser durablement le parti. C'était un pari très risqué, même pour une femme ambitieuse, et elle s'exposait au risque d'être ridiculisée si nous arrivions à démontrer qu'il n'y avait pas eu fraude, ou pire que Vital était derrière l'entreprise de déstabilisation. Cela dit, il fallait pouvoir prouver tout cela, et j'en étais loin.

Le Patron interrompit mes réflexions.

— En tout état de cause, je ne peux pas me permettre d'attendre que vous ayez tiré ça au clair. La sortie de Trémeau m'oblige à répliquer. Je crois que je sais comment je vais faire, mais je dois y réfléchir. Je veux que vous fassiez passer le message à mes amis qu'il ne faut pas attaquer Trémeau, en tout cas pour l'instant. Compris ? Et je veux que vous organisiez le plus rapidement possible un Comité de campagne, dès demain soir si possible. Nous devons montrer l'unité du parti, et il ne faut pas traîner. Maintenant, messieurs, je crois qu'un peu de marche vous ferait du bien. Nous allons nous arrêter pour vous laisser descendre. À plus tard.

Et c'est ainsi que le petit Caligny put constater que le Patron savait rester calme et continuer à réfléchir lorsqu'il était en colère, mais qu'il n'était pas non plus exempt d'une certaine ingratitude.

38.

La salle du Comité de campagne était pleine.

C'était l'affluence des grands jours, ceux où les politiques savent se rendre disponibles parce qu'ils veulent pouvoir dire qu'ils y étaient, pour pouvoir raconter aux autres, pour montrer combien ils étaient proches des plus puissants.

D'habitude, les réunions au QG de campagne autour du Patron ne servent pas à grand-chose. Dans une campagne, il faut soit décider, soit organiser. Lorsqu'il s'agit d'organiser, le Patron ne s'en occupe pas et, lorsqu'il s'agit de décider, il n'a pas besoin de faire venir les Barons.

Les Barons. Ceux qu'il vaut mieux avoir dedans à pisser dehors, que dehors à pisser dedans. Tous les anciens ceci, les ex-cela, qui sont seuls à se croire pleins d'avenir, mais qui, à force d'avoir été, sont écoutés et relayés, surtout quand ils disent du mal de la campagne et du candidat. Ce qui ne manquera pas d'arriver s'ils ne sont pas associés et s'ils n'ont pas le droit de pointer leur tête une fois par semaine au

QG. Certains d'entre eux y avaient demandé, et obtenu, un bureau permanent, où ils ne venaient jamais.

Les Barons, c'était délicat à gérer.

C'est pour cela que nous avions créé ce Comité de campagne que nous réunissions en temps normal tous les jeudis après-midi, mais que le Patron réunissait pour la première fois en urgence en dehors de la séance hebdomadaire. Tout le monde savait que les déclarations de Trémeau seraient abordées, et l'odeur du sang attirait les grands fauves.

Notre Comité comptait vingt-deux membres. Ceux qui y étaient devaient penser qu'il ne servait à rien, et ceux qui n'y étaient pas devaient mourir d'envie d'y être invités. Nous avions tenté d'établir des critères objectifs : les anciens Premiers ministres, les chefs des partis qui soutenaient le Patron, nos présidents de groupe à l'Assemblée et au Sénat… J'avais tenu à rajouter les quelques parlementaires prometteurs sur lesquels il faudrait compter pour bâtir l'ossature d'un gouvernement en cas de victoire.

Sur l'insistance du Patron, nous avions aussi invité Marie-France Trémeau, au titre de candidate importante à la primaire, mais elle n'était jamais venue en personne. Elle affectait de ne pas être une femme d'appareil et prenait soin de ne jamais assister à ces réunions, tout en veillant à ce que ses lieutenants y soient présents, actifs et souvent incisifs : elle nous avait envoyé à chaque fois Texier, à qui personne n'avait osé refuser l'entrée. Le Major, Marilyn et moi étions des observateurs silencieux.

Les questions matérielles étaient sérieuses, mais le Major n'avait pas son pareil pour ce type de problème. La presse pouvait être intenable, mais Marilyn savait les gérer mieux que quiconque.

En revanche, et étonnamment, faire participer activement à une campagne présidentielle les parlementaires importants de notre camp et les grands élus locaux était vraiment compliqué. Au début, je me figurais que, dans une campagne, tout le monde roulait pour le candidat de son camp. Tu parles. Entre ceux qui espéraient la défaite, pour pouvoir prendre la place, ceux qui préparaient la suite, ceux qui voulaient écarter des rivaux, ceux qui faisaient surtout leur propre campagne, les Barons consacraient finalement peu de temps à la seule chose utile, aider le candidat à se faire élire.

En leur qualité d'hommes politiques importants, ils avaient parfois du mal à admettre de ne pas être eux-mêmes candidats. Et ils avaient un avis. Un avis à faire valoir. Un avis qui compte. Un avis sur tout : l'affiche, les thèmes de campagne, le calendrier, le tempo, le costume, la ligne diplomatique, la coiffure...

Il fallait supporter toutes les remarques, que prenait en note, stoïque, le Major. S'entendre dire, toutes les semaines, et sans broncher, que « les autres, eux, sont très présents sur le terrain et très bien organisés », que les permanences n'ont « pas assez de tracts » (ou trop, selon les semaines), que les élus « ne reçoivent pas les argumentaires » (ont-ils seulement ouvert leur boîte mail, savent-ils seulement ouvrir leur boîte mail, savent-ils seulement ce qu'est

264

une boîte mail ?), qu'on s'étonne que « la campagne ne démarre pas vraiment », que « les gens qu'on rencontre disent » ceci ou cela, le fameux « on me dit que... » et autres choses indémontrables.

Le Patron opinait en général consciencieusement du chef, nous rassurait d'un regard tout en donnant l'illusion aux Barons qu'il comprenait bien et qu'il donnait toutes les instructions en ce sens.

Les vrais sujets étaient évités, les apartés allaient bon train, les arrière-pensées pullulaient, les sourires de façade aussi. On se gargarisait des bons sondages, on se consolait des mauvais. À contre-courant, le Patron s'efforçait d'inquiéter les optimistes et de rassurer les pessimistes, sans jamais se décourager.

Bref, il fallait gérer les Barons, et c'était une partie de mon boulot.

En général, les réunions avec les Barons ne servaient donc à rien, mais ce soir, le Patron jouait gros. Je n'avais rien dit lorsqu'il avait choisi de réunir le Comité, parce qu'il n'était pas d'humeur à m'écouter et qu'il avait quelque chose en tête, mais je savais combien la partie était risquée. Rassembler tous les Barons en période de crise pour afficher l'unité, c'était évidemment s'exposer à l'inverse. N'importe quel Baron sous la coupe de Trémeau pouvait faire exploser en vol la réunion. Je voyais mal Texier se priver de ce plaisir.

Le Comité de campagne n'était pas l'instance la plus importante. Les vraies décisions se prenaient ailleurs, en plus petit comité. Le Comité servait seulement à les avaliser. En règle générale, les membres faisaient ce qu'on attendait d'eux : ils interrogeaient, ils indiquaient éventuellement leur différence et ils approuvaient.

Gérer une assemblée de ce type était un art consommé, que le Patron maîtrisait parfaitement. Aujourd'hui, il en aurait bien besoin.

Soucieux que la réunion se passe bien, j'avais fait le tour des partisans du Patron en insistant pour qu'ils soient présents et en leur indiquant qu'il serait bienvenu qu'ils expriment leur attachement à l'unité et leur soutien à la seule candidature légitime, celle du Patron. Texier avait dû faire de même, mais lui avait l'avantage d'être membre du Comité, alors que je n'y assistais que parce que le Patron le voulait bien. Autrement dit, je devais me taire. On pouvait être l'apparatchik le plus puissant de France et être réduit au silence pour les grandes occasions...

Devant le QG, les caméras avaient filmé tous les entrants, à l'affût de petites phrases assassines. Rien de tel que le spectacle d'une guerre fratricide pour exciter la presse politique. J'observai avec curiosité si Trémeau était présente. Si elle devait venir une fois, c'était ce soir. Mais elle n'était pas là.

L'ambiance dans la salle ne donnait pas l'impression d'être tendue. Les sourires s'échangeaient avec une relative bonhomie. Le petit Caligny devait avoir l'impression que cette palanquée de grands fauves n'était au fond qu'une bande de camarades heureux de se retrouver à Paris. Je ne m'y fiais pas.

L'ordre du jour était limité. Un point sur la situation politique. Un autre sur le déroulement de la campagne. Le vrai sujet n'était pas inscrit sur le papier. Il était dans toutes les têtes. Aucun risque qu'il soit oublié.

Le Patron était en retard. Il avait l'habitude d'arriver à l'heure, ou en tout cas lorsque tout le monde était en place. Faire attendre une chambre d'enregistrement n'est jamais bon ; ce n'est pas pour rien que l'exactitude est la politesse des rois.

Un joyeux brouhaha remplissait la salle, fait de rires forcés et de claques dans le dos supposées amicales. Le Major était en grande discussion avec un sénateur du Sud-Ouest et, de là où je me trouvais, je ne pouvais pas dire s'ils parlaient de la réforme de la Politique agricole commune, de la meilleure façon de déguster les ortolans ou des types à écarter aux prochaines cantonales. Peut-être un peu des trois...

Puis le Patron entra dans la salle et le silence se fit très rapidement. Dans son costume bleu sombre, avec sa chemise à fines rayures et sa cravate bleue, il ressemblait à un Président : sérieux, concentré, intelligent et en même temps sympathique et souriant. Sa stature, son regard perçant mais bienveillant donnaient le sentiment qu'il était, à tout moment, parfaitement maître de lui-même et de son environnement.

Pour la première fois depuis très longtemps, je n'avais pas la moindre idée de ce qu'il allait dire.

Il commença doucement, en remerciant tout le monde d'avoir fait l'effort d'être présent et en s'excusant des délais courts avec lesquels la réunion avait été convoquée. Sa voix était posée. Et à la fin de son introduction, après un rapide coup d'œil vers le fond de la salle, où je me tenais systématiquement de façon à ce qu'il me voie en permanence, il lâcha sa première bombe.

— … et je vous prie également d'excuser mon retard, mais il se trouve que j'étais au téléphone avec notre amie Marie-France Trémeau et notre conversation a duré plus longtemps que nous ne l'imaginions.

Je n'en revenais pas. Je n'étais au courant ni de sa conversation avec Trémeau, ni de son contenu. Je m'étais rarement senti aussi exclu.

Un rapide coup d'œil à Texier me rasséréna un peu. Je le connaissais par cœur, et je lisais sur son visage, qu'il figeait pourtant dans un semblant de calme, que lui non plus n'était au courant de rien.

Le Patron avait réussi son effet. Ses partisans les plus farouchement opposés à Trémeau et ses adversaires déclarés étaient tétanisés. Personne n'osait tirer en premier. La réunion avait pris un tour surréaliste. Le tour de table lancé par le Patron donnait lieu à des appels vigoureux à l'unité, sans que les questions de fond soient directement abordées : y avait-il eu fraude ? Trémeau serait-elle candidate ?

Le premier qui osa se lancer, et j'en fus surpris, fut un des plus jeunes membres du Comité. Député depuis cinq ans, il avait toujours conservé une prudente équidistance entre le Patron et Trémeau, ce qui montrait à la fois une véritable ambition et le souci de durer sans lequel l'ambition n'est en général qu'un feu de paille vaniteux. Un travail sérieux à l'Assemblée, une belle gueule à la télé et un sens de la formule déjà bien affirmé pour son âge l'avaient propulsé au Comité. J'avais d'ailleurs insisté pour qu'il y soit invité, connaissant parfaitement ses réserves à l'égard du Patron, mais considérant qu'il était préférable que les jeunes pleins d'avenir soient bien traités par le Patron plutôt que par d'autres.

— Je nous entends parler d'unité, mes amis, et je souscris entièrement à tout ce qui vient d'être dit. En même temps l'unité, c'est comme l'amour, il n'en existe que des preuves…

Les vieux approuvèrent, les autres sourirent.

— … et nous n'en donnons guère depuis trois jours. Pardon de mettre les pieds dans le plat, et vous excuserez je l'espère l'inexpérience qui me conduit à dire les choses de façon sans doute trop brutale, mais nos électeurs, nos militants sont complètement décontenancés par ce que nous sommes en train de faire. Je parle bien entendu de cette histoire de fraude interne. La primaire a été un exercice démocratique formidable, peut-être imparfait, peut-être un peu tendu, mais un processus qui nous a permis de choisir le candidat de notre camp. Nous nous sommes battus pour expliquer cela à nos militants, et j'y crois profondément. Et voilà qu'on nous raconte que tout était truqué ? Mais que veulent ceux qui diffusent ces bruits ? La défaite ?

Le débat était lancé, et dans de bonnes conditions pour le Patron. Je m'en voulais presque de ne pas avoir été à l'origine de cette intervention.

Texier, se sentant sans doute attaqué, se leva. Tous les yeux étaient rivés sur lui. Il le sentait, et je voyais combien il aimait ça.

— Les preuves d'amour, c'est bien. Mais quand les preuves d'amour sont concomitantes à des infidélités douteuses, on est en droit de se poser des questions…

Au deuxième degré, on pouvait y voir une attaque à l'égard du Patron, autrefois connu pour son appétence immodérée pour les aventures passagères.

— ... Personne ici ne peut mettre en cause notre attachement à l'unité du parti. Marie-France Trémeau et tous ceux qui ont fait campagne pour elle au moment des primaires, moi le premier, ont reconnu la victoire du candidat actuel...

Il fallait reconnaître à Texier du culot. Le choix du terme « actuel » était une pique à peine déguisée. Le léger murmure qui se fit entendre montrait qu'elle n'était pas passée inaperçue.

— ... mais moi aussi je rencontre des militants. Moi aussi je vois des électeurs. Et qu'est-ce qu'ils me disent ? Qu'ils ne comprennent pas ; que toute cette histoire n'est pas nette ; que si on avait procédé avec des bulletins de vote en papier et des urnes transparentes, comme on a toujours fait dans ce parti, on n'en serait pas là. Et que voulez-vous que je leur réponde ?

— Tu pourrais leur dire la vérité. Le vote a été régulier. Marie-France Trémeau a perdu. Nous avons un candidat, et il faut qu'il gagne.

Mon jeune député avait balancé ça en souriant, et tout le monde avait éclaté de rire. Il était bon, ce type. Il allait falloir que je l'utilise pendant la campagne, si elle continuait...

— Bien sûr qu'il faut que notre candidat gagne, interrompit un autre. Mais le vote a-t-il été régulier ? En sommes-nous tous bien certains ici ?

Tout le monde s'était tourné vers celui qui avait pris la parole, et tout le monde avait consciencieusement fait mine d'écouter avec attention. Je ne voyais que son dos, mais je reconnaissais sa voix ; elle avait bercé les premières années de mon éducation parlementaire. Ce n'était pas un Baron qui parlait, c'était un vieux sage. Un ancien Premier ministre d'autant plus estimé qu'il avait occupé Matignon il y a fort longtemps.

Je n'en revenais pas qu'il s'exprime. Il ne le faisait quasiment jamais, et bien des gens pensaient que, s'il venait encore aux réunions du Bureau politique à plus de quatre-vingts ans passés, c'était pour tromper l'ennui d'une longue retraite.

Mais je connaissais assez bien mon histoire politique pour savoir que la voix fluette et l'air affable du bonhomme cachaient un talent oratoire de première qualité qu'avaient appris à redouter les parlementaires de tous bords.

— À la différence de notre jeune collègue, c'est avec le bénéfice de l'âge que je m'exprime, et que je pose les questions de façon un peu brusque, vous savez comment sont les vieux messieurs… Je les pose moi parce que personne ici ne peut penser que j'ai un intérêt personnel dans la réponse… Voyez-vous, je n'envisage pas de me présenter à la prochaine élection, à moins, bien sûr, que vous ne soyez unanimes à considérer que ce serait opportun.

Tout le monde avait éclaté de rire. Le Patron souriait ouvertement et je ne pouvais m'empêcher de me délecter du moment.

— … Je les pose ici, parce que je sais que nous sommes entre nous et que rien de ce qui est dit ici ne sortira à l'extérieur, n'est-ce pas ?…

Nouveau sourire généralisé.

— ... alors je me tourne vers vous, cher ami, dit-il en se tournant vers le Patron... et je vous le demande... Cette primaire a-t-elle été loyale ? Et voyez-vous, c'est à vous de répondre et de convaincre, car vous êtes aujourd'hui le candidat, et vous serez demain, peut-être, je vous le souhaite, et je crois que nous le souhaitons tous ici, le Président... Et vous devez répondre, car à force de ne pas aborder le sujet, vous lui laissez prendre de l'importance, jusqu'à ce qu'il ne soit plus question que de cela...

— Vous me demandez de démontrer que quelque chose n'a pas eu lieu. C'est assez difficile et je crois me souvenir que les juristes appellent cela la preuve impossible.

— Votre réponse, cher ami, est sans doute juridiquement fondée. Elle est cependant politiquement insuffisante. Vous devez d'une façon ou d'une autre lever le doute... vis-à-vis de ceux qui composent notre famille politique d'abord, et plus généralement vis-à-vis des Français qui n'accepteront pas que nous nous retranchions derrière le droit. Permettez-moi de vous dire que quand ça chauffe, le droit, on s'en bat l'œil.

Le vieux sage avait raison, je le savais et je m'en voulais d'avoir laissé le Patron se faire coincer comme ça. Texier échangeait des regards avec tout le monde comme pour souligner l'intelligence du propos. Je ne savais pas s'il était à l'origine de cette intervention, mais en tout cas il lui devait une belle chandelle.

Le Patron avait opiné. Il ne s'était pas raidi et, après avoir griffonné quelques mots sur le papier qu'il avait posé devant lui, avait continué à passer la parole aux orateurs qui s'étaient manifestés. Les gens sérieux s'étant exprimés, les lieutenants s'étaient mis à ergoter, moins pour convaincre quiconque que pour indiquer dans quel camp ils se tenaient. Certains devaient imaginer jouer le maroquin dont ils rêvaient après la présidentielle.

Tout cela avait assez duré. Je sentais bien qu'il fallait conclure. Nous n'étions pas en plein clash, mais si les membres du Comité sortaient maintenant, ils seraient nombreux à dire à la presse le trouble du parti et l'incapacité de la direction actuelle à le dissiper. Ce ne serait pas l'image d'unité qui prévaudrait, mais bien celle de la discorde et du doute.

Le Patron, sentant mieux que n'importe qui ce qui était sur le point de sortir de la réunion, prit alors la parole.

— Bien. Je crois que chacun a pu s'exprimer. Je vous remercie de votre franchise et de vos conseils : ils me sont utiles, et peut-être plus encore que ce que vous imaginez…

Ménageant ses effets, il but un verre d'eau. Rien de tel pour captiver l'attention.

— Il faut parler de cette rumeur, j'ai bien compris ce que certains ont dit avec talent. Je vais donc vous dire ce que je pense de toute cette affaire. Je considère que les primaires se sont déroulées de façon irréprochable. À ma connaissance et jusqu'à ce qu'on me démontre le contraire, le vote a été régulier, et il a donné un résultat net. Voilà ce que je crois. Sauf à ce qu'on m'apporte des preuves en sens inverse, telle est la vérité. Et je considère que tous ceux qui colportent des rumeurs ou des ragots font, inconsciemment je l'espère, le jeu de Vital.

L'air déterminé du Patron était magnifique. Il donnait l'impression de regarder chacun droit dans les yeux.

— ... Cela dit, j'ai bien entendu ce qui a été dit ce soir. Il nous faut apporter la preuve que cette primaire n'a pas été entachée par une fraude. Je vous fais observer que je n'ai pas organisé cette élection, et que j'ai même pris mes dispositions pour ne pas faire partie de l'équipe de direction chargée de l'organiser. Je vous fais également observer, et certains s'en souviennent parfaitement, que lorsque le choix a été fait de la nouvelle technique de vote par Internet, personne n'a émis d'objections. Je n'ai pas sélectionné les entreprises chargées d'organiser ce vote. Personne n'a contesté les choix de la commission d'organisation. Je le rappelle parce que je ne voudrais pas que certains privilégient une lecture biaisée des événements...

Le silence était absolu. Le Patron n'élevait pas la voix.

— ... mais je conçois qu'il faille aller encore plus loin. C'est la raison pour laquelle j'ai pris deux décisions, qui me semblent de nature à souder tout notre parti. La première, c'est que je vais faire en sorte de démontrer que notre primaire a été irréprochable. Mes collaborateurs y travaillent d'ores et déjà, et je souhaite qu'ils soient en mesure de présenter lors de notre prochaine réunion les éléments permettant de démontrer que rien n'est suspect...

Le regard du Patron se posa sur moi et je sentais bien, en dépit de ma vision amoindrie, qu'il allait falloir présenter des éléments concrets rapidement, sauf à en prendre pour mon grade.

— ... la seconde décision est, je crois, importante. J'ai décidé de proposer à Marie-France Trémeau de constituer avec moi un ticket. Si je suis élu, elle sera mon Premier ministre. Elle en a les compétences, les qualités et le talent. Je vois bien qu'il faut rassembler dès maintenant, pour préparer le premier tour. Marie-France et moi nous sommes opposés pendant la primaire, mais nous avons toujours su préserver entre nous le respect et l'estime.

Tu parles. Je n'en revenais pas. Je ne savais pas pour qui la couleuvre était la plus grosse : pour le Patron, pour Trémeau, pour Texier qui manifestement n'en revenait pas non plus, ou pour moi qui constatais que les décisions les plus importantes de la campagne se prenaient désormais sans moi.

— ... Je crois que notre ticket soudera notre électorat naturel et séduira au-delà. Alors bien sûr, il ne s'agit pas d'une information officielle ce soir, et je vous demande instamment de ne pas l'ébruiter. Marie-France et moi devons réfléchir à la meilleure façon d'annoncer ce qui est je crois une première dans l'histoire de notre formation politique, mais je crois que nous avons là une véritable base pour avancer et pour gagner ensemble.

Le silence qui suivit cette annonce fut rapidement brisé par une salve d'applaudissements. Les membres du Comité étaient ravis. On leur prédisait la guerre de Sécession, ils obtenaient l'Union sacrée. Ils pouvaient rentrer rassérénés dans leurs circonscriptions, où ils diraient combien ils avaient pesé pour que cette solution sage soit adoptée.

Le Patron avait levé la séance. Une bonne moitié de l'assistance s'était dirigée vers lui pour le féliciter, tandis que l'autre quittait promptement la salle pour profiter des caméras de télévision. Le parlementaire et la caméra, ou la version politique du papillon et de la lampe à huile…

Je restais bouche bée, essayant de masquer ma surprise en saluant avec un sourire cordial et un mot gentil tous les parlementaires que je croisais.

Devant le Siège, les parlementaires commentaient. Derrière les caméras, je devinais Marilyn qui discutait avec plusieurs journalistes. Elle n'était pas dans la salle au moment de l'annonce, et pourtant elle parlait calmement avec des journalistes qui devaient l'assaillir de questions difficiles. J'ai tout de suite compris, en la voyant, qu'elle savait. Le Patron lui avait parlé. Avant la réunion, il l'avait avertie. Probablement pour qu'elle prépare le terrain avec les journalistes à l'extérieur. Certainement parce qu'il avait confiance en elle.

Et moi, j'étais seul, dans le hall du Siège. Je songeais à remonter dans mon bureau, où le petit Caligny m'attendait en bossant, quand le jeune député qui avait fait forte impression me mit la main sur l'épaule.

— C'est dans des moments comme celui-là qu'on comprend pourquoi ton Patron est le Patron.

Je lui ai fait un grand sourire et une tape amicale sur l'épaule. Qu'est-ce que je pouvais faire d'autre ?

39.

Je m'en voulais, et, en même temps, je m'en voulais de m'en vouloir.

J'étais resté tétanisé après la réunion du Comité. Je me sentais furieux d'avoir été tenu à l'écart, furieux de sentir que le Patron avait mis Marilyn dans la confidence et, plus encore, furieux de m'en formaliser alors qu'au fond le Patron s'était plutôt remis dans le bon chemin.

J'avais réussi à masquer ma colère le temps que le QG se vide. L'idée de me donner en spectacle m'était absolument insupportable, et elle m'aurait coûté cher. Mais, dès que cela avait été possible, j'étais sorti pour marcher un peu.

Après tout, c'était bientôt le printemps.

Paris était sur le point de basculer dans cette saison merveilleuse où les terrasses fleurissent, les jupes raccourcissent et les décolletés plongent. Me promener dans les rues, à la recherche de jolies femmes avec lesquelles je n'échangerais probablement qu'un regard, mélange d'examen clinique et de séduction

gratuite, me faisait en général oublier toutes les avanies du métier. Je m'interdisais de comprendre le res-
sort qui me conduisait à chercher chez des inconnues
le semblant de considération que paraissait me refuser celui qui me connaissait mieux que quiconque.

Le coup du Patron était gonflé. Il avait le mérite
de faire basculer un peu de la pression que nous
subissions sur Trémeau et ses proches. Bien sûr,
aucune annonce publique ne serait faite pour l'instant. Je voyais bien la manip du patron : laisser miroiter Matignon à Trémeau, l'annoncer à quelques
personnes en leur demandant de garder le secret,
escompter quelques fuites sans être formellement
engagé pour l'instant, puis choisir le meilleur moment
pour faire l'annonce... ou pas, en fonction de ce que
j'aurais pu trouver d'ici là.

C'était brillant.

Si elle continuait à manifester des intentions de
candidature, c'est elle qui apparaîtrait comme la divi-
seuse, comme la dissidente. Au contraire, elle allait
être obligée de faire campagne pour le Patron, de
donner des gages de fidélité, de se tenir tranquille.

On parlerait moins de la rumeur de fraude que du
ticket idéal que constituait l'alliance un peu contre
nature entre l'homme d'État qu'était le Patron et la
politicienne rusée qu'était Trémeau, entre l'homme
mûr et la femme ambitieuse, entre l'intellectuel cultivé
et la madone presque populiste...

Comme avait coutume de dire le Patron : « Avec
des si, on fait gagner Napoléon à Waterloo mais on
ne prépare pas sérieusement une élection. »

Ce coup de théâtre présentait aussi quelques inconvénients. Au premier chef, cet événement était subi et non choisi par le Patron. Je suis sûr qu'il aurait volontiers tenu Trémeau à distance durant la campagne et après s'il avait eu le choix. Il était désormais contraint de l'intégrer dans son dispositif pour la neutraliser. Difficile après tout ça de ne rien lui donner après l'élection…

Il était clair que l'intention du Patron, lorsqu'elle aurait fuité, allait placer Trémeau sur le devant de la scène médiatique pendant quelques jours, lui permettant de cannibaliser la campagne et de s'élever au rang d'un Premier ministrable officiel. Plus encore, je sentais que cette proposition pouvait très facilement être présentée par Trémeau comme une concession sous la pression. Pour une femme ambitieuse, qui aspirait à être n° 1 un jour, refuser avec éclat un poste de n° 2 en se parant de vertu et de conviction était un coup à jouer. Je redoutais que le Patron ne se retrouve à gérer, à l'issue des sept jours qui nous séparaient de la date à laquelle les candidatures devaient être déposées au Conseil constitutionnel, une crise politique encore plus dommageable pour sa campagne.

Je ruminais tout cela en essayant de me convaincre qu'il avait forcément dû penser à ce risque avant de jouer ce coup. Il n'avait pas pu appeler Trémeau pour lui faire une telle proposition sans bien réfléchir. Mais avec qui ? Je le connaissais trop bien pour savoir qu'il ne réfléchissait bien qu'en échangeant avec quelqu'un et en testant ses idées. C'était une des choses que je préférais dans ce métier d'ailleurs, être à l'origine de ses idées, souvent en les raffinant, parfois, mais plus rarement, en les réfutant.

Ou alors, il avait fait ça sur un coup de tête. Je l'en savais capable.

Le Louvre me dévisageait. Perdu dans mes pensées, j'avais marché sans me rendre compte que j'étais arrivé au cœur de Paris, là où, pendant quelques siècles, des intrigues politiques autrement plus brutales que celle à laquelle j'étais mêlé avaient fait l'Histoire de France. Les touristes étaient sur le point d'envahir la ville. Je fus pris d'une envie irrépressible de me poser et de regarder le monde s'agiter autour de moi. J'avisais une terrasse engageante, dont les tables alignées sous le Palais-Royal et face à la Comédie-Française semblaient inviter au spectacle. Le café s'appelait *Le Nemours*. J'avais le souvenir vague d'un déplacement à Nemours, il y a fort longtemps, pour régler je ne sais quelle histoire de cornecul en Seine-et-Marne. Voilà au moins une chose qui n'arriverait plus. La Seine-et-Marne était un département tenu aujourd'hui. Je m'assis en souriant et commandai un premier verre de chablis.

40.

Mardi 9 mars, 20 h 11

J'aurais pu rester des heures à cette terrasse. Il faisait encore bon malgré la nuit tombée. Les serveurs en tenue assuraient le spectacle. Feignant l'arrogance cynique des Parisiens chaque fois qu'un étranger venait s'asseoir, ils mettaient un point d'honneur à incarner ce qu'un café peut offrir de meilleur : la proximité avec les habitués, la désinvolture avec les puissants, la rudesse avec les clients trop lents ou trop mal élevés, la connivence avec les jolies femmes. Le chablis était frais et les gens donnaient l'impression d'être heureux. Les étrangers commentaient les merveilles du Louvre en se reposant après leurs longues visites et les membres du Conseil d'État tout proche évoquaient, attablés, les finesses subtiles et incomparables des décisions qu'ils préparaient. Tout ce beau monde s'exprimait dans des langues incompréhensibles, mais le brouhaha qui en émergeait n'était pas sans charme.

Le chablis avait produit son effet. Je n'étais ni heureux ni euphorique mais ma mauvaise humeur se dissipait progressivement dans le ballet parisien.

À deux tables de moi, une femme élégante buvait, seule. Elle lisait un livre qui ne l'absorbait pas au point de lui interdire de jeter, par instants, des regards d'abord circulaires, puis, me semblait-il, de moins en moins circulaires jusqu'à être dirigés quasi exclusivement sur moi.

Peut-être avait-elle remarqué que moi aussi je l'observais.

Elle était belle comme le sont les femmes qui ont passé la cinquantaine. Élégante, intelligente, pleine de classe. Ses cheveux légèrement grisonnants soulignaient son âge mais éclairaient un visage d'une grande finesse. Elle portait un tailleur d'un vert sombre d'une grande sobriété qui contrastait furieusement avec l'originalité de ses chaussures. Je n'arrivais pas déchiffrer le titre de son livre.

Je n'arrivais pas non plus à voir si elle me souriait ou si le léger plissement de sa bouche et de ses yeux était dû à autre chose qu'à mon charme. L'obscurité croissante me laissait peut-être deviner ce que je voulais voir sur ce visage séduisant.

J'hésitais à aborder cette femme. Mon ego avait subi trop d'échecs depuis quelques jours et je n'étais pas certain de pouvoir supporter la froideur d'une jolie femme.

Mais j'avais le sentiment qu'elle me souriait. Et c'était un beau sourire. Un sourire en forme d'invitation, ou en tout cas en forme d'autorisation à tenter un rapprochement.

Sans bouger, je consultais mon téléphone. Comme je le redoutais, la terre entière, ou en tout cas toute la partie de la terre qui s'intéressait à la présidentielle à venir, avait cherché à me joindre. J'allais devoir rattraper ce retard et remonter sur mon cheval rapidement. La pause que je m'accordais n'était qu'une pause.

Mais dans le même temps, le plus discrètement possible, j'essayais de deviner les lignes et les formes de cette belle inconnue. Je faisais la liste rapide des restaurants où je pouvais l'inviter à dîner. Dans le quartier, il était possible de trouver un endroit discret et chaleureux où la conversation serait facile. Mon appartement n'était pas si loin, mais je ne pouvais pas décemment y inviter une femme de cette classe. Je savais trop bien quelle impression il pouvait produire sur les gens normaux : grand certes, propre le plus souvent, mais tellement vide. Je n'y vivais pas, préférant les restaurants aux dîners chez moi, dormant souvent ailleurs, dans les hôtels de la campagne où chez des maîtresses occasionnelles. Vide de souvenirs. Vide d'objets vivants. Vide.

Elle me regardait vraiment.

Que pouvais-je lui proposer ? Un dîner, au cours duquel je lui raconterais la vie d'un apparatchik en campagne ? Un verre chez elle, si elle vivait à Paris, ou chez moi, dans ce vide qui m'apparaissait aussi confortable que terrifiant ? Une nuit à l'hôtel ? Et que lui dirais-je demain matin ? Ou même ce soir ?

J'avais besoin de confiance. Pas d'angoisse. J'avais besoin de simplicité. Pas d'une histoire sérieuse. J'avais envie d'engagement mais besoin de liberté. Je ne savais pas ce dont j'avais envie.

Mais elle était belle. Et elle me souriait vraiment.

Dans une autre vie, j'aurais pu vivre avec une femme de cette classe. Il aurait fallu que je choisisse un autre métier, que j'utilise mon sens tactique ailleurs qu'en politique. La banque d'affaires ? Le conseil en stratégie ? Je me serais ennuyé, mais j'aurais gagné ma vie tellement mieux et j'aurais pu construire quelque chose. Une vie familiale peut-être. Une vie amoureuse sans doute, avec quelqu'un comme elle, qui sait ?

Il était trop tard. La belle s'impatientait et commençait à rassembler ses affaires pour les ranger dans son sac. Dans quelques instants elle serait partie, vers son dîner, ou ses amis, ou sa famille, ou vers sa solitude.

Pour moi aussi il était trop tard. J'avais fait le choix de la politique. J'étais marié avec le Patron.

Et je n'avais plus faim.

41.

J'étais au QG depuis presque une heure. J'avais pris un cachet pour dormir, mais j'en avais trop pris pour qu'il agisse encore à la demande. Il était probable qu'il fasse effet en plein milieu de la journée, à retardement, au moment où j'aurais le plus besoin d'attention.

Voyant la porte ouverte, le petit Caligny entra dans mon bureau. Il avait une grande tasse de café dans la main gauche, et sous le bras droit la presse du matin, qui se faisait déjà l'écho des débats « confidentiels » du Comité de campagne de la veille.

— Vous pensez que Trémeau va accepter ?

— Je ne suis pas certain, et d'ailleurs je ne suis pas certain que ce soit la bonne question...

Le petit Caligny ne commenta pas. J'étais de mauvaise humeur, il le savait.

— ... Qu'est-ce qu'elle veut ? Être président de la République, demain, plus tard, un jour. La seule question qui vaille c'est donc savoir ce qu'elle va faire, dans le contexte créé par l'initiative géniale du Patron, pour gravir une marche de plus.

— C'est-à-dire, accepter ou pas l'offre... Je ne voudrais pas avoir l'air méchant, mais votre question importante et ma question ridicule sont un peu identiques, non ?

— Ça n'a rien à voir ! Ce que je veux dire, c'est que sa réponse n'a pas tant d'importance. Ce qui compte, c'est qu'elle veut être Présidente, et qu'elle ne renoncera pas à ça, et que si elle a l'occasion de l'être demain plutôt que dans cinq ou dix ans, elle ne laissera pas passer le plat ! Je vous fiche mon billet que, quelle que soit sa réponse, elle va continuer à faire campagne en sous-main. Je le sais. Je le sens. Je les connais, elle et Texier ! Ils sont capables de dire quelque chose et de faire le contraire !

— Pas comme vous ?

— Pas du tout.

J'étais à nouveau agacé. Il y avait quelque chose de pénible à supporter l'ironie d'un gamin après avoir subi le mépris de son Patron.

J'avais envie de changer de sujet.

— Je vais vous poser une question, Winston. Ne m'en veuillez pas et ne soyez pas surpris, mais depuis que je vous vois vous investir dans cette campagne, j'ai envie de vous en parler.

Il me regardait avec un œil curieux et assez peu bienveillant.

— Vous êtes sûr de savoir ce que vous faites ? Participer à une présidentielle est excitant, je le reconnais, mais êtes-vous conscient que vous pourriez continuer des études plutôt que de traîner dans les pattes d'un vieil apparatchik comme moi ?

Le petit Caligny se décontracta immédiatement.

— J'aime bien traîner dans vos pattes comme vous dites. Et je n'ai pas l'impression que vous détestiez ça. Je vous ai entendu dire un jour qu'en politique il y avait ceux qui étaient sur la scène et ceux qui étaient derrière et qu'il fallait choisir son camp entre les élus et les apparatchiks. Eh bien, j'ai décidé. J'ai beaucoup d'admiration pour ce que vous faites, vraiment, mais ce qui m'intéresse, c'est d'être élu. Si je suis là, ce n'est pas pour regarder le spectacle, c'est pour prendre ma place.

Il ne manquait pas de culot pour un gamin. Cela dit, dans ce milieu, c'était plutôt de nature à l'aider sérieusement.

— Mais juste entre nous, pourquoi ?

Il me regardait désormais droit dans les yeux. Sa voix était douce mais son ton très assuré.

— Parce que je n'aime pas les choses inachevées.

Je n'en revenais pas.

— Inachevées ? Par rapport à votre père ? Vous rigolez ? Laissez-moi vous dire que c'est idiot. Rien n'est jamais achevé, en politique ! Et puis à votre âge, tout le monde veut en faire, de la politique, mais au mien, beaucoup regrettent d'en avoir fait. Vous n'êtes pas votre père, vous êtes différent, vous n'êtes pas destiné aux mêmes choses.

— Vous le connaissiez ?

— Forcément. Il avait quinze ans de moins que le Patron. Il aurait été pour lui un rival sérieux. Mais ils s'entendaient bien cela dit. Le Patron avait du respect pour l'intelligence et le charme de votre père. Je ne vais pas vous mentir, il n'avait pas que des qualités, mais il avait beaucoup de talent.

— Personne n'ose me parler de ses défauts.

— Je ne sais pas si je peux en parler avec objectivité. Pour moi, c'était surtout un adversaire potentiel du patron, un adversaire dangereux d'ailleurs. À côté de lui, le Patron faisait vieux, démodé, et j'en étais conscient.

Le petit Caligny me regardait intensément. Je me demandais bien pourquoi je m'étais engagé dans cette conversation.

— Vous voyez, vous non plus, vous ne parlez pas de ses défauts.

— Difficile d'en parler... Disons qu'à l'époque je n'étais pas dupe de ce qu'il y avait derrière ses croisades et ses airs de chevalier blanc... Mais il avait beaucoup de charme, il s'exprimait très bien, en tête à tête ou en meeting... Et puis, il sentait les gens, et ça, ça ne s'invente pas.

Le petit Caligny était devenu songeur.

— Quand il a disparu, j'avais dix ans. C'est assez tard pour m'en souvenir, mais pas assez pour avoir vraiment une idée juste de ce qu'il était. J'ai l'impression quand je me souviens de lui que j'imagine des choses qu'on m'a racontées après sa disparition.

Pendant qu'il parlait, je le regardais. Un gamin, du haut de ses vingt ans, tellement en avance sur son âge, tellement en avance sur moi au même âge, tellement en avance sur le Patron au même âge. S'il gardait son avance, il irait loin.

— Winston, sérieusement, vous ne pouvez pas faire de la politique simplement pour perpétuer l'œuvre de votre paternel. C'est un moteur qui ne tiendra pas la route, et qui n'a aucun sens. Bien sûr, vous serez député, mais vous vous lasserez...

Il réfléchissait. En le voyant, j'avais l'impression qu'il s'était posé à lui-même cette question des milliers de fois, mais que c'était la première fois qu'il allait devoir y répondre vraiment. Comme une idée qu'on mûrit depuis longtemps mais qu'il faut formuler pour les autres de manière convaincante.

— Vous voulez savoir pourquoi ? Parce que dans les livres d'histoire, il y a beaucoup d'hommes politiques, quelques scientifiques, des artistes et très peu de grands capitaines d'industrie.

Je n'en revenais pas.

— Les livres d'histoire ? Ça, alors... On n'avait jamais osé me la faire, celle-là...

— Je n'ai pas dit que j'avais l'ambition d'y être, dans les livres, enfin pas forcément. Ce que je veux dire, c'est que c'est l'action des grands hommes politiques qu'on retient, ceux qui ont eu la chance ou la malchance d'être confrontés à des grands événements à l'occasion desquels ils se sont révélés. Dans les livres d'histoire, à tort ou à raison, on trouve rarement les biographies de chefs d'entreprise...

— Vous voulez faire de la politique pour laisser une trace dans l'histoire ? Mais vous vous rendez compte que ça n'a aucun sens ? Qui laissera une trace dans notre génération ? Le Président actuel ? Tout le monde l'aura oublié dans trois ans, sauf peut-être les électeurs de son bled. Vous savez que la plupart des Français ignorent le nom du député de leur propre circonscription ?

— Vous me posez une question, je réponds...

— Et quitte à laisser une trace, devenez savant ou bien chef d'une entreprise qui produira des nouveaux médicaments, des nouveaux procédés pour assainir l'eau à moindre coût...

— Je ne serai pas Pasteur, je suis nul en sciences. Je ne serai pas non plus Schiele, je n'ai jamais su peindre. J'aime lire mais je ne sais pas écrire. Être riche et puissant m'intéresse peu, ça viendra peut-être remarquez, mais bon, je n'ai aucune envie de devenir Patron d'une grande boîte. Et rassurez-vous, je n'ai aucune envie de devenir mon père...

Tout cela n'avait aucun sens. On ne pouvait pas décemment vouloir faire de la politique à vingt ans simplement pour être, qui sait, un jour, dans un livre d'histoire.

— Bon d'accord, d'accord, mais avant d'y arriver, dans les livres, il faut en faire des choses. Même le Patron, avec tout ce qu'il a fait de bien dans sa vie, sera vite oublié s'il ne gagne pas cette élection.

— Ce n'est pas ce que je veux dire. Ce que je crois, c'est que si les livres d'histoire retiennent les hommes politiques, en général, c'est pour une raison précise.

— Parce qu'ils racontent l'histoire des États et de ceux qui les gouvernent, pas l'histoire des entreprises ?

— Pas seulement. C'est aussi parce que les hommes politiques sont censés agir pour le bien commun, pour l'intérêt général, pour la défense de leur pays. Ils n'y arrivent pas tous, ils ne sont pas tous à la hauteur, tant s'en faut, mais au fond de l'immense majorité d'entre eux, je suis persuadé qu'il y a cette idée.

Sans doute était-il normal, à son âge, de penser ainsi. Et sans doute était-il normal de penser, au mien, que tout cela n'était qu'un tissu d'âneries. Je

290

voyais bien ce qu'il voulait dire, et ça n'était pas complètement faux. Mais comment lui expliquer qu'il courait au-devant de déconvenues formidables et de déceptions monstrueuses ? Et en même temps, pourquoi le dissuader ? Il valait mieux faire de la politique pour ce genre de raison que pour pouvoir rouler dans une voiture avec chauffeur, gyrophare et cocarde... J'en connaissais un certain nombre qui s'étaient arrêtés là.

Et puis après tout, ce n'est pas parce que je n'avais pas le moral qu'il fallait décourager tout le monde. L'important, c'était qu'il y croie, et qu'il arrive à convaincre assez de gens pour atteindre ses objectifs.

Cette conversation m'avait calmé. Elle m'avait même donné une idée. Après tout si le petit Caligny avait assez de cran pour vouloir entrer dans les livres d'histoire, peut-être fallait-il tester sa capacité à franchir les limites. Au fond, la première condition pour réussir dans ce monde, c'est d'être très tôt capable de dire sans sourire à la terre entière qu'on sera un jour président de la République. Tous ceux qui le disent n'y arrivent pas, bien sûr, mais ceux qui n'ont pas le cran de le dire ont encore moins de chances...

Winston sortit pour retourner à sa tâche. J'allumai la radio qui avait annoncé une interview de Marie-France Trémeau :

— *Des rumeurs font état d'une candidature dissidente de votre part...*

— *Dissidente ? Je n'aime pas beaucoup ce terme. Sait-on vraiment qui est le dissident dans cette affaire ? Mes amis sont nombreux à me pousser à faire valoir mes idées devant les Français, et laisser les Français s'exprimer aurait quelques vertus. Si je suis assurée par ailleurs que mes idées seront au cœur du projet du candidat élu, et si je suis assurée d'y jouer tout mon rôle, ce sera différent.*

— *Mais enfin, madame Trémeau, une candidature à la présidentielle ne s'improvise pas !*

— *Ne vous inquiétez pas pour moi.*

Même à la radio, je la voyais sourire. J'éteignis la radio et m'enfonçai dans mon siège lorsque le Patron surgit à l'improviste.

— Où est-ce que vous étiez passé hier soir ? me dit-il avec un sourire.

— Je suis sorti réfléchir.

— Vous êtes vexé ?

— Vexé ? Non. Au lieu de réfléchir avant, je réfléchis après, c'est tout.

— Et qu'est-ce que ça vous inspire ?

— Je pense que vous avez repris la main. Désormais, tout le monde vous voit comme Président, et elle comme n° 2. Paradoxalement, elle a perdu en stature. Ensuite, c'est un piège formidable pour elle. Si elle refuse, tout le monde lui tombera dessus. Si elle accepte, elle est muselée, ensuite vous lui rendrez la vie impossible. Bon bien sûr, j'aurais préféré que vous choisissiez un Premier ministre en qui vous ayez confiance, avec qui vous pourriez travailler. Mais c'est ainsi. Si elle accepte Matignon, elle reconnaît *de facto* sa défaite à la primaire.

Le Patron sourit.

— En effet.

— Ce qui m'embête, c'est de se lier les mains.

— Mais je peux encore revenir en arrière. Si elle tient des propos excessifs, j'aurais beau jeu de dire

qu'elle fait passer son horizon personnel avant l'intérêt de la France. Elle en sortira de toute façon très
affaiblie si elle décide de se présenter. Je pense
qu'elle a ses signatures depuis longtemps, en tout cas,
à sa place, je les aurais. Non, vous savez ce qui
m'embête ? C'est que, pendant ce temps-là, Vital fait
sa campagne, en concentrant ses attaques sur nous. Il
est quasiment déjà au second tour, nous ne savons
même pas encore qui sera au premier… J'ai peur que
ce retard soit irrattrapable. En tout cas, concernant
Trémeau, nous serons vite fixés : l'ultimatum du
17 mars approche. Après, nous pourrons nous consacrer à l'essentiel. Après, elle pourra bien faire des
moulinets avec son sabre de bois, ce ne sera plus
aussi grave que si elle se présentait.

Le 17 mars. La date limite de dépôt des 500 signatures d'élus au Conseil constitutionnel, autrement dit
la date limite pour déposer sa candidature.

Le 17 mars. Il nous restait six jours.

42.

À Paris, on sentait peut-être l'annonce du printemps, mais sur le Plateau, en revanche, l'hiver régnait en maître. La neige résistait, le froid persistait et je me demandais si j'avais bien fait de conseiller au Patron de choisir le Plateau des Glières comme premier déplacement après le Comité de campagne surprise de l'avant-veille.

Depuis qu'un ancien président de la République avait choisi ce haut lieu de la Résistance comme destination de pèlerinage annuel, les Glières avaient repris force de symbole. Pour certains, c'était l'un des endroits les plus emblématiques de la Résistance, de l'héroïsme et du courage face à la collaboration et à l'occupation allemande. Pour d'autres, c'était à la fois cela et bien plus encore : le devoir de désobéir à l'ordre injuste et l'appel à une forme de résistance renouvelée. Pour l'immense majorité des Français, les Glières, c'étaient les Alpes et les Alpes, c'étaient le ski et le Tour de France. À chacun ses pèlerinages.

Le discours préparé en urgence par Démosthène était sobre et élégant. Le Patron pouvait difficilement débouler ici et s'accaparer d'un seul coup l'esprit de la Résistance et le courage des 400 maquisards qui s'étaient dressés contre plus de 3 000 soldats allemands et plusieurs centaines de miliciens français. Le Patron conservait en dépit de son ancienneté dans ce milieu une retenue qui lui faisait honneur.

— Malraux a tout dit sur les Glières. Aujourd'hui, le courage de ces hommes doit susciter chez nous le silence de la réflexion et du respect beaucoup plus que l'agitation et la revendication...

Un peu démago peut-être, mais bien envoyé à ceux d'en face qui hurlaient à la récupération.

— ... Nul ne sait comment il aurait agi à cette époque. Personne ne peut s'arroger le droit de penser qu'il aurait forcément pris les bonnes décisions. Personne ne peut revendiquer la Résistance. Pour chacun d'entre nous, l'heure de vérité, c'est le moment du choix. Face à l'occupation de la France, les hommes des Glières ont choisi de se battre. Ils n'étaient pas tous des héros avant cette décision. Ils n'étaient même pas tous français. Ils étaient, pour certains, recherchés en raison de leurs opinions politiques avant même que les Allemands n'occupent la France. Mais aux Glières, ils n'étaient plus ni des communistes, ni des Espagnols, ni d'anciens militaires français ni des Savoyards réfractaires au STO. Aux Glières, il y avait des hommes libres face à leur choix, un choix qui les a définis pour l'éternité. Nous sommes tous le produit de nos choix, face à des événements que nous comprenons ou pas, que nous acceptons ou pas, que nous redoutons ou pas...

Les 500 militants qui avaient accueilli le Patron buvaient ses paroles en tentant de se réchauffer. Marilyn me fusillait du regard, inquiète de voir le Patron s'enrhumer. À chacune de ses paroles, de grosses volutes de buée s'échappaient doucement. L'image était d'autant plus belle qu'il avait refusé de porter son manteau et était resté en costume. Il avait l'air jeune, déterminé et se tenait droit dans le froid. Ceux qui autour de lui avaient pris la précaution de se couvrir en étaient pour leurs frais.

— … Nous devons quelque chose aux hommes des Glières. Nous leur devons de choisir. C'est la raison pour laquelle je tenais à venir ici, pour dire publiquement que j'assumais mes choix… Je ne peux pas espérer que tout le monde soit d'accord avec eux… mais je veux garantir que face aux événements, quels qu'ils soient, je m'en tiendrai à des choix qui seront cohérents, publics et assumés ! Il est temps d'agir !

Les militants étaient émus. La presse avait des images et du son. Elle rentrerait frigorifiée à Paris, mais la besace pleine de choses à diffuser. Tout allait bien.

Cela dit, maintenant que le discours était prononcé et la gerbe déposée au pied du monument, les choses sérieuses débutaient. Tous les journalistes allaient se jeter sur le Patron pour obtenir une petite phrase sur l'actualité politique. Je sentais Marilyn prête à se jeter sur lui.

Le Patron était descendu de l'estrade et fonçait vers les militants pour serrer des mains. L'accueil était bon et les gens chaleureux. Là encore, les images seraient excellentes. Schumacher se tenait quelques mètres derrière, prêt à faire passer au Patron son manteau.

La première question fusa dès que le Patron eut terminé son bain de foule. Il avait encore le sourire aux lèvres.

— On dit que vous avez proposé à Marie-France Trémeau de constituer un ticket avec vous ?

Grand sourire du Patron à destination de trois élus locaux qui n'en revenaient pas de le voir se diriger vers eux et leur adresser la parole. Il faisait mine de ne pas entendre. On ne peut pas refuser de répondre à des journalistes, mais on peut tout à fait ne pas entendre leur question. Il faut juste faire semblant. Le Patron savait faire magnifiquement.

— La proposition que vous avez faite à Marie-France Trémeau constitue-t-elle l'aveu d'une fraude pendant les primaires ?

Énorme sourire du Patron devant la petite fille du maire d'Entremont, à peine douze ans, qu'il embrassait, félicitait sur sa tenue avant de lui demander si elle avait entendu parler de la bataille des Glières à l'école. La mère avait des larmes de fierté aux yeux, le maire aussi et je sentais le Patron parfaitement à la manœuvre.

— Avez-vous peur d'une candidature dissidente de Mme Trémeau ?

Toujours dur d'oreille, le Patron s'était désormais tourné vers la montagne. Il observait plein ouest, alors que le soleil, encore bas en cette saison, illuminait le plateau. Je l'entendais demander le nom de tel et tel sommet, ce qui donnait des occasions de merveilleux clichés pour les photographes qui mitraillaient un candidat proche des gens, sous la lumière dorée du soleil de mars, tendant le bras vers une direction qui, hors contexte, pourrait aisément passer pour l'avenir. Le Patron était au sommet de son art. Pour un homme de l'écrit, il avait l'œil.

Les questions fusaient dans tous les sens et le Patron ne répondait toujours pas. Marilyn était toute proche de lui et semblait calme. Le petit jeu dura presque une dizaine de minutes, jusqu'à ce qu'il se tourne vers les caméras. Toutes les questions avaient été posées, il pouvait choisir à sa guise celles auxquelles il voudrait répondre.

— Je suis venu ici parce que je suis admiratif de ce qu'ont fait les hommes qui se sont battus pendant la guerre. Je suis venu ici parce que des hommes ont donné leur vie pour notre pays, pour notre liberté, pour notre démocratie. Je suis venu ici parce qu'ici, on comprend mieux qu'ailleurs que, face aux dangers et face aux défis, il faut être rassemblé et courageux. Je ne suis pas venu ici pour faire de la petite politique. Ce serait indécent à l'égard des combattants des Glières...

Un regard à Marilyn. D'un bref mouvement de la tête, elle lui fit signe que c'était bon et qu'il n'était pas nécessaire d'en rajouter.

— Le Plateau des Glières nous rappelle que la France a besoin de tous ses talents. J'ai l'intention de donner leur chance et de m'appuyer sur tous les talents qui me rejoindront. Chez mes amis, bien entendu, et au-delà...

Ils tenaient leur petite phrase, et le Patron s'en sortait bien en donnant l'impression qu'il annonçait quelque chose, sans réellement le faire, tout en donnant prise aux commentaires nombreux que ses amis, ses ennemis et les autres ne manqueraient pas de formuler aussitôt. En tout cas, il serait à nouveau au centre de la campagne.

— ... Pour le reste, vous voudrez bien me laisser le soin de vous réserver encore quelques surprises pendant cette campagne, sinon, vous n'allez plus m'écouter et plus me suivre...

Un éclat de rire généralisé conclut son intervention.

L'opération était réussie. Je pouvais passer à l'objectif réel du déplacement.

43.

J'avais pris place dans la grosse voiture louée pour l'occasion. Marilyn était à ma gauche, et un responsable départemental du parti conduisait. Le Patron était resté avec les parlementaires de Haute-Savoie et rentrerait à Paris en avion.

Pour descendre du plateau et attraper le TGV de Marilyn, c'était assez simple, il fallait prendre la départementale jusqu'à Annecy. Simple, mais sinueux, et notre conducteur, habitué qu'il était aux lacets et aux épingles à cheveux, prenait un malin plaisir à rouler vite, doublait sans hésiter les inconscients respectueux des limitations de vitesse et répétait sans cesse qu'on serait à l'heure pour le train.

Marilyn rentrait à Paris en train parce qu'elle détestait l'avion.

J'avais prétendu vouloir rester dans la région pour passer par Lyon et essayer d'y aplanir les angles en prévision d'un déplacement futur, et des législatives à venir. L'explication était crédible, notre parti s'étant transformé en pétaudière sur place. Il était de notoriété publique que là-bas les haines et les inimitiés plongeaient leurs racines bien avant la primaire, bien avant le Patron et, pour ce que j'en voyais, bien avant le parti même.

— Venir ici, c'était s'inscrire dans la continuité et pas dans la nouveauté. Le Patron doit apparaître comme un homme neuf, pas comme la poursuite d'un système…

La mauvaise humeur de Marilyn ne s'était pas évanouie. Elle ne me regardait pas, mais maugréait sans cesse. Je ne la regardais pas non plus, trop occupé à garder l'œil valide qui me restait sur la route pour ne pas avoir mal au cœur. À chaque virage, notre Schumacher local se transformait un peu plus en pilote de rallye.

— … et s'il est malade dans deux jours, on aura l'air fin. Je ne comprends pas pourquoi tu as proposé ce trou. Il a vu à peine 500 personnes ! On a l'impression que c'est l'hiver ! Les gens vont penser que ce sont des images d'archives !

— … Je ne sais pas s'il sera malade ou non dans deux jours, mais si notre ami continue à conduire comme ça, nous on va y passer dans pas longtemps.

Je sentais le malaise monter dans mon ventre, et mon sang refluer vers je ne sais où. Mes glandes salivaires tournaient à plein. En présence de Marilyn, ce n'était pas forcément anormal, mais en pleine montagne, c'était plus sûrement le signe que je commençais à avoir envie de vomir.

— Tu aurais pu m'en parler avant !

Elle ne manquait pas de toupet. J'aurais sans doute dû rester calme, mais la pression accumulée depuis toutes ces semaines devait sortir. J'en avais marre de me faire marcher dessus.

— Merde ! On croit rêver ! Tu me parles, toi ? Tu me dis tout, toi ? Tu me préviens quand le Patron s'apprête à faire une annonce majeure ? Tu me dis ce que ton pote le Major raconte en ce moment ? Et ton ami journaliste au *Matin* où, je te le rappelle, tu n'as aucun contact, tu me racontes que tu couches avec lui ? Merde !

Ça m'avait calmé. Ça avait calmé notre chauffeur aussi, il était bouche bée et ne savait pas très bien s'il devait nous regarder dans le rétroviseur ou rester concentré sur la route. Marilyn, en revanche, était livide. Immobile et silencieuse, elle pinçait les lèvres et serrait les poings. Je voyais du coin de l'œil sa mâchoire se contracter, signe d'une tension exceptionnelle.

Personne n'osait plus parler et rien ne vint troubler le vrombissement du moteur jusqu'à la gare d'Annecy.

Au moment de sortir, Marilyn, se tournant vers moi, indiqua d'une voix sèche :

— Tu es vraiment trop con. Quand le Patron me demande de ne rien dire, je ne dis rien. C'est simple, et ça vaut pour tout le monde. Si tu jouais le jeu, peut-être que le Major te parlerait encore, et peut-être que tu pourrais nous expliquer ce que tu as foutu dans cette histoire. Quant à mes fesses, c'est mon problème et ça n'est pas près d'être le tien !

Ça n'appelait aucun commentaire. Le chauffeur, qui avait tout entendu, attendit qu'elle soit hors de vue pour se tourner vers moi et, d'un air envieux, me lança :

— Sacré caractère la copine ! Il doit pas s'ennuyer tous les jours !

Je ne m'ennuyais pas tous les jours, c'est vrai, mais je me sentais parfois un peu las.

44.

Quelques heures auparavant, en descendant du plateau, j'avais lutté dans chaque virage contre l'envie de vomir. Désormais, ma gorge était sèche et j'aurais donné un an de ma vie pour boire une bière fraîche.

Heureusement, Winston faisait le guet dans la voiture. Si nous nous faisions coincer, lui au moins ne serait pas inquiété.

Mes jambes tremblaient et une boule s'était formée dans mon estomac. Je n'osais pas penser à ce qui se passerait si Gaspard Caligny, frère d'un ancien ministre du Budget, et moi, principal collaborateur d'un candidat à l'élection présidentielle, nous faisions pincer en train de cambrioler l'appartement d'un type mort quelques jours auparavant.

Je savais parfaitement, au fond de moi, que je ne devais pas être là. Toute ma raison me soufflait de partir, de prendre le petit Caligny sous le bras et de ne pas me préoccuper de son oncle, qui se débrouillerait bien tout seul.

C'est lui qui avait insisté. L'idée du déplacement à

Grenoble venait de moi, car je sentais bien que la Tuile était partie de cette ville curieuse. Je déteste Grenoble. Enserrée dans sa cuvette, trop froide l'hiver et surchauffée l'été, cette ville n'a, à mes yeux, qu'un seul mérite : avoir donné Stendhal à la littérature et Champollion à l'humanité. Mais il s'agissait seulement, dans mon esprit, d'essayer d'obtenir des informations sur l'accident de Pinguet et sur les raisons qui avaient pu conduire Mukki à se faire engager au Conseil général de l'Isère. Puisque Mukki avait voulu nous parler, et qu'il était mort avant d'avoir pu le faire, c'était de son côté qu'il fallait chercher.

Le petit Caligny était parti la veille, officiellement pour participer à l'organisation du déplacement. Il avait accepté avec entrain sa mission, ne râlant que modérément quand je lui avais imposé la présence de son oncle. Je me disais que, quoi qu'il arrive, Gaspard suivrait son neveu et qu'il était sans doute préférable, compte tenu de l'ambiance violente qui régnait depuis que la Tuile nous était tombée dessus, de faire complètement équipe avec un homme nettement plus musclé que Winston et moi réunis.

Encore une idée de génie ! Comme j'aurais dû le deviner, le Tonton flingueur avait pris les choses en main, et après avoir épuisé tous les moyens légaux pour obtenir des informations sur Mukki, il était passé à des méthodes plus viriles.

J'avais un peu argumenté, en essayant de faire valoir qu'il n'y aurait sans doute rien d'intéressant chez Mukki, et qu'en tout état de cause, les types chargés d'enquêter sur sa mort étaient sans doute passés avant nous.

J'avais dû être particulièrement convaincant, puisque je me retrouvais, en pleine soirée du mois de mars, à La Tronche, tout près de chez Mukki, chuchotant avec l'oncle dont je voyais bien, à ses yeux brillants et à ses gestes précis, qu'il n'en était pas à sa première effraction.

Mukki avait passé les dernières années de sa vie dans un lotissement sans âme, comme il en existait des milliers en France. Celui-là était à La Tronche, mais il aurait pu être n'importe où ailleurs, tellement l'architecture des maisons collées les unes aux autres était semblable à celle qu'on trouvait partout. Le lotissement. Si un jour je reprends mes études de sciences politiques, je ferai une thèse sur l'impact électoral de ces constructions individuelles à partir des années 1970, sur leur rôle dans le recul du vote communiste et dans le développement concomitant du Front national.

Les petites maisons en crépi blanc ou beige se succédaient, toutes identiques, se distinguant seulement à la couleur des boîtes aux lettres pour lesquelles la fantaisie des propriétaires avait été tolérée.

Il faisait noir. L'éclairage public, sans doute à la charge de la copropriété, était discret. Quelques lumières voilées à l'intérieur des pavillons témoignaient de la capacité d'une minorité presque honteuse à se coucher après 23 heures.

On ne voyait personne mais j'avais l'impression que tout le monde nous observait à travers les rideaux à dentelle des cuisines.

Après avoir cheminé tranquillement dans la rue déserte, et au moment où je m'attendais à ce que nous fassions demi-tour, Gaspard m'indiqua un petit chemin qui longeait une des maisons. Il s'agissait d'une allée de dégagement qui menait aux jardins.

— Par là !

L'ordre était chuchoté, mais il était précis. Gaspard Caligny savait se déplacer la nuit comme d'autres savent évoluer dans un salon.

Du côté des jardins, on ne voyait franchement rien. La masse montagneuse toute proche se dressait, noir et mat. Les jardins étaient petits, tous séparés par des plantations de buis ou de haies revendicatives. L'horticulture semblait illustrer le cadastre, comme si le règne végétal avait été contraint de rendre un hommage contre nature à la propriété privée.

Gaspard Caligny se déplaçait sans bruit. Il écartait des branchages silencieux et écrasait des herbes muettes. Je le suivais comme je pouvais, aussi discret qu'un régiment de majorettes au moment de la parade.

Arrivé devant une grande baie vitrée, Gaspard s'arrêta. Il tenait à la main un petit instrument avec lequel il découpa silencieusement et en un rien de temps un trou dans la vitre. Et, le plus simplement du monde, glissant la main à l'intérieur, il nous ouvrit les portes de l'appartement de Mukki. Je n'en revenais pas de la facilité avec laquelle il avait procédé. Cinq minutes et nous étions entrés, sans bruit. On n'imagine pas comme il est facile de s'introduire chez les autres.

Mes yeux, ou plutôt mon œil, commençaient à se faire à l'obscurité. Je ne voyais pas grand-chose, mais au moins m'était-il possible de me déplacer sans me cogner.

Le pavillon était plein. Des piles de livres, de DVD, de revues diverses s'accumulaient un peu partout. La table n'avait pas été débarrassée.

Gaspard s'était muni d'une toute petite lampe torche à l'éclairage très puissant. Il examinait l'ensemble de la maison avec ordre et méthode, en commençant par les tiroirs et en poursuivant par les piles de papier. Il m'avait dit de ne toucher à rien. Ce décor ne ressemblait pas à celui que j'imaginais. Dans mon esprit, Mukki vivait au milieu des choses. Je constatais avec surprise qu'en fait de choses, il vivait surtout entouré de livres et de culture.

Le bruit d'une voiture m'arrêta dans ma rêverie. La boule dans l'estomac venait de doubler subitement de volume. Je m'arrêtai instantanément, hésitant à respirer. Gaspard fit de même, en accompagnant son silence d'un geste de la main ferme.

La voiture blanche passa doucement devant la fenêtre de la cuisine. Sans doute un voisin qui rentrait tard. La sueur perlait à mon front. Un voisin ou bien un visiteur.

Gaspard avait repris l'inspection d'un meuble qui avait dû servir de bureau à Mukki. Je le vis recopier quelques lignes.

— Vous avez trouvé quelque chose ?

— Pas certain. Des numéros de téléphone. On vérifiera.

Il chuchotait tout en continuant à fouiller. J'étais complètement inutile dans cette histoire. Je me demandais même ce qui avait pu me pousser à vouloir accompagner Gaspard Caligny. Le goût du risque ? Un fond de mauvaise conscience consistant à ne pas vouloir laisser l'oncle du petit Caligny prendre un risque seul alors que c'était mon rôle ? L'intuition qu'accompagner Gaspard était la seule façon d'éviter que son neveu ne l'accompagne lui-même ?

En tout cas, je n'en revenais pas. Peut-être rassuré par la fausse alerte, ou bien encouragé par l'exemple de Gaspard, je m'aventurai seul dans la chambre. Une télévision à la taille imposante trônait en face du lit de Mukki. Peu de choses sur les murs, sinon quelques photographies de montagnes enneigées et un pêle-mêle de photographies dont je n'arrivais pas à distinguer qui elles représentaient.

Je ne me suis pas rendu compte immédiatement que si, en m'approchant du cadre, je pouvais commencer à reconnaître les têtes sur les photos, c'est que la chambre était progressivement illuminée par une lumière extérieure. La voiture s'était approchée si doucement que je ne l'avais ni entendue, ni même vue.

J'étais surtout captivé. Mukki était partout sur le cadre, accompagné de personnalités politiques que je connaissais toutes ou presque. Les photos avaient dû être prises dans des meetings, ou à des universités d'été du parti. Mukki, souriant, tenait par l'épaule ou par la taille, selon les cas, tel ministre ou tel parlementaire. J'en avais vu des tonnes, des photos comme celles-ci : le Patron avait toujours accepté avec bonne grâce de poser avec ses fans, avec les militants, et au fond avec quiconque lui demandait.

Je m'approchai encore et je restai brusquement interdit.

Au centre du pêle-mêle, deux photos me dévisageaient et j'en restai bouche bée. Mon rythme cardiaque commençait à s'affoler et je sentis mes jambes trembler nerveusement.

Tout à coup, quelque chose se posa sur mon épaule. Je réprimai un cri d'effroi, aussitôt bloqué dans ma gorge par une main ferme plaquée sur ma bouche.

Gaspard m'avait suivi sans un bruit dans la chambre.

— La voiture de tout à l'heure. Quelle couleur et quelle marque ?

Qu'est-ce que j'en savais, moi ? J'essayai de réfléchir mais j'avais du mal à respirer et mon ventre se contractait.

— Blanche. Blanche. Grosse et blanche.

La main de Gaspard était toujours sur ma bouche. J'avais du mal à respirer, mais au moins j'étais silencieux.

— Il faut qu'on y aille, alors. On a de la compagnie.

Avant de le suivre, je décrochai les photos. Je clignai des yeux. J'avais peur et mes jambes étaient comme paralysées. Gaspard avait dans la main un couteau et il me tenait le bras pour me guider.

Nous étions encore dans le salon quand j'entendis une clé fouiller dans la serrure. Mon cœur s'arrêta. On était cuit. Le Patron était mort. Sa campagne ne s'en remettrait jamais. Gaspard me tira plus fort le bras.

En une seconde, nous étions dans le jardin. J'avais entendu la clé entrer dans la serrure et Gaspard m'avait dit de courir. Je détalai comme un lapin sans me demander si Gaspard était derrière moi. Il y a des moments quand on court où ce qui se passe derrière n'existe pas. La lumière du salon s'alluma au moment où je passai la haie. Gaspard plongea à travers.

Nous étions à nouveau silencieux. Moi debout, caché par les arbres et Gaspard, à terre. Les types cherchaient dans la maison, et ils ne cherchaient pas à être discrets. Ils allaient voir le trou dans la fenêtre et ils ne tarderaient pas à comprendre que nous avions fouillé la maison. Gaspard, sans un bruit, se releva.

Il s'approcha de mon oreille.

— Dès qu'ils gueulent, on repart en courant à la voiture. OK ?

Comment savait-il qu'ils allaient faire du bruit ? Je ne comprenais rien, mais j'acquiesçai à toute vitesse, soucieux de montrer que j'étais prêt à faire exactement tout ce que Gaspard voulait pour nous sortir de là.

Il me sourit tranquillement et je remarquai qu'il ne tenait plus son couteau.

Je reprenais mon souffle quand j'entendis un type pousser un cri de rage et de douleur dans la maison.

Gaspard me donna une tape dans le dos, et c'est à ce moment que je battis mon record personnel sur 200 mètres. Je ne savais pas que je pouvais courir aussi vite. Dans une autre vie, je fumerais moins et j'essaierais d'être athlète.

Au bout de la course, la voiture dans laquelle le petit Caligny nous attendait me fit l'effet de l'arche de Noé sortie du déluge. Winston, surpris de nous voir arriver en courant, démarra en trombe et fila vers Grenoble.

Concentré sur sa conduite et l'œil rivé au rétro pour voir si nous étions suivis, il ne dit rien pendant cinq bonnes minutes. J'essayai de reprendre mon souffle et mes esprits.

Gaspard était devant, à la place du mort. Son buste ne bougeait plus. Sa respiration était calme. Pour lui, c'était fini.

— Qu'est-ce que vous avez fait avec le couteau ?

Il se tourna en souriant. Ses yeux pétillaient.

— Rien de méchant. Je savais qu'ils vérifieraient que la cuisine était vide et que personne n'était derrière eux avant d'avancer plus loin dans le pavillon. Je leur ai fait une blague de la Légion. Un couteau placé là où il faut, et le type qui ouvre la porte s'ouvre surtout la main. Ça marche à tous les coups.

Il en riait presque, et le petit Caligny, lui, se marrait ouvertement. Tu parles d'une famille de dingues. Je leur en voulais de m'avoir fait courir un tel risque.

En même temps, j'avais dans la main une photo qui me montrait clairement que Gaspard avait eu raison.

La photo était belle. Mukki et le fils Pinguet, souriants, bronzés, tablier au cou. Derrière les deux hommes, je reconnus la montagne et le téléphérique de Grenoble.

Je tentai de mesurer les implications de ma découverte lorsque Gaspard sortit de sa poche une feuille pliée en trois et me la tendit. Une feuille à en-tête du Conseil général, adressée à Mukki, signée du Président Vital : *Monsieur le Sénateur Pinguet m'a fait part de votre candidature pour un emploi de contractuel au sein des services départementaux. Il m'a également fait part des qualités professionnelles dont vous avez fait*

*preuve dans l'exercice de vos fonctions antérieures. J'ai
le plaisir de vous confirmer...*

Le père Pinguet aussi connaissait Mukki. Cette
ordure de sénateur m'avait menti. Et s'il m'avait
menti là-dessus, il avait pu me mentir sur tout le
reste. Non seulement il le connaissait, mais il l'avait
fait embaucher au Conseil général. Pourquoi ?

— À une heure près, on arrivait trop tard, fit Gaspard.

— Trop tard ?

— Oui, ils ont été plus rapides que d'habitude,
mais pas encore assez !

— Mais qui était-ce ?

— Les flics, voyons.

— Les flics ?

— Oui, vous savez, ceux qui mènent l'enquête
pour le ministère de l'Intérieur. Pour votre copain
Vital, en somme...

La course contre la montre était enclenchée.

Dans la poche de ma veste, je sentis l'autre photo
que j'avais trouvée, et dont je n'avais partagé l'existence avec personne. Je l'avais décrochée, sortie de
son cadre, et emportée. Je voulais que personne ne la
voie. Moi-même, j'aurais préféré ne jamais tomber
dessus. La photo du Patron, bras dessus bras dessous
avec Mukki.

45.

Dans une campagne présidentielle, le recueil des 500 signatures d'élus locaux est une étape obligée.

Le parrainage des candidats à l'élection présidentielle par des élus locaux avait été introduit pour éviter les candidatures fantaisistes. L'expérience avait vite montré que confier cette tâche aux élus locaux avait quelque chose d'un peu vain. Mais dans un pays où près de 500 000 personnes (voilà au moins un domaine où nous étions, et pour longtemps, champions du monde) détiennent un mandat local, cette procédure en valait sans doute une autre. Sur ces 500 000 élus, seuls environ 45 000, les maires, les parlementaires, ainsi que les conseillers généraux et régionaux, étaient admis à parrainer, ce qui rendait la récolte plus difficile. Les 36 000 maires (record du monde là encore) étaient largement majoritaires dans ce cénacle, et en leur sein les maires ruraux (plus de 30 000) : ce qui faisait que dans le langage courant on parlait, un peu abusivement, de signatures des maires.

314

Sur ces 30 000 maires ruraux, la très grande majorité était « non inscrits » ou « sans étiquette », ce qui les rendait, pour certains influençables (par un candidat qui viendrait en personne les courtiser en taisant ses véritables idées), pour d'autres intraitables (refusant de compromettre leur neutralité politique en affichant un soutien à tel ou tel).

Les « grands » candidats n'avaient aucun mal à obtenir leurs 500 signatures. Nous les avions depuis bien longtemps, près de 4 000, sans compter celles qui étaient parvenues directement au Conseil constitutionnel malgré nos préconisations. La procédure officielle prévoyait en effet que les élus envoient directement leur parrainage signé au Conseil constitutionnel qui procédait à leur vérification et à leur décompte. Nous avions demandé à nos élus amis de les renvoyer au QG, afin de savoir qui signait, qui ne signait pas, de pouvoir remercier les parrains et relancer les oublieux, à charge pour nous de les déposer ensuite au Conseil. Mais un certain nombre avaient sans doute bouffé la consigne et renvoyé directement leur formulaire au Conseil : nous n'aurions jamais leurs noms ni leurs coordonnées, et ils se plaindraient ensuite de ne pas avoir été remerciés par un joli courrier du Patron.

C'est ainsi que, jusqu'au dernier moment, les candidats les plus « petits » ignoraient s'ils disposaient ou non des précieux sésames pour le premier tour. Ceux qui avaient été les chercher avec les dents, village par village, pendant un an, les avaient rapportés personnellement et savaient ainsi quelle était leur base, mais d'autres parrainages avaient pu arriver au Conseil sans qu'ils en aient connaissance.

Le nombre total de parrainages obtenus par un candidat n'était jamais publié, ni même la totalité des noms des élus parrains, mis à part les 500 tirés au sort pour chaque candidat. C'était, sans doute, une autre anomalie du système : certains élus restaient anonymes, d'autres pas, en vertu du sort. Mais cet espoir d'anonymat était sans doute la seule chance de quelques candidats « peu recommandables ».

Avec le temps, je connaissais tous les petits trucs des 500 signatures. Cette année, j'avais demandé quelques signatures en blanc à quelques élus de confiance, afin de pouvoir aider au dernier moment ma petite écolo de droite à figurer au premier tour, ainsi que l'hurluberlu de gauche qui piquerait quelques voix à Vital.

J'avais parfois rajouté une croix ou une mention inopportune sur quelques parrainages reçus pour le Patron et qui pouvaient le gêner (de la part d'élus en rupture de ban, ou aux positions trop extrêmes), les invalidant ainsi et empêchant du même coup le risque de leur publication.

J'avais aussi monté un coup fumant : sachant qu'il n'y a pas de déclaration de candidature formelle à l'élection présidentielle, ni lettre ni courrier, et rien qui émane du candidat, j'avais eu l'idée d'intensifier la zizanie à gauche en déposant une candidature fantaisiste mais gênante : celle d'un ancien candidat socialiste à la présidentielle, retiré des affaires, qui allait découvrir avec surprise le lendemain son nom dans la liste des candidats officiels.

J'avais réussi à obtenir 500 signatures en blanc de la part d'élus amis qui n'avaient pas de souci de confidentialité parce que c'était leur dernier mandat. J'avais ensuite rempli les formulaires au nom du candidat que je voulais présenter à son insu. La manœuvre serait, *in fine*, facile à contrer (il suffirait de ne pas déposer de bulletins de vote dans les bureaux et de ne pas faire campagne), mais ça alimenterait le buzz pendant quelques jours, ça donnerait des idées à une personnalité dont la gauche avait eu beaucoup de mal à se débarrasser, et ça obligerait la presse à citer son nom à chaque fois dans la liste des candidats, et le camp de Vital devrait se justifier à tout bout de champ. Rien de décisif, mais un petit truc gênant en plus.

La manip avait fait beaucoup rire le Patron.

Quatre heures avant la clôture du dépôt des parrainages, je me fis déposer, avec ma pile de 4 000 formulaires, devant le siège du Conseil constitutionnel, rue de Montpensier, derrière le Palais-Royal. J'avais prévenu les fonctionnaires en charge de mon arrivée, afin qu'ils aient le temps de compter les formulaires remis et de m'en donner reçu, ce qui prit presque trois quarts d'heure durant lesquels je patientai dans l'antichambre. Le type finit de compter, me délivra le récépissé réglementaire et me glissa que le Patron était le candidat qui avait reçu le plus de parrainages. Personne ne le saurait jamais, mais je comptais bien faire fuiter l'information : il n'y a pas de petite victoire. Je n'avais qu'une seule crainte : que le type ait dit la même chose au gars de chez Vital...

D'autres représentants de candidats étaient là, certains candidats étaient même venus en personne : le simple fait qu'ils aient obtenu les parrainages était, en soi, une victoire, qui leur donnait accès à une publicité insoupçonnée au regard de leur influence réelle.

Avec un sourire, je vis mon farfelu de gauche parader devant la presse. Il passa devant moi en feignant de ne pas me reconnaître. C'était un farfelu intelligent, et j'étais assez content de mon coup : en le voyant une heure, beaucoup étaient convaincus. En revanche, quand on passait les deux heures, il était difficile de ne pas le prendre pour un fou, mais peu de gens passeraient ce cap. Il piquerait bien quelques dizaines de milliers de voix à Vital, peut-être plus.

Ma petite écolo était là également, qui claironnait à qui voulait l'entendre que l'écologie n'était ni de droite, ni de gauche : c'était avant tout un projet de société. Bien entendu. Tous ceux qu'elle convaincrait auraient du mal à se reporter ensuite sur Vital, ce serait toujours ça de pris.

Mes sources au Conseil constitutionnel me laissaient penser que les autres candidats attendus seraient tous au rendez-vous : le géant vert, le gaucho, le radical, le centriste, Vercingétorix, le facho, et bien sûr Vital. On n'échappait pas aux candidatures de témoignage : une fille qui défendait les droits des animaux et un illuminé qui plaidait pour la disparition des États et pour une gouvernance mondiale (je voterais sûrement pour lui si je ne travaillais pas avec le Patron). Treize candidats en tout, dont douze « réels ».

Douze hommes (et femmes) à battre. Certains auraient dit à abattre.

46.

Avec la satisfaction du devoir accompli, je sortis du Conseil constitutionnel pour constater, rassuré, que *Le Nemours* n'avait pas déménagé depuis la semaine précédente. Il était un peu tôt pour un chablis, mais un café ferait l'affaire.

Sur mon chemin, j'eus à peine le temps de me cacher derrière une colonne : je venais d'apercevoir Texier assis à la terrasse de ce même café, un paquet de documents sur la table devant lui, le téléphone vissé à l'oreille.

Mon sang ne fit qu'un tour : Trémeau avait les signatures, et Texier s'apprêtait à les déposer. L'espace d'un instant, je me vis tenter de m'emparer des précieuses signatures sur la table du *Nemours* où Texier s'était assis, à son nez et à sa barbe. Je dois dire que la satisfaction d'un éventuel succès de cette entreprise périlleuse me paraissait bien mince, comparée au ridicule d'un probable échec.

J'optai pour la confrontation.

— Qu'est-ce que tu fais là ?

— J'attends d'être sûr que vous tiendrez votre promesse.

— Notre promesse ?

— Oui, tout le monde dit que Marie-France ira à Matignon, mais personne ne l'a annoncé. Donc j'attends que quelqu'un l'annonce officiellement. Si personne ne le fait, je dépose la candidature de Marie-France. C'est logique.

J'avais deux heures devant moi. Quoi qu'on en pense, il fallait, pour l'instant, lui donner satisfaction d'une manière ou d'une autre. Je lui demandai une heure de délai et je parvins à joindre le Patron presque aussitôt.

— Elle a les signatures. Je suis devant le Conseil constitutionnel et Texier est là, prêt à les déposer.

— Et vous n'êtes pas assez baraqué pour l'en empêcher, c'est ça ?

— Oui, c'est ça, fis-je, surpris. Mais ça veut surtout dire que l'heure du choix est arrivée.

— Je ne me laisserai pas imposer mon calendrier. Pas question pour moi d'annoncer quoi que ce soit dans la précipitation. Vous direz à votre ami qu'il n'a qu'à déposer la candidature de sa patronne. Nous verrons s'il a les tripes pour le faire, alors qu'il sait très bien que ma chute les emporterait tous les deux.

— Il y a peut-être une solution, répondis-je.

— Faites comme vous voulez, mais je ne céderai pas. Ça me coûte assez de prendre cette femme à Matignon, je ne vais pas en plus le claironner sur les toits à deux mois du second tour. Je le dirai quand je voudrai, le plus tard possible.

Puis il raccrocha, me laissant seul face à mes doutes. J'étais fier de sa réaction : on n'allait pas se coucher au premier coup de vent. Mais si Trémeau était candidate, nos chances de victoire s'en trouveraient sensiblement amoindries. Notre défaite serait belle, mais ce serait une défaite.

Il me restait mon idée. Toujours en observant Texier du coin de l'œil, j'appelai Marilyn.

— J'ai une grosse urgence.

47.

Une demi-heure plus tard, je revins m'asseoir à côté de Texier.

— On écoute un peu la radio, ça te dit ?

Texier me regarda bizarrement.

— On fait ce que tu veux, mais l'heure tourne.

— Écoutons, OK ?

Je branchai mon *smartphone* sur la station que m'avait indiquée Marilyn. Comment aurais-je fait il y a cinq ans ? Une voix fluette chuinta, reconnaissable entre toutes, celle du vieux sage du parti, qui était longuement intervenu dans le sens de Texier lors du dernier Comité de campagne.

— *Nous avons unanimement conseillé à notre candidat de donner à chacun, et en particulier à sa principale adversaire lors de notre primaire, un rôle éminent durant la campagne et au-delà. Et je me félicite que nous ayons été entendus.*

— *Vous confirmez donc que Mme Trémeau sera nommée à Matignon en cas de victoire ?*

— *C'est à notre candidat de définir les modalités*

optimales du principe que nous avons posé. Vous com-
prendrez qu'il ne m'appartient d'en déterminer ni le
moment, ni la teneur. Je peux vous dire, cela dit, que
je suis très optimiste et que je me réjouis du climat
d'union que cette solution contribue à renforcer.

Texier fronça les sourcils.

— Ça ne me suffit pas.

— Il faudra t'en contenter aujourd'hui.

Il réfléchissait à toute vitesse.

— Marie-France m'a demandé de déposer sa candidature si elle estimait que les garanties données
n'étaient pas suffisantes.

— Ah. Et j'imagine que tu es pleinement conscient
des conséquences de cette décision ?

— À 500 voix près, c'est toi qui serais à ma place.

— C'est possible. Et à ta place, je ne déposerais pas
de candidature de nature à faire exploser notre camp
et à nous faire perdre l'élection ainsi que les législatives suivantes. Remarque, ce serait une manière pour
toi de rentrer dans l'Histoire, je le reconnais. Pour
l'éternité, on appellerait ça « une Texier », ou comment saboter les chances de son camp tout en se faisant battre soi-même le mois suivant. Oh, je suis sûr
que toutes les perspectives d'avenir te seraient
ouvertes après ça.

Nous gardâmes tous deux le silence quelques instants.

Texier prit son paquet de signatures sous le bras.
J'aurais donné cher pour jeter un coup d'œil aux
noms des élus qui avaient signé pour Trémeau, histoire de leur promettre les mines de sel pour les vingt
prochaines années.

Il s'éloigna et appela sa patronne. Qui d'autre pouvait-il consulter ? J'aurais donné cher pour savoir lire sur les lèvres. Mais c'était inutile pour constater que la discussion était animée. J'avais remis le bordel chez eux avec mon joli coup. Toute cette histoire n'était au fond qu'une succession de tuiles qu'on se refilait en permanence comme une patate chaude.

Texier raccrocha et revint vers moi, sans se rasseoir.

— Je te laisse régler ça, me dit-il en désignant nos deux cafés.

Puis il s'éloigna d'un pas décidé en direction de la rue de Montpensier.

Je restai sans voix. Je sentais mes jambes devenir cotonneuses. Mon bluff n'avait pas fonctionné. Je me pris la tête entre les mains. Nous allions devoir gérer une candidature Trémeau. Une véritable catastrophe.

Je venais de subir le plus gros échec de ma carrière, et j'allais entraîner le Patron avec moi.

Putain de métier.

48.

J'avais forcé sur le chablis pour oublier ma déconvenue. J'avais un œil aveugle et l'autre qui voyait double. Je titubai jusqu'à un taxi.

L'espace d'un instant, je fus tenté de rentrer chez moi, d'avaler deux somnifères et de disparaître pour une quinzaine d'heures. Ce qui venait de se passer était grave. Il me faudrait sans doute disparaître bien plus longtemps que ça.

Je donnai finalement au taxi l'adresse du QG. Avant de dormir longtemps, j'avais une lettre à écrire. Une lettre de démission, que j'écrirais à contrecœur, mais que je ne pouvais pas ne pas écrire. Il fallait au moins qu'un responsable paie pour que le Patron puisse continuer sa campagne et espérer se tirer du mauvais pas dont je n'avais pas réussi à le prévenir.

J'ouvris grand la fenêtre du taxi pour prendre un bol d'air frais. À mon arrivée au QG, je filai droit vers mon bureau. Sans enlever mon manteau, je m'y repris à trois fois pour rédiger une lettre de deux lignes. Je la signai, et la mis sous enveloppe.

Le Patron n'était pas là. Régine m'indiqua, en me dévisageant d'un regard oblique, qu'il ne repasserait pas au QG. Je voyais qu'elle sentait que quelque chose n'allait pas. Sans rien lui expliquer des raisons de mon état, je lui déposai l'enveloppe et lui indiquant de la remettre le lendemain sans faute, et à la première heure, au Patron.

En sortant de son bureau, je tombai nez à nez avec le Major. Il avait l'air joyeux et presque admiratif. Je ne m'attendais pas à autant d'ironie de sa part.

— Bravo, comment tu as fait ?

Cet imbécile jugeait bon de me chambrer dans un moment pareil. Décidément, tout le monde se réjouirait de ma chute. J'hésitais à lui coller mon poing dans la figure.

Je soufflais en essayant de me maîtriser.

Le visage du Major se figea instantanément. Il fronça les sourcils.

— Tu as bu ?

Je restais sans voix, hésitant entre la prostration et la colère.

Le Major sourit, d'un air interloqué. Il pensait manifestement que je me foutais de lui.

— Allez, viens dans mon bureau, me dit-il. Et raconte-moi comment tu as fait pour éviter que Trémeau dépose sa candidature. Je reconnais bien là le grand maître des coups tordus. Nous ne sommes que de pâles disciples !

Je mis quelques secondes à réagir.

— Bien sûr…

Le Major était volubile et léger.

— Il y a deux heures, Marilyn était désespérée, tu lui avais dit que Trémeau était prête à déposer sa candidature, et à 18 heures, lorsque le Conseil constitutionnel a publié la liste officielle des candidats, elle n'y était pas. Comment tu as fait ?

Je m'écroulai sur son fauteuil. Texier avait craqué. Mon bluff avait fonctionné. Les quelques tonnes de pression qui pesaient sur moi venaient de s'évaporer, et je ne savais pas très bien si je devais rire ou pleurer. Ne souhaitant pas faire état de mes doutes devant le Major, je lui racontais mes échanges avec Texier, en essayant d'afficher l'assurance la plus mâle et la plus virile. Au fond de moi, je sentais que j'étais passé tout près de la correctionnelle, et que la campagne du Patron avait failli sombrer.

La Tuile avait fait des morts mais ne nous avait pas tués. Pas encore en tout cas.

Après quelques échanges avec le Major, je le laissai. Je devinais derrière son admiration sans doute réelle une répugnance non moins forte pour ce qu'il appelait mes coups tordus. Une répugnance un peu fascinée tout de même. Mon exploit, comme il l'appelait, devait nourrir sa conviction que j'étais derrière la fraude. Ou peut-être justifiait-il que lui aussi s'essaye à ce genre d'exercices ?

Il était 19 heures. Je repassai au bureau de Régine, récupérer ma lettre de démission. Je ne la déchirai pas. Elle pourrait peut-être encore servir.

Dimanche 9 mai :
Second tour de l'élection présidentielle
Déjeuner

À quatre-vingt-deux ans, ma mère déteste la politique.

Elle n'a jamais aimé. Elle vote, bien sûr, parce que c'est un devoir et qu'en vraie aristocrate de la République, il ne lui viendrait même pas à l'esprit de ne pas accomplir son devoir citoyen. Mais elle n'aime pas le monde qui vit de ce vote. L'institutrice dévouée à l'éducation des esprits et à l'élévation des âmes qu'elle a été toute sa vie doit mépriser le ballet d'apparences et de combinaisons de mon milieu.

Elle m'aime, cela dit. D'un amour exigeant et inquiet.

Elle a toujours trouvé que mon métier me nuisait : trop de stress, pas assez de choses sérieuses, trop d'ingratitude, pas assez de sommeil. Je crois qu'elle ne désespère pas que je passe à autre chose un jour, que je me choisisse enfin un métier sérieux et qui sait, qui sait, que je fonde une famille, comme elle dit. Je sens bien, même si elle n'en parle plus, qu'un petit-fils ou une petite-fille à qui elle pourrait apprendre à lire illuminerait ses vieux jours.

Je ne suis pas contre. Je n'ai simplement jamais trouvé celle avec qui je pouvais envisager de m'engager à ce point. Marilyn, peut-être. Dans une autre vie…

L'inconvénient, avec ma mère, c'est que je ne peux rien lui cacher. Je peux lui mentir, bien sûr, et jamais je ne lui raconterais les détails de ma vie professionnelle. Je n'ai pas envie que le gang des vieilles dames de la rue de Douai, dont elle est un membre éminent, discute publiquement des stratégies électorales et des péripéties de la vie du Patron. Mais dès qu'il s'agit de mon état d'esprit, je deviens, à ses yeux, transparent. Elle devine mes angoisses et mes déceptions mieux qu'un détecteur de mensonges. Chaque fois que je le lui fais remarquer, elle me regarde, monte les yeux au ciel et, sur un ton à la fois tragique et banal qu'elle est la seule à savoir moduler, elle me répond que je suis son fils.

Malgré tout l'amour que j'ai pour ma mère, et il est immense, la perspective du déjeuner rituel du dimanche d'élection me pèse de plus en plus au fur et à mesure des années. Je déteste parler de politique avec mes proches. Je peux disserter des heures sur le sujet au bureau ou dans un dîner, mais j'ai toujours éprouvé un blocage profond dès que la famille me questionne sur ce que je fais, ce que je vois ou ce que je crois. Plus les années passent, plus mes réponses raccourcissent. Je ne suis plus très loin du grommellement monosyllabique.

Comme je le redoutais, ma mère m'avait trouvé maigre.

L'esprit de mission qui n'abandonne jamais une ex-institutrice, surtout quand elle est mère, l'avait immédiatement conduite à tenter de remédier à ce triste constat en l'espace d'un seul déjeuner. Avec les années, elle s'était habituée à me voir fatigué, blafard et irritable. Mais pas maigre.

Surtout, elle avait tout de suite compris que ma maigreur et la sombre rumination qui l'accompagnait n'avaient rien d'habituel. Elle avait bien posé quelques questions, et je lui avais répondu de ne pas s'inquiéter, en mettant mon état sur le compte de la fin de la campagne la plus épuisante de ma vie, non pas tellement physiquement, mais surtout nerveusement. J'avais expliqué que je m'inquiétais pour mon opération de l'œil qui était prévue dans quelques jours. J'avais avancé qu'à mon âge, on se remettait moins vite qu'avant. Je m'étais dissimulé derrière tous les pare-feu possibles et imaginables.

Elle ne m'avait pas cru.

Comme tous ceux qui ont traversé la Seconde Guerre mondiale en ayant à la fois peur et faim, face à un problème sérieux, elle avait commencé par me resservir. Un estomac plein ne faisait pas disparaître les problèmes, mais un estomac vide n'avait jamais permis de les régler.

Elle m'avait parlé de mon regard. D'habitude pétillant, aujourd'hui presque éteint. Elle m'avait dit qu'elle se rendait bien compte de l'importance de cette journée. Et que mon regard n'était pas celui de quelqu'un qui va jouer son avenir le soir même, mais plutôt le regard de quelqu'un qui termine un cycle et qui s'apprête à déprimer faute de but à atteindre.

Ne pouvant nier que je me posais des questions, je m'étais résolu à lui expliquer combien la campagne avait été rude, et bien plus compliquée que ce à quoi je m'attendais. Là où j'attendais une campagne en crescendo permanent, avec un début, un milieu et une fin, j'avais traversé des maelströms d'une intensité terrifiante, puis des moments de désœuvrement angoissant.

Je lui avais raconté qu'au fond, la campagne avait connu trois temps incroyablement intenses : la primaire de septembre, la mise en échec de la candidature de Trémeau et le sprint final. Chacun de ces trois moments forts avait été précédé d'une quinzaine folle. Entre ces trois quinzaines, je m'étais borné à gérer la routine, une routine accélérée, certes, mais rien qui sorte fondamentalement de mon ordinaire.

Une fois acquise la non-candidature de Trémeau, le Patron avait enchaîné les déplacements et discours. Trémeau avait rejoint, en maugréant, la campagne aux côtés du Patron, et toute notre énergie était consacrée au vrai combat : celui contre Vital.

Avec la proximité du premier tour, nous n'étions plus dans les discussions stratégiques ou dans les grandes idées. Nous étions dans l'exécution, dans les figures imposées, soucieux de continuer à dire la même chose, pour parler à ceux qui ne nous avaient pas encore compris et pour ne pas troubler ceux qui étaient déjà acquis. Nous vivions au rythme des sondages quotidiens, qui nous donnaient au coude à coude avec Vital tant au premier tour qu'au second.

Et puis, vers le milieu du mois d'avril, tout s'était à nouveau accéléré.

Je n'ai évidemment rien dit des péripéties crimi-
nelles de cette campagne à ma mère.

J'ai pourtant hésité. Qui me comprend mieux
qu'elle ? Et qu'aurait-elle pu faire après que je lui
aurais raconté toute cette histoire ? Qui l'aurait cru ?
Et elle finira bien par l'apprendre. Les secrets sont
comme des grosses bulles d'air coincées dans une
mélasse : ils finissent toujours par remonter à la surface. Trop de gens savent. Et quelle que soit l'issue
du scrutin de ce soir, trop de gens auront intérêt à
chercher à expliquer ce qui s'est passé.

Je n'ai rien dit. Il est trop tôt ou trop tard peut-
être.

Et puis de toute façon, comment raconter à ma
mère, qui croit au travail, à la probité, à la raison, au
mérite, aux études, aux concours, bref, à la République, ce qu'avait pu être la fin de cette campagne ?

DEUXIÈME PARTIE

49.

Sur la banquette arrière de la C6 tranquillement garée dans la cour de l'hôpital, j'étais dans l'œil du cyclone.

La journée était belle et un soleil réjouissant confirmait l'arrivée du printemps. Pour la première fois depuis des mois, j'avais l'impression de ne pas courir. Le Val-de-Grâce était silencieux. L'activité, à l'intérieur des murs, devait être intense, mais rien n'en suintait à l'extérieur. Des blouses blanches, parfois, traversaient l'espace en silence, sans parvenir à troubler le calme du lieu.

Le cuir de la banquette était rassurant. Je m'étais promis de lire des dossiers et de passer quelques coups de fil en attendant le Patron, mais, dès qu'il était sorti de la voiture, j'avais baissé ma vitre, fermé les yeux, éteint mon portable et profité du soleil.

Schumacher et le Cow-boy étaient sortis pour fumer leurs cigarettes. Des blondes pour l'officier de sécurité qui se prenait pour un homme distingué, et des brunes, sans filtre, pour le chauffeur, qui ne manquait jamais d'affirmer une virilité aussi intransigeante que convenue. Je ne savais pas si on pouvait fumer dans la cour d'un hôpital. Eux non plus, et ils s'en fichaient. Le monde du passe-droit était leur élément à eux, le territoire dans lequel ils survivaient avec talent et emphase.

Le silence presque complet avait du bon. Les grilles de l'imposante bâtisse avaient réussi à contenir l'hystérie de la campagne.

Une bonne occasion pour lire la presse en retard. Depuis toujours, au lieu de lire les journaux et les magazines, je les feuilletais rapidement en découpant les articles à lire que j'entassais dans une chemise qui ne me quittait pas. Dès que j'avais un moment de libre, j'en lisais quelques-uns pour écluser le retard. Avec l'iPhone et l'iPad, j'aurais pu me dispenser de cette corvée, mais je ne pouvais m'en défaire totalement.

Je ressortis un article de fond paru dans un hebdo de qualité sur la relation entre le Patron et Trémeau. Le papier retraçait la primaire, leur rapport de force au moment des déclarations de candidature, et mettait l'accent sur le mystère qui entourait leur réconciliation soudaine.

L'article dressait la liste, un peu courte à ses yeux et un peu longue aux miens, des accrocs de cette relation contre nature. Le papier soulignait cependant combien la tension visible avait laissé place à une apparente collaboration, probablement motivée par la possibilité maintes fois évoquée sans toutefois jamais avoir fait l'objet d'une annonce officielle, d'un ticket conduisant Trémeau, en cas de victoire, à Matignon. Cette dernière faisait donc activement campagne. Elle ne s'alignait jamais complètement sur ses positions, laissant toujours entendre qu'elle pouvait se démarquer et revendiquer son autonomie, mais au moins ne le critiquait-elle plus.

Presque autant que le Patron, elle occupait le devant de la scène, et elle le faisait bien. Trémeau s'était révélée, à l'usage, une sacrée cliente. Elle avait encore fait des progrès depuis la primaire. Elle savait aujourd'hui, bien mieux qu'un an auparavant, contrôler ses déclarations, maîtriser son ton et ses coups. Elle était toujours moins solide que le Patron, mais sans perdre sa fraîcheur, elle avait pris de l'épaisseur. Les parlementaires et les cadres du parti l'avaient senti, et plus encore que l'invitation du Patron, c'est leur comportement et leurs déclarations depuis un mois qui crédibilisaient aux yeux de la presse l'idée du ticket.

Ce que l'article ne disait pas, c'est que le Patron avait parfaitement compris qu'avec le temps, Trémeau serait de moins en moins simple à gérer. Nous nous préparions des tensions internes après l'élection qui ne seraient pas faciles à régler, mais au moins, nous avions une chance de passer ce cap. Il serait toujours temps de la débrancher une fois le Patron installé à l'Élysée.

Le Patron était bien de cet avis. Il résistait merveilleusement à la pression et à la fatigue. Je ne l'avais jamais vu aussi en forme que durant ce mois de grâce. Il débordait d'énergie, triomphait dans les meetings et embrassait les vieilles dames et les enfants avec la même simplicité. Tous ses passages télé avaient été bons. Il maîtrisait ses dossiers et parvenait à formater sa pensée en phrases à la fois courtes, ce qui garantissait qu'elles seraient reprises au montage, et claires, ce qui pouvait laisser espérer qu'elles seraient comprises.

Avec les Barons, il montrait considération et écoute ; en petit comité, avec le premier cercle, il était direct, rapide, concentré. Sans en parler entre nous, nous sentions tous qu'il était en train de changer d'échelle, et qu'il se transformait, sous nos yeux, en Président. Ce n'était pas une mue, mais c'était l'aboutissement de trente années de travail. Pendant toute sa vie politique, le Patron, trois fois par jour, avait pensé à cette présidentielle. Il s'était forgé une personnalité, avait tissé des liens dans les milieux les plus divers, avait durci son cuir au point de ne plus sentir les critiques tout en s'ouvrant assez pour demeurer accessible aux nouveaux venus, à ceux qui le découvraient, à ceux qui voudraient croire en lui.

Nous ne parlions pas de lui entre nous. Plus exactement, nous ne parlions que de lui, mais en sa qualité de candidat, de Patron, pas en tant qu'être humain. Même pour ceux qui le connaissaient depuis toujours, il était devenu le candidat, une chose, un produit, un concept, une idée, une incarnation, cela dépendait de ce qui le regardait, mais quelque chose d'autre qu'un être humain normal.

À dire vrai, le premier cercle ne parlait plus guère de choses vraiment sérieuses. La suractivité collective nous permettait d'éviter de nous poser trop de questions. L'ambiance était restée bonne, vue de l'extérieur, mais la confiance et l'amitié qui nous unissaient avant la Tuile s'étaient insensiblement transformées en une cordialité affichée, souvent souriante, parfois enjouée mais dont aucun de nous n'était dupe.

Le premier cercle était miné par le soupçon. À part le petit Caligny, je n'avais plus confiance en personne. Le Major m'avait caché un audit pourtant essentiel, et avait très bien pu manipuler l'élection, pour le compte du Patron ou pour celui d'un autre. Marilyn m'avait caché un amant, et je n'étais pas loin de la soupçonner d'être à l'origine des fuites qui avaient failli nous ruiner.

Le Patron, à l'évidence, avait réagi de façon bizarre, sans m'en parler, sans me consulter, sans m'associer à ses décisions, comme pour me cacher quelque chose. Avec les semaines, je ne lui parlais plus aussi souvent. Objectivement, j'aurais été fondé à dire que c'était à cause de la campagne, des déplacements, de l'agenda compliqué d'un candidat à l'élection présidentielle. Mais je savais bien, au fond de moi, qu'il y avait autre chose. Avant, et quels que soient les événements et l'urgence du jour, le Patron trouvait toujours le temps de me parler, de vérifier ses intuitions sur moi, de tester ses éléments de langage, de dire du mal des gens. Mais depuis quelques semaines, les semaines les plus cruciales de toute sa vie politique, nos échanges s'étaient faits plus rares et plus formels. Je commençais à regretter d'avoir abandonné la direction de campagne, qui m'aurait donné cent mille prétextes pour lui parler.

Cela n'empêchait pas d'avancer. La machine construite patiemment par le Patron et dont nous étions les pièces maîtresses était lancée depuis trop longtemps pour que la Tuile l'arrête. Nous étions tous assez pros pour savoir mettre de côté nos désillusions ou nos méfiances. Après tout, une équipe politique traversée par des tensions internes, ça n'était pas si rare. Ça n'avait pas empêché certains de réussir.

Mais j'étais resté inquiet. En permanence une boule d'angoisse me rongeait le ventre. La rumeur s'était tue mais elle n'avait pas disparu et elle pouvait resurgir à chaque instant. Grâce aux Caligny, je savais qu'un coup tordu avait été monté, que certains étaient prêts à tuer à propos de cette rumeur. Mais qui était derrière les exécutants ? Se feraient-ils à nouveau connaître ? Et si oui, quand ? Juste avant le second tour ? Ou après ?

Je ruminais tranquillement mes doutes au soleil lorsqu'une vision curieuse me poussa à envisager toute cette affaire sous un jour nouveau.

À quelques pas de la voiture, assis sur les marches, les deux crétins fumaient en bavardant. Sans qu'ils s'en rendent compte, un malade accompagné d'une jeune femme passait à côté d'eux. Le type avait une cinquantaine d'années, et sa fille ou sa très jeune femme le soutenait. Elle lui parlait et lui se bornait à acquiescer. Il ne pouvait pas parler. Je voyais, même à cette distance, qu'il avait dû être opéré de la gorge, intubé ou je ne sais quoi, avec un bouchon en plastique au beau milieu du cou. Il ne pouvait pas parler.

Ceux qui étaient prêts à tuer. Voulaient-ils faire sortir la rumeur ou voulaient-ils l'étouffer ? J'avais toujours considéré que l'ennemi invisible voulait faire sortir une rumeur, mais peut-être était-ce le contraire.

Et s'il fallait prendre le problème à l'envers ? J'en étais là, tout étonné de ce changement de perspective, quand je vis Schumacher et le Cowboy se lever brusquement et écraser leur cigarette. Le Patron avait terminé. Son teint avait pâli.

50.

— Comment ça va ?

Le Patron s'était assis sans un bruit dans la voiture et nous étions partis. Il s'était muré dans un silence complet depuis le départ. J'avais hésité avant de l'interroger. Peut-être avait-il plus besoin d'un silence profond que de la sollicitude d'un collaborateur, même moi.

— Elle va partir. Elle le sait. Elle est forte.

Très forte même. Il fallait être d'une solidité à toute épreuve pour vivre avec le Patron. Et je voulais bien croire qu'il fallait l'être encore plus pour regarder la mort en face.

Je savais qu'elle était malade. Et j'avais compris, au ton clinique et sobre du Patron quand il avait mentionné la nouvelle au détour d'une conversation quelques mois auparavant, qu'il ne s'agissait pas d'un rhume. Mais le rythme de la campagne et la gestion de la Tuile agissaient comme une drogue. Tout ce qui n'était pas lié à la présidentielle passait au second plan, et j'avais tellement de choses au premier que j'en étais arrivé à oublier les choses de la vie.

La femme du Patron avait toujours détesté la politique. En juriste distinguée, elle ne se désintéressait pas du débat public, et le Patron tenait d'ailleurs grand compte des remarques qu'elle ne manquait jamais de formuler sur ses positions publiques. Mais elle détestait radicalement le jeu politique, les collaborateurs frénétiques, les affrontements de cour d'école, les ego surgonflés, les fausses amitiés, les vraies détestations et tout ce qui grouillait sous le débat d'idées. Elle ne participait jamais aux réunions, publiques ou privées, et ne s'était pas sentie obligée de lancer sa fondation pour la défense de quelque grande cause. Elle n'était jamais là, et s'occupait d'autre chose, tout simplement. Nous en avions pris notre parti : elle ne serait pas un atout supplémentaire de la campagne.

Lorsque j'avais commencé à travailler pour le Patron, elle s'était montrée méfiante à mon égard, mesurant au premier coup d'œil ce que je représentais : la prise en compte de tout ce qu'elle détestait, la volonté de son mari d'aller au bout de ses ambitions, une nouvelle étape dans le parcours politique d'un homme destiné à jouer les premiers rôles. Et puis nos relations s'étaient réchauffées. J'avais pris en compte son aversion pour les apparences politiques et fait en sorte qu'elle soit préservée, autant par fidélité pour le Patron que par souci d'efficacité. Progressivement, j'avais découvert ses qualités, son intelligence rapide et exigeante, son charme infini, sa cuisine exceptionnelle et sa gentillesse aussi discrète qu'authentique.

En même temps, elle était la femme du Patron. Entre nous, le jeu avait toujours été compliqué. Toutes nos conversations étaient biaisées par l'assurance qu'elles étaient une façon, pour moi comme pour elle, de communiquer avec celui qui constituait notre point commun. Combien de fois lui avais-je fait passer des messages en discutant avec sa femme ? Et combien de fois avait-elle fait de même ? Je m'étais même demandé si parfois elle ne me disait pas des choses que le Patron voulait me faire comprendre... Difficile dans ces conditions de développer une relation de grande proximité.

La savoir condamnée par un cancer, amaigrie et diminuée, alors qu'elle avait toujours brillé me laissait un goût amer. Peut-être aurais-je dû prendre le temps d'aller lui rendre visite moi aussi. Mais je n'étais pas certain qu'elle en aurait eu envie, sans même parler du Patron.

Le Patron avait demandé à Schumacher de mettre la radio et nous progressions lentement. J'étais presque intimidé d'être aux côtés du Patron dans un moment aussi particulier. Je m'étais préparé depuis longtemps à l'accompagner jusqu'au bout, jusqu'à l'Élysée, jusqu'à l'Histoire comme aurait dit le petit Caligny, et je me retrouvais auprès d'un homme sur le point de perdre pour toujours la femme de sa vie.

— Je vous ai demandé de venir avec moi parce que je sais que vous ne direz rien. Et parce que je sais que je peux compter sur vous.

Dans d'autres circonstances, cette marque de confiance m'aurait comblé. Mais là, elle sonnait

comme le constat d'un homme seul face à son chagrin et à l'absurdité d'un moment où il touchait au
but tout en perdant l'essentiel.

— Je suis désolé, Patron. Vraiment.

Pour toute réponse, il me serra le genou droit avec
sa main gauche. Il était noyé de chagrin, et c'était sa
façon de l'exprimer.

Après ça, il n'y avait plus rien à dire.

51.

Les quais rive gauche étaient fluides. Je devinai le Trocadéro, qui se dressait de l'autre côté de la Seine. Depuis peu, le Patron habitait juste à côté du musée de l'Homme, dans un appartement bourgeois, au milieu de ses livres et face à une vue magnifique sur Paris.

Alors que la voiture s'approchait de chez lui, il lança timidement, en forme d'invitation qui ne dirait pas son nom :

— Je crois que je vais aller boire un verre. Vous êtes pris ?

Tu parles. Comme si j'allais répondre que j'avais ciné avec une copine et qu'il pouvait bien se morfondre tout seul.

— Non. Et j'ai soif. Mais c'est moi qui invite.

— Je ne crois pas. Je n'ai pas envie de voir du monde. Pas tout de suite. Je vais vous montrer quelque chose que peu de gens connaissent.

Quelques minutes plus tard et de nombreuses marches gravies une bouteille et des verres à la main, je découvris la minuscule terrasse qui surplombait l'immeuble du Patron. C'était un balcon de pierre construit sur le toit, juste assez large pour y installer une table de café et deux chaises. On voyait à perte de vue Paris et sa banlieue, au sud, à l'ouest et à l'est. Le soleil déclinant donnait à la pierre une teinte orange. Le whisky était légèrement fumé. Le bruit de la rue nous arrivait comme assourdi.

Je ne disais rien. Le Patron m'avait demandé de boire un verre avec lui, pas de lui raconter ma vie ou mes états d'âme. Je voyais qu'il avait envie de me dire quelque chose, mais qu'il voulait prendre son temps.

Après plusieurs minutes à admirer la vue et à disserter légèrement sur les mérites comparés des whiskies tourbés et des autres, il marqua une pause. On y était.

— Je vais gagner cette élection, vous savez. Je ne peux pas le dire, bien sûr, et il peut encore se passer beaucoup de choses, mais je sens que je vais gagner.

Son ton était calme, serein mais presque résigné. Il croyait ce qu'il disait. Il n'était ni en train de motiver un de ses collaborateurs, ni en train d'essayer de se convaincre lui-même. Il se rendait compte qu'après la présidentielle, il allait devoir être à la hauteur, que tout allait changer. Il commençait à prendre la mesure de ce qui l'attendait, au-delà de la campagne et du combat électoral.

Je ne disais rien, jusqu'au moment où, n'y tenant plus, j'osai.

— Je ne sais pas si c'est le moment, mais il faut que vous sachiez, pour la suite justement, qu'il y a de sérieuses zones d'ombre sur la rumeur du mois dernier.

Aucune réaction.

— Plusieurs choses m'inquiètent et vous devez en avoir conscience. D'abord cette histoire n'a pas disparu par hasard. Ceux qui ont voulu qu'elle éclate et qui ne bougent plus depuis un mois ont des objectifs et je doute qu'ils y aient renoncé par bonté d'âme.

Aucune réaction. Ni surprise, ni agacement.

— Ensuite, on ne vous dit pas tout. Le Major nous a caché des choses. Il a procédé, juste avant la primaire, à un audit de sécurité sur le système informatique de vote dont il n'a parlé à personne et qui décrit avec précision comment frauder. Il ne m'en a pas parlé. Il ne vous en a pas parlé. C'est curieux.

À peine un haussement de sourcils, mais une écoute attentive.

— Et ce n'est pas la seule chose. Dieu sait que j'ai de l'affection pour elle et qu'elle est une pro, mais Marilyn vit depuis plusieurs mois avec un journaliste qui bosse, comme par hasard, pour le journal qui a sorti la fuite.

Un léger sourire, discret mais visible.

— Je crois enfin qu'il faut qu'on examine toute cette histoire d'un point de vue nouveau. Nous avons toujours considéré que nous étions menacés par quelqu'un qui voulait dire quelque chose. Et si nous étions attaqués, au contraire, par quelqu'un voulant *cacher* quelque chose ?

Aucune réaction.

— En tout cas, Patron, je crois que cette affaire n'est pas terminée. On n'en parle plus, tant mieux, mais ce truc nous pend au nez et je ne voudrais pas que tout s'écroule à cause de ça. Vous pouvez compter sur moi pour chercher, mais il faut que je sois certain d'avoir toutes les cartes en main pour avancer.

Je ne pouvais guère aller plus loin.

Le Patron, immobile pendant un long moment, finit par reprendre son verre et le vida d'un trait. Ses yeux étaient fixés sur moi.

— Ce que vous dites est intéressant. Tout n'est pas vrai, mais c'est intéressant. Vous avez raison quand vous dites que cette affaire n'est pas terminée et qu'elle peut m'ennuyer. Vous avez également raison quand vous dites que nous ne nous parlons pas assez. Marilyn ne vous dit pas tout, mais elle m'avait prévenu de sa relation avec Maussane. Elle voulait être certaine que je n'y voyais pas d'inconvénient et que je ne l'apprendrais pas par quelqu'un d'autre. Elle devait penser à vous. Elle n'avait pas tort…

Et pan ! Je venais de passer pour un jaloux soupçonneux, mesquin et paranoïaque. J'étais sans voix. Mais ça innocentait Marilyn quasi instantanément : elle n'aurait pas été assez bête pour faire sortir la fuite précisément dans le journal de son mec.

— C'est plus embêtant pour le Major. Il faut creuser cette histoire d'audit. Mais est-ce si grave ? Vous ne lui dites pas tout j'imagine. Et même à moi, est-ce que vous me dites tout ?

Je n'aimais pas le tour que prenait la discussion. C'est moi qui avais lancé le sujet, certes, mais je commençais à le regretter. J'aurais peut-être dû en rester à un bon whisky en silence avec mon chef.

— Je crois que je vous dis tout ce qui est important pour notre travail.

— Peut-être, mais vous êtes le seul juge de ce qui est important pour notre travail… Si vous aviez une aventure avec quelqu'un qui m'est proche, quelqu'un d'assez proche pour que ce type d'aventure ait des répercussions sur notre travail commun, me le diriez-vous ?

Dans une relation avec un patron, on met des années à acquérir sa confiance. Comme dirait l'autre, il n'y a pas de loyauté, il n'y a que des preuves de loyauté. J'avais acquis la confiance du patron en multipliant les preuves de loyauté, et il avait fini par être sûr que ce qu'il me disait ne sortait pas du bureau, et moi j'avais fini par être sûr qu'il se confiait vraiment à moi et rien qu'à moi. Et, comme dans un vieux couple, c'est quand on commence à être trop sûr qu'il peut y avoir un souci. Je connaissais tous ses points faibles, tous ses états d'âme. Je l'avais accompagné quand plus personne ne l'accompagnait. Nous avions partagé les dorures des palais de la République, puis le bureau de 5 m^2 à l'Assemblée nationale avec le lit une place rabattable et les douches à l'étage. Je l'avais soutenu, porté à bout de bras même, lorsqu'il se croyait fini. Et malgré tous les efforts qu'on peut faire, sur la durée, malgré toutes les preuves, il suffit d'un instant pour que la loyauté soit mise en doute, il suffit d'un doute pour remettre tout en question. La confiance, comme la réputation, se construit en vingt ans et se détruit en un instant.

Cet instant était en train d'arriver, peut-être, au moment où je m'y attendais le moins, et le tout avec un grand sourire.

— Vous voyez. Vous non plus vous ne me dites pas tout. Je ne vous en fais pas le reproche d'ailleurs. Et pourtant, vous auriez eu mille fois l'occasion de m'en parler.

Je restais silencieux, à la fois gêné d'être pris en défaut par le Patron et en même temps hésitant sur l'attitude à adopter. Au fond de moi-même, je savais que je n'avais pas à lui parler de mes coucheries, y compris celles, trop passagères à mon goût, avec Marilyn. Si nous avions basculé dans quelque chose de sérieux, alors peut-être, mais là, il exagérait…

Ce qui était certain, c'est que Marilyn ne m'avait rien dit à moi, ce qui sapait mon autorité, et que le patron ne m'avait pas répété ce qu'elle lui avait dit, ce qui était au mieux un oubli, au pire un désaveu.

Pour mettre fin à ce moment de gêne, et pour m'éviter une réponse nécessairement maladroite, le Patron reprit :

— Ce que vous dites sur la perspective est intéressant. Certains pourraient penser, en vous écoutant, que vous m'accusez d'avoir faussé la primaire. Avec le Major peut-être… Après tout, peut-être que c'est moi qui ai fait supprimer ceux qui voulaient parler dans cette affaire…

Les yeux du Patron étaient fixes. J'avais du mal à soutenir son regard, et pourtant je savais, au fond de moi-même, qu'il ne fallait pas céder. La nuit tombait doucement et la température baissait rapidement.

— C'est intéressant… Je ne sais pas comment je dois prendre le fait que vous m'en croyiez capable, je

350

pourrais le prendre comme un compliment... Je pourrais vous rassurer, mais le doute est en vous, et je ne vous convaincrai pas en me bornant à nier. Pour que vous soyez sûr, il va falloir que vous alliez au bout. Tant mieux. C'est aussi mon intérêt.

Il conserva un long silence, que je n'osai pas troubler.

— Ça me fait penser à cette citation de Benjamin Franklin, conclut-il finalement : « Trois personnes peuvent garder un secret, si deux d'entre elles sont mortes. »

52.

Cherbourg. Quand j'ai commencé la politique, le Président de l'époque avait coutume de dire que c'était beau, mais que c'était loin. C'est vrai que c'était loin. Et en l'occurrence, je devais reconnaître que c'était assez beau aussi.

Un peu moins de quatre heures en voiture, quand ça roulait bien, et on arrivait au bout du monde. Depuis que les bateaux transatlantiques ne venaient plus charger leur lot de passagers, il n'y avait plus guère de raison de venir se perdre dans cette lande sauvage qui s'enfonçait dans la Manche. Sauf pour les touristes en quête de cimetières militaires, ou pour les travailleurs du nucléaire qui filaient vers La Hague ou Flamanville, ou pour ceux de l'Arsenal. Mais enfin, la dernière portion de route, qui reliait Caen à Cherbourg, était souvent déserte.

Pour Winston, c'était une première fois. Pour moi, cette route et le dîner qu'elle annonçait avaient valeur de pèlerinage.

Nous avions commencé à deux, le Patron et moi. La veille de la première législative qu'il avait gagnée avec moi, il m'avait proposé un dîner pour faire le point et pour souffler. J'avais accepté bien volontiers, et c'est alors qu'il m'avait dit, tout souriant, qu'il m'attendait à Cherbourg. Et depuis cette date, à la veille de chaque élection à laquelle se présentait le Patron, je faisais le pèlerinage de Cherbourg.

On avait vu des habitudes plus contraignantes de la part des grands hommes. Un dîner à Cherbourg en petit comité, c'était tout de même moins fatigant et moins ridicule que l'ascension médiatisée d'un rocher préhistorique. Je restais prudent cela dit. Peut-être l'année prochaine, une fois le Patron devenu Président, un grand banquet avec tous ses nouveaux meilleurs amis serait-il organisé. Le barnum des clients finirait bien un jour par remplacer le premier cercle. Mais pour l'heure, le pèlerinage ne concernait que nous, ses fidèles.

Pendant très longtemps, j'avais aimé ce dîner de veille électorale. Au fil des années, le nombre des participants s'était étoffé, mais l'ambiance n'avait jamais varié. La vraie camaraderie d'une équipe qui avait lutté ensemble pour faire élire l'homme de leur choix se révélait. Les anecdotes de campagne se succédaient, on riait, on buvait trop, on disait des horreurs sur les adversaires, et peut-être encore plus sur les « amis » politiques.

Je faisais aussi de la politique pour ces moments-là. Pour permettre au Patron de faire des choses pour la France, et pour l'esprit de ces dîners. Peut-être l'oncle de Winston s'était-il engagé dans la Légion autant pour la gloire des armes que pour la chaleur des popotes. Si tel était le cas, cela nous faisait un point commun.

Winston avait conduit sur la plus longue partie de la route. Mon décollement de la rétine m'interdisait encore de prendre le volant. Si j'avais écouté les médecins, j'aurais même dû arrêter toute forme de déplacement, les vibrations des véhicules étant peu recommandées dans mon état. Il aurait fallu m'enchaîner pour que je manque le dîner de Cherbourg.

Le restaurant était toujours le même, provincial, avec des fauteuils aux couleurs criardes, mais un accueil chaleureux et une jolie vue sur la mer. On y mangeait invariablement du poisson autour d'une table qui, au fil des années et des arrivées dans le premier cercle, était devenue ronde.

Le Major était arrivé le premier, à l'heure, comme toujours, c'est-à-dire en avance, tant le retard est la norme en politique. Démosthène, qui préférait voyager en train depuis la mort de sa mère dans un accident de voiture quelques années auparavant, était annoncé de façon imminente. Un militant du coin était passé le prendre à la gare. Marilyn devait nous rejoindre avec le Patron, après avoir rencontré avec lui quelques journalistes locaux.

En dépit du sourire de Winston et de ses éclats de voix enjoués devant le panorama, il est vrai saisissant à l'heure du coucher de soleil, l'ambiance était déjà plombée. Personne n'avait voulu manquer à l'appel en se faisant porter pâle, mais personne n'était enthousiasmé et tout le monde l'était, pâle. Un hiver de campagne et un sprint de printemps nous avaient laissés sur les genoux, le teint blafard et l'organisme fatigué. Plus encore, les tensions internes à l'équipe avaient usé les esprits. Nous n'avions plus envie d'être ensemble. Personne n'osait le dire, mais nous en étions tous là.

— Alors, Major, tu as fait un détour par Omaha Beach ?

Avec son air rigoureux et son côté *pater familias*, j'avais toujours imaginé le Major sur les plages du Débarquement, expliquant à ses petits-enfants comment les Allemands avaient été dépassés par l'assaut allié.

— Pas le temps, j'ai passé des coups de fil pendant tout le trajet. Vous êtes venus en voiture ? Vous auriez dû me le dire, je vous aurais emmené avec mon chauffeur.

Tu parles. Comme si le Major avait envie de passer quatre heures dans une voiture avec moi.

— C'est dommage, en effet.

Au bal des faux culs, je pouvais très bien faire chauffer la piste moi aussi.

Pas question de passer à table avant l'arrivée du Patron. L'apéritif allait durer, et avec lui son lot de lieux communs et de blagues méchantes.

Winston était au téléphone et Démosthène s'était plongé dans la lecture du journal local. Le Major avait entrepris d'expliquer comment il faudrait choisir les lieux de meetings avant le second tour en fonction des résultats du premier. J'acquiesçai poliment, tout en sachant qu'en pratique, on ne changerait pas grand-chose à ce que j'avais déjà prévu. J'écoutais d'une oreille distraite, tout en dégustant un cidre local absolument parfait.

Lorsque Marilyn fit son entrée dans le salon privé mis à notre disposition, je remarquai trois choses. Elle était belle, comme d'habitude. Elle était agacée, comme c'était de plus en plus le cas en ce moment. Elle était seule, ce qui n'était, pour le coup, jamais arrivé.

— Le Patron ne viendra pas, annonça-t-elle.

Le Patron, pour la première fois, allait rater le dîner de Cherbourg.

53.

Un seul être manquait, et tout était dépeuplé. Le premier cercle, sans son point central, partait dans tous les sens. C'est ce que je ressentais, en tout cas, au milieu des échanges faussement légers d'une bande qui avait été, en d'autres temps, joyeuse et amicale.

Je nous observais. Marilyn, en face de moi, dont les yeux semblaient m'envelopper de mépris. Démosthène, souvent perdu dans ses pensées et pourtant fondamentalement insouciant. Le Major, raide comme un couteau, distribuant la parole et prétendant faire la synthèse des échanges. Winston, enfin, qui ne disait rien et voyait tout. Tout cela sonnait faux. Tout le monde était mal à l'aise. S'il avait été là, le Patron aurait sans doute pu mettre le liant qui nous manquait, mais il avait choisi de passer la soirée à Cherbourg, certes, mais avec sa fille, sans nous. Sans doute l'état de sa femme l'encourageait-il à s'occuper un peu plus de ce qu'il restait de sa famille. Sans doute aussi avait-il envie de se dispenser des tensions peu réjouissantes qui minaient notre groupe.

Je savais qu'en son absence, c'était à moi de prendre la main. Je commandais la sacro-sainte sole qui accompagnait tous mes moments de lutte à table.

— Je voudrais profiter de ce dîner pour purger un certain nombre de choses.

Je voulais le silence. Je l'avais. Tous les yeux étaient sur moi.

— D'abord je voudrais m'excuser si certains ont trouvé mon attitude curieuse depuis le début de cette campagne. Je vieillis. Je supporte sans doute moins bien la tension qu'avant. Et puis je n'ai pas l'habitude de ne voir que d'un œil. Je vous assure qu'un décollement de rétine, ça plombe la façon de voir la vie. Je me sens borgne, et ça m'énerve.

— Tu es pourtant désormais membre d'un club très sélect !

Démosthène avait le sourire de celui qui s'apprêtait à pontifier.

— Il y a une grande lignée de guerriers borgnes, tu sais. À commencer par Odin. Hannibal. Moshe Dayan aussi, le général Antigone. Les deux pires cauchemars militaires de Napoléon étaient borgnes...

Le Major écarquillait les yeux et semblait ne pas en croire ses oreilles. Marilyn souriait en attendant de voir où cette parenthèse nous conduirait. Le petit Caligny était fasciné comme on l'est à son âge par ceux qui étalent un savoir apparemment universel.

— J'ai personnellement toujours trouvé fascinante l'idée que Napoléon ait subi ses deux plus cuisantes défaites de la part d'adversaires borgnes. Un visionnaire défait par deux borgnes. C'est cruel, non ?

— Je ne savais pas que Wellington était borgne...

Le petit Caligny avait décidé de creuser la question. Je savais bien, et les autres aussi, que relancer Démosthène dans ce genre de conversations revenait à entrer dans un long tunnel de références historiques, ou géographiques, ou littéraires, enfin des références longues et compliquées.

— Pas Wellington. Nelson et Koutousov. Trafalgar et la Bérézina. Étonnant, non ? Même si au fond, la Bérézina n'est pas forcément le désastre qu'on y voit généralement.

Dans notre malheur, nous avions au moins de la chance. Si le Patron avait été là, le dîner se serait transformé en une joute intellectuelle entre Démosthène et lui, au cours de laquelle nous aurions pu tout au plus compter les points, sans comprendre tout ce qui se disait, et sans éprouver un intérêt excessif.

Je n'allais pas laisser ce dîner partir dans les plaines de Russie alors que je voulais parler de nos échéances électorales.

— Ce que je veux dire, c'est que cette campagne a été dure. Plus dure que les précédentes. Plus dure que ce à quoi je m'attendais. Dans l'ensemble, nous ne nous en tirons pas mal. Je ne sais pas ce que donneront les urnes demain, mais le Patron a une vraie chance de gagner. Et pour qu'il gagne, il faut plusieurs choses...

Ils se demandaient où je voulais en venir. Je n'étais pas certain de savoir très bien moi-même. Je prenais mon temps, en découpant avec soin mes filets de sole. J'allais continuer quand le Major me prit de vitesse.

— Pour qu'on gagne, il faut deux choses. D'abord que nous donnions tout ce que nous avons dans le ventre dans les quinze jours qui viennent. Nous sommes tous assez pros pour le savoir et pour y aller à fond dans la dernière ligne droite. Ensuite, il faut éviter absolument les erreurs de fins de campagne : les boules puantes qu'on n'aurait pas vues venir, le dérapage du Patron ou d'un de nos types qui se prennent déjà pour des ministres. Travail et contrôle. Avec ça, on peut faire gagner le Patron.

Le petit Caligny me fixait. Il avait compris, comme moi, que le Major avait préempté le sujet de ce qu'il restait à faire pour garantir la victoire du Patron. Cela lui donnait un rôle central dans la discussion, et cela lui permettait sans doute d'éviter les sujets délicats. D'un léger clignement d'œil, je lui fis comprendre que je n'allais pas en rester là.

— Il faut une troisième chose, Major. Il faut que nous nous disions tout. Parce que si nous ne nous disons pas tout, il y aura forcément moins de travail et nettement moins de contrôle.

La température de la pièce avait perdu brutalement une bonne dizaine de degrés. La tension affleurait et tout le monde en était conscient. Un silence qui parut interminable s'installa, chacun se demandant comment réagir et comment allaient réagir les autres. C'est une des caractéristiques fascinantes des gens qui font de la politique : ils passent autant de temps à réfléchir à ce qu'il faut faire qu'à ce que les autres vont faire.

— C'est intéressant que ce soit toi qui dises ça.

Marilyn ne souriait plus et avait prononcé cette insinuation en forme d'accusation avec une voix douce mais ironique.

— Je ne sais pas si c'est intéressant, mais je suis certain que c'est vrai. Nous avons failli planter le Patron à cause d'un événement qui nous a tous pris par surprise, je crois. Depuis que cette rumeur est apparue, je constate que nous ne sommes plus comme avant.

— De quelle rumeur on parle ?

Démosthène, que j'avais senti initialement frustré de ne pas pouvoir se lancer dans une conférence sur le lien entre vision panoramique et carrière militaire, avait décidé de jouer à l'imbécile, ou au naïf, ou au distrait... Je le connaissais assez pour savoir qu'il était capable de n'être rien de tout cela. Il devait avoir envie de participer à l'exercice de mise à plat.

— De LA rumeur. De la fraude pendant les primaires. Des conditions dans lesquelles nous avons battu Trémeau.

— Vous croyez vraiment que c'était possible de frauder ?

— Oui !

En chœur, le Major et moi avions répondu par l'affirmative. Lui et moi nous regardions, surpris par l'assurance avec laquelle l'autre avait parlé. Le petit Caligny en avait lâché ses couverts. Marilyn semblait de plus en plus intéressée par la tournure que prenait ce dîner. Jamais le Major n'avait été aussi proche de dire qu'il avait des informations privilégiées sur la méthode à utiliser pour frauder.

— Et vous pensez qu'il y a eu fraude ? demanda Démosthène.

Avant de répondre, je regardai le Major qui m'observait en retour, conservant un silence prudent.

— Difficile à dire. Mais pas impossible. Et compte tenu de ce qui s'est passé depuis que cette rumeur circule, j'ai plutôt tendance à penser qu'il y a bien eu fraude.

Je restais prudent. Seuls le petit Caligny et moi étions au courant des conditions dans lesquelles Mukki avait trouvé la mort et nous étions restés discrets sur l'échauffourée du canal Saint-Martin.

Le Major confirma de la tête ce que je venais de dire. La table était désormais silencieuse, comme si elle absorbait la nouvelle avec difficulté. Tous ceux qui étaient présents s'étaient déjà posé la question de la réalité de la fraude, mais ce soir, pour la première fois, le Major et moi étions d'accord pour dire qu'elle avait sans doute eu lieu. Cela changeait la donne.

— Et tu as une idée de qui est derrière ?

Marilyn avait posé la question d'un ton auquel elle avait essayé de donner de la légèreté, pour ne pas laisser penser qu'elle m'accusait, mais je savais qu'elle pensait, en son for intérieur, que j'étais derrière tout ça. Elle n'avait rien dit, mais c'est comme si je pouvais lire les sous-titres.

— Non. Mais je voudrais vous dire une chose, que je ne répéterai pas, mais qui doit être absolument claire : je ne suis ni derrière la fraude, ni derrière la rumeur. Ce n'est pas moi. Le Patron ne m'a rien demandé. Je ne dis pas que je n'aurais pas pu le faire s'il me l'avait demandé. Je n'en sais rien. Mais en tout cas, ce n'est pas moi.

J'avais essayé de mettre toute ma force de conviction dans cette affirmation. Je n'étais pas certain d'avoir convaincu Marilyn, qui me regardait fixement en sondant mon âme. Peut-être avait-elle remarqué que je m'étais borné à dire qu'il ne m'avait rien demandé à moi.

Démosthène, qui avait choisi de poser les questions, laissa passer un moment et reprit de plus belle :

— OK. Ce n'est pas toi. Alors c'est qui ?

Instinctivement, je regardai le Major. Le petit Caligny aussi. Les autres allaient forcément suivre. De toute façon, si ce n'était pas moi, c'était forcément vers lui que tout le monde allait se tourner.

Au fond de moi-même, je ne m'attendais pas à une révélation. Je voyais mal le Major craquer comme cela. Il n'était pas du genre à se mettre à table à la première demande. Pourtant, je ne pouvais m'empêcher de m'attendre à quelque chose. Il avait admis que la fraude était possible. Peut-être avait-il des remords. Peut-être voulait-il nous dire quelque chose.

— Ce n'est pas moi non plus. Vraiment. J'en serais incapable. Je crois qu'il y a un truc tordu dans cette affaire de primaire, mais ce genre de manipulation n'est pas pour moi…

Je le croyais assez volontiers. Pas complètement, mais presque. Je voyais mal le Major se lancer dans une opération aussi risquée techniquement, aussi tordue politiquement et aussi minable moralement. Il avait peut-être participé à cette opération, en la rendant possible, volontairement ou pas, mais je ne l'imaginais pas en cerveau de cette affaire.

Je constatais avec une pointe de regret et de jalousie que les dénégations du Major étaient considérées comme beaucoup plus crédibles que les miennes.

— Eh bien, personne n'a rien fait, c'est formidable, ironisa Marilyn.

— Tu as quelque chose à nous dire ? lui répliquai-je.

— Rien que tout le monde ici ne sache déjà. Tout le monde.

Pour une fois, Démosthène semblait comprendre l'allusion.

— J'imagine que nous devons te croire, toi aussi !

— En tout cas, intervint Winston, j'ai beaucoup appris à vos côtés. À tous.

Tous nos regards convergèrent en sa direction.

— Oui, poursuivit-il. Je sais désormais qu'un candidat peut mener une très belle campagne alors que son entourage passe ses journées à s'écharper. Ça, je l'ignorais. Je pensais que seule une équipe unie pouvait l'emporter. Eh bien, c'est faux. Nous pouvons encore gagner malgré tout cela. C'est étonnant.

Winston avait calmé tout le monde.

— Ce qui me désole, acheva-t-il, c'est que si le Patron perd de très peu, on pourra mettre cette défaite sur le compte de nos dissensions. Quelque chose me dit que chacun de votre côté, vous aurez beaucoup de mal à vous le pardonner. Alors, même si vous avez tous des choses à vous reprocher et à reprocher aux autres, comme c'est le cas dans toute vie en communauté, je serais d'avis de mettre tout ça entre parenthèses pour les quinze prochains jours, le temps de mener ensemble le Patron à la victoire. Moi, j'ai envie qu'il gagne. J'ai même envie, même si ça ne se dit pas, d'aller travailler avec lui à l'Élysée pour accomplir toutes les tâches qu'il voudra bien me confier. Ça me passionnerait. J'ai à peine plus de vingt ans, et je suis bien conscient que certains ici attendent cela depuis plusieurs décennies. Je mesure ma chance. Et je ne veux pas la gâcher.

Winston replongea le nez dans son assiette. Il était peut-être le seul à pouvoir nous ramener un tant soit peu à la raison.

— Vous avez raison, Winston, répondis-je finalement. Dans quinze jours, nous aurons accompli notre tâche. Cette cause doit primer sur tout le reste, pendant deux semaines. Nous ne partirons plus en vacances ensemble, et d'ailleurs bientôt nous n'aurons plus de vacances du tout. Tenons le choc quinze jours en essayant de retrouver ce qui faisait notre force : la communication entre nous.

L'atmosphère, sans prétendre être comparable à celle qui avait prévalu jusqu'alors pendant ces dîners, se réchauffa progressivement. Au moins, nous nous parlions. Tout n'était peut-être pas cassé dans cette équipe. Démosthène entreprit d'énumérer toutes les villes françaises moins agréables que Cherbourg. Le petit Caligny fit la liste de tout ce qu'il avait appris pendant la campagne et qu'il ne fallait absolument pas dire aux gens de son âge qui voulaient se lancer en politique sous peine de les dégoûter pour plusieurs vies. Marilyn riait et était belle. À une autre époque, je l'aurais peut-être raccompagnée dans sa chambre. Ce soir, il n'en était pas question. Il n'en serait plus question avant longtemps. Quelle tristesse…

Le Major semblait soulagé et pourtant je devinais qu'il restait sombre. Il écoutait les autres raconter leurs histoires et donnait l'impression qu'il ne parlerait plus.

J'étais perdu. Heureux que notre petit groupe se donne une chance de reconstruire la complicité qui avait fait sa force, et en même temps décontenancé par l'impasse dans laquelle je me trouvais.

Je n'avais rien fait. Le Major n'avait rien fait. Le Patron m'avait dit qu'il n'avait rien fait. Soit l'un d'entre nous mentait, soit c'est ailleurs que quelque chose s'était passé. Mais où ?

En écoutant parler Démosthène et en regardant Marilyn rire, j'essayais de répondre intérieurement à la question qui me taraudait depuis ma conversation avec le Patron, sur sa terrasse. Avais-je confiance en lui ? Était-il capable de me mentir ouvertement ?

Il ne m'avait pas dit, les yeux dans les yeux, qu'il n'était pas derrière cette manœuvre. Je devais le croire. Je voulais le croire. Peut-être même l'avais-je entendu nier. Mais je n'arrivais pas à m'empêcher de douter. Depuis le début, sa façon de réagir à cette rumeur m'avait surpris. Ce mélange de légèreté et de préoccupation ne lui ressemblait pas. Les autres n'en parlaient pas, mais ils devaient ressentir la même chose que moi : le Patron avait changé et il ne ressemblait pas à ce que nous connaissions de lui.

Et puis il y avait cette photo du Patron avec Mukki. À elle seule, elle ne voulait rien dire. Le Patron avait dû poser avec la moitié des membres du parti depuis qu'il faisait de la politique. Une coïncidence. Une drôle de coïncidence tout de même. Je n'y avais pas beaucoup songé, obnubilé que j'étais par le lien entre Mukki et Pinguet, mais là, à Cherbourg, alors que le Patron avait pour la première fois décidé de ne pas participer au dîner, je ne pouvais pas m'empêcher d'y penser.

Ce besoin permanent de mettre en avant l'intérêt général, de revendiquer la posture de l'homme d'État, sans pour autant, je le savais, être insensible aux stratégies les plus compliquées, à quoi correspondait-il ? Le Patron essayait-il d'afficher ce qu'il n'était pas ? Était-il capable de tricher ? De monter une manipulation aussi énorme, aussi risquée, mais lui garantissant l'investiture pour le scrutin présidentiel, le seul qui l'intéressait depuis toujours, le dernier auquel il serait susceptible de se présenter ?

Car après tout, si j'en croyais la rumeur, il y avait eu manipulation. Et le Patron avait gagné. Jusqu'à présent je m'étais dit qu'il était forcément étranger à cette affaire puisque je n'y avais pas été mêlé. Comme si j'avais innocenté le cerveau parce que le bras droit n'avait pas bougé. Mais la question qui me taraudait de plus en plus, c'était de savoir si le cerveau en avait eu envie, s'il avait pu concevoir quelque chose comme cela. Et je ne savais pas.

Mon incapacité à répondre avec assurance à cette question ne condamnait pas le Patron.

Je sentais bien, en revanche, qu'elle remettait en cause l'image que je me faisais de lui. La relation que nous avions construite reposait sur une confiance réciproque. Lui pouvait être certain de ma fidélité et moi je devais être assuré qu'il ferait les bons choix : pour lui, pour nous et pour la France.

Insensiblement, depuis que la Tuile nous était tombée dessus, mes certitudes avaient été érodées.

Autant que le retour possible de la rumeur ou que mon décollement de rétine, ce constat m'interdisait de regarder l'avenir avec confiance.

54.

Je n'avais jamais vu le Major dans cet état. Je connaissais peu de gens solides comme lui. Il avait toujours incarné à mes yeux une forme de rigueur, d'organisation carrée et de robustesse physique autant que morale. Le Major était rarement drôle mais on pouvait compter sur lui. Il dormait peu, oubliait rarement et était capable de faire avancer en parallèle les dossiers les plus compliqués.

Je ne peux pas dire que nous étions amis. J'en ai peu. Mais je l'avais toujours pris au sérieux, même ces deux derniers mois pendant lesquels j'avais pourtant douté de lui. Je le respectais pour ce qu'il savait faire et aussi parce qu'il avait su conserver intacte sa colonne vertébrale. Je n'en connaissais pas beaucoup dans ce métier.

Et là, devant mes yeux, il craquait.

Pas physiquement bien sûr. Il se tenait droit. Il ne cillait pas. Tout juste son regard se faisait-il plus mobile, moins direct et moins clair qu'à l'accoutumée. Mais c'est seulement parce que je le connaissais parfaitement que je voyais ce qu'il vivait. Un inconnu n'y aurait vu que du feu. Je crois bien que les autres s'y étaient laissé prendre.

C'est de l'intérieur qu'il s'effondrait.

Il avait au moins attendu que tout le monde rentre se coucher. Nous étions seuls. Il m'avait proposé de boire un verre. Le Major voulait s'en jeter un dernier, pour la route. On aurait vraiment tout vu dans cette campagne.

Ses yeux n'arrivaient pas à s'arrêter pour fixer quelque chose, ce qui trahissait une intense émotion.

— Il y a quelque chose qui ne va pas ? demandai-je.

— Tu as compris, n'est-ce pas ?

Je ne répondis pas. Moins par discrétion que par intérêt : le meilleur moyen de forcer l'autre à aller au-delà de ce qu'il avait prévu était souvent de le laisser avancer…

— La fraude était possible. Pour des gens un peu avertis et sachant s'y prendre, elle était même sans doute assez simple.

Je restai impassible.

— J'ai fait expertiser le système avant la primaire. L'été dernier, j'ai commandé un audit extérieur pour évaluer le système que nous avions mis en place pour le vote. Je m'étais dit que ça nous couvrirait en cas de problème. Et j'en avais profité pour faire auditer notre système informatique, celui du parti, que je trouvais un peu branlant. On avait choisi cette période creuse pour qu'ils soient tranquilles. Tout le monde est en congés en été, tu sais bien ?

Je le regardais fixement.

—J'ai confié ça à une boîte de conseil en qui j'avais confiance : le patron était un copain et je savais que rien ne sortirait. L'audit fait une analyse poussée du système de vote, et, *a contrario*, un lecteur attentif peut en déduire comment le contourner. À condition d'avoir à la fois le fichier des adhérents du parti et les identifiants attribués par Droïde. Mais ce que je ne sais pas, c'est comment faire voter les gens à leur insu, ou comment inverser leur vote. Si tu préfères, l'audit n'est pas un mode d'emploi pour frauder. Il dit que le système n'est pas parfait, mais il n'y a pas la recette.

Pour avoir parcouru l'audit, je savais que le Major disait vrai. Mais j'étais bien décidé à ne pas dire au Major que je savais. J'avais une longueur d'avance pour la première fois depuis longtemps, et je n'avais pas envie de me laisser rattraper. D'abord pour voir si le Major me dirait la vérité. Ensuite parce que je ne tenais pas à ce qu'il sache que le Tonton flingueur avait discrètement fouillé son appartement.

— Et tu n'en as parlé à personne ?

— À personne. À l'époque, tout le monde s'en fichait. Si j'étais venu te voir, sans même parler du Patron, pour te dire que je lançais un audit informatique de la maison, tu aurais balayé ça d'un revers de main en me disant de faire mon boulot, et puis tu m'aurais assommé avec ton analyse exhaustive de la dernière cantonale partielle dans le Morbihan…

Je ne pouvais pas lui donner complètement tort. Et en même temps, lui comme moi savions que ce genre de raisonnement n'était pas acceptable pour une question aussi sensible. D'une moue aussi neutre que possible, je l'invitai à continuer.

— Alors bon, j'aurais dû en parler quand même, mais parfois je suis découragé par votre désintérêt pour les questions d'intendance. Quand j'ai eu le rapport final, il était trop tard pour tout interrompre. J'ai essayé d'indiquer à la commission de contrôle ce qu'il fallait surveiller, mais je suis resté prudent. J'aurais bougé en cas de défaite. Et puis qu'est-ce que tu voulais que je te dise ? Qu'une fraude était possible ? Pour que tu partes en guerre contre tout le monde à un mois des primaires ? Pour qu'on se cogne une guerre fratricide qui aurait abouti à ce que personne dans notre camp ne puisse se présenter ?

Le Major était d'une naïveté confondante.

— Parce que tu trouves qu'on y a échappé, à la guerre fratricide ?

Il baissa la tête. Il était accablé. J'en avais presque mal pour lui.

— Que tu ne m'en aies pas parlé à l'époque, soit. Tu étais le directeur général du parti, tu gérais la boutique, pourquoi pas. Et si tu me disais aujourd'hui que tu m'en avais parlé, je te croirais, tellement je suis capable d'oublier ce genre de trucs avec une grande constance. Donc, ton raisonnement de l'été dernier, je le comprends et je le reçois. Ce que je comprends beaucoup moins, c'est que tu n'aies pas jugé devoir évoquer le sujet depuis que cette putain de rumeur nous pourrit la vie. Là, je ne comprends pas.

— Je n'en ai pas parlé, parce que l'audit me met en cause !

Qu'est-ce qu'il racontait ?

— Il me met en cause, parce que notre système informatique n'est pas inviolable et que c'est moi qui suis censé en être le responsable, parce que j'ai préconisé le vote électronique, parce que j'étais chargé d'en assurer la fiabilité. Je n'en ai pas parlé, parce que j'ai pris ces conclusions par-dessus la jambe, et que je n'ai rien fait pour y remédier. Et que les recommandations qui avaient été formulées pour sécuriser davantage le vote de la primaire sont passées au travers. Les semaines se sont écoulées, la commission de contrôle du vote a pris le relais, on a perdu la main sur l'organisation, et je n'y ai plus pensé. Je n'y ai plus pensé jusqu'à ce que la rumeur éclate en février : à ce moment-là, j'ai dû décider en dix secondes de tout avouer ou non : j'ai pris la mauvaise décision, et ensuite c'était trop tard.

Le Major avait sorti sa tirade à toute vitesse et il peinait à reprendre son souffle. Ses mains s'agitaient nerveusement, trahissant à la fois sa consternation et son agacement. Après un bon moment, je relançai la conversation.

— Qui sait ce que tu viens de me dire ?

— Personne. Personne n'a eu l'audit en main, personne n'a pu avoir ces éléments. Le consultant est vraiment un vieux copain. Il n'a rien à voir avec le milieu politique. Je ne suis même pas certain qu'il ferait le lien entre ses analyses et la rumeur si on le mettait au courant…

Ça me semblait difficile à croire, même pour un informaticien. Je décidai de pousser un peu mon avantage.

— Tu as conscience que ce que tu me dis peut également laisser penser que tu es derrière la fraude ? Toi et ton vieux pote étiez finalement les mieux placés pour frauder.

Le regard désespéré du Major faisait peine à voir.

— À ta place, je penserais la même chose, murmura le Major d'une voix venue d'outre-tombe.

— Je ne pense rien. Je pense à l'avenir. Je voudrais voir l'audit. Je voudrais le faire expertiser. Je voudrais évaluer la faisabilité d'une fraude. Voilà ce que je voudrais.

— Tu l'auras demain matin. Et le Patron aura ma démission, aussi.

Décidément, le Major était touchant de naïveté.

— Sûrement pas. Je n'ai pas envie d'avoir en plus à gérer un suraccident en plein entre les deux tours.

— Un suraccident ?

Le Major ne comprenait plus trop ce que je racontais. Il était complètement perdu.

— L'accident causé par un accident. Un type voit une voiture accidentée de l'autre côté de l'autoroute, ralentit un peu pour observer, et percute la voiture de devant. C'est un suraccident. C'est classique et c'est très dangereux.

— Et ?

— Ta connerie, c'est un accident. La démission d'un directeur de campagne entre les deux tours d'une présidentielle, c'est un suraccident, et c'est autrement plus grave médiatiquement. Donc tu vas rester, tu vas continuer à faire du bon boulot pendant quinze jours, et après le Patron verra. Une connerie n'efface pas dix ans de bon boulot, surtout quand on sait éviter le surmensonge.

— Le surmensonge ?

— Le mensonge causé par un autre mensonge.

Le Major me regarda bizarrement. D'un seul coup, il venait de comprendre, sans en être complètement certain, que j'étais au courant de ce qu'il venait de m'avouer. Il avait compris, aussi, qu'il m'était désormais redevable.

Il resta silencieux quelques instants. En reprenant son verre, et comme pour conclure notre conversation, il lâcha finalement :

— Je crois qu'il y a eu fraude. Fraude puis meurtre.

À mon tour d'être surpris.

— Il y a eu un meurtre, insista-t-il. Pinguet n'est pas mort dans un accident. Je suis convaincu du contraire. Ce n'est pas ce que raconte la gendarmerie qui me fera penser autrement. Et Pinguet est au centre de toute cette affaire. Quant à Mukki, je serais surpris que sa mort n'ait pas un lien avec tout ça. Du coup…

Le Major avait fait ses devoirs de son côté. Il avait compris un certain nombre de choses. Et encore je n'étais pas certain qu'il me dise tout ce qu'il savait.

— Du coup quoi ?

Le Major restait silencieux, comme s'il ne savait pas comment formuler ce qu'il voulait dire.

— Pardon de le dire comme ça, mais tu ne trouves pas que c'est un peu gros ? Une rumeur apparaît. Elle met en cause le Patron, ou en tout cas son équipe. Subitement deux personnes dont tout indique qu'ils ont trempé dans la fraude meurent brutalement ? Je pose la question : à qui profite le crime ?

Il y avait de la peur dans ses yeux. Pas la peur physique d'un danger qui le concernerait. Le Major n'était pas du genre à se laisser désarmer par ce type d'angoisse. C'était la peur de s'être radicalement trompé qui le saisissait, la peur d'avoir été complice de quelque chose de mauvais, sans s'en rendre compte.

Il n'osait pas le dire, mais je comprenais qu'il pensait désormais que le Patron avait fraudé, et avait fait taire ceux qui savaient.

Le Major sourit tristement et partit se coucher.

Je regardai ma montre : une heure du matin. Il était tard, mais j'avais un coup de fil à passer. Le Tonton flingueur répondit à la première sonnerie.

— Pouvez-vous faire une copie de l'audit informatique et rapporter l'original chez le Major avant notre retour demain matin ? Il vient de m'expliquer les choses, je pense qu'il est innocent et je ne veux pas qu'il sache que nous avons violé son domicile.

— C'est pour ça que vous m'appelez à cette heure-ci ? L'original de l'audit n'a jamais quitté l'endroit où je l'ai trouvé. J'ai photographié toutes les pages. Ça évite que notre type se doute de quelque chose. Ça m'évite en général aussi de me faire réveiller en pleine nuit par des types qui veulent me faire faire l'inverse de la veille.

Puis il raccrocha.

Après une soirée pareille, il était arrivé à me faire sourire.

55.

Il paraît que les romanciers écrivent toujours le même livre. C'est en tout cas ce que prétendent certains critiques littéraires, qui écrivent souvent les mêmes articles.

Je ne sais pas si c'est vrai, mais ce que je sais, c'est que les hommes politiques, eux, font toujours la même campagne.

Les directeurs de campagne pensent qu'ils en définissent la stratégie. Les Sorciers imaginent qu'ils en conçoivent l'esprit. Les militants considèrent qu'ils l'exécutent. Et tout ce petit monde a raison. À ceci près qu'au fond, les campagnes successives d'un candidat se ressemblent toutes.

Et c'est normal. Le candidat change peu, même quand il prétend, pour les besoins de la cause, qu'il a changé. Comment voulez-vous transformer profondément quelqu'un après quarante ans, quand il exerce le même métier depuis des années et que les règles auxquelles il est soumis sont éternelles ? Le candidat reste le même, ses réflexes également, ses goûts aussi.

La technique qui l'entoure peut évoluer : la télé en continu, puis l'apparition d'Internet ont multiplié les instruments de la campagne, mais au fond, l'exercice reste identique : il s'agit de dire qui on est et ce qu'on veut. Et comme il y a toutes les chances qu'entre deux campagnes, le candidat soit resté le même et veuille toujours la même chose...

Ce qui me frappe, après des années dans ce métier, c'est le rituel des campagnes. L'idée qu'il faut faire les choses d'une certaine façon, en la raffinant au fil des ans. Il y a quelque chose de savoureux à ce que le moment central de la vie démocratique soit à ce point marqué par la superstition et le rituel.

J'ai connu des élus, dans ma famille politique, qui mettaient un point d'honneur, le jour de l'élection, à respecter scrupuleusement une routine censée les protéger contre les aléas des urnes. Petit déjeuner, puis tournée des bureaux de vote dans un ordre déterminé par une logique supérieure, déjeuner au même endroit, reprise de la tournée, un verre avec le fidèle des fidèles dans le café des débuts, et puis l'attente des résultats au même endroit...

À force de les fréquenter, j'avais dû être contaminé.

Moi aussi, je respecte une forme de routine à l'occasion de ces dimanches redoutés. Depuis que je connais le Patron, j'occupe les matinées des dimanches d'élections à rentrer de Cherbourg, généralement très tôt, puis je déroule un programme immuable.

Nous étions partis à 5 heures du matin, avec le petit Caligny. Je lui avais fait la conversation. À son âge, on a toujours du mal à se réveiller. Au mien, on a peur de s'endormir.

En arrivant à Paris, dont les rues vides semblaient nous attendre, j'avais déposé Winston chez lui. Et j'avais poursuivi mon périple habituel qui m'entraînait immanquablement, après un détour au café, à mon bureau de vote. Je votais à 10 heures. Pile. Pour comparer, année après année, le taux de participation dans mon bureau à 10 heures. Cela faisait plus de trente ans que je cherchais la martingale qui me permettrait de déterminer la participation nationale, voire les résultats nationaux, en fonction de cet indicateur unique. Je n'avais pas encore trouvé. Mais cela ne m'empêchait pas de demander poliment au président du bureau combien d'électeurs étaient inscrits et combien s'étaient déplacés à 10 heures pile. 11 %. Correct. Pas un record, mais correct. Je méditai en reprenant ma route ce que cela pouvait impliquer pour le Patron.

Le QG de campagne serait probablement vide, comme il l'est toujours un dimanche d'élection. Le matin d'un scrutin, c'était le seul moment de calme dans la vie de ces lieux où l'activité est aussi intense qu'éphémère. Il était tacitement convenu que personne n'était tenu de s'y montrer avant 16 heures. Tous ceux qui s'étaient acharnés à faire élire le Patron ou à faire semblant pouvaient profiter d'un peu de répit.

Le matin du premier tour est un moment où le temps s'arrête. La campagne est suspendue. Les troupes sont rentrées. La bataille n'est pas finie, mais son tumulte s'est tu. Les stratèges sont tenus d'attendre les résultats du premier tour pour prendre des décisions, même s'ils échafaudent des scénarii adaptés à chaque hypothèse. Les Barons sont prudemment rentrés chez eux. Les militants les plus consciencieux tiennent les bureaux de vote, les autres dorment ou, plus extraordinaire encore, profitent d'une pause familiale dans une campagne qui les a conduits à délaisser leurs proches pour se battre pour quelqu'un qu'ils ne connaissent que rarement.

La Chose barrait l'entrée du QG.

Un type petit, mais massif, au visage buriné au point de ressembler au héros des bandes dessinées de mon enfance se tenait en face de moi. Il était énorme et avait dû arrêter de se peser après avoir dépassé les trois quintaux.

Il me serra la main avec un mélange de respect et de simplicité. Le service d'ordre du parti était au point. Tous les gros bras savaient que j'étais la gâchette du Patron. Nous étions, chacun à notre place, des combattants. Je pouvais être excédé par les airs supérieurs des Barons, ou à l'inverse par la fausse complicité qu'ils choisissaient parfois d'afficher, mais j'avais toujours eu un faible pour les gars du service d'ordre. Qu'espéraient-ils en consacrant leurs soirées ou leurs dimanches à assurer la protection des manifestations du parti ? Des places pour le défilé du 14 Juillet ? Des décorations ? La possibilité de demander à quelqu'un d'arranger un coup pour eux ? Tout cela bien sûr, mais aussi, et surtout, le sentiment d'appartenir à une famille, de servir des idées et une organisation, d'être utile à une cause qu'ils avaient choisie et qui savait les employer.

Je parlai un moment avec La Chose, dont le côté patibulaire s'effaçait sous l'effet d'un fort accent du Sud-Ouest. Mon téléphone vibra dans ma poche. Une fois. Un mail. Les SMS vibraient deux fois et les appels téléphoniques six fois.

La Chose, enchantée de pouvoir tromper l'ennui de sa mission, avait entrepris de me parler de sa vie. Oui, il avait joué au rugby, oui, il avait suivi le Patron dans toutes ses campagnes parce que c'était un grand monsieur et qu'il était humain et pourtant il était très intelligent et que c'était quand même exceptionnel d'être un homme d'État et en même temps aussi sympathique, oui, il avait des enfants. Deux filles.

Je souris devant tant de gentillesse, en espérant tout de même pour ces deux jeunes demoiselles que la nature leur ait épargné toute ressemblance avec leur père. Mon portable se remit à vibrer. Une fois. Un autre mail.

J'allais quitter mon super héros pour monter à mon bureau quand un bruit au fond du QG me fit tourner la tête. Je marquai un temps d'arrêt. La Chose partageait visiblement ma surprise : il pensait que le QG était vide.

Mon portable se remit à vibrer. Deux fois. Un SMS. La Chose se sentait prise en faute. C'était son job de vérifier les entrées et de filtrer.

Merde. D'où provenait ce bruit ?

Mon taux d'adrénaline grimpa d'un coup. Le service d'ordre n'était pas au point finalement. Mais je voyais bien que cela n'avait pas de sens de passer une soufflante à La Chose. Personne n'avait jamais dû oser lui dire qu'il était un peu léger. La Chose avait le physique des gens que ceux qui ont mon physique essaient de ne pas énerver.

D'un geste, je lui commandai de se taire et de me suivre.

Aussi silencieusement que possible, je m'approchai du fond du QG. Je passai la tête dans l'entrebâillement d'un petit bureau éclairé. Il y avait deux types de dos dans le bureau des technos. Les juristes et les financiers. Ceux dont le job était de vérifier que l'équipe de campagne ne faisait pas d'erreur. Ceux qui savaient dans quels placards on rangeait les cadavres. À la pensée d'un cadavre, mon cœur commença à battre à toute vitesse. Je revoyais Mukki sous le Pont-Neuf.

L'un des deux types parlait dans une langue que je ne reconnaissais pas. Une langue bizarre. Pleine de « a ». Un peu comme du malgache, du moins l'idée que je m'en faisais. L'autre répondait en allemand. Je respirais doucement en hésitant sur la conduite à tenir. La Chose était à côté de moi et aurait fait peur à n'importe quel type. Ils étaient deux, dans le bureau, mais j'étais certain que mon super héros était fort, à défaut d'être fin. On en viendrait à bout, et je me voyais mal appeler des renforts. Le petit Caligny n'était pas là, et l'oncle légionnaire serait aux abonnés absents.

Mon téléphone vibrait à nouveau, silencieusement, dans ma poche.

Je susurrai à l'oreille rougeaude de La Chose qu'à mon signal on entrait dans la pièce. Peut-être, à force de voir des films américains, nos gestes sont-ils conditionnés. En tout cas, la Chose balança un coup de pied féroce dans la porte et s'engouffra courageusement dans le bureau.

La suite faillit être dramatique. Les deux types hurlèrent de surprise, et, s'ils avaient été cardiaques, seraient morts dans l'instant, ce qui aurait été regrettable, puisque je les connaissais, qu'ils étaient tous les deux de jeunes hauts fonctionnaires et qu'ils aidaient depuis le début à la campagne du Patron en espérant sans doute le suivre à l'Élysée ou dans un cabinet ministériel où ils pourraient assouvir leur passion pour la politique et leur ambition personnelle.

— Qu'est-ce que vous foutez là ?

J'avais hurlé mais, en les voyant, blêmes et tremblants, je me rendis bien compte qu'ils n'étaient pas dangereux. La Chose les dévisageait et s'apprêtait à les réduire en bouillie. À leur place, j'aurais sans doute eu peur aussi.

— On bosse ! On bosse ! On fait les professions de foi ! On n'a rien fait !

Comme quoi un jeune haut fonctionnaire pouvait dire, dans la même phrase, qu'il bossait et qu'il ne faisait rien. Dans un autre contexte, j'aurais été amusé.

— Qui vous a dit de faire les professions de foi ce matin ? Et qu'est-ce que vous étiez en train de raconter il y a deux minutes ?

Silence. Qu'est-ce qu'ils cachaient ?

— C'est la direction de campagne qui nous a dit de nous y coller. On lisait la profession de foi du candidat en tahitien. Il faut une version en tahitien pour mardi, dernier délai, pour pouvoir la reproduire et la diffuser dans toutes les îles de Polynésie. C'est la loi. Il faut parfois même les faire parachuter, parce que les bateaux n'ont pas le temps de faire toutes les îles.

Le plus grand des deux reprenait son calme.

— Et moi, je la lisais en allemand. Il faut aussi la traduire en allemand pour l'Alsace. C'est une obligation légale, héritée de la présence allemande, vous savez.

La Chose me regardait. Son œil était vide. L'idée que la loi imposait à un candidat à la présidence de la République de traduire en allemand et en tahitien sa profession de foi le dépassait manifestement. Le tahitien, passe encore. Mais l'allemand ! Même moi j'avais du mal…

Je n'en revenais pas. Tout cela était ridicule. Mais le bureau semblait en ordre, et je ne voyais pas ces deux-là nous espionner. Je leur passai un savon tout de même, en leur intimant l'ordre de se signaler lorsqu'ils pénétraient dans le QG. Ils étaient suffisamment jeunes et ambitieux pour ne pas m'en tenir rigueur. Et puis il fallait au moins ça pour faire baisser ma tension. J'ordonnai à La Chose d'appeler un de ses collègues pour surveiller avec le plus grand soin le bâtiment et je remontai dans mon bureau.

Mon téléphone recommença à vibrer. Je constatai que le petit Caligny avait cherché à me joindre trois fois. Il m'avait adressé un SMS, me disant de lire mes mails. Et en voyant l'avant-dernier mail reçu, je compris pourquoi. Mon taux d'adrénaline remonta aussitôt. Il s'agissait d'une alerte Google. Une dépêche mentionnant un des mots clefs que j'avais choisis venait d'être publiée.

« Alerte Google – "Droïde" : *Le Dauphiné* : une société iséroise cambriolée ».

56.

Je ne pouvais lire que le titre sur mon téléphone, et je devais me connecter à mon ordinateur pour avoir le texte intégral, mais j'avais immédiatement compris que la rumeur venait de réapparaître sur notre écran radar.

Mon ordinateur était lent. Les filtres de sécurité, m'avait-on objecté lorsque j'avais hurlé que je n'en pouvais plus de ces machines antiques qui ramaient comme une compagnie de galériens. Tu parles. Ce devaient être les mêmes qui avaient certifié de l'inviolabilité du système électoral par Internet.

Je maudis les informaticiens du monde entier, tout en me disant que ces alertes Google étaient bien pratiques. J'écartais la légère contradiction que révélaient ces deux propositions en considérant qu'on avait bien le droit, à mon âge, de ne pas être complètement cohérent. J'avais découvert ces alertes il y a peu de temps. Elles avaient changé ma vie, et en tout cas ma façon de travailler. On entrait un mot, et ensuite, tout article de presse publié sur Internet mentionnant ce mot faisait l'objet d'un mail d'alerte adressé par le moteur de recherche. Avec ça, je savais immédiatement ce qui s'écrivait sur le Patron (alerte n° 1), sur moi (alerte n° 2) et sur Bruce Springsteen (alerte n° 3). En politique, je suivais le Patron. Pour la musique, c'était le Boss. Le parallèle m'avait toujours laissé rêveur.

Ces alertes avaient aussi leurs inconvénients. Il y avait du déchet. J'avais découvert en créant l'alerte sur mon nom que j'étais l'homonyme d'un pilote québécois, spécialisé dans les courses automobiles sur glace. Je recevais régulièrement des dépêches m'informant de ses résultats sportifs. En ce moment, ils n'étaient pas glorieux. Peut-être que lui aussi recevait, de temps en temps, des alertes citant les déclarations de son homonyme français. Il ne devait pas les trouver glorieuses non plus.

Heureusement, le Patron n'avait pas d'homonyme, lui. Avec un nom comme le sien, cela n'avait rien d'étonnant.

Depuis le début de la campagne, j'avais rajouté quelques alertes : Trémeau, Texier, Pinguet et Droïde.

Le fond d'image irréel de l'écran de mon ordinateur s'affichait enfin. La colline verte et son ciel bleu à peine nuageux brillaient d'une luminosité artificielle. Penser que ce paysage banal et faux était probablement le plus connu de la planète m'avait toujours tracassé, mais, pour une fois, je ne pestai pas. Je repensai en souriant à cette femme politique connue qui en avait fait la page d'accueil de son site Internet soi-disant ultra-moderne.

La dépêche était laconique. Le genre de dépêches comme on en voit tous les jours sans y prêter attention. Un accident, un incendie, un drame quelconque qui vient se noyer dans le flot des nouvelles en continu. Tant qu'il n'y a pas d'image, ou pas de son, personne ne la remarque et tout le monde se félicite d'avoir échappé au sort malheureux qui s'acharne sur les autres.

« Alerte Google – "Droïde" : *Le Dauphiné* : une société iséroise cambriolée. La Tronche : la société Droïde a été victime dans la nuit de vendredi à samedi d'un cambriolage. Selon le directeur technique de la société, qui a constaté l'effraction, les cambrioleurs n'ont pas eu le temps de mener jusqu'au bout leur larcin et aucun matériel de valeur n'a été dérobé. Plusieurs ordinateurs ont été endommagés. La gendarmerie a ouvert une enquête et semble considérer que des rôdeurs pourraient être à l'origine des dégradations. »

Des rôdeurs. Bien sûr. Des rôdeurs qui avaient fracturé la porte d'une société, qui étaient entrés et qui n'avaient rien pris mais qui avaient tout cassé. Des rôdeurs agressifs qui voulaient régler leur compte à de méchants ordinateurs qui les avaient provoqués.

Ma paranoïa m'avait joué un tour quelques minutes auparavant. Je savais qu'il fallait lutter contre cette inclinaison dangereuse. Mais je savais, au fond de moi-même, que ce cambriolage chez Droïde cachait quelque chose. La dépêche était muette sur le lien entre Pinguet, la primaire et Droïde, mais quelqu'un finirait bien par faire le rapport. En pleine campagne du second tour, la malchance confondante qui s'abattait sur une petite boîte dont l'un des fondateurs était brutalement mort et qui se faisait cambrioler dans la foulée allait finir par se faire remarquer.

Les jours d'élection, la presse avait interdiction de publier quoi que ce soit en rapport avec celle-ci, mis à part les sempiternels taux d'abstention à 12 heures et 16 heures sur lesquels glosaient sans fin les éditorialistes en mal d'analyse. En l'occurrence, personne ne pouvait savoir que cette dépêche était au contraire en rapport direct avec l'élection. Il n'y avait plus qu'à prier pour que personne ne fasse le rapprochement. J'appelai le petit Caligny.

— Vous avez vu ?

— Ben oui, je vous ai envoyé un SMS et j'ai appelé trois fois ! Vous dormiez ?

— Je ne dors jamais, jeune insolent. J'examinais les professions de foi. Il faut tout faire en campagne. Les écrire, et puis aussi les traduire. Je vous expliquerai.

Un silence. Le petit Caligny devait se demander ce que je racontais.

— Ça m'inquiète. Je me suis dit que peut-être…

Je l'interrompis aussitôt. Encore un bavard qui allait dire des choses au téléphone. Si les gens savaient combien il est facile d'écouter les conversations sur les portables, ils réduiraient leurs forfaits et prendraient l'habitude de se donner des rendez-vous en tête à tête pour aborder les sujets sérieux, comme on le faisait lorsque les portables n'existaient pas.

— On se retrouve au QG à 15 heures, je suis pris à déjeuner.

Il était l'heure du rituel le plus éprouvant des dimanches d'élection : le déjeuner chez ma mère.

57.

Dimanche 25 avril, 14 h 50

Une chose était certaine : je pouvais tenir jusqu'au second tour sans plus rien avaler. Ma mère m'avait trouvé mauvaise mine et avait insisté pour que je fasse honneur à tout ce qu'elle avait préparé. Un régiment entier y aurait trouvé son compte.

De retour au QG, et en attendant le petit Caligny, je commençais à réfléchir à ce qui nous attendait pour le second tour.

Le second tour d'une élection présidentielle est un moment merveilleux.

D'abord parce qu'il ne resterait, après le premier tour ce soir, que deux candidats. Pas de triangulaire à la présidentielle, mais au contraire une opposition frontale entre deux cadors. Un choix binaire pour l'électeur : l'un ou l'autre. Tous les autres candidats disparaissaient. Plus le score de ces malheureux serait élevé, plus ils pourraient remercier leurs électeurs et leurs équipes à la télévision et plus ils pourraient apporter, et monnayer, un soutien aux deux candi-

dats qui restent en lice. S'ils obtenaient moins de
5 %, ils ne pèseraient presque rien et, surtout, ils ne
pourraient pas être remboursés par l'État, qui prenait
en charge les dépenses des candidats ayant dépassé
ce seuil, dans la limite de 50 % du plafond des
dépenses. À l'amertume de la défaite, ceux-là devraient
encore ajouter le casse-tête du remboursement des
emprunts contractés pour financer la campagne.

L'autre particularité, c'est qu'il se passe deux
semaines entre le premier et le second tour. C'est
long, deux semaines. Pendant ces deux semaines, les
candidats changent. Avant le premier tour, ils parlent
à leur électorat pour faire le plein des voix normalement acquises. Après le second tour, ils parlent à des
gens qui ont voté pour quelqu'un d'autre au premier.
Ils essaient de rassembler. C'est la course au centre :
le discours se présidentialise, c'est-à-dire qu'il se
calme, qu'il s'ouvre, qu'il s'arrondit. Tout le monde
pratique ce recentrage, qui doit être réel mais discret,
sous peine de démotiver les composantes les plus
dures, ou les plus extrêmes, de chaque camp.

Deux semaines, cela laisse surtout le temps de
commencer à discuter, sur la base des résultats du
premier tour de la présidentielle, des investitures
législatives à venir. C'est le moment des grands mar-
chandages. C'est le moment des apparatchiks. C'est
le meilleur moment.

La dernière chose formidable avec le second tour
de la présidentielle, c'est qu'il se termine par un
résultat incontestable. Il y a un vainqueur et un
vaincu : c'est clair, propre et définitif. Même si c'est
rarement propre et qu'en politique rien n'est jamais
définitif.

Mon dossier de second tour, c'était 102 fiches faisant le point sur chacune des 102 circonscriptions sur lesquelles nous allions devoir nous battre. Sur les 577, on savait bien que, *grosso modo*, 200 étaient acquises pour toujours à un camp, et 200 acquises pour toujours à un autre. Même une vague d'enthousiasme démentiel ne permettrait d'en conquérir qu'une toute petite proportion. Malgré tous les efforts de la droite parisienne, on ne verrait jamais le seizième arrondissement de Paris voter à gauche, et ce n'est pas demain la veille qu'on verrait un député de droite en Ariège.

Mais dans ces 102 circonscriptions, celles qui feraient ou non une majorité pour gouverner, celles qui iraient dans le sens du vent de la présidentielle, il allait falloir négocier avec tous les Barons pour imposer les candidats les mieux placés pour gagner et pour soutenir, une fois élus députés, la politique du Patron. Imposer des candidates. Imposer des jeunes, à qui on réservait systématiquement les circonscriptions perdues d'avance pour leur permettre de faire leurs dents, ou plus sûrement pour se débarrasser à bon compte des moins tenaces. Ménager quelques places pour les fidèles. Consentir des concessions aux Barons afin de leur extirper des engagements pour la suite.

Un des secrets de la négociation, c'était d'être vif. De connaître sa carte électorale et son personnel politique sur le bout des doigts : qui pesait quoi à cet endroit ? Qui soutenait qui ? Qui menaçait qui ? Quel serait le profil des candidats d'en face ? Quels avaient été les résultats de tous les scrutins pour les quinze dernières années ?

Autant commencer à se préparer en révisant ses fiches. Quand je pensais que j'avais raté mes études parce que je refusais de réviser mes examens... Je connaissais un ou deux professeurs de droit qui auraient été surpris de me voir potasser avec autant de soin ce dossier volumineux et aride.

J'étais plongé dans les délices de la 7e circonscription de Seine-Maritime lorsque le petit Caligny arriva. Je regardai ma montre.

— Vous êtes en retard !

— Je ne sais pas ce qui leur a pris, mais les types de la sécurité sont sur les dents. J'ai dû prendre un taxi et aller rechercher ma carte d'identité pour qu'ils me laissent entrer...

Je souris intérieurement.

— Ils font leur boulot. Au moins on ne sera pas cambriolé ici...

— Je voulais vous dire à ce propos... Je crois que je sais ce que cherchaient les cambrioleurs...

Je regardai fixement le petit Caligny, dont l'air gêné ne laissait présager rien de bon.

— ... C'est-à-dire que mon oncle...

Merde. J'avais compris. Le légionnaire avait encore frappé. C'était lui qui était derrière tout ça. Comment avais-je été assez bête pour le laisser se mêler de ça ! S'il était identifié, on remonterait en trois minutes à son neveu et à notre campagne. Un sentiment extrêmement brutal, mélange de rage, de surprise et d'angoisse, me saisit au ventre. Je pinçai mes lèvres pour ne pas hurler et j'allais frapper le bureau du poing quand quelque chose me parut subitement curieux.

Je relevai la tête et constatai que le petit Caligny me dévisageait avec un air qui n'avait rien à voir avec de la gêne ou de l'angoisse, mais bien plutôt avec une certaine satisfaction discrète.

Le petit Caligny se foutait de moi.

— ...C'est-à-dire que mon oncle a bien visité les locaux de Droïde. Mais il n'a rien touché, rien cassé, rien déplacé. Il a fait ça il y a trois jours, pendant la nuit, et depuis la boîte a fonctionné. Donc ce n'est pas lui qui est à l'origine du casse, enfin de ce casse-là. Vous le prenez pour un débutant ?

Je ne disais rien. Mais je respirais mieux.

— Ce qu'il a trouvé est intéressant, je crois. Il m'a parlé de documents cryptés, mais n'a pas voulu m'en dire plus. En revanche, ce qu'il faut retenir, c'est qu'après lui, d'autres sont passés et n'ont pas fait dans la finesse.

Je respirais mieux, mais à peine mieux.

— Vous croyez que ce sont les flics ? Comme chez Mukki ?

— Si c'est eux, pourquoi auraient-ils tout cassé ?

— Je ne sais pas moi. Parce qu'ils s'en fichent de tout casser. Parce qu'ils ne sont pas très malins ?

Je devais admettre qu'on ne pouvait pas complètement écarter cette possibilité. Mais je voyais également qu'il en existait une autre, largement aussi préoccupante.

— Ou alors ils ne sont peut-être pas très flics. Peut-être que ceux qui se sont introduits chez Droïde cherchaient quelque chose, ou bien peut-être cherchaient-ils à détruire quelque chose. Vous pensez qu'ils sont idiots parce qu'ils ont laissé une trace. Peut-être que justement ils cherchaient à effacer leurs traces…

Un long silence suivit. Le petit Caligny semblait plongé dans une perplexité inquiète que je partageais pleinement.

L'idée que l'auteur de la fraude était peut-être en train de nettoyer ses traces me réjouissait assez peu. Cela voulait dire qu'il était actif. Cela n'annonçait rien de bon pour la suite.

— Quand votre oncle pourra-t-il nous en dire plus sur les trucs cryptés qu'il a trouvés ?

— Il m'a dit que ça prendrait du temps. Il s'en occupe.

— Dites-lui de faire vite. Et proposez-lui de passer ce soir. Il va falloir que je discute avec lui, et peut-être est-il temps qu'il rencontre le Major.

Le petit Caligny avait l'air contrarié.

— Je ne suis pas certain que ce soit une bonne idée. Ce soir, il va y avoir foule, j'imagine. Des journalistes, des apparatchiks. Vous voulez vraiment qu'il soit vu ici, avec le Patron ?

À mon tour de sourire. Je ne savais pas complètement où j'allais, mais j'avais décidé de prendre des initiatives. Je commençais à en avoir assez de me faire balader.

— Peut-être est-il temps de faire savoir à ceux qui sont derrière tout ça que nous avons aussi des cartes dans notre jeu.

Et d'un haussement d'épaules, je me replongeai dans la 7e circonscription de Seine-Maritime. Elle était belle, cette circonscription. Plus difficile qu'avant, mais intéressante. Il allait falloir trouver quelqu'un de bien.

58.

Dimanche 25 avril, 18 heures

Le QG se remplissait à vue d'œil. Le service d'ordre avait installé à l'entrée des barrières sur lesquelles commençait à se masser une population impatiente, jeune, où se mêlaient militants, journalistes, curieux, passants et probablement aussi quelques optimistes qui espéraient pouvoir rentrer et boire un peu de champagne aux frais de la princesse. L'ambiance paraissait détendue. Les partisans du Patron affichaient ostensiblement leur confiance. Les curieux, quant à eux, laissaient transparaître une désinvolture non feinte qui donnait à penser que le résultat de la soirée serait sans effet sur leur humeur, sans même parler de leur vie future.

À l'intérieur, en revanche, l'atmosphère était plus tendue. Pour tous ceux qui avaient franchi le filtre de l'entrée, se jouait ce soir bien plus qu'une simple soirée électorale. Tous ceux qui étaient présents avaient quelque chose à gagner : un ministère pour les plus importants ou les plus habiles, une élection plus facile à l'Assemblée nationale dans deux mois, un poste dans un cabinet ministériel, ou au parti pour les autres. De la considération, des honneurs, de l'importance pour beaucoup et, pour tous, des souvenirs.

Depuis qu'un ancien Premier ministre donné gagnant par tous les sondages n'avait pas réussi à se qualifier pour le second tour, il était difficile de ne pas attendre avec angoisse les résultats du premier.

Sans aller jusqu'à imaginer le pire, chacun glosait sur les inconnues du premier tour : lequel des deux candidats ayant le plus de chances de l'emporter serait devant : le Patron ou Vital ? Le total des voix de droite serait-il supérieur à celui des voix de gauche ? Et l'équilibre interne dans chaque camp permettrait-il aux candidats de second tour de réunir autour d'eux sans trop de casse les morceaux de leur propre camp ?

La participation était comparable à celle des dernières élections, ce qui, en soi, ne voulait rien dire, mais ce qui n'empêchait pas les commentateurs d'en parler. Avant 20 heures, ils ne pouvaient donner aucune indication sur le sens du vote. Et pourtant ils disposaient tous d'estimations, produits de sondages effectués à la sortie des urnes dans des bureaux particulièrement représentatifs du vote national. Les bons instituts pouvaient donner une tendance relativement fiable vers 16 heures et des chiffres à peu près certains, si la tendance était marquée, vers 18 h 15.

Tout le monde savait, dans le milieu, qu'en fin d'après-midi, certains en savaient nettement plus que d'autres. Tout le monde savait, au QG, que si des chiffres circulaient, je devais être au courant.

Tout le monde avait raison.

Bientôt, et en tout cas avant eux, j'allais savoir. J'attendais incessamment le SMS promis par un ami en poste au ministère de l'Intérieur et qui était en mesure, le premier, de faire la synthèse entre les estimations des instituts.

En attendant, je déambulais dans le QG, pour tromper mon excitation et mes angoisses, pour encourager et remercier ceux qui s'étaient démenés pour aider le Patron, pour faire semblant d'être gentil, pour ne pas être coincé avec les Barons qui péroraient dans la salle du premier étage en profitant d'un buffet qui n'avait pas grand-chose à voir avec celui qui serait offert aux militants et aux journalistes après 20 heures.

On me demandait s'il viendrait. La politique, c'est tactile. Le candidat doit pouvoir être touché physiquement par ses fidèles, sauf à apparaître distant et méprisant. Je laissais planer le doute. Un vrai chef doit s'entourer de mystère. C'est excellent pour souligner le charisme et pour assurer l'ambiance.

Le Major était en haut et s'occupait des Barons. Marilyn enchantait les journalistes et les autres. Démosthène était invisible, probablement isolé dans son bureau en train de préparer les premiers éléments du discours qu'il proposerait au Patron à 19 h 30. Démosthène n'avait aucun résultat, mais il n'en avait pas besoin à ce stade : il allait préparer près d'une dizaine de versions. Victoire, défaite, surprise, appel au sursaut, Démosthène écrivait au kilomètre. En fonction du résultat réel et de l'humeur du Patron, on assemblerait les meilleurs passages dans les dernières minutes.

Le petit Caligny était avec son oncle, au bar. Une fois de plus, j'étais surpris par le mimétisme qui unissait ces deux-là. Le neveu parlait et l'oncle écoutait. De loin, je devinais l'enthousiasme du premier et la réserve du second. Mais je voyais dans leur façon de hocher la tête, en réponse à ce que disait l'autre, la complicité forgée au cours d'années difficiles. Les dernières semaines avaient encore dû la renforcer.

Je m'approchai. À ma grande surprise, le légionnaire me fit un grand sourire et, sans hausser le ton et sans être entendu par quiconque, il me glissa :

— Alors, on m'imagine maladroit ? Louis vous a bien eu tout à l'heure, hein ?

Et il ponctua sa remarque goguenarde d'une petite claque sur l'épaule qui se voulait affectueuse. Le petit Caligny rigolait ouvertement. Il était diablement attachant. Le simple fait de le voir heureux, complice d'un oncle qui avait dû remplacer un père écrasant mais disparu, me réjouissait.

— J'ai bien failli avoir une attaque. Remarquez, ce n'était pas grand-chose après ce que j'ai fait subir à deux jeunes types qui bossent ici.

Et, comme si j'avais été réconforté par la cordialité chaleureuse des Caligny, je racontai mon aventure matinale avec les deux apprentis technocrates passés à un cheveu de l'arrêt cardiaque. Et tout le monde de s'esclaffer, y compris le serveur du bar, qui m'avait sans doute rarement vu aussi sympathique. Je ne sais pas pourquoi, mais la décontraction de ce barman militant alluma une petite alerte dans mon esprit. Je regardai aussi discrètement autour de moi que possible, et je constatai que tout le monde nous observait.

Les types du courrier, qui, pour la première fois de la campagne, n'avaient rien à faire, nous jetaient des coups d'œil depuis le fond du hall, où ils officiaient dans l'ombre. Leur boulot était affreux mais nécessaire : personne n'imagine la masse de courrier reçu par un candidat à l'élection présidentielle. Tout ce que la France compte d'associations revendiquant quelque chose profite de l'occasion pour demander au candidat ce qu'il pense sur tel ou tel sujet : cela va de la Croix-Rouge à SOS Racisme, de la défense des pères divorcés à l'intégration plus harmonieuse des handicapés dans le monde culturel, en passant par la protection des églises en briques de l'Artois, la promotion des véhicules à propulsion musculaire, la condamnation des conditions d'exploitation des travailleurs sans papiers dans la restauration rapide, le soutien à l'association de préfiguration du festival de flûte à bec baroque de Marchecoul, sa position sur les déjections canines en milieu urbain, et j'en passe... Tout cela faisait plusieurs milliers de demandes, auxquelles il fallait répondre, et pas seulement par un courrier poli, mais le plus souvent en rappelant les éléments du programme électoral qui pouvaient avoir un lien (même distant) avec le sujet évoqué.

Depuis la balustrade du premier étage, les quatre filles de l'organisation des déplacements, les quatre filles de l'équipe de la Valkyrie, nous dévisageaient très tranquillement. Elles étaient fortes, ces quatre-là.

Elles pouvaient monter en un rien de temps des réunions publiques n'importe où en France, de n'importe quel format. D'authentiques professionnelles de l'organisation, d'un sang-froid à toute épreuve, connaissant parfaitement les aspects techniques du métier, le son, la lumière, la presse, la sécurité, la mise en scène, capables de renvoyer dans leurs buts tous ceux qui prétendaient se mêler de la tenue de ces messes sans en connaître la liturgie. Dans une campagne, disposer d'un quatuor de ce talent était un avantage. Les voir au QG était rare. Elles n'y passaient qu'exceptionnellement, préparant dès la fin d'un meeting le suivant, bondissant d'avions en voitures de location pour gérer la masse infinie et piégeuse de détails qui distinguent les belles campagnes électorales des longs chemins de croix.

Derrière nous, à la table, trois membres de l'équipe des jeunes sirotaient café sur café, en silence. Je souris. Des jeunes silencieux, ça n'existe pas dans un parti politique. Sauf après une défaite monumentale, et encore, ils sont écrasés pendant trente secondes et ensuite, ils vous expliquent qu'il faut passer la main pour préparer l'avenir…

Le constat était clair : nous attirions l'attention.

Peut-être était-ce ma bonne humeur, alors que tout le monde était stressé ? Les équipes me connaissaient tout de même assez pour savoir que j'étais capable d'être souriant quand tout allait mal, pour tromper l'ennemi. Je pouvais aussi bien me montrer d'une humeur massacrante quand tout allait bien. Bref, ceux qui cherchaient dans mon attitude une indication sur la nature du résultat se mettaient le doigt dans l'œil, et jusqu'à l'omoplate.

Gaspard Caligny devait sans doute intriguer. Peut-être certains, sans s'en rendre compte, retrouvaient-ils chez lui les traits de son frère. Une petite partie de l'équipe de campagne l'avait forcément connu. Peut-être l'aspect décalé de l'oncle légionnaire détonnait-il dans ce lieu. Il fallait reconnaître que Gaspard, comme beaucoup d'anciens militaires, n'était jamais complètement à l'aise au milieu de civils. Un peu raide, trop poli, conscient de ne pas maîtriser parfaitement les codes d'un milieu qui lui était largement inconnu, Gaspard dénotait.

À cela s'ajoutait le fait que tout le monde devait se demander qui était ce type qui semblait si proche du petit Caligny et si direct avec moi. Les figures nouvelles sont courantes chez les militants ou dans les entourages. Mais dès qu'elles apparaissent, pour ceux qui sont déjà en place, commence le travail de fond. Il s'agit de savoir d'où elles viennent, quel est leur pedigree politique, quel est leur rapport aux puissants, quelle est leur ambition. Autant d'informations nécessaires pour jauger le nouvel arrivant, et pour passer, dans la plupart des cas, au travail de sape…

Mon observation circulaire du hall du QG, bien que discrète, avait évidemment été remarquée par Gaspard, qui sans arrêter de parler avec Winston modifia insensiblement sa façon de se tenir.

J'allais conseiller à tout le monde d'être discret quand Gaspard lança d'une voix tranquille :

— Quand même, ce matin, avec les types dans le bureau, vous auriez dû savoir que vous ne risquiez rien !

Je dévisageai le petit Caligny pour voir si lui avait compris ce que voulait dire son oncle. Il n'avait pas l'air.

— Ce que je veux dire, c'est que la meilleure façon de se dissimuler est souvent d'être complètement visible. Comme le nez au milieu de la figure. S'ils avaient voulu prendre des trucs, ils ne l'auraient jamais fait un dimanche matin, sans personne dans les locaux. Ils auraient attendu d'être sous le regard de tous. C'est comme ça qu'on passe inaperçu…

Il avait sans doute raison. Ce qu'il disait n'était pas intuitif, mais ça sentait le vrai. Je voyais bien d'ailleurs que la meilleure façon de ne pas attirer l'attention au-delà du raisonnable était d'avoir l'air naturel. Après tout, personne ne savait pourquoi Gaspard était là, et ce qu'il avait déjà fait pour nous.

J'acquiesçai en souriant.

— Et évidemment, il ne fallait pas vous inquiéter pour la visite du site. J'y suis passé bien sûr, j'ai même ramené quelques souvenirs dont il faut que je vous parle. Mais je n'ai vu personne et personne ne m'a vu. Il faut croire que ceux qui m'ont suivi n'avaient pas les mêmes qualités, ou pas les mêmes intentions. Et restez décontracté, on vous regarde…

J'acquiesçai encore mais je sentis mon sourire nettement plus forcé. Gaspard, lui, m'avait dit tout cela comme s'il m'avait raconté ce qu'il avait dîné la veille. Rien n'avait changé dans son physique ou dans son expression. Tous ceux qui nous regardaient devaient penser qu'il me parlait de ses vacances. C'était peut-être d'ailleurs bien de cela qu'il me parlait…

Je m'apprêtai à répondre lorsque deux événements se produisirent.

D'abord Trémeau fit son entrée. Je ne l'attendais pas si tôt, et sa présence au QG, alors que le Patron n'y était pas, avait quelque chose d'incongru, d'un peu dérangeant. Elle prit soin de saluer tous ceux qu'elle croisait avec cette attitude parfaitement maîtrisée par les saltimbanques de la politique qui savent mimer l'intérêt pour les autres, la grandeur d'âme et la simplicité des manières. Elle savait s'y prendre. Quelques pas derrière elle, Texier prenait encore plus de temps pour saluer les militants. Il partait de loin avec la plupart d'entre eux. Il avait tellement tapé sur le Patron pendant les primaires que bon nombre des inconditionnels qui avaient fait la campagne considéraient qu'il avait franchi la ligne. Il le savait, et essayait de se rattraper. Il était nettement moins bon que sa patronne à ce petit jeu, ce qui était à la fois normal et inquiétant.

Au moment où Trémeau commença à gravir les marches, le Major vint à sa rencontre, pour l'accueillir avec les honneurs. Les embrassades avaient l'air chaleureuses. Je les devinais échanger quelques mots et, tout en écoutant le petit Caligny qui commentait la tenue de Trémeau, je suivis du regard Texier qui avait emboîté le pas à sa patronne. Il m'avait jeté un regard malicieux, en forme de salut mais aussi de défi. Il était en train de serrer la main du Major et de lui manifester l'affection débordante que seuls les pires ennemis au sein d'un même parti sont en mesure d'afficher.

En haut des marches, ils parlaient tous les trois.

Gaspard regardait ailleurs. D'instinct, il avait pris la position qui lui permettait de voir, en regardant dans le miroir qui trônait derrière le bar, la plus grande partie de la pièce sans être vu directement. Je n'écoutais plus ce que racontait le petit Caligny.

Et je devinais que Texier était en train de parler de moi. Il n'est pas nécessaire d'être paranoïaque pour deviner quand des gens qui sont dans la même pièce parlent de vous. Texier devait être en train de demander où je me trouvais, en faisant semblant de chercher du regard parmi la foule de plus en plus nombreuse qui s'amassait dans le hall. Il devait surtout être en train de se demander avec qui je discutais.

C'est à ce moment que se produisit la deuxième chose qui me fit perdre le cours de mes pensées. Le téléphone, que je serrais dans ma main pour ne pas rater la vibration attendue du SMS espéré, se mit à trembler. Ou peut-être était-ce moi qui tremblais et lui qui restait calme ?

Je quittai le Major des yeux, pour regarder les premières estimations.

J'avais rarement vu quelque chose ressembler aussi peu à une tendance.

59.

Dimanche 25 avril, 18 h 34

Les résultats n'étaient pas mauvais, mais ils n'étaient pas bons non plus. Ils étaient décevants.

Le Patron arrivait en tête, avec 28 % des voix, mais Vital le talonnait à 25 %. Le total des voix du camp d'en face était d'environ 46 %, avec le géant vert à 11, et le gaucho à 8. Mon type farfelu était à 2, et il finirait lui aussi par se rallier à Vital : des voix se perdraient au passage, et il avait fait son job.

Le total de notre camp était un peu inférieur, avec le candidat centriste qui avait approché les 8 % et avait quasiment affirmé avant le premier tour qu'il se rallierait à nous avant le second. Le candidat radical, qui portait, selon ses propres dires, une candidature « de témoignage », ne dépassait pas 4 %, ferait de même. Vercingétorix était à 2 %, comme ma petite écolo. Ça faisait un total théorique de droite à 44 %.

Le facho avait fait 9, les tarés 0,5 chacun.

Cette élection allait se jouer au finish. Sur une petite phrase. Sur la capacité à racoler les électeurs des extrêmes, c'est-à-dire des électeurs qui, de toute façon, n'étaient d'accord ni avec le Patron, ni avec Vital. Ni probablement avec personne d'ailleurs.

Le Patron pouvait prétendre s'appuyer sur la dynamique que sa première place au soir du premier tour ne manquerait pas de créer. Vital pouvait se rassurer en pensant que les électeurs de son camp étaient plus nombreux que les nôtres. Ce qui était certain, c'est que tout restait à faire.

La pression s'annonçait maximale, et j'adorais ça, tout comme j'adorais l'idée d'un bon vieux duel droite/gauche, d'homme à homme.

En dix minutes, nous nous étions mis d'accord sur le contenu de notre proposition au Patron. Nous avions fait vite, nous étions d'accord, nous étions concentrés. Je devais l'appeler pour lui annoncer la tendance et pour lui soumettre la trame de discours que Démosthène était en train de corriger à partir d'une de ses versions initiales. Marilyn essaierait de préparer les esprits des journalistes à l'idée que ce qui comptait au premier tour, c'était surtout d'être en tête.

Le premier cercle donnait l'impression de tourner à nouveau. Un effet miracle du dîner de Cherbourg ?

Voulant sans doute renforcer ce renouveau d'entente cordiale, je proposai au Major de rester avec moi pour appeler le Patron.

— Merci, mais non. Pas le temps. Je dois aller parler aux Barons, et je n'ai pas envie de laisser Trémeau et Texier trop longtemps sans les avoir à l'œil.

Il n'avait pas tort.

— Le type qui était avec toi et le petit Caligny tout à l'heure, c'est qui ?

Je souris. Même le Major était curieux dès qu'il repérait une tête nouvelle au QG.

— L'oncle de Winston. Il voulait voir à quoi ressemblait l'endroit où son neveu travaille.

— C'est lui le légionnaire ?

Je ne dissimulais pas ma surprise. Jamais jusqu'à présent l'existence de l'oncle du petit Caligny n'avait été évoquée devant le Major, et encore moins son rôle au cours des dernières semaines.

Au tour du Major de sourire.

— Moi aussi je fais mon travail. Tu crois que j'allais laisser quelqu'un approcher aussi près du Patron sans vérifier ce qu'il y a derrière ? Tu me prends pour un débutant ?

Ça faisait deux fois qu'on me demandait ça aujourd'hui. Deux fois de trop à mon goût. J'essayai de balbutier quelques mots mais le Major, d'un geste de la main, me fit comprendre qu'il n'attendait pas de réponse et qu'il était temps pour lui de rejoindre les Barons.

Juste avant de sortir, le Major se retourna.

— Je ne suis pas le seul d'ailleurs !

— Le seul à quoi ? À te prendre pour un débutant ?

— Le seul à m'être demandé qui était le type qui parlait avec vous deux. Texier aussi avait l'air très intéressé. Il a essayé de me tirer les vers du nez. Assez discrètement d'ailleurs, mais quand même. Tu as raison, lui aussi doit me prendre pour un débutant. Il n'a peut-être pas tort…

Et sombrement, le Major ferma la porte.

Je restai interdit, seul dans le bureau.

L'intérêt de Texier pour Gaspard Caligny ne présageait rien de bon, mais je n'avais pas le temps d'y penser. Le moment était venu d'appeler le Patron pour lui annoncer la nouvelle. J'en avais rêvé, de cet appel. Tous les apparatchiks rêvent de pouvoir annoncer à leur Patron qu'il est en tête au premier tour de la présidentielle. Comme souvent, l'idée que je m'en étais faite ne correspondait pas vraiment à la réalité. J'avais imaginé quelque chose d'excitant et de léger, comme l'assurance d'une victoire, alors que je me sentais surtout inquiet et tendu.

La victoire était à portée de main, peut-être, mais la défaite n'était pas loin non plus.

60.

Dimanche 25 avril, 19 h 59

Dès l'annonce, par les présentateurs, du score du Patron et de sa première place, un rugissement suivi d'applaudissements chaleureux était monté du rez-de-chaussée et avait fait trembler tout l'immeuble. Les militants, massés devant les écrans, voyaient dans cette avance l'annonce de la victoire et ils exprimaient avec force leur joie et leur confiance. Tout ça donnait d'excellentes images, et c'était l'essentiel à ce stade.

La réaction immédiate des militants contrastait nettement avec la sobriété mitigée qui avait prévalu chez les Barons.

Isolés dans le grand salon à l'étage, eux avaient immédiatement compris que les résultats du premier tour ne donnaient à aucun des deux candidats encore en lice un avantage décisif.

Les visages étaient restés sobres. Beaucoup s'étaient réjouis de la première place du Patron, en souriant ou en le félicitant à haute voix. Comme il n'était pas là, je savais que ces félicitations étaient destinées à manifester publiquement un soutien bien plus qu'à exprimer une réelle satisfaction.

Chez quelques-uns, j'avais surpris une forme de moue dubitative qui traduisait parfaitement l'inquiétude d'un bon nombre de gens dans notre camp. Si le Patron n'avait pas réussi à faire le trou au premier tour, face à un candidat qui devait assumer le bilan très moyen des cinq dernières années, il n'était pas certain qu'il puisse le battre au second.

Je partageais l'analyse des Barons, mais je préférais, et de loin, la réaction des militants. Les premiers pensaient comme tous ceux qui peuplent les états-majors, sans pour autant participer à la décision. Spectateurs d'un combat qu'ils comprennent mais qu'ils ne vivent pas vraiment, ils supputent, soupèsent, infèrent, relativisent... Les militants, eux, savaient au fond d'eux-mêmes que rien n'était fait, mais ils avaient gagné une bataille et s'en réjouissaient avec cœur. Il serait toujours temps de pleurer lorsqu'ils auraient perdu la guerre.

La réaction la plus habile était venue de Trémeau. Elle se savait observée, et sa présence au QG, alors que le Patron avait préféré rester à Cherbourg, était précisément destinée à le lui permettre. Sa stratégie consistait pour l'essentiel à occuper tout le terrain que le Patron devrait lui laisser.

Au moment de l'annonce, elle était restée parfaitement impassible. Elle s'était seulement bornée à un petit hochement de la tête, en forme de satisfaction mesurée. Tout son être indiquait qu'elle y croyait, mais qu'elle savait que rien n'était fait. Elle avait eu, je devais le reconnaître, la réaction parfaite. Trop d'enthousiasme aurait paru suspect. Trop de confiance aurait confiné à la désinvolture. Elle savait que la suite serait difficile, et elle l'exprimait tranquillement. Elle y trouvait sa justification et sa force : si la victoire s'annonçait incertaine, il faudrait s'appuyer sur elle. Plus le Patron avait besoin des autres, et donc d'elle, plus elle était incontournable et puissante. Le calcul était simple, et sa réaction discrète prouvait qu'elle en était parfaitement consciente.

Je la voyais discuter avec les Barons. Elle écoutait leurs analyses. Elle leur souriait. Elle était là, alors que le Patron, lui, était isolé à Cherbourg.

Il n'avait pas voulu réagir de Paris, pour se décaler par rapport à Vital. Il voulait insister sur son enracinement dans le pays, là où Vital, en s'exprimant du siège de son parti, donnerait le sentiment d'être un homme d'appareil parisien. Le Patron rentrerait aussitôt après sa première réaction, avec le petit avion privé qui l'attendait sur l'aéroport de Cherbourg-Octeville.

Sa réaction, lorsque je lui avais annoncé la tendance, ou plutôt l'absence de tendance, avait été d'un calme impressionnant. Même au téléphone, je sentais l'empire qu'il avait sur lui-même, la maîtrise complète à laquelle il était parvenu à ce stade de la campagne. Dans ces moments-là, je me disais que s'il était élu, il serait à la hauteur.

La lecture du message préparé et corrigé par Démosthène avait été accueillie avec bienveillance, mais il s'était empressé de me dire qu'il allait y apporter quelques modifications. Et il m'avait donné rendez-vous pour le lendemain, à 8 heures, au siège du QG, pour préparer la suite.

Il était prévu qu'il s'exprime vers 20 h 45, depuis le siège départemental de la campagne, installé dans une ferme ultramoderne à une dizaine de kilomètres de Cherbourg. Je souris en pensant à l'effet qu'allaient produire les images du Patron. Il allait faire enraciné...

Le petit Caligny m'avait rejoint dans le salon. Il voulait savoir comment le Patron avait pris les résultats. Tout en observant ce qui se passait autour de nous, je lui racontai mon échange, en livrant une version peut-être un peu plus enthousiaste et optimiste que l'originale, mais il fallait bien gonfler le moral des troupes. J'étais aussi là pour ça, parfois.

Je ne détachai pas mon regard de Trémeau. Texier s'était rapproché d'elle et la suivait à la trace. Il avait vu que je les observais. Il se rapprocha de sa patronne et lui glissa un mot à l'oreille, suscitant un grand éclat de rire sonore. Ils étaient en train de se payer ma tête. Je décidai de ne pas m'en offusquer, mais de ne pas non plus rester inerte.

— Winston, je crois que votre oncle se ferait une image incomplète du QG s'il restait en bas. Vous devriez lui proposer de monter.

Le petit Caligny me regarda, incrédule.

— Vous êtes certain ?

— Mais oui. Dites-lui de nous rejoindre pour assister au discours du Patron à la télé. Ça risque d'être tout à fait instructif. Et j'ai assez envie de mettre de la pression sur cette crevure de Texier.

Après tout, si Texier voulait savoir qui était l'oncle du petit Caligny, autant l'aider. J'étais impatient de voir si Gaspard allait le mettre aussi mal à l'aise que ce que j'espérais. On se consolait comme on pouvait...

61.

Dimanche 25 avril, 20 h 25

L'apparition de Gaspard Caligny dans l'antre des Barons produisit plusieurs effets.

Les conversations baissèrent d'un ton et l'attention qui jusqu'alors était concentrée sur les écrans de télévision sembla se dissiper. Un nouvel arrivant, que personne ne connaissait vraiment, venait d'entrer dans un cénacle d'habitude fermé. En soi, cela n'était pas grave. Cela pouvait arriver. Le monde politique est régulièrement traversé par des visages nouveaux d'amis, de curieux, d'espoirs, ou par ceux, aussi déconcertants, de revenants oubliés.

Le Baron des Ardennes, député indéboulonnable, omniprésent mais rarement influent, n'ayant pas vu Gaspard entrer et insensible au changement d'ambiance immédiat, continuait de raconter sur le même ton les détails de l'aventure extraconjugale à laquelle s'adonnait son rival de toujours. On n'entendait plus que lui. Et personne ne semblait s'indigner du fait que la jeune fille ait presque quarante ans de moins que le sénateur en question. Sans doute certains l'enviaient-ils…

Le Baron de Bretagne manqua de s'étouffer. Le visage de Gaspard Caligny avait pour lui les traits d'un fantôme. En le voyant avaler de travers et tousser pour éviter l'asphyxie, je me rappelai qu'il avait vécu l'ascension du père de Winston dans la région comme une menace et sa disparition comme une bénédiction inavouable.

Texier s'était raidi dès qu'il avait aperçu Gaspard. Ce n'était pas simplement la curiosité qui l'animait. Je ne savais pas pourquoi, mais je voyais bien que quelque chose liait Texier à Gaspard Caligny, une tension, une angoisse, quelque chose…

Il fallait creuser cette affaire.

Le temps de présenter Gaspard à un vieux camarade du Patron et je constatai que Texier était passé à autre chose. Il était planté avec un de ses collègues députés devant l'écran. Trémeau s'entretenait avec un groupe de Barons qui la flattaient de façon totalement indécente. En l'absence du chat, les souris dansaient et quand celui qui pouvait devenir Président était ailleurs, autant faire la cour à celle qui pouvait devenir Premier ministre.

De mon côté, je racontai encore une fois comment le Patron avait pris les résultats et ce qu'il allait dire dans quelques minutes. Tous les Barons autour de moi approuvaient doctement. Texier était toujours devant l'écran, et il passait des coups de fil.

Gaspard discutait avec le Baron de Bretagne qui en faisait des tonnes pour avoir l'air aimable et amical. Il suait la peur. Le petit Caligny, à côté de son oncle, avait son sourire des bons jours. Je ne sais pas ce que se racontaient ces trois-là, mais en tout cas, le plus jeune d'entre eux passait un bon moment.

Et c'est exactement à ce moment-là que je vis Texier plier le téléphone portable qu'il utilisait, chercher Trémeau du regard et lui adresser un sourire complice. Ce n'était pas le sourire d'un collaborateur qui s'assure que son Patron va bien. Il y avait quelque chose de tordu dans ce sourire, de malsain. Ces deux-là préparaient un mauvais coup.

J'abrégeai ma conversation et me rapprochai du petit Caligny et de son oncle. Gaspard était en train de faire un numéro exceptionnel. Il posait au Baron toutes les questions qu'un type voulant se lancer en politique posait en général. Le Breton faisait le maximum pour donner le sentiment qu'il voyait cette installation d'un bon œil, qu'il pouvait même aider Gaspard à se lancer, en lui donnant des conseils, en lui faisant rencontrer du monde, en lui permettant d'éviter les pièges innombrables à éviter au début des aventures politiques. Mais tout son être trahissait son appréhension devant cet homme encore jeune, vigoureux, séduisant, dont le nom était synonyme, dans la région, de talent et d'espoir brisés par la fatalité. Pauvre Baron, il était venu pour passer une bonne soirée électorale et il se retrouvait avec un Kennedy dans son jardin.

Je n'en revenais pas de voir Gaspard se livrer à ce petit jeu. Une fois de plus, je constatais que, derrière la rudesse du légionnaire, il y avait un homme d'une grande finesse et plein d'humour. Une fois de plus, je me disais que le neveu tenait autant de l'oncle que du père...

Profitant de ma présence, le Baron de Bretagne interrompit le massacre pour refaire un tour du côté du buffet.

— Vous vous lancez quand ?

Gaspard souriait à peine.

— Dès demain. Je voudrais voir en combien de temps je viens à bout de ce type. Vous croyez que je peux y arriver ?

— Pas facile à mon avis. Si vous commencez demain, il sera trop tard. Dès qu'il aura fini le buffet, il va installer un dispositif de défense de la Bretagne entièrement dirigé contre le retour des Caligny et croyez-moi, il n'a l'air de rien mais il est coriace. Il en a vu d'autres. La politique en Bretagne, c'est une affaire de méchants.

Le petit Caligny rigolait ouvertement. Gaspard aussi.

— Alors je renonce… la mort dans l'âme vous savez… Je me sentais fait pour ce métier… la démocratie en action, l'intérêt général…

— Arrêtez d'en dire du mal, de ce métier. Vous n'allez pas nous faire le coup du militaire qui bave sur la politique, tout de même ! Vous avez vu ce qui se passe quand les mauvais sont au pouvoir ?

Gaspard cessa de sourire.

— Parce qu'il y a des moments où les bons sont au pouvoir ? Ça m'avait échappé. Et vous trouvez que tout ce qu'on vit depuis quelques semaines est de nature à améliorer mon jugement ?

Je ne répondis rien et fis mine de vérifier ce qui se passait à l'écran. Les plateaux politiques des chaînes de télévision se succédaient. On voyait les Barons commenter sur la première chaîne, puis s'en aller pour arriver, un peu après, sur une autre et dire, dans le meilleur des cas, la même chose.

Pour meubler le silence, je demandai au petit Caligny d'aller vérifier avec Marilyn à quelle heure l'intervention du Patron était finalement prévue. Profitant du départ de son neveu, Gaspard reprit, d'une voix très douce et très basse :

— Il va falloir qu'on parle de ce que j'ai ramené de ma visite, à ce propos.

— Vous avez du neuf ? Je croyais que vous aviez des documents cryptés ?

— Le crypté, ça se décrypte. C'est même fait pour ça. Si on voulait que personne ne puisse le lire, on le détruirait.

Il commençait à me fatiguer, l'oncle.

— Ce n'est pas l'endroit pour en parler, et ce n'est pas non plus le moment. Mais j'ai des choses à vous dire. Et à vous seul.

— Je dois attendre que le Patron s'exprime. Après je plie les gaules, il ne se passera rien ce soir et je dois le voir demain matin tôt. On peut prendre un verre juste après ?

Gaspard devait avoir toute la soirée devant lui, ou alors il était pressé de me parler, ou alors la perspective de boire un verre comblait le légionnaire qu'il n'avait jamais cessé d'être. D'un hochement de tête, il me fit comprendre qu'il attendrait.

Je le vis s'éloigner d'un pas tranquille, pour se mettre discrètement dans un coin de la pièce d'où il pouvait tout observer. Qu'est-ce qu'il avait découvert ? Et pourquoi voulait-il m'en parler à moi seul ? Que voulait-il cacher à son neveu ?

62.

Il allait se passer une bonne heure avant que je puisse rejoindre Gaspard Caligny et je sentais que j'allais cogiter comme un fou en ne pensant qu'à ça. Texier était toujours là. Il s'était rapproché de sa patronne et du petit groupe qui l'entourait.

En les voyant tous les deux, une question me vint subitement à l'esprit. Pourquoi Trémeau était-elle là et pas sur les plateaux de télé ? Je me souvenais confusément qu'il avait été décidé qu'elle participerait à un de ces débats. La norme dans ce métier, c'était de se battre pour être sur les plateaux plutôt que de les éviter. Et pourtant elle était là. Cela n'avait aucun sens.

Ou alors cela en avait un, et il m'échappait, et ça n'était pas bon signe. Si elle n'y était pas, c'est qu'elle pensait que ce n'était pas son intérêt d'y être. Qu'est-ce qui pouvait justifier qu'elle renonce à une apparition télévisée, alors même que les résultats de ce soir la plaçaient plutôt en position de force ?

L'apparition sur les écrans du Radical, le geste esquissé par Texier pour prévenir Trémeau qu'il allait se passer quelque chose, le souvenir du sourire que j'avais surpris entre eux il y a quelques minutes me firent brutalement l'effet d'une décharge.

Je sentis le mauvais coup. Le Radical allait nous tirer dessus.

Candidat au premier tour pour défendre les valeurs éternelles de sa famille politique, le Radical était un jeune type qui avait bien gagné sa vie dans les affaires, puis qui s'était entiché de politique. Sa fortune, son entregent et son charme en avaient fait rapidement un chouchou de la presse politique. Un an avant l'élection, certains lui prédisaient un vrai succès.

La vérité, c'est qu'il avait du talent pour expliquer aux journalistes qu'il était différent des autres. Le problème, c'est que seuls les journalistes le croyaient. Sa campagne avait été une lente descente aux enfers, au cours de laquelle il s'était rendu compte que les Français ne l'écoutaient pas et, pis encore, ne le connaissaient pas. Il n'y a que les débutants en politique et les ministres pour croire qu'être dans les journaux parisiens suffit à asseoir une notoriété dans le pays.

Avec ses 4 % au soir du premier tour, le Radical venait de comprendre la leçon. Une leçon sans doute assez cher payée. En dessous du seuil de 5 %, il ne serait pas remboursé par l'État et allait donc devoir assurer seul, ou avec les finances de son parti, ce qui revenait au même, le coût de la campagne.

Devant le fond bleu, derrière quelques micros, le Radical attendait qu'on lui indique qu'il pouvait parler. J'avais la certitude qu'il allait être méchant.

Il avait bonne mine, pour quelqu'un qui venait de prendre une déculottée. Il parlait bien, il était calme. Il se félicitait d'avoir défendu les idées et les valeurs de sa famille politique, une des plus anciennes de France. Quelque chose était né qui allait croître et se multiplier. La rhétorique était un peu biblique pour un candidat revendiquant une aversion traditionnelle à l'égard de l'Église, de ses dogmes et de ses usages, mais la force du Radical était justement de pouvoir se soustraire aux contraintes normales de la cohérence politique. Rien que le nom de son parti était un pied de nez aux analyses. Le Parti radical ne l'était guère. Ce n'était d'ailleurs pas un parti, mais deux puisqu'une branche s'était développée à gauche tandis qu'une autre avait poussé à droite.

À l'écran, le Radical remerciait ses amis, ses militants et ses électeurs. À 4 %, c'étaient sans doute les mêmes.

Tout aurait pu se passer parfaitement. Il aurait pu inviter à voter pour le Patron au second tour, ce qui aurait été attendu et normal dans la mesure où les radicaux siégeaient dans le même groupe d'opposition à l'Assemblée nationale. Il aurait au moins pu inviter au rassemblement, sans citer le Patron, ce qui aurait été interprété, dans les états-majors, comme une invitation à faire affaire avec lui. Normalement le Radical aurait dû profiter de cette intervention pour faire monter les enchères : il pesait 4 %, certes, mais on en aurait besoin, de ces 4 %. Il pouvait exiger un ministère et quelques circonscriptions. C'était normal, c'était le jeu. Il fallait bien que se présenter à la présidentielle sans aucune chance de gagner puisse rapporter quelque chose.

Et là, rien ne se passait normalement. Son ton était agressif. Il mettait en cause les conditions dans lesquelles s'était déroulée la campagne. Il insistait sur la confiance que les Français devaient placer dans leurs représentants. Il dénonçait la politique à l'ancienne qui prévalait encore. Et, concluant par un coup de menton, il annonçait qu'il laissait ses électeurs libres de choisir pour le second tour et qu'à titre personnel, il n'était pas certain de savoir pour qui il voterait deux semaines plus tard.

Tous les Barons s'exclamèrent. Rien ne laissait prévoir une sortie aussi virulente qui allait polluer le début de la campagne de second tour. Alors que tout notre discours devait être tourné vers l'union et l'ouverture, nous nous retrouvions à gérer un crétin qui voulait faire sécession et qui tirait contre son camp.

J'avais reçu un coup sur la tête. Il fallait prévenir le Patron immédiatement pour modifier ce qu'il allait dire d'un instant à l'autre. Le Radical, en parlant le premier, l'obligeait à réagir et le privait d'une séquence où il se serait borné à se poser en vainqueur du premier tour.

Texier et Trémeau avaient souri. Un sourire discret, presque fugace, qui avait échappé à la plupart de ceux qui se trouvaient dans le salon, mais un sourire que je n'avais pas raté. Ils savaient. J'étais certain qu'ils savaient dès le début que le Radical allait nous faire dans les bottes. Et quelque chose me disait que Trémeau et Texier n'étaient pas pour rien dans le fait que cet imbécile ait choisi cette ligne.

420

Si c'était le cas, cela voulait dire qu'ils étaient prêts à jouer contre leur camp pour rafler la mise plus tard.

Je maudis intérieurement le gène pervers qui avait muté chez ces deux-là, et je me mis immédiatement à réfléchir à la suite. Elle s'annonçait compliquée. Je devais passer mon deuxième coup de fil de la soirée au Patron. Et il n'allait pas être agréable.

63.

Lundi 26 avril, 6 h 13

Parfois, je me demandais s'ils avaient envie de me tuer.

Cela avait commencé par le Patron la veille au soir. Il était resté calme au téléphone, mais je sentais à son ton qu'il essayait de contenir une colère froide. Laconique mais cassant, il m'avait donné rendez-vous ce matin à 7 h 30, en me faisant méchamment remarquer que mon boulot était de prévoir et de prévenir le genre de désagrément que le Radical venait de nous infliger. Je n'avais rien répondu. Il avait raison. J'avais passé ma nuit à imaginer des solutions pour sortir le Patron de ce mauvais pas. Je n'avais pas dormi. Je sentais ma vision se dégrader au fur et à mesure que la campagne avançait. Je n'allais pas finir entier.

En ouvrant la porte de chez moi pour rejoindre le taxi, je sursautai en poussant un cri. Gaspard était sur le seuil de ma porte. Entre la fatigue et la surprise, j'avais de la chance que mon cœur tienne. Un bref instant, je m'étais même demandé si Gaspard venait me régler mon compte. Je n'avais pas grand-chose à me reprocher vis-à-vis de lui, sauf peut-être le lapin de la veille au soir, mais s'il en voulait à ce point à quelqu'un, c'était plutôt au Radical qu'il fallait s'en prendre. Après tout, c'était sa déclaration qui m'avait conduit à reporter notre entretien.

— Il faut qu'on parle.

Je soufflai en reprenant mes esprits.

— OK, désolé pour hier soir. Une urgence. J'ai peur de ne pas avoir beaucoup de temps. Je dois rejoindre le Patron au QG. J'ai un taxi en bas et je veux arriver un peu en avance pour lire la presse avant de le voir.

— Je vous accompagne. Il faut qu'on parle.

J'avais compris. Mais je ne me sentais pas en état de raisonner avec un ancien légionnaire aux origines bretonnes à cette heure de la matinée.

Je tentai d'engager la conversation dans le taxi, mais Gaspard, d'un geste définitif, m'indiqua qu'il n'était pas question de parler en présence d'un tiers, fût-il, comme c'était le cas, un chauffeur de taxi attentif aux nouvelles du continent africain diffusées par Radio France International.

À notre arrivée dans mon bureau du QG, et avant même que j'aie eu le temps de nous servir du café frais, Gaspard sortit de sa poche une clé USB.

— Qu'est-ce que c'est ?

— Une clé USB.

Qu'est-ce qu'ils avaient tous en ce moment à me prendre pour un idiot ?

— Je vois bien que c'est une clé USB. Qu'est-ce qu'il y a dessus ?

— Quelque chose de très instructif. Et quelque chose qui devrait vous turlupiner sérieusement. Quelque chose que j'ai réussi à faire décrypter après ma visite chez Droïde.

— Vous avez réussi à tout faire décrypter ? Je croyais que ça allait prendre du temps ?

— Ça en prend. Les types qui ont crypté ces documents étaient sérieusement équipés. Je n'ai pas encore réussi à craquer tous les codes, et j'en ai encore pour un bon bout de temps, mais j'ai déjà ça.

— C'est-à-dire ?

— La preuve qu'il y a eu fraude.

Je restai bouche bée. Il y avait des façons plus tranquilles de commencer ses semaines.

— Ce fichier est la compilation des données relatives au déroulement du vote. C'est un compteur, si vous voulez, qui permet de savoir, minute par minute, pendant toute la journée de vote, combien de votes ont été enregistrés.

— Je vois. C'est la forme informatique du bon vieux compteur qu'on trouve sur les urnes ?

— Exactement, sauf que là, ça compte l'ensemble des votes exprimés, pas seulement celui d'un bureau de vote. C'est un compteur global. OK ?

Le petit Caligny avait dû lui dire que je ne comprenais rien à l'informatique et aux ordinateurs. Il me parlait comme à un débile. Je dois à l'honnêteté de dire que, s'il avait employé un langage plus compliqué, je lui aurais probablement demandé de simplifier…

— Si on lit ce fichier, et je vous invite à le faire, on voit la progression des votes au cours de la journée. On voit qu'elle n'est pas régulière, ce qui est normal.

— C'est normal en effet. Même avec un vote manuel, on constate toujours une plus grande affluence entre 11 et 13 heures que pendant le déjeuner. C'est l'effet « sortie de la messe ». Ou apéro, c'est selon.

— On constate en effet un pic, léger, vers midi, ce qui n'a d'ailleurs pas beaucoup de sens.

— Pourquoi ?

— Parce qu'il fallait voter avec un ordinateur, donc depuis chez soi. Si c'est à 11 heures que les gens sortent de chez eux, il n'est pas très normal que ce soit le moment du premier pic de vote, non ?

Je voyais ce qu'il voulait dire, mais il avait tort.

— Non. D'abord parce que 12 heures c'est probablement l'heure à laquelle les jeunes se réveillent, un dimanche, et eux votent de chez eux. Mais surtout, les vieux qui n'ont pas d'ordinateurs, et ils sont nombreux croyez-moi, se sont rendus dans les permanences pour voter. Ils y ont été après la messe, ou à l'heure de l'apéro. Le pic dont vous parlez s'explique de la même façon que le pic qu'on constate à chaque élection.

Je me sentis rassuré. Gaspard avait mal interprété les données.

— OK. Mais ça n'explique pas l'autre pic.

— Quel autre pic ?

— Celui de 17 h 40.

17 h 40. Là non plus je ne voyais pas vraiment ce qui était surprenant. Il était assez classique que l'affluence dans les bureaux de vote soit plus grande quelques minutes avant la fermeture des bureaux. C'est l'effet « retardataires ».

— Et ne me parlez pas des retardataires. Le pic de 17 h 40 est énorme, proportionnellement. Et surtout il est caché.

Un pic énorme et caché ? Mais qu'est-ce qu'il me racontait ? Voyant que je ne comprenais pas, Gaspard prit une feuille et un stylo.

— Le Parti comptait 302 340 inscrits susceptibles de pouvoir voter à la primaire. 229 817 ont effectivement voté. OK ?

Évidemment que j'étais d'accord. Je les connaissais par cœur, ces chiffres. La primaire s'était jouée sur eux. Le sort du Patron en avait longtemps dépendu, et en dépendait encore pour partie si mon interlocuteur matinal ne se trompait pas.

— Le vote a été ouvert entre 8 et 18 heures. Ça veut dire qu'environ 230 000 électeurs ont voté sur une période de dix heures. OK ?

— Soit une moyenne de 23 000 à l'heure.

Moi aussi, j'étais capable de faire des calculs !

— Sauf que, bien entendu, le mouvement n'a pas été complètement régulier. La première heure du scrutin, le système n'a enregistré que 17 372 votants. Et 22 107 au cours de la deuxième heure.

— Et au moment du pic de sortie de messe ?

— Entre 11 heures et midi, premier pic, on compte environ 32 000 votes. Et un peu plus de 26 000 entre midi et 13 heures. Après, ça se calme.

— C'est fou toutes ces familles qui s'obstinent à organiser leur déjeuner dominical sans ordinateur à table.

— OK, et vous savez combien il y a eu de votants entre 17 et 18 heures ?

— Aucune idée. 35 000 ?

J'avais lancé le chiffre au hasard, en me disant que les deux pics de la journée devaient être du même ordre.

— Pas mal. 36 364 exactement.

— Et vous trouvez ça choquant ? Vous trouvez choquant que sur la France entière, 36 000 personnes aient attendu la fin du scrutin pour voter sur Internet ? Gaspard, je crois que vous êtes plus parano que moi.

— Peut-être… sauf que le compteur dont je vous parle, il permet de mesurer les votes non pas heure par heure, mais minute par minute.

Je ne voyais pas où il voulait en venir.

— Et alors ?

Gaspard me fit un grand sourire.

— Et alors, entre 17 h 49 et 17 h 51, 27 482 personnes ont voté. C'est beaucoup en l'espace de deux minutes. Beaucoup trop. Ça ne s'explique pas facilement. C'est ce que j'appelle un pic. Ou un cap. Ou une péninsule. Comme vous voulez.

Il fallait reconnaître que c'était difficile à expliquer.

— Et pourquoi avez-vous dit tout à l'heure que ce pic était caché ?

— Parce qu'il a été effectivement caché. Le fichier que j'ai décrypté n'est pas le fichier qui a été transmis à la commission de contrôle des opérations électorales. Le fichier officiel fait état d'un déroulement normal. Le pic du matin apparaît, mais celui de 17 h 50 a été lissé sur les deux dernières heures de vote pour ne pas être flagrant. Le vote de la primaire a été truqué. C'est désormais certain. Le problème, c'est qu'on ne sait pas qui en est l'auteur ni qui en est le bénéficiaire.

— Pardon ?

— Oui, on ne sait pas pour qui les votes fictifs ont été enregistrés dans la machine. Autrement dit, on ne sait pas si ces votes ont permis la victoire de votre patron, en lui faisant passer la barre au dernier moment, ou s'ils ont simplement réduit son avance qui était plus importante encore trois minutes avant la clôture du vote.

J'avais beau me dire depuis le début de cette affaire que nous allions finir par avoir une mauvaise surprise, j'étais abattu. Imaginer qu'une fraude pouvait avoir été commise, ce n'était pas la même chose qu'être mis en face de la preuve qu'elle avait bien eu lieu.

Je restai silencieux face à Gaspard Caligny. Je ne savais plus quoi dire. Je m'en voulais de n'avoir rien vu, ni que la fraude était possible, ni qu'elle avait été réalisée. D'une voix sourde, je demandai :

— Qu'est-ce que vous avez fait des fichiers originaux ? Vous les avez détruits ?

Gaspard me regardait en coin. Il n'avait pas l'air sympathique du tout.

— Pourquoi vous me demandez ça ? Vous voulez faire disparaître les preuves de la fraude ? Pour couvrir votre Patron ou pour vous couvrir vous-même ?

J'ouvris la bouche. Aucun son ne sortit. Gaspard Caligny me prenait pour le fraudeur. Et je lisais parfaitement dans son regard que, si j'étais le fraudeur, cela impliquait que j'avais délibérément mêlé son neveu à une histoire dangereuse et tordue dont j'étais à l'origine. Et je connaissais assez Gaspard Caligny pour savoir que, si je ne le faisais pas changer d'avis très vite, j'allais passer un très mauvais moment.

Et c'est à ce moment que le Patron, en avance sur son horaire, entra dans mon bureau.

Il avait l'air de mauvaise humeur. Et plus encore, il semblait surpris de me trouver avec quelqu'un qu'il ne connaissait pas dans ce bureau, à cette heure, quelques minutes avant un rendez-vous convenu entre nous seuls.

Il reconnut Gaspard Caligny instantanément. Pour qui connaissait Winston et se souvenait de son père, l'air de famille était si fort qu'il ne pouvait y avoir de doutes sur l'identité de mon interlocuteur.

— Vous devez être l'oncle de Louis ?

— Affirmatif.

— Je suis heureux de vous rencontrer. Je ne savais pas que vous étiez en pleine discussion. Pardon de vous avoir interrompu. Votre neveu est formidable. Il nous aide beaucoup. Vous pouvez être fier de lui. Vraiment. Je n'ai pas le souvenir d'avoir rencontré quelqu'un d'aussi prometteur à son âge. Je crois comprendre qu'il le doit largement à vos conseils et à votre présence. Bravo. J'ai pas mal de choses à faire aujourd'hui, donc je vous laisse, mais je serais heureux de vous rencontrer un peu plus tard.

Avant de quitter la pièce, le Patron avait sorti son plus grand sourire, son ton le plus chaleureux, et j'étais certain qu'il pensait chacun des mots qu'il venait de prononcer. Je ne l'avais jamais entendu être aussi élogieux à l'égard de quiconque dans ce métier. Gaspard ne s'en rendait pas compte, mais il venait de vivre quelque chose de rare. Comme si les bons se reconnaissaient entre eux, instantanément.

Gaspard hocha la tête sans prononcer un mot. Il était mal à l'aise, à la fois impressionné par l'apparition du Patron et animé d'une défiance que personne, sinon moi, ne pouvait soupçonner.

La brève interruption par le Patron avait au moins eu le mérite de faire baisser la température.

— Écoutez, Gaspard, vous ne me connaissez pas depuis longtemps et je sais que vous ne portez pas dans votre cœur le milieu dans lequel j'évolue. Je vous jure, sur ce que j'ai de plus cher, que je ne suis pas à l'origine de cette fraude. Je vous le jure.

Gaspard était impassible, en face de moi.

— Je ne vous ai pas demandé si vous aviez détruit les fichiers originaux pour faire disparaître des preuves, insistai-je. Je vous l'ai demandé parce que je voulais savoir qui était susceptible de savoir ce que vous saviez. Mon objectif n'est pas de couvrir quelqu'un. Mon objectif est de faire gagner mon Patron et d'éviter que son élection soit rendue impossible par quelqu'un qui balancerait ce fichier dans la nature.

Gaspard était toujours impassible.

— Je vous jure que je ne suis pas derrière tout ça. Et je suis presque certain que le Patron non plus. Gaspard, vous êtes le seul à qui je me permets de dire ça. Je suis presque certain qu'il n'y est pour rien, mais je n'en suis pas complètement sûr. Tant que je n'ai pas d'éléments qui me prouvent que ce n'est pas lui, je lui fais confiance. Est-ce que vous avez ces éléments ? Si vous me les montrez, s'ils existent, alors…

Je ne terminai pas ma phrase. L'énormité de ce qu'elle impliquait pour moi, pour celui que j'avais choisi, à qui j'avais consacré presque toute ma vie professionnelle et bien plus que ma vie personnelle, celui qui se trouvait dans le grand bureau de l'autre côté du couloir, qui serait peut-être président de la République dans deux semaines…

Gaspard rangea sa clé USB dans sa poche.

— Je ne les ai pas détruits. Parce qu'il vaut mieux, à ce stade, que ceux qui ont commis la fraude ne sachent pas que je suis au courant de leur forfait. Mais j'ai tous les fichiers. Je ne peux pas encore les déchiffrer, mais bientôt je pourrai. Je vais trouver qui a fraudé. Je veux bien croire que ce ne soit pas vous. Je vous laisse le bénéfice du doute. Je suis bien placé pour savoir qu'il faut parfois laisser le bénéfice du doute à des gens qu'on ne comprend pas bien. Mais si c'est vous, je le saurai très vite.

— Alors là pardon, mais je ne comprends pas pourquoi les fichiers sont intacts. C'est le meilleur moyen que Vital soit informé par les flics…

— D'abord, si ça se trouve, ils ne mettront même pas la main dessus. Je n'ai pas volé le fichier, mais je l'ai crypté et recrypté. Ça ne présente que des avantages : s'ils le décryptent, ils penseront que personne d'autre n'a pu le décrypter, et s'ils n'y parviennent pas nous serons les seuls à l'avoir : dans tous les cas, ils ne se douteront de rien.

— Tout cela est bel et bon, mais on ne saura pas si Vital est sur la bonne piste.

— Non, on ne le saura pas. Les flics ont beaucoup d'infos sur cette affaire, les mêmes que les nôtres, et même sans doute certaines que nous n'avons pas. Mais il leur manque une chose essentielle : le lien avec votre copain le rouquin sur lequel je suis sur le point de mettre la main.

La seule évocation du rouquin qui m'avait tabassé sur le canal Saint-Martin suffisait à me faire frissonner.

— OK. Dépêchez-vous de décrypter ces fichiers. Et de retrouver ceux qui sont derrière tout ça. Cette fraude n'est pas seulement une mauvaise manière politique. Il y a eu des morts. Il peut y en avoir encore. Je ne dirai rien de tout cela à Winston. Je crois qu'il vaut mieux que nous mettions un peu de distance entre lui et cette affaire.

Gaspard opina, me regarda droit dans les yeux, comme s'il voulait vérifier jusqu'au tréfonds de mon âme que j'étais sincère, et plissa doucement les yeux.

Au fond de moi, je savais que Gaspard venait de m'adresser son dernier avertissement.

64.

Le Patron lisait ses dossiers. Son stylo rouge à la main, il annotait brièvement chaque document qu'il examinait. Je savais qu'au fur et à mesure que la tension s'accroissait, il trouvait dans ce travail quotidien d'imprégnation le moyen de supporter le stress. Certains fumaient. D'autres buvaient. Lui travaillait.

Avant même que je puisse dire un mot, il commença :

— Je trouve incroyable que personne n'ait vu venir ce connard ! Je suis entouré d'une équipe qui pense qu'elle est la plus efficace du milieu et, le soir du premier tour de la présidentielle, un type qui a fait 4 % me vomit dessus sans que personne ait senti le coup. Mais qu'est-ce que vous foutez ?

Sa voix était calme, mais la colère qu'elle contenait était perceptible.

Je choisis de ne rien dire et de laisser passer l'orage.

— Vous avez vu le résultat ? J'ai été obligé de changer de pied au dernier moment. J'ai dû ramer en direct alors que j'aurais pu me contenter de capitaliser sur la victoire du premier tour.

— Et vous vous en êtes bien sorti. Vraiment.

Le Patron hochait la tête nerveusement. Il avait craché son venin et était en train de se calmer pour recommencer à réfléchir.

— Qu'est-ce qui lui a pris ? Pourquoi il attaque maintenant ? Je peux vous dire que, s'il espère obtenir un ministère avec ce genre de tactique, il va être déçu. Je vais lui régler son compte proprement à celui-là aussi.

J'essayais de calmer la partie de mon cerveau qui avait été frappée par le choix de l'expression.

— Franchement, je ne comprends pas. J'ai essayé de l'appeler hier soir et il n'a pas répondu. J'ai parlé avec son bras droit. Lui non plus ne comprend pas, enfin c'est ce qu'il prétend, mais je lui fais plutôt confiance. Il a pété un boulon. Ou alors…

Le Patron me fixait, attendant la suite.

— Ou alors, quelqu'un lui a dit quelque chose qui lui a fait péter un boulon. Le Radical est un connard, je vous l'accorde, mais il n'est pas idiot. S'il refuse de jouer à la balle avec vous, c'est qu'il pense que vous allez perdre, ou qu'il gagnera plus en jouant avec quelqu'un d'autre.

— Vous pensez à qui ? Vital ?

— Je le vois mal se ranger derrière un candidat issu d'une majorité qu'il a combattue pendant cinq ans. Les radicaux sont parfois tordus, mais ça tout de même…

— Ça s'est déjà vu, vous savez. La promesse d'un ministère important provoque parfois des miracles.

434

— Je sais, mais je ne crois pas que Vital soit derrière ça. Rien ne vous a frappé hier sur les plateaux ?

— À part le flot de platitudes habituelles que nos amis commentateurs n'hésitent pas à assener ? J'ai trouvé Vital assez bon. Confiant. Il faut dire que lui n'a pas eu à faire face à une défection dans son propre camp cinq minutes avant son discours…

Celle-là, j'allais en entendre parler pendant quelques années.

— …J'ai trouvé que nos gars s'en tiraient bien, poursuivit le Patron. Et je constate qu'une fois de plus ma sympathique partenaire ne s'est pas fatiguée pour… Mais d'ailleurs vous avez raison, je ne l'ai pas entendue hier soir… Elle m'a appelé vers 21 h 30 pour me féliciter et pour me dire que nous étions bien partis, mais je ne l'ai pas vue sur les plateaux… Elle a fait quoi ?

— Rien. Du tout. Et je trouve ça curieux. Et quand je vois deux choses curieuses dans la même soirée, j'ai tendance à penser qu'elles ont un lien entre elles.

Le Patron avait levé vers la tête et regardait le plafond avec une concentration maximale. Immobile, perdu dans ses pensées, il était silencieux. Il s'était légèrement coupé en se rasant, et je voyais la très mince trace sombre du sang coagulé sous son oreille droite. Au bout de quelques secondes, je vis sa main droite jouer avec son annulaire gauche. Entre la présidentielle et la maladie de sa femme, j'osais à peine imaginer la pression qu'il devait encaisser.

Je n'osai ni bouger ni dire un mot. C'est lui qui rompit le silence, en baissant la tête et en affirmant, d'une voix très calme :

— Cette garce va la ramener. Elle va assurer son poste de Premier ministre en se posant comme la garante de l'unité de la majorité. Elle a évité les plateaux hier pour ne pas avoir à répondre à ce sombre connard. Elle va le laisser cracher sa bile sur la campagne, et probablement sur la primaire, et à la fin de la semaine, elle va nous le ramener dans le troupeau. Et ce sera tout bénéfice pour elle qui sera du coup incontournable si les radicaux réussissent à former un groupe parlementaire après les prochaines législatives. C'est un vrai coup qu'elle est en train de préparer.

Bingo. J'avais vu juste en pensant qu'elle était derrière tout ça, et le Patron avait plus rapidement compris que moi comment elle allait s'y prendre.

— Je crains que vous n'ayez raison. Mais j'ai du mal à comprendre comment elle a pu convaincre le Radical de marcher dans cette manœuvre. C'est risqué pour lui.

À nouveau silencieux, le Patron réfléchissait. J'entendais, derrière la porte, le bruit des premiers arrivants au QG, le son des ordinateurs qui s'allumaient, les éclats de rire de ceux que la politique mettait de bonne humeur. Le Major devait être là. Marilyn n'allait pas tarder. Démosthène arriverait en dernier, comme toujours.

Brutalement, le Patron frappa du poing sur la table. Je sursautai. Mon cœur allait lâcher s'ils continuaient.

— Elle ne va pas l'emporter au paradis ! Primo, le Radical, comme vous l'appelez, est barré. Il ne sera jamais ministre d'un gouvernement dont j'aurais nommé le Premier ministre. Vous m'entendez ? C'est sans appel. Qui vous paraît en mesure de créer le désordre au sein du Parti radical ? Un jeune type plein d'avenir ou un vieux solide ?

— Il y a Roumert. Député de la Moselle depuis deux mandats. Sérieux. Sympa. Ambitieux mais raisonnable.

— Il est très bien. C'est lui qui sera ministre pour les radicaux. Et à un joli poste. J'ai besoin qu'il se mouille rapidement pour moi. Il faut diviser les radicaux, ça ne devrait pas être trop difficile, non ?

C'était un euphémisme.

— Deuxio, je veux que vous alliez négocier ce matin avec nos amis souverainistes. Je suis ouvert. J'ai besoin d'eux. Eux aussi ont besoin de nous. Ils ont des législatives à financer et ils ne doivent plus avoir un sou vaillant après leur score décevant. Je suis OK pour une dizaine de sièges aux législatives. On remboursera toute leur dette, à condition qu'ils s'inscrivent dans le même groupe parlementaire que le nôtre. Soyez ouverts, et s'il faut leur donner plus, pourquoi pas. Mais je ne veux pas qu'ils constituent un groupe autonome. OK ?

— C'est clair.

— Le centriste va nous faire un coup de centriste ?

— Le coup d'hier soir m'incite à la prudence. Mais je crois que ça devrait aller. Aussi troublant que ça puisse vous paraître, j'ai presque confiance, pour la première fois de ma vie, en un centriste.

— Tout arrive. J'espère que vous ne vous tromperez pas. Soyez ouvert aussi avec lui. Grande est la maison du Père, l'union fait la force, ce qui nous rassemble est tellement plus fort que ce qui nous sépare, et tout le toutim. Vous pouvez y aller.

— Ils vont vouloir obtenir des assurances sur les investitures.

— Donnez-les-leur. Mouillez-vous, mais laissez-moi une marge. Mettez le Major dans la boucle.

Voyant ma surprise, le Patron me glissa dans un sourire :

— Puisqu'il sera bientôt de notoriété que les dissensions dans mon équipe se multiplient, nous mettrons les revirements d'après second tour sur le compte de messages internes qui passaient mal. C'est comme ça que je vais conserver mes marges. Allez.

Le Patron avait délivré ses consignes du matin. Il pouvait se replonger dans ses notes. Je me levai, un peu hébété par sa dernière remarque, mais rassuré par les consignes claires qu'il avait formulées.

Je tenais la poignée de la porte dans la main lorsqu'il releva la tête et me demanda :

— Vous en êtes où sur cette histoire de fraude ?

Devais-je lui dire que je savais désormais qu'il y avait eu fraude ? Que j'allais bientôt savoir qui était derrière ? Que l'oncle du petit Caligny n'était pas loin de penser qu'il en était l'auteur ? Que je n'étais pas loin d'être d'accord avec lui ?

— J'avance Patron. J'avance. Et je vais finir par trouver.

Le Patron cligna des yeux.

— Bientôt, il sera trop tard.

Le Patron aussi venait de m'adresser son dernier avertissement…

65.

Normalement, après le premier tour, tout est joué.

C'est un principe de base que tous les apparatchiks connaissent. On l'apprend sur le tas, en multipliant les expériences. Il suffit de voir qui est en tête, d'additionner pour constater où se situe l'équilibre des voix entre droite et gauche, de comparer avec les trois élections précédentes et vous savez. Donnez-moi n'importe quel résultat de premier tour dans n'importe quelle élection, et je vous donne le gagnant avec 95 % de réussite.

Bien sûr, tout le monde fait comme si, tout le monde s'agite en faisant croire que la tendance peut s'inverser, que les abstentionnistes vont se mobiliser, qu'une proposition inédite va tout changer. Mais en fait, on sait bien, à un ou deux points près, comment les choses vont se passer. La plupart du temps, on sait même déjà qui va gagner. La seule chose qui peut bouleverser les événements, c'est la grosse gaffe, l'innommable bourde, la déclaration intempestive, la petite phrase filmée par inadvertance et qui se retrouve sur le Web. Entre les deux tours, l'essentiel est de ne pas commettre de grosse erreur.

Tout est joué, sauf si.

C'est le second principe de base que les apparatchiks apprennent sur le tas. Sauf si le second tour se joue sur une triangulaire. Sauf si quelque chose de sérieux se passe entre les deux tours. Sauf si vous avez un extraterrestre dans les deux candidats qui subsistent, c'est-à-dire quelqu'un capable de renverser une tendance par son charisme ou sa notoriété. La liste des « si » est longue et chaque surprise vient la compléter.

Un principe et beaucoup d'exceptions. Il y a une foule de choses comme ça en France. La grammaire. Le droit administratif. La politique ne fait pas exception. C'est un principe.

Ce dont je me rendais compte de façon très claire, trois jours après le premier tour, c'est que l'issue de cette présidentielle était terriblement incertaine. Rarement le duel avait été aussi ouvert, tant les scores du premier tour étaient difficiles à lire. Le Patron était en tête : c'était une dynamique. Mais Vital n'était pas loin derrière, et il avait, *a priori*, davantage de réserves de voix à gauche. Ah, les reports de voix. Insondable arithmétique électorale qui faisait dire tout et son contraire aux analystes politiques.

Je savais bien qu'en fait de report de voix d'un candidat sur un autre entre les deux tours, on ne maîtrisait rien : les motivations des électeurs étaient tellement floues, tellement variées, tellement versatiles, les haines tellement tenaces, les sympathies tellement mystérieuses, que l'addition des voix de droite ou de gauche n'avait plus guère de sens. Il en allait du choix de l'électeur comme du marché des actions : on lui prêtait une rationalité qu'il n'avait pas toujours, ce qui rendait, dans un domaine comme dans l'autre, la prédiction hautement aléatoire.

Ce qu'on maîtrisait, en revanche, c'était les déclarations des uns et des autres pour que les appels des candidats éliminés à voter pour le Patron soient les plus clairs possibles : que le message passé à ceux des électeurs qui avaient envie d'une consigne ou d'un éclairage soit le plus audible possible. Ça, c'était mon job de la semaine. Et c'était le job qui me confrontait aux plus bas instincts de l'âme humaine, dont j'avais un échantillon complet dans un laps de temps très court. Pendant ces quinze jours, j'avais besoin d'aide, et c'est en politique la pire des situations : celle où l'on dépend, en partie du moins, du bon vouloir d'un autre. Heureusement, j'avais quelques monnaies d'échange.

Le patron avait obtenu 28 % et devait arriver à un peu plus de 50. Il restait trois candidats supposés proches de nous : un Centriste ancienne formule, c'est-à-dire un type de droite un peu honteux, qui avait obtenu 8 %, le Radical, qui se révélait plus coriace que prévu, à 4 %, Vercingétorix, souverainiste passionné, anti-européen, qui avait obtenu 2 %, et ma petite écolo de droite, qui avait fait le même score, Soit un total de droite très théorique de 44 %, et encore, à condition de réunir tout le monde. Faire en sorte qu'au moins tous ceux-là apportent leur soutien au Patron était une condition nécessaire à la victoire, mais qui était loin d'être suffisante. Le tout évidemment sans trop fâcher le facho, avec qui tout dialogue était impossible, même si un intermédiaire véreux me proposa à plusieurs reprises d'organiser un dîner confidentiel pour ouvrir une discussion.

Autrement dit, pour gagner, le Patron devait *au moins* récupérer des voix centristes sans trop irriter l'électorat d'extrême droite, s'assurer l'électorat catho sans s'aliéner les anticléricaux, et fédérer les pro-européens sans se fâcher avec les anti. Une gymnastique sympathique, apparemment irréalisable, mais que bien d'autres avaient affrontée avec succès avant nous. Tous les présidents élus, en fait.

Ma petite écolo de droite n'attendait qu'un coup de sonnette pour se rallier avec enthousiasme : je n'aurais pas de souci avec elle, c'était ma créature.

Je connaissais bien Vercingétorix : ses convictions étaient aussi affirmées au premier tour que fluctuantes au second : moyennant un portefeuille ministériel de seconde zone pour lui, et quelques circonscriptions pour ses amis (le Patron en proposait 11, j'étais certain de pouvoir transiger à 5 ou 6), il ne ferait pas beaucoup de difficultés.

Pour le Centriste et le Radical, ça s'annonçait plus compliqué. Nous n'avions pas dissuadé le premier de se présenter, et nous avions bien fait : il avait capté une partie des voix centristes qui auraient pu partir chez Vital s'il n'avait pas été là. Mais nous avions engendré une créature qui se découvrait une influence et un pouvoir, et qui entendait bien l'exercer. Il fallait que je voie son homme lige pour discuter.

Quant au Radical, sa sortie du dimanche soir avait surpris tout le monde, et je craignais qu'il ne soit devenu plus incontrôlable…

La pression, pourtant déjà très forte, avait encore augmenté après les résultats du premier tour. Plus la France se rapprochait du second tour, plus les Français s'intéressaient au duel qui opposait Vital et le Patron.

Toute la presse couvrait la campagne. La presse politique ne parlait évidemment que de ça, mais plus généralement, la presse people, la presse spécialisée, tout ce que Paris et la province comptaient de journalistes, de pigistes, d'éditorialistes ou de gratte-papier voulait être au grand rendez-vous du débat républicain.

La palme revenait à un reportage dans *Maisons et Jardins* où Vital et le Patron décrivaient leurs espaces verts préférés. Vital y louait les mérites d'un jardin d'altitude cher à son cœur d'Isérois. Le Patron vantait la lande et le petit enclos planté de sa grand-mère dans la campagne cherbourgeoise. Rien de tout cela n'était très sérieux, mais la pire des choses aurait été de se voir reprocher par la presse de n'avoir pas pris le temps de répondre aux questions. Le mauvais goût était excusable, l'impression du mépris beaucoup moins.

Marilyn et son équipe y consacraient une énergie considérable. Jusqu'à présent, aucun faux pas ne pouvait lui être reproché. De toute l'équipe de campagne, c'est elle qui s'en sortait le mieux. Même la fatigue et la pression semblaient sans prise sur elle. Les cernes sous ses yeux se creusaient peut-être un peu plus qu'à l'accoutumée et les cigarettes se succédaient sans doute plus rapidement depuis quelques semaines, mais Marilyn restait belle, calme et incroyablement compétente.

Nous discutions moins qu'auparavant. Si elle éprouvait le besoin de tester ses idées, elle le faisait avec d'autres. Elle venait encore me consulter, mais uniquement lorsqu'elle savait que le Patron lui demanderait ce que j'en pensais, ce qui, en dépit de ses moments d'humeur contre mes prétendues incompétences, arrivait encore.

De mon côté, j'avais moins de temps à lui consacrer. D'abord parce qu'entre la gestion de la Tuile, les négociations d'entre deux tours, la préparation des législatives qui suivraient et la perspective du débat télévisé à venir, ma gamelle était pleine. Gaspard Caligny avait disparu depuis son avertissement matinal, mais je savais qu'il reviendrait vers moi. Les discussions avec nos nouveaux amis souverainistes avançaient bien, et le dernier vrai Gaulois annoncerait son ralliement au cours d'un meeting prévu à Dijon. Démosthène y verrait une référence savoureuse à Alésia.

Les centristes s'annonçaient plus compliqués, ce qui n'était ni surprenant, ni mauvais signe. Négocier avec un centriste, c'est comme essayer d'attraper une anguille dans un bocal d'huile d'olive : on n'a pas l'impression que c'est très difficile, on passe souvent très près de conclure, mais rien n'est jamais acquis avant la dernière seconde. Et même lorsqu'on a conclu, on n'est jamais certain que l'anguille ne vous échappe pas à nouveau une fois que l'attention se relâche. L'exercice est intéressant, stressant, et bien connu de tous les apparatchiks du métier.

Je devais voir l'homme des centristes en début d'après-midi, et je réfléchissais aux pièges qu'il ne manquerait pas de me tendre. Le petit Caligny travaillait avec Démosthène sur le débat de la semaine prochaine. Il préparait des notes, des fiches, il rencontrait les équipes de la direction des études pour faire des synthèses. Il se rendait utile.

Marilyn entra sans frapper. Instinctivement, je lui adressai un grand sourire. Comme avant. Il fut reçu dans la plus grande froideur. Le réchauffement de nos relations attendrait. Elle était là pour parler boulot et n'avait pas de temps à perdre :

— Les communicants veulent qu'on parle de sa femme.

Les salopards.

— Il ne voudra pas. Et il va leur rentrer dedans s'ils osent lui en parler.

— S'ils lui en parlent... j'ai l'impression qu'il y en a un ou deux qui aimeraient faire fuiter sa maladie, histoire de l'humaniser, de lui attirer la sympathie des indécis...

Je ne répondais rien. Les Sorciers étaient dans l'image. C'était leur métier. Mais je connaissais assez le Patron pour savoir que cette stratégie lui déplairait souverainement.

— Tu veux faire fuiter ça ?

Marilyn haussa les épaules. Elle hésitait.

— Je trouve ça nul. Mais je reconnais que ça peut faire bouger quelques lignes. Les malades, les familles de malades, les vieilles dames qui le plaindront, les veufs qui se reconnaîtront en lui. Ça fait du monde.

— Et la femme malade et abandonnée pendant que son mari fait campagne et prépare son avenir politique, comment ça serait pris, ça ?

Marilyn me jeta un regard interloqué.

— Pas bête. Bon argument. Je vais essayer de les bloquer avec ça. Tu n'es pas mauvais. Dommage que tu sois aussi con.

Et sur ces mots définitifs, elle se leva et quitta mon bureau.

— C'est comme ça qu'on m'aime !

Tout l'étage avait dû m'entendre hurler. Et je souriais, seul, dans mon bureau. À sa manière, Marilyn m'avait fait un compliment. Dans sa bouche, ce n'était pas rien, et ça annonçait, peut-être, une trêve entre nous. Peut-être. À quelques heures d'une négociation avec les centristes, il y avait là quelque chose de trop précieux pour que je fasse la fine bouche.

66.

Je repris le dossier que j'avais constitué au fil des années sur le Radical, pour préparer une offensive contre lui et le convaincre de se rallier au Patron.

Mes dossiers, que ferais-je sans eux ?

À l'ère d'Internet et du scanner, le premier cercle raillait mes dossiers vieillots sur les principales personnalités politiques de ce pays, emplis de coupures de presse jaunies par le temps, de notes prises à la hâte sur un coin de nappe en papier de restaurant de seconde zone, de notes blanches des Renseignements généraux du temps, déjà lointain, où le Patron était ministre de l'Intérieur. Avec le temps, j'avais fiché une centaine d'élus importants, pour certains depuis le début de leur carrière. Autant dire que ce fichier n'était pas déclaré à la CNIL...

Tous les matins, je faisais rajouter des documents dans mes dossiers par ma secrétaire, des coupures de presse, des déclarations, des rumeurs à vérifier. J'en avais fait une habitude, mais jamais je n'avais pu passer au support informatique. J'avais bien plus confiance dans mon petit coffre-fort qu'en n'importe quel système de sécurité informatique, et les événements récents me confortaient plutôt dans ce choix.

On se fichait de mes fiches, n'empêche que mes dossiers m'avaient sorti de plus d'un mauvais pas. Je me dis que quelque part, quelqu'un avait un dossier sur moi, enfin, je l'espérais : sinon existerais-je vraiment ? Lorsque j'étais avec le Patron place Beauvau, je m'étais offert le luxe de consulter la fiche rédigée sur moi par les RG. Je n'avais pas fait effacer grand-chose, finalement…

Ce jour-là, c'est le dossier du Radical que j'avais sorti de mon coffre. Ce serait bien le diable de ne pas y trouver un truc à exploiter contre cet insupportable récalcitrant…

Après avoir dépoussiéré la couverture, j'en entrepris la lecture, du document le plus ancien au plus récent. Le type avait changé plusieurs fois de parti et de convictions, mais ce n'était pas un signe véritablement distinctif, et les Français ne tenaient rigueur à personne de ce genre de revirements. La manière dont il avait conquis la présidence de son parti était certes un peu douteuse, mais j'avais mon compte de polémique sur des votes trafiqués. Il était propriétaire de plusieurs biens immobiliers, qui valaient une petite fortune. J'avais oublié en revanche sa proximité avec le vieux Ponte, ancien magnat des affaires retiré du circuit mais dont l'influence avait été pesante, il y a encore quelques années. L'image générale qui se dégageait de ce dossier était plutôt négative, sans que rien ne permette toutefois d'accrocher une vraie casserole dans le dos du Radical.

Si j'avais vu le coup venir avec un peu d'avance, j'aurais pu creuser plus en profondeur, ou créer de toutes pièces une rumeur gênante, mais je n'avais plus le temps.

J'étais au bord du découragement.

Il allait falloir traiter le Radical à la loyale. Du point de vue de la morale, c'était sans doute mieux. Du point de vue de mon futur immédiat, c'était moins réjouissant.

Comment moi, dont la réputation en matière de coups tordus et de brutalité était solidement établie, avais-je pu me retrouver dans une situation où j'étais le seul à respecter les règles ?

67.

Mercredi 28 avril, 17 h 06

— Nous sommes d'accord ?

— Sur l'essentiel.

— Les électeurs centristes ne vont pas aller voter pour Vital ?

— Ça m'étonnerait.

— Le programme que nous avons défendu pendant la campagne vous convient ?

— Oui.

— Nous pouvons envisager une campagne commune pour les législatives ?

— Coordonnée plutôt. Avec désistement réciproque en faveur de celui qui arrive en tête dans les circonscriptions où nous ne serions pas d'accord sur un candidat commun au premier tour.

C'était moins bien qu'une réelle union, mais ça pouvait aller. Il suffirait de faire en sorte d'éviter les primaires entre deux candidats vraiment importants pour eux ou pour nous.

— Donc ton patron va se rallier et appeler à voter pour le mien ?

— Non.

J'avais beau être bien calé dans un fauteuil club en cuir, déguster avec plaisir un très bon whisky et avoir fait personnellement l'expérience de toutes les avanies capables d'être infligées à un autre homme politique par un centriste, je restais surpris par l'aplomb du bonhomme.

Mon homologue chez les centristes était un seigneur du métier.

Fils d'un ancien ministre franc-maçon lui-même au fait de tout ce que la fin de la IVe République et le début de la Ve avaient connu de manœuvres et de coups tordus, il pratiquait le combat politique avec le sérieux et l'intuition de ceux qui ne connaissent, au fond, que ce milieu.

D'aussi loin que je me souvenais de lui, il avait toujours été rond et souriant, ce qui ne l'empêchait pas d'être dur en affaires, voire méchant quand il le fallait. Il était passé à côté de sa propre carrière d'élu, ce qui ne le rendait que plus dangereux : il ne demanderait rien pour lui-même. Avec l'âge, il semblait toujours plus bienveillant qu'il ne l'était vraiment.

— Vous n'allez pas appeler à voter pour nous ? C'est-à-dire ? Vous allez partir à la pêche ? Vous allez refuser d'être dans la majorité ? Tu me dis toi-même que personne dans ton électorat ne vous suivrait dans une alliance avec Vital !

— Je reconnais que notre position est surprenante. Vous nous attendiez en supplétifs arrangeants et nous existons. Ça doit en déranger quelques-uns chez toi.

Exister, exister, c'était vite dit. Quand on pèse 8 % au premier tour, on a le droit de parler à la table des grands, mais pas trop fort et pas longtemps. Cela dit, le type représentait 8 % d'électeurs plutôt de droite. S'il n'appelait pas à voter pour nous avec enthousiasme, un nombre non nul d'entre eux n'iraient pas voter. Le genre de coup dur qui vous fait passer de 51 à 49 % en un rien de temps.

— Qu'est-ce que tu veux ? Des ministères pour vous ? Vous en aurez forcément, mais on ne va pas décider ici et maintenant combien et lesquels.

Il arrivait à conserver ce sourire agaçant en toute circonstance.

— Je ne suis pas inquiet, vous nous offrirez des ministères. Vous ne pourrez pas faire sans nous. À l'Assemblée, vous aurez peut-être la majorité tout seuls, mais cela ne sera pas le cas au Sénat. Vous aurez besoin de nous. Je suis content que tu me proposes des ministères, je t'en remercie, mais tu ne me donnes rien, car je sais déjà que nous allons les avoir.

— Il y a ministère et ministère…

— Vous avez dans l'idée de ne nous proposer que des miettes ? Ce ne serait pas raisonnable…

Il fallait reconnaître que les centristes pesaient plus, dans la réalité politique, que les 8 % de leur candidat au premier tour. Comme les communistes à gauche, ils parvenaient à conserver au fil des années, contre toute logique, un matelas épais d'élus locaux et de parlementaires qui les rendaient beaucoup moins faciles à ignorer que ce que les observateurs imaginaient souvent.

Dans mon monde, la force se mesurait soit à la capacité d'entraînement, soit à la capacité de nuisance. On avait rarement vu un centriste entraîner quiconque, mais tout le monde savait qu'il pouvait nuire. Lorsqu'il était jeune, le Patron avait coutume de dire qu'un bon centriste était un centriste mort…

Une fois de plus, je me rendais compte que cette expression, que j'avais entendue mille fois dans sa bouche à l'époque, prenait un sens curieux dans le contexte de cette présidentielle. Je ne savais plus très bien si les références guerrières du Patron devaient être interprétées comme des outrances sans gravité, finalement communes aux grands hommes, ou si elles traduisaient au contraire une attirance morbide pour une forme d'action plus brutale.

En comparaison, le porte-serviettes du souverainiste n'avait pas été difficile à convaincre. Il avait trois préoccupations : une préoccupation financière d'abord : je lui avais promis que personne n'y serait de sa poche en cas de victoire du Patron, sans très bien savoir comment je m'y prendrais, du reste. Sa seconde préoccupation était que son chef entre au gouvernement. Aucun problème là-dessus. On trouverait toujours un poste pour lui. Il suffisait d'étudier la composition de tous les gouvernements de la Vᵉ République, et de toutes celles précédentes, pour savoir que ce type d'exigence était le plus simple à satisfaire. Quant à sa dernière préoccupation, il valait mieux que personne n'apprenne jamais en quoi elle consistait, mais là encore, je m'étais senti autorisé à le rassurer.

Il était sorti de mon bureau rasséréné, et nous étions convenus que son chef serait présent au dernier meeting de campagne du Patron pour annoncer en grande pompe son ralliement.

Mais c'était du menu fretin. En face de moi, j'avais le plat de résistance, et c'était une autre paire de manches.

Perdu dans mes pensées, je laissai s'installer un long silence que mon compère utilisait pour déguster calmement son Strathisla. Les amateurs de bon whisky savent se taire lorsqu'ils dégustent un chef-d'œuvre.

Je tournai et retournai dans ma tête tout ce qui pouvait être à l'origine du refus des centristes, et toutes les stratégies susceptibles d'être échafaudées dans leurs esprits compliqués et fertiles.

— Qu'est-ce qui peut vous bloquer ? Sérieusement ?

— Trémeau. Premier ministre.

— Tu rigoles ?

— Tu trouves que j'ai l'air de rigoler ?

Franchement, on pouvait se demander. Prendre au sérieux quelqu'un qui vous sort une énormité en souriant n'est pas toujours simple. Mais je connaissais trop bien le centriste pour savoir qu'il ne riait pas du tout.

— Vous voulez être certains qu'elle sera Premier ministre ou vous ne voulez pas du tout qu'elle le soit ?

Un silence accompagné d'un sourire affable. J'allais devoir trouver tout seul. Je mettais en marche ce qui pouvait rester d'un cerveau après une primaire et une campagne présidentielle.

À l'évidence, les centristes ne voulaient pas de Trémeau. Je pouvais comprendre que le chef des centristes veuille éviter de voir celle qui se présenterait probablement à la présidentielle la fois suivante contre lui monter une marche et prendre de l'avance. Cela dit, si être Premier ministre préparait à l'élection présidentielle, ça se saurait. On n'avait jamais vu, sous la Ve, un Premier ministre sortant se faire élire Président.

J'écartais l'affaire de fesses. Cela n'avait jamais justifié une telle exigence politique. Et je voyais mal Trémeau s'envoyer en l'air avec cette grenouille de bénitier de centriste. Quoique. Maintenant que j'y pensais, je me disais qu'il allait falloir chercher. Même si c'était faux, la rumeur ne manquerait pas de sel.

En y réfléchissant un peu, je voyais bien que la manœuvre engagée par Trémeau et consistant à ramener le Radical et son parti dans le giron de la majorité pouvait handicaper les centristes. Si les radicaux prenaient une place charnière dans la majorité de demain, grâce à Trémeau, ils feraient peser une menace sur les centristes. Un radical, c'est un centriste qui ne croit pas en Dieu. Trémeau Premier ministre, c'était l'assurance, pour les centristes, de voir leur candidat écrasé par le Radical. Il lui suffirait de calmer un peu les ardeurs anticléricales de ses ouailles et il pourrait prendre de vitesse le vieux parti centriste. Et en satisfaisant son ambition, le Radical comblerait Trémeau qui éliminerait ainsi un candidat sérieux à la prochaine présidentielle. C'était diablement malin.

J'en déduisis que mon homologue avait peur pour son parti, ce qui n'était pas une bonne nouvelle. La peur est encore plus mauvaise conseillère en politique qu'ailleurs.

Je retournai le raisonnement dans ma tête.

— Tu sais, le Patron va avoir la peau du Radical. Ce type est une buse. Si j'étais toi, je ne m'inquiéterais pas trop de tout cela…

Le visage en face de moi restait impassible. Mais le léger plissement des lèvres et la façon un peu différente avec laquelle il avait cligné les paupières me montraient que j'avais tapé juste. Je ne l'avais pas rassuré, mais je l'avais compris. C'était un bon début.

— Ce n'est pas le seul problème.

Mince. Cette fois-ci, c'était à lui de se lancer. Je n'allais pas jouer aux devinettes toute la soirée.

— Nous ne comprenons pas pourquoi vous avez laissé annoncer qu'elle serait Premier ministre, sans jamais le démentir.

Alors là, je n'en revenais pas. Comme si ne pas comprendre les décisions d'un autre pouvait justifier quelque chose. Dans ce métier. J'en avais les bras ballants. Et ça se voyait.

— Ce que je veux dire, c'est que nous ne comprenons pas ce qui motive que vous la choisissiez elle. Vous l'avez battue aux primaires. Vous n'avez pas confiance en elle. Elle vomit sur vous dès qu'elle peut. Elle vous apporte bien moins que nous, et vous lui garantissez Matignon avant le premier tour. Il y a quelque chose qui ne nous va pas.

— Si on s'entourait de gens qu'on aime et en qui on a confiance dans ce métier, ça se saurait. On serait rarement nombreux. On se sentirait un peu seuls. Tu ne serais pas dans cette pièce, avec un type comme moi.

Des yeux malicieux acquiescèrent, avec quelque chose comme une pointe de regret devant ce constat incontestable mais terrible.

— Tu as raison. Mais là je parle d'autre chose. Tu ne pourras pas tout me dire, mais ne me prends pas pour une quiche lorraine. Vous faites une primaire sanglante. Ton Patron gagne tout juste. On commence à entendre parler d'une fraude pendant la primaire et là, bang ! Avant l'élection, avant même le premier tour, alors que rien ne l'impose, vous laissez entendre que c'est Trémeau qui sera Premier ministre. Vous vous êtes mis à ses pieds en faisant ça. Et ça ne vous ressemble pas, ni à toi, ni à ton Patron.

Je restais silencieux et retenais mon souffle. Il n'avait pas fini.

— Si vous avez cédé aussi vite, c'est parce que vous aviez peur. Peur d'elle sans doute. Donc ma question est la suivante : est-ce qu'elle vous tient par les couilles, oui ou non ? Si elle vous tient par les couilles, c'est elle qui aura le pouvoir, et si c'est le cas, pourquoi voudrais-tu qu'on vous soutienne ? Pour se faire entuber par Trémeau tout au long des cinq ans qui viennent ?

Le raisonnement était imparable. En même temps, je savais au fond de moi qu'un raisonnement imparable n'avait jamais interdit à un centriste, ou à quiconque d'ailleurs, d'aller à la soupe contre un joli ministère. Mon homologue avait mis le doigt sur quelque chose, mais ses patrons ne s'arrêteraient pas à ça.

— Je comprends ce que tu dis. Je ne suis pas sûr que cela justifie que vous refusiez de soutenir le Patron au second tour. Ce serait faire prendre un risque considérable à tes chefs. Et Trémeau vous baisera encore plus si vous n'êtes pas des partenaires solides dans la majorité dès le début.

— Si vous gagnez.

— Si on perd et que c'est à cause de vous, ton chef perd toutes ses chances dans cinq ans.

— Comme tu y vas… C'est long cinq ans. Les gens oublient…

— Pas ça. Ils mettent beaucoup plus que cinq ans à oublier ce genre de choses. Et à l'inverse, si c'est long cinq ans, tu peux parier sur le fait que le Patron saura se débrouiller de Trémeau. Tu le connais. Il a une belle collection de trophées sur son mur et je suis certain qu'il sera ravi d'y accrocher la tête de Trémeau et celle de Texier le plus vite possible.

Je savais que je n'arriverais pas à le convaincre ce soir, mais l'idée était de le faire douter. Son chef allait nécessairement soutenir le Patron. J'en mettrais ma main à couper. Je voulais surtout éviter que mon homologue commence à diffuser partout ses doutes. Si les députés centristes commençaient à raconter ce genre de choses à la presse, on se dirigeait tout droit vers des journées compliquées.

Un silence curieux ponctuait à nouveau notre échange. Mon verre était plein, et il vidait tranquillement le sien.

—Je sais que tu penses que mon chef finira par soutenir ton Patron. Je comprends que tu puisses croire ça. Nous les centristes, nous n'avons pas la réputation de résister très longtemps à l'appel de la soupe. Il n'empêche que mon chef est déterminé à retenter sa chance dans cinq ans. Il a la conviction qu'il peut gagner, et il a raison d'espérer. Tant qu'il pensera que Trémeau Premier ministre est la pire des solutions pour lui, il ne se ralliera pas. Si vous dites que rien n'est fait, ou que vous faites savoir que d'autres possibilités sont ouvertes, peut-être qu'il vous rejoindra. Sinon, lui ne bougera pas. Il laissera le boulot aux seconds couteaux, mais vous n'aurez pas son soutien. Et dans votre situation, avec les résultats du premier tour, c'est de lui que vous avez besoin. Il est plus précieux pour vous que ne l'est Trémeau !

Il se trompait mais je ne pouvais pas lui dire pourquoi. Si nous faisions sortir Trémeau du dispositif maintenant, elle pouvait tout faire péter : si moi je savais qu'il y avait eu fraude, il était possible qu'elle le sache également. Je ne pouvais pas prendre le risque. Avec elle, nous n'étions pas certains de gagner. Sans elle, nous perdions à tous les coups.

L'œil vif du centriste et son sourire immobile ressemblaient à ces points de suspension qu'on laisse à la fin des phrases qu'on ne sait pas finir. Ils en disaient plus long qu'un discours. Hémorragie de sens, aurait dit Démosthène. Peut-être mon interlocuteur en savait-il plus qu'il ne l'admettait devant moi. Peut-être voulait-il me laisser croire qu'il en savait plus. Aucun moyen de savoir avec lui. Comme un joueur de poker, il n'admettrait jamais qu'il bluffait. Sa force au prochain coup dépendait de sa capacité à laisser planer le mystère sur tous ceux qu'il avait joués auparavant.

À moins que je ne trouve une idée de génie très rapidement ou que Gaspard ne m'apporte rapidement la preuve qui lui manquait et qui ferait sans doute tout exploser, j'allais encore devoir annoncer une mauvaise nouvelle au Patron.

Parfois, je me demandais ce qui était préférable.

68.

Mardi 4 mai, 10 h 37

— Vous voulez supprimer des postes de fonctionnaires pour pouvoir baisser les impôts ? Dites-le clairement dans ce cas ! Dites dans quel département
vous voulez supprimer des emplois de policiers.
Dites dans quel hôpital vous voulez supprimer des
postes d'infirmières : à Lille ? À Lyon ? À Montbé-
liard ?

— Je rends hommage, monsieur Vital, à votre
ardeur à critiquer les idées des autres. Cela contraste
avec votre passivité quand il s'agit de vos idées à
vous. Je trouve tout de même qu'il y a quelque chose
d'un peu navrant à vous entendre critiquer nos propositions. Vous en avez parfaitement le droit bien
sûr. Mais pourquoi ne pas rappeler qu'au cours des
cinq dernières années, le gouvernement que vous
soutenez, et dont vous avez fait partie, a augmenté les
impôts, augmenté le nombre de fonctionnaires, et
que pourtant, dans le même temps, la qualité des services publics que vous évoquez, la qualité des soins,
le niveau de sécurité, la capacité de l'école à former

notre jeunesse ont baissé ? Tous les classements internationaux le montrent. Tous les Français le savent.

— Les Français auront l'occasion de se prononcer dans quatre jours. Je leur fais confiance pour prendre la bonne décision !

— Moi aussi, monsieur Vital. Moi aussi. Je leur fais confiance pour se poser la question de savoir par quel miracle ce que vous proposez, qui n'a pas marché depuis cinq ans, marcherait miraculeusement au cours des cinq prochaines années ? Je leur fais confiance pour se demander combien va leur coûter la fuite en avant que vous nous proposez. Je leur fais confiance pour savoir qu'il est temps de faire autrement. Je propose des idées nouvelles, vous avancez des critiques anciennes et vous ressassez des solutions qui ne marchent pas depuis cinq ans. Et vous voudriez que les Français vous croient ?

— Très bien !

Le Major ponctuait parfois de façon sonore les échanges. Il ne pouvait pas s'en empêcher. C'était plus fort que lui. Il devait être du genre à murmurer le livret à l'Opéra... Marilyn lui jeta un de ses regards noirs dont elle avait le secret. S'il faisait ça en public demain...

Le Patron marqua un temps d'arrêt. Il n'aimait pas être déconcentré.

Le Patron et moi nous faisions face. Entre nous, un de ses vieux amis, ancien journaliste de télévision qui avait profité il y a une dizaine d'années d'une vraie notoriété et dont la carrière avait brutalement été stoppée par un scandale retentissant. Les raisons de sa disgrâce avaient été oubliées depuis longtemps.

Lui aussi d'ailleurs. À l'occasion, il donnait un coup de main au Patron.

Le plateau n'était pas exactement identique à celui sur lequel le Patron allait devoir gagner son combat. Les dimensions étaient respectées, la table et le chronomètre aussi mais rien ne pouvait reproduire la tension terrible qui s'accumulerait dans le studio au fur et à mesure qu'on approcherait de l'heure du débat. L'heure de vérité, avait sobrement glissé le Patron, en forme de clin d'œil à l'émission qui avait vu défiler, au début des années 1980, tous ses aînés dans la carrière.

Le lendemain, il y aurait plus de monde sur le plateau et encore plus dans les coulisses. Le débat était un combat et les candidats des gladiateurs. Assister au spectacle à l'écran était intéressant, mais bien moins excitant que de pouvoir observer de près la violence du combat.

Le lendemain, le Patron et Vital auraient peur. Pas pour eux. Au niveau auquel ils se trouvaient tous les deux, ils n'avaient plus peur de perdre. Tous les deux avaient assez perdu, tout au long de leur carrière, pour savoir qu'il fallait compter, dans ce métier, avec ce genre de péripétie malheureuse. Comme ils étaient chacun fermement convaincus d'être le plus fort, d'avoir raison et d'être le mieux placé pour gagner, ils ne craignaient pas l'autre.

Si le Patron et Vital avaient peur, demain, ce serait d'eux-mêmes. Ils redoutaient de ne pas être à la hauteur, de rater quelque chose à cause d'un énervement mal contenu, d'une formule désastreuse, d'une hésitation ou d'un revirement incompris. J'en étais certain pour le Patron, et j'en aurais mis ma main au feu pour Vital.

Le débat du second tour, pendant lequel les deux candidats s'affrontent sous les yeux des Français, constitue le grand moment de la présidentielle. À coup de formules préparées, de petites phrases répétées et de reparties plus ou moins inspirées, il s'agit de faire la différence. Heureusement pour les candidats, ce débat vient généralement au terme d'une carrière politique qui leur a permis de se préparer. Plus jeunes, ils ont débattu sur les radios locales, sur les télévisions régionales, puis, après de nombreuses années d'efforts, lors des soirées électorales ou des émissions politiques. Mandat après mandat, ils ont traversé le filtre invisible mais terriblement sélectif de la carrière médiatique. Une bonne tête et la capacité d'occuper l'espace à la télévision ne garantissent pas une belle trajectoire politique, mais l'inverse condamne assez sûrement aux seconds rôles nationaux.

La préparation à cet exercice à haut risque avait été soignée. Marilyn avait longuement discuté avec les deux journalistes qui animeraient le débat. Elle les connaissait tous les deux parfaitement, comme la France entière d'ailleurs, qui les retrouvait, toujours aussi peu mordants et à peine vieillis, à chaque rendez-vous présidentiel.

Les règles du jeu avaient été négociées pendant une bonne semaine avant l'annonce du débat, qui serait diffusé sur les deux premières chaînes nationales. Canal + avait choisi de diffuser, contre-programmation oblige, *La Gueule de l'autre*. Si j'avais été moins proche du Patron, j'aurais choisi Canal : le passage hilarant dans lequel Serrault prononçait en play-back un discours politique illustrait à merveille ce à quoi ressemblaient les moins bons de ce métier.

Démosthène et le petit Caligny avaient rédigé, avec le pôle « Études » du QG, des monceaux de fiches techniques, de chiffres, d'idées et d'exemples pour préparer, sujet par sujet, des éléments de langage clairs et percutants pour le Patron. Marilyn et le Major les avaient relus. Moi aussi. Le Patron les avait corrigés.

Ce soir, après beaucoup de travail, c'était la générale. Comme au théâtre, on jouait la pièce, dans les conditions du direct. Il manquait le public, mais pour un débat télévisé, c'était presque accessoire. Il manquait aussi Vital, ce qui représentait, je le reconnais, un sérieux accroc à l'idée d'une répétition réaliste. Mais ça me donnait l'opportunité, pour deux heures, de prendre sa place.

Être Vital avait quelque chose de merveilleux.

Pendant deux heures, j'étais au niveau du Patron. Je pouvais l'interroger, l'interrompre, le contredire. Le fou du Roi en quelque sorte, en moins drôle. Malmener son chef est rare. Malmener le Patron était exceptionnel. J'en profitais.

— Reprenons, messieurs. Nous avons évoqué les sujets de politique internationale ainsi que ceux relevant de la politique économique et sociale. Le troisième temps de ce débat sera consacré à la politique intérieure et je voudrais commencer par vous poser la question suivante : quel type de Président souhaitez-vous être ? On sait qu'en matière de présidence le style est souvent aussi important que le fond, alors justement, quel style souhaitez-vous imprimer à la fonction présidentielle ? Monsieur Vital ?

La réponse que je pouvais donner à cette question n'avait aucun intérêt. Vital serait peut-être élu Président, moi jamais. Il avait sans doute un avis sur le sujet, mais je ne le connaissais pas. Je grommelai quelques poncifs sur la nécessité de prendre au sérieux la fonction présidentielle et de se conformer aux usages républicains. Et subitement une idée me vint.

— Je crois qu'un Président doit ne jamais cesser d'être Président. Où qu'il soit, quoi qu'il dise, il incarne la France, l'État, la République. Mais je sais aussi qu'il faut lutter contre la distance qui peut s'installer entre un Président et les Français. Et la meilleure façon de rester en prise avec la France, et avec les Français, c'est de s'efforcer d'expliquer, le plus régulièrement du monde, ses difficultés et ses choix…

Le Patron me regardait en se demandant où je voulais en venir.

— Je suis fermement convaincu qu'il est de la responsabilité d'un candidat à la Présidentielle d'expliquer aux Français ses choix. J'y suis prêt. J'espère que vous l'êtes aussi.

Le journaliste, un peu surpris, se tourna vers le Patron.

— Je vous rejoins complètement, monsieur Vital. Voilà au moins un point où nous ne serons pas en désaccord.

— Alors justement, peut-être pourriez-vous nous expliquer les choix qui ont présidé à votre campagne.

On entend, ici et là, que vous auriez déjà choisi le Premier ministre appelé à diriger le gouvernement dans l'hypothèse où vous remporteriez l'élection. Vous laissez dire, mais vous ne dites rien vous-même aux Français. C'est cela, s'expliquer ?

Le Patron me fixait avec un peu plus d'intensité, et je sentais l'attention du maigre public présent se concentrer sur moi.

— Je ne suis pas certain de comprendre vos insinuations.

— Il n'y en a aucune. Je pose seulement une question. Vous faites dire que vous avez choisi un Premier ministre, pourquoi pas, mais expliquez ce choix !

— Monsieur Vital, je partage avec vous la conviction qu'un Président doit s'expliquer. Mais s'expliquer sur ses choix, sur ses décisions, pas sur des rumeurs.

Je voyais Marilyn se pincer les lèvres et le Major froncer les sourcils de façon de plus en plus accentuée.

— Ce doit être cela votre conception de la responsabilité et de la transparence. Vous êtes pour, mais quand vous ne voulez pas répondre, vous parlez de rumeurs... Les Français souhaiteraient savoir si oui ou non, comme le disent vos partisans, vous souhaitez nommer Marie-France Trémeau à Matignon dans l'hypothèse où vous gagneriez la présidentielle. Demander cela, ce n'est pas évoquer des rumeurs, c'est vous demander d'être franc et direct.

Je voyais le Patron se tendre.

— Marie-France Trémeau est une députée remarquable. Nous nous connaissons depuis longtemps. Elle défend avec passion et talent les idées portées par ma famille politique. Elle ferait évidemment un très bon Premier ministre...

— Ce n'est pas la question que je vous pose...

— Et si vous ne m'interrompiez pas, vous verriez que j'ai bien l'intention d'y répondre...

Le Patron marqua un temps d'arrêt. Son ton avait été très sec. Il souriait comme par réflexe car il savait que la règle d'or de ce genre d'exercice est de ne jamais s'énerver, mais il était à deux doigts, je le sentais, de trahir son agacement. Tout le monde l'observait et je voyais le Sorcier puissant griffonner furieusement sur un carnet des observations qu'il livrerait pendant le débriefing.

— ... Marie-France Trémeau et moi nous sommes opposés pendant la primaire. Chacun d'entre nous a défendu un style et un projet. Nous avons débattu avec beaucoup d'enthousiasme et l'envie de convaincre. Ni elle ni moi ne sommes du genre à renoncer devant la difficulté. C'est une des nombreuses choses que nous avons en commun. Au terme de la primaire, j'ai été choisi par les militants de ma famille politique...

— Dans des conditions qui ont peu à voir avec la transparence dont vous vous faisiez il y a un instant le défenseur !

Le Major ne put réprimer un soufflement. On lui aurait balancé un coup de poing dans l'estomac, il aurait sans doute réagi de la même façon.

— Que voulez-vous dire ? Monsieur Vital, si vous choisissez de mettre le débat au niveau de la rumeur et des insinuations, je ne vous laisserai pas faire. Nous sommes ici pour débattre devant les Français en toute clarté et en toute franchise. Si vous avez quelque chose à dire ou des critiques à formuler, faites-le !

— Je n'insinue rien. Je pose des questions et les Français attendent les réponses. Ce sont les Français qui ont lu dans les journaux et qui ont entendu Mme Trémeau et ses défenseurs déclarer que votre primaire avait été organisée dans des conditions curieuses. C'est à vous de parler aux Français et je constate, pardon, que vous ne m'avez toujours pas répondu sur le choix de Mme Trémeau !

— Les élections internes au sein de ma famille politique m'ont placé en tête. Marie-France Trémeau a joué un rôle majeur dans cette campagne et elle jouera un rôle très important au cours des cinq années prochaines. Elle a évidemment la capacité d'être Premier ministre. Et je maintiens que notre débat mérite mieux que des insinuations...

Ce que j'entendais surtout, c'est que le Patron ne disait pas explicitement que Trémeau serait Premier ministre. Cela présentait l'avantage de me laisser quelques marges de manœuvre pour la discussion finale avec les centristes. Je m'en réjouissais mais j'étais là pour tester le Patron, pas pour l'entendre me chanter une berceuse.

— Autrement dit vous ne répondez pas à ma question... Je pense que les Français et les Françaises auront comme moi été intéressés par votre capacité à dire les choses clairement. Je crois pour ma part que ce sont des comportements comme le vôtre et comme ceux qui ont cours dans votre famille politique qui conduisent nos concitoyens à s'éloigner de la politique. La moindre des choses lorsqu'on veut être président de la République, c'est de répondre clairement aux questions sur ce que vous ferez si vous êtes élu !

Le Patron me regardait d'un air furieux. Il allait répondre lorsque soudain toute la tension qui l'habitait sembla disparaître. Ses épaules se baissèrent, il sembla s'enfoncer dans son siège. Sa voix même semblait amollie.

— Ça ne va pas. On arrête...

Je n'en revenais pas. Le journaliste me regardait d'un air interdit. Le Major se tenait la tête entre les mains. Le petit Caligny essayait de déchiffrer la mine fermée et sombre du Patron.

Depuis que je travaillais avec lui et que je le préparais pour des émissions de radio ou de télé, je ne l'avais jamais vu interrompre une séance comme ça. Il venait de se faire enfermer dans les cordes et cela ne lui ressemblait pas. Je connaissais assez bien mes limites pour savoir que c'était moins moi qui l'avais malmené que lui qui s'était pris tout seul les pieds dans le tapis. Je l'avais titillé, certes, mais Vital ne manquerait pas une occasion de le pousser à bout. Quitte à le préparer, autant le faire sérieusement.

Le Patron se leva sans un mot. Il faisait chuter la pression et avait besoin de se dégourdir les jambes. Il sortit en grommelant qu'on reprendrait plus tard.

Marilyn me regardait d'un air préoccupé.

— Tu n'as pas pu t'empêcher ?

Je la dévisageais. Elle voulait quoi, que j'incarne un Vital gentil et plein d'attentions pour le Patron ?

— Je ne l'ai pas beaucoup poussé... Vital peut être bien pire que ça...

— Et le Patron bien meilleur ! L'idée de la préparation, c'est de le mettre en situation pour demain,
pas de le couler !

Marilyn avait beau pester, il était évident que
j'étais dans mon rôle. Personne ne partageait son
avis. Elle, d'habitude si lucide, semblait s'abandonner à l'un des pires travers des apparatchiks. Celui
qui conduisait quelqu'un de pourtant raisonnable à
assurer à son chef qu'il avait été bon alors que de
toute évidence ledit chef venait de se planter. Celui
qui poussait des esprits bien formés à ne plus contester tel ou tel choix du chef tout en sachant, au fond
d'eux-mêmes, qu'il était absurde ou dangereux. Celui
qui incitait à acquiescer d'un sourire aux idées de son
chef plutôt qu'à les discuter sérieusement. Celui qui
immanquablement suscitait la satisfaction, l'enthousiasme et la reconnaissance chez le chef, jusqu'au jour
où cet entrain merveilleux se terminait dans le mur.

Il y a deux catégories d'apparatchiks. Ceux qui
obéissent sans discuter. Et ceux qui obéissent après
avoir discuté. Les premiers rassurent les chefs convaincus de l'intelligence ontologique des ordres qu'ils
donnent. Ils cherchent l'efficacité. Leur objectif est
de faire le plus rapidement et le mieux possible ce
que le chef a ordonné. Petit à petit, ils se transfor-
ment en exécutants, parfois en souffre-douleur. Et
lorsque leur chef se trompe, ils s'en prennent au sort
ou à la méchanceté des autres.

Les seconds développent forcément une relation
plus compliquée avec leur Patron. Les désaccords
peuvent être envisagés, voire formulés. L'exigence de
loyauté est totale, et même encore plus grande
puisqu'elle les pousse à mettre en œuvre des choix

qu'ils ont éventuellement contestés. Les états d'âme sont plus fréquents, les discussions plus longues et les liens plus intenses.

À bien y réfléchir, je savais qu'il arrivait à chacun de passer de l'une à l'autre de ces catégories. Même moi, j'avais en tête quelques exemples où j'avais un peu lâchement acquiescé à une idée pourtant mauvaise du Patron. Un moment de facilité, un peu d'indécision, l'envie de satisfaire un Patron que l'on veut protéger... même les meilleurs pouvaient basculer dans le camp des porte-serviettes...

L'essentiel n'était d'ailleurs pas d'appartenir à l'une ou l'autre des deux catégories. L'essentiel, dans cette relation, était le genre de chef que vous aviez choisi de servir. Certains ne voulaient avoir face à eux qu'une servilité souriante et efficace. Mettre en cause un instant, même en interne, les décisions du chef, c'était trahir ; réfléchir, c'était désobéir.

Le Patron, fort heureusement pour moi, et pour lui, n'avait que mépris pour ces despotes parfois souriants. Mais même lui pouvait être sensible à un peu de veulerie dans les moments difficiles...

En regardant autour de moi, je constatai que le malaise était partagé par tout le monde. Le Patron n'était pas revenu, et je me demandais s'il n'était pas parti pour de bon. Je ne voyais pas comment j'allais pouvoir recommencer à lui donner la réplique. Même si j'étais certain d'être dans mon rôle, Marilyn n'avait pas complètement tort quand elle disait que le but de la séance était de le mettre en condition pour le lendemain.

Le petit Caligny, qui n'avait pas bougé de sa chaise et dont je devinais qu'il était malheureux comme une pierre de voir le Patron dans cet état, se rapprocha de moi. Il allait essayer de me réconforter. Ce petit était touchant.

— Intéressant, votre échange…

— Comme vous dites, Winston. Le genre de répétition dont il vaut mieux ne pas ébruiter le contenu. Vous ne vous attendiez pas à ça, hein ?

— Non. Pas du tout. Mais vous savez ce qui m'a le plus frappé ?

— Le départ du Patron ? Ça ne devrait pas vous étonner. Il a beau être le Patron, il est aussi un homme qui s'emporte parfois, et qui se trompe, et qui déteste se rendre compte qu'il n'a pas été bon. Demain il sera au top niveau, et il ne fera qu'une bouchée de Vital.

Le petit Caligny me regardait fixement.

— Ce n'est pas du tout ça qui m'a frappé. Je ne prends pas le Patron pour un demi-dieu vous savez. Je me doute bien qu'il y a des moments où il se plante…

Je l'aimais bien ce petit.

— … Ce qui m'a frappé, c'est sa réponse lorsque vous avez évoqué la rumeur de fraude et les conditions dans lesquelles la primaire avait été organisée.

Je ne me souvenais plus très bien de ce que le Patron avait dit. Il n'avait pas été bon, mais qu'est-ce qu'il avait dit ?

— Il a dit quoi, exactement ?

Le petit Caligny ouvrit les yeux en grand.

— Rien. Il n'a rien dit. C'est ce qu'il n'a pas dit qui est le plus important…

Je commençais à comprendre où il voulait en venir.

472

— Vous vous rendez compte qu'il n'a pas dit que la primaire avait été régulière ? Vous évoquez la fraude, et lui ne dément pas ! Je ne devrais pas dire ça, et je ne le dis qu'à vous, mais vous ne trouvez pas que c'est bizarre ?

Bien sûr que je trouvais ça bizarre. Comme toute cette affaire. Comme toute l'attitude du Patron depuis qu'elle avait commencé

— C'est peut-être un oubli ?

— Peut-être. Ou un aveu…

Le petit Caligny en était arrivé au même point que son oncle. Il doutait du Patron.

Je restai bouche bée face à Winston. Ce n'était pas possible. Le Patron n'avait pas pu tremper dans un truc aussi sordide. Des hommes étaient morts. J'avais failli me faire buter. Ce n'était pas possible. Le Patron n'était pas comme ça.

Ou alors j'avais moi aussi basculé dans la première catégorie des apparatchiks.

69.

Le hall immense ressemblait à une cathédrale vide. Loin au fond, un peu de lumière et d'activité désignait l'endroit où était assemblé l'autel.

La veille, ce hall avait fourmillé de représentants de commerce avides et curieux. Tous les deux ans, on y trouvait, pendant une semaine, ce qui se faisait de mieux et de plus nouveau pour la cuisine et la salle de bains.

Et puis tout avait disparu dès les portes fermées. Le ballet des engins de levage, des camions et des femmes de ménage avait fait disparaître les stigmates des marchands du temple.

J'avais dormi trois heures. J'étais fatigué, sur les nerfs, et incapable de me reposer, comme tous ceux qui sont vraiment épuisés. Trop fatigué pour dormir. J'avais encore quelques jours à tenir. Je n'étais pas certain d'y arriver.

Le dernier meeting de la campagne était prévu pour ce soir au Parc des Expositions de la porte de

Versailles, à Paris, au grand désespoir de tous les Barons. Ils avaient tous plaidé pour que l'apothéose de la campagne soit organisée ailleurs. Ailleurs qu'à Paris, en tout cas, et si possible chez eux, où ils étaient en mesure de garantir une affluence et une ambiance inégalées. Pour la plus grande majorité d'entre eux, le choix de la ville du dernier meeting n'était qu'une étape supplémentaire dans la lutte pour se rapprocher du Patron, pour conquérir de l'influence, pour afficher son importance dans le dispositif. Il est de tradition, dans les meetings de campagne, que le premier à s'exprimer soit le maire de la ville d'accueil, pour autant qu'il soit, bien sûr, du même bord politique que le candidat. Parler devant quarante mille personnes, sous l'œil des caméras et des autres Barons, était un privilège rare. Personne n'avait envie de laisser la place aux autres.

Ces grands-messes de campagne avaient quelque chose de mystérieux. Il fallait croire en la politique pour en saisir la saveur. Pour les cyniques, les contempteurs des partis, les abstentionnistes et autres non inscrits, les rites des meetings étaient vains, souvent grotesques et toujours hypocrites. Pour nous autres, ces moments étaient le sel du militantisme.

Comme à l'église, chacun vient pour des raisons différentes mais guidé par la même foi.

Pour certains militants, capables de sacrifier un dimanche en partant à 5 heures du matin pour faire quatre cents kilomètres dans un bus plein qui les conduirait dans un palais des congrès frigorifié où, à coups de sandwichs et de clips rediffusés à la gloire du parti et de ses dirigeants, ils attendraient pendant plusieurs heures que les notables du coin, les jeunes espoirs du parti et les vieux Barons qui leur barraient la route chauffent suffisamment la salle pour que leur candidat, ou leur président, vienne délivrer la bonne parole dans une ambiance de liesse, ces meetings constituent un moment de communion politique intense. Seuls ceux pour qui le militantisme représente une aventure collective peuvent comprendre ça. Les autres, et ils représentent une immense majorité de la population, les regardent avec ironie ou condescendance. Pour ceux-là, le meeting est une pratique aussi dérisoire que l'hostie pour un athée. Je connaissais un bon nombre d'élus, de parlementaires ou de ministres qui méprisent, avec une discrétion prudente, cette forme d'engagement.

Pour d'autres, ces grands meetings sont comme des pèlerinages. On les fréquente un peu parce qu'il le faut et parce qu'au bout de l'exercice, on rencontre le commandeur des croyants, protecteur de la vraie foi. On les fréquente surtout parce que ce qui compte, beaucoup plus que le but, c'est le chemin, et qu'en se mêlant aux autres, on rencontre des nouveaux, on apprend des choses, on diffuse des messages, on prend des nouvelles, bref, on existe dans une communauté. Et quand on revient chez soi, on peut toujours raconter qu'on l'a fait.

Pour ma part, je n'ai jamais ressenti l'enthousiasme des militants. Je comprends la magie de la communion, sans la vivre vraiment. Je me situe, comme bon nombre de mes homologues, dans la catégorie de ceux pour qui le meeting est avant tout une opération, un moment de la vie professionnelle. Mais avec le temps, et surtout avec l'expérience, j'en suis venu à aimer la mécanique des grandes messes : leur organisation, la logistique démente qu'elles exigent, les négociations autour de leur déroulé, les tensions qu'elles provoquent et les à-côtés savoureux qu'elles engendrent immanquablement.

Lorsqu'on ne connaît pas le monde politique et qu'on voit ces rassemblements seulement à travers les images que diffusent les caméras au 20 heures, on n'imagine pas la somme de travail qu'il faut déployer pour les organiser.

Rien n'est simple : trouver le lieu pouvant accueillir dans de bonnes conditions quelques dizaines de milliers de militants ; les faire venir au bon endroit à l'heure en affrétant des cars et des trains spéciaux ; les occuper pendant que la salle se remplit ; faire monter la pression pour que la salle soit chaude lorsque les ténors entrent sur scène ; choisir les orateurs en expliquant à ceux qui ne seront pas retenus qu'ils ne pourront pas s'exprimer ; déterminer les différentes catégories de VIP, organiser leur accueil, leur placement dans la salle, et leur proposer un traitement qui satisfasse aussi bien ceux qui prétendent rester proches des militants que ceux qui exigent d'avoir accès au grand chef et aux meilleurs buffets ; gérer la presse qui n'aime pas être là mais qui au fond n'a pas le choix et qui cherche autant les déclarations officielles proclamées sur scène que les bruits de couloir et les réactions méchantes de la minorité interne ; mettre en place un dispositif de sécurité permettant d'accueillir en même temps qu'une foule considérable une bonne moitié du Parlement et parfois la grande majorité du gouvernement tout en évitant que des petits malins ne profitent de l'événement pour attirer le regard des caméras.

En m'approchant de la scène immense qui était en train d'être assemblée tout au fond du hall, je me souvenais de la fois où l'association des pères divorcés avait investi un congrès pour réclamer davantage de considération de la part des juges au moment de statuer sur la garde des enfants… Je me souvenais aussi des précautions démentes qu'il fallait prendre pour garantir l'alimentation électrique de secours en cas de coupure provoquée par des syndicalistes énervés, sans même parler des amuseurs professionnels qui n'attendaient qu'un relâchement pour entarter le premier politicien venu.

Je respirai un grand coup. Ce soir, c'était le dernier meeting de la campagne. Peut-être le dernier meeting de la carrière du Patron. Peut-être mon dernier à moi aussi. Autant en profiter. Au fur et à mesure que j'approchais, je reconnaissais la silhouette du petit Caligny, immobile devant la scène, observant avec fascination le travail de construction et d'assemblage. J'étais épaté qu'il soit déjà là.

Les écrans géants étaient en cours d'installation. Leur taille était gigantesque, mais il faudrait au moins ça pour permettre à ceux qui seraient dans le fond d'apercevoir le visage du Patron. En dessous, sur la scène proprement dite, on devinait les premiers rangs des gradins sur lesquels prendraient place des privilégiés : jeunes, femmes, visages souriants et épanouis représentaient une diversité assumée et revendiquée, un peu de la France que le Patron voulait incarner.

478

Cela permettrait de fabriquer des images compensant un peu son côté homme blanc et d'un âge déjà mûr.

Le dispositif le plus impressionnant, et de loin, restait toutefois celui choisi par le Major et la Valkyrie pour mettre en scène l'arrivée du Patron et son discours.

Alors que les autres orateurs s'exprimeraient depuis un pupitre placé sur le côté de l'immense scène, le Patron prendrait place sur un podium mobile, qui avancerait sur un rail presque invisible, pour aller vers la salle et les militants. La symbolique m'était apparue un peu caricaturale, mais le Major, soucieux de me convaincre, m'avait montré les images de la dernière convention du Parti Républicain américain. Le podium mobile, avec pupitre et prompteurs transparents intégrés, en imposait. Interrogé, le Patron avait donné son accord.

— Ça en jette, hein ?

Le petit Caligny sursauta. Il ne m'avait pas entendu arriver. Peut-être avait-il imaginé que je ne réussirais pas à me lever.

— Énorme ! Mais vous croyez qu'ils auront fini à temps ?

De tout près, je pouvais constater que Winston était aussi fatigué que moi. Il avait aussi peu dormi, cela dit. Nous nous étions quittés quatre heures avant, au restaurant où quelques Barons avaient souhaité nous emmener après le débat pour fêter la bonne prestation du Patron. Il faut dire qu'il s'en était bien sorti. Ni arrogant, ni dominé, il avait marqué les esprits en sortant deux très jolies formules qui seraient répétées à l'infini dans les quelques jours à venir. Toute son attitude avait démontré qu'il était prêt, sérieux, à l'aise, capable d'élever le débat quand il fallait mais aussi de dire simplement les choses. Aucun énervement n'était venu affaiblir son propos. Je n'étais pas certain qu'il ait remporté une grande victoire, mais il n'avait pas perdu non plus, et il avait sans doute marqué quelques points. Et le contraste était tel par rapport à la séance de préparation au cours de laquelle il s'était effondré que tout le premier cercle avait ressenti une forme de frénésie victorieuse.

Il y a quelques années, j'aurais sans doute été fier en pensant que son succès n'était pas sans rapport avec la préparation que je lui avais imposée. Peut-être le petit Caligny croyait-il que, si le Patron avait été bon, c'était parce que je l'avais bien préparé. Ce n'était pas forcément impossible. Mais je savais au fond de moi que le Patron, comme tous les très bons du métier, savait se dépasser au moment décisif.

— Tout sera prêt à la dernière minute. Ces mecs ne savent travailler que dans l'urgence. Vous verrez, une heure avant le début, ce sera encore un chantier, avec des types dans tous les coins pour poser les derniers mètres carrés de moquette et affiner les derniers réglages. C'est toujours comme ça.

Et c'était vrai. Peu importait l'heure à laquelle commençait la mise en place, tout était toujours terminé juste à temps. Cela mettait les nerfs à rude épreuve lorsqu'on avait en charge l'organisation, mais une fois l'habitude prise, cela permettait aussi de ne pas trop s'en faire.

De toute façon, pour un grand meeting, j'avais fini par poser deux règles invariables : la première, c'est que, quel que soit le degré d'inorganisation, tout finit toujours à peu près bien. La seconde, c'est que, quelle que soit la qualité de l'organisation, il y a toujours quelque chose qui ne se passe pas comme prévu. De ces deux règles d'or, j'avais déduit il y a bien longtemps qu'il était inutile de se mettre la rate au court-bouillon et qu'il était en revanche nécessaire de choisir avec beaucoup de soin le régisseur. Avec la Valkyrie, j'étais paré.

— Il a vraiment été bon hier.

— Vital aussi a été bon. Peut-être un peu moins mordant, mais peut-être aussi un peu plus ouvert vers l'électorat indécis. Cette histoire va se jouer dans un mouchoir de poche.

Le petit Caligny restait tranquillement à côté de moi. Il observait avec des grands yeux les ouvriers chargés de monter la scène. J'étais certain qu'il se demandait lesquels d'entre eux voteraient pour Vital ou pour le Patron. Compte tenu des taux d'abstention par catégorie professionnelle, il était surtout probable qu'ils seraient peu nombreux à se déplacer…

— Des nouvelles de votre oncle ?

— Aucune. Rien. Il n'est pas chez lui et il n'est pas chez moi.

— Ça lui arrive souvent de partir sans prévenir et sans laisser d'adresse ?

Le petit Caligny réfléchit un instant avant de répondre.

— Assez souvent, oui. Mais je suis tout de même surpris qu'il parte maintenant… Du coup je suis passé chez lui. Et vous savez ce que j'ai trouvé ?

Je ne savais pas, bien sûr. Et je me demandais quand il avait trouvé le temps de passer chez son oncle. Il avait dormi encore moins longtemps que moi et pourtant son œil pétillait de malice. Il avait envie de me dire quelque chose.

— Tous les éléments informatiques sur la primaire… Je ne savais pas qu'il les avait reçus, mais il les avait laissés en évidence, enfin, assez en évidence pour que je les trouve. Vous savez ce que j'ai constaté en les lisant ?

— Qu'il y avait bien eu fraude.

Le visage du petit Caligny se figea.

Je lui racontai mon dernier entretien avec son oncle, le lendemain du premier tour, en insistant sur la discrétion requise par Gaspard.

Ce que j'avais redouté à l'époque se confirma : le petit Caligny était furieux. Sa respiration s'était accélérée. Il tentait de rester calme, mais je voyais la colère froide le dévorer. Je devais reconnaître que l'idée que son oncle et moi avions comploté dans son dos pour lui cacher un élément aussi décisif pouvait être difficile à avaler.

— Winston, votre oncle m'a fait promettre de ne rien dire. Et vous savez parfaitement qu'il est un peu délicat de lui désobéir quand il s'agit de vous. Il n'est pas exactement libéral sur ce sujet. Qu'est-ce que vous vouliez que je fasse ?

— Me faire confiance.

Il s'était tourné, pour observer la scène et pour ne pas avoir à me regarder dans les yeux. Je l'avais déçu. Je m'en voulais.

Décevoir les gens ne me posait aucun problème en général : une bonne partie de mon temps était consacrée à ça. La politique, c'est souvent savoir faire naître un espoir : l'espoir d'un monde meilleur, d'un vrai changement, d'une promotion, d'un boulot, d'une intervention, d'une médaille. On élevait les âmes bien sûr, mais surtout on suscitait l'envie. Et après il était préférable d'être prêt à gérer les déceptions lorsque ce qu'on avait fait miroiter mettait plus de temps que prévu à se réaliser. Comme disait Churchill, la politique était l'art de prévoir les événements, puis l'art d'expliquer ensuite pourquoi les événements prédits ne s'étaient pas produits.

Avec l'expérience, j'avais appris à dompter le sentiment de gêne que beaucoup de mes homologues éprouvaient. Après tout, l'espoir faisait vivre, et le susciter avait une valeur en soi, même s'il était ensuite déçu. Et puis de toute façon, on n'avait jamais réussi à faire autrement dans mon métier. Il suffisait de parler des républicains espagnols aux admirateurs de Blum et des pieds noirs ou des harkis aux gaullistes pour comprendre.

Et pourtant, décevoir le petit Caligny m'était profondément désagréable. Je n'avais plus beaucoup d'alliés, en cette fin de campagne, et j'avais réussi à fâcher l'un d'entre eux. Je restai silencieux.

C'est lui qui reprit la parole.

— Il vous a dit s'il avait réussi à décrypter qui était derrière les pics de participation ?

— Il m'a juste dit qu'il était sur le point d'y arriver et qu'il attendait des infos sur le sujet. Vous en savez autant que moi.

— Peut-être. Pour l'instant. Comment savoir ?

Qu'est-ce qu'il voulait dire ? Le terrain devenait malsain. Il était temps de changer de sujet. Je décidai d'entraîner le petit Caligny vers les coulisses. Ce que les militants ne voyaient jamais dans un meeting. Les endroits réservés aux Barons. Les bureaux aménagés pour les vrais poids lourds. La régie aussi, véritable poste de pilotage de ce qui se passerait sur scène et dans la salle pendant toute la soirée.

Derrière la scène aussi, on commençait à s'activer.

Le Patron aurait à sa disposition un bureau avec un petit salon. Il pourrait s'y concentrer, recevoir quelques fidèles, tenir une réunion avec les Barons les plus importants, s'y faire maquiller avant d'entrer sur scène, recevoir après le meeting. Le photographe du parti aurait pour mission d'immortaliser ces instants volés à la campagne : quelques jours après l'élection, si le Patron gagnait, on enverrait aux privilégiés qui auraient réussi à l'approcher ce soir-là un tirage accompagné d'un petit mot du Patron. Enfin, la signature serait celle du Patron, mais Régine, sa secrétaire, rédigerait bien souvent le petit mot. Depuis le temps qu'elle était là, elle savait imiter parfaitement l'écriture hiéroglyphique du Patron. Ce soir, l'accès à la loge du Patron serait l'aune à laquelle on mesurerait la proximité et l'influence des Barons.

Trémeau, du coup, avait également exigé un bureau. Je savais parfaitement pourquoi. Elle voulait adresser un message à tout le monde en affichant son importance capitale dans le dispositif politique du Patron. Le rapport de force avait commencé. Le Patron n'était pas encore élu, mais Trémeau exigeait déjà d'être traitée conformément à ses futures fonctions.

Lorsque notre famille politique était au pouvoir, il était de tradition que seules quatre personnes puissent disposer d'un bureau privatisé pendant les Congrès. Le président du parti, ou celui qui assurait l'intérim ; les ministres de la Défense et de l'Intérieur, qui devaient pouvoir répondre immédiatement à une situation de crise et pouvoir s'isoler en disposant des accès sécurisés à tous les réseaux imaginables. Et le Premier ministre. Trémeau connaissait la valeur des symboles.

J'avais cédé. Lutter sur ce terrain aurait été absurde. D'une certaine façon, je préférais qu'elle soit dans son bureau plutôt que dans celui du Patron. Je m'étais de surcroît assuré que son bureau serait plus petit, assez éloigné de celui du Patron et encore plus de la salle de presse.

Au moment d'entrer dans ce qui était presque une deuxième scène, sur laquelle se jouait une partie ni tout à fait identique à celle de la grande salle, ni complètement différente, je jetai un coup d'œil au petit Caligny et constatai qu'il ruminait encore la vexation que je lui avais infligée. Je maudis intérieurement Gaspard de m'avoir plongé dans cet embarras.

— Ah, la salle de presse... Il faut que vous alliez voir ce soir comment ça se passe là-dedans. C'est quelque chose, croyez-moi : tous les Barons vont y défiler pour balancer un commentaire, un pronostic ou une analyse dans l'espoir d'être repris par la presse.

Rien n'était encore installé, sauf une collection impressionnante de prises électriques et des boîtiers qui permettraient aux journalistes de radio de brancher directement leurs appareils d'enregistrement sur le retour son de la scène, c'est-à-dire, sur le micro de l'orateur. Au fur et à mesure qu'on s'approcherait du début du meeting, la salle allait se remplir, les écrans d'ordinateurs s'allumer, les écrans plats avec le retour image de la scène s'éclairer. Certains journalistes ne sortiraient pas un instant de la salle de presse. D'autres y passeraient seulement quelques instants. Cela dépendrait de leur humeur et de l'angle qu'ils voudraient donner à leurs papiers.

— Je vais vous dire, Winston, l'important, c'est d'occuper le terrain dans la salle de presse. Il faut qu'il y ait toujours quelqu'un de chez nous pour faire passer les bons messages.

J'allais continuer quand le petit Caligny, excédé, explosa.

— Je n'en ai rien à faire de cette salle de presse ! Marilyn s'en sortira très bien et ce n'est pas mon boulot ! Vous savez qu'il y a eu fraude, vous savez qu'il est bien possible que ce soit le Patron qui l'ait organisée, et vous continuez comme si de rien n'était ? Mais vous êtes dingue ou quoi ? On a failli se faire buter tous les deux !!!

Je regardai autour de moi rapidement pour vérifier que nous étions bien seuls. À cette heure, je ne craignais pas de rencontrer un journaliste, mais je n'avais pas envie qu'un apparatchik quelconque entende ce que le petit Caligny avait sur le cœur.

— Pour l'instant, je n'ai aucune preuve de l'implication du Patron. Aucune. Tant que je n'en ai pas, je ne l'accuse pas et je fais mon boulot. Vous en avez ?

— Non. Mais il y a eu fraude !

— Et alors ? Peut-être que la fraude a été organisée à son insu, par quelqu'un d'autre, par quelqu'un qui veut tendre un piège ou qui veut l'aider. Des types tordus, dans ce parti, il y en a, croyez-moi !

— Ben voyons ! Vous me prenez vraiment pour une cloche !

— Pas du tout. Et si c'était le cas, je ne serais pas en train de vous faire visiter ce putain de Parc des Expositions à cette heure, et je ne serais pas non plus en train de discuter avec vous du Patron. J'ai besoin de preuves. C'est ce que j'ai dit à votre oncle. Et il est d'accord là-dessus. Je n'y peux rien s'il n'a pas encore réussi à savoir qui a voté ! J'attends des preuves et il se barre je ne sais où !!

Au moment où je disais cela, je vis le visage du petit Caligny s'illuminer. J'allais poursuivre, mais c'est lui qui m'interrompit.

— OK, OK… Tout à l'heure, vous m'avez expliqué que dans les bureaux, il y avait des connexions à tous les réseaux ?

— Euh, oui… enfin, il y aura tout à l'heure…

— Est-ce qu'il y a un endroit où je peux brancher deux ou trois ordinateurs et me connecter à des sites de téléchargement puissants ?

Le voilà qui recommençait à jouer à l'informaticien. À cette heure, je n'allais pas supporter.

— Il faut demander à la Valkyrie. Ils savent tout à la Régie. Vous voulez qu'on y aille ?

— Non. Je vais y aller. Vous vous occupez des journalistes et de vos trucs, je peux me débrouiller tout seul. De toute façon vous ne me faites pas confiance, alors cessez de perdre votre temps avec moi.

Il s'apprêtait à sortir de la salle de presse et je sentis à son air résolu qu'il n'était pas utile de discuter. La sensation d'avoir mauvaise conscience me surprit. Je n'avais plus l'habitude.

— Winston, prenez ce badge. Avec ça, vous pouvez accéder partout, même en régie. Il n'y en a pas beaucoup. Gardez-le.

— OK. Merci. Je vais avoir besoin de trois autres de ces badges. C'est pour des amis. J'en ai besoin. Ils vont nous aider.

Je le regardai un peu décontenancé, mais je vis bien à son air décidé qu'il avait une idée, et qu'il irait au bout.

— Demandez à la Valkyrie. Et si elle vous pose un problème, dites-lui de m'appeler pour que je lui confirme.

Winston semblait rasséréné, et moi avec.

70.

— C'est rare, un meeting avec des enjeux !

Mon homologue chez les centristes affichait son air gourmand. Il me plaignait, en imaginant parfaitement le nombre effrayant de difficultés que j'allais devoir résoudre dans la journée et la somme de susceptibilités que j'allais devoir déminer. Mais je voyais bien qu'au fond, il m'enviait. J'étais à la manœuvre, au centre du jeu, à trois jours d'un dénouement qui pouvait propulser mon Patron à l'Élysée. Il n'en était pas là. Il n'y serait peut-être jamais et, en bon apparatchik, il appréciait à sa juste valeur ce moment rare.

Le Centriste n'avait toujours pas officiellement appelé à voter pour le Patron. À trois jours du scrutin, il était trop tard pour espérer le faire changer d'avis. D'ailleurs, je n'en avais pas besoin : la majorité des parlementaires de son camp s'était d'ores et déjà ralliée. Le Centriste allait payer au prix fort son refus d'aider le Patron. Il n'était pas impossible que sa formation politique explose après le second tour. En cas de victoire, un ou deux de ses anciens fidèles les plus proches se verraient proposer un ministère. Il allait se retrouver isolé. J'étais certain de récupérer plus de 80 % de son électorat dimanche prochain. L'essentiel était fait.

Et pourtant, je ne m'en satisfaisais pas. D'abord parce que le Centriste était un type de valeur dans ce milieu médiocre, et que je trouvais dommage que le Patron se prive de quelqu'un de talent. Ensuite parce que je préférais pouvoir compter sur la totalité de l'électorat centriste que sur 80 %.

— Tellement rare que ce serait dommage de rater ça !

Je vis un grand sourire se dessiner sur le visage rond de mon interlocuteur.

— Nous ne sommes pas invités, et on ne s'impose pas aux réunions de famille des autres. C'est très mal élevé.

— Vous pourriez l'être. Pourquoi ton chef ne viendrait-il pas ?

— Parce qu'il a décidé de ne pas soutenir ton Patron pour le second tour. Parce que la place que vous laissez à Trémeau, qui n'a pas été candidate à la présidentielle, est trop importante. Parce qu'à cause d'elle, vous faites entrer ce connard de Radical dans le jeu alors qu'il ne pèse rien et que c'est une planche pourrie.

— OK. Mais ce que tu me décris est acquis. Trémeau a une place dans le dispositif. Je suis le premier à le regretter mais c'est comme ça. Elle ne s'est pas présentée contre le Patron à la présidentielle, et elle a fait campagne avec nous. Tu ne veux pas non plus qu'on la traite plus mal que quelqu'un qui a tapé sur nous au premier tour ?

490

— Pas plus mal, non, mais pas forcément aussi bien. On ne sait pas ce qu'elle pèse. Nous, nous le savons.

— De toute façon, aujourd'hui, le mal est fait. Vous pouvez le déplorer ou vous pouvez l'atténuer. Si ton chef vient ce soir et affiche une grande proximité avec le Patron, ça peut suffire à contrecarrer l'influence du Radical et à préparer l'avenir.

— Tu veux que mon chef vienne ce soir alors qu'il a refusé de vous soutenir ? Tu veux qu'il se rallie aussi tard et sans conditions ? Tu rêves !

Mon homologue avait beau rire aux éclats, je savais qu'il réfléchissait à ce que j'étais en train de lui proposer. D'abord parce que le simple fait qu'il accepte de parler avec moi de ce sujet traduisait son souhait de négocier encore, et d'essayer de trouver une solution. Lorsqu'on ne veut pas négocier quelque chose en politique, on ne se parle pas. Mais surtout, je devinais qu'il n'avait pas vraiment le choix. Ne se rallier à personne au second tour avait du panache, mais le condamnait à rester entre le marteau et l'enclume pendant toute la durée du quinquennat à venir. Il serait toujours moins critique que le camp d'en face et toujours moins loyal que ceux de chez nous. Il perdrait sur les deux tableaux.

— Je ne rêve pas. Je te propose quelque chose de simple. Ton chef vient ce soir. Il est bien placé. Il a droit à des attentions de mon Patron. S'il veut prendre la parole pendant le meeting pour se rallier, il peut. S'il ne veut pas, c'est comme il veut. Il se borne à passer en salle de presse pour dire qu'il a de l'estime pour mon Patron, pour ses qualités de droiture, d'homme d'État. Tout le tintouin. En contrepartie, je te garantis que le Radical ne sera pas ministre, qu'il sera mis dans un coin aussitôt après le second tour. Ma parole. Je ne la donne pas souvent. Et on fait de ton chef le recours pour l'après-Trémeau.

— Tu ne peux pas tenir ce sur quoi tu t'engages.

— Pour tout ce qui concerne le meeting, si. Je peux t'assurer qu'il sera très bien placé, qu'il aura droit à une ovation, que le Patron saura mettre en valeur sa participation. Pour la suite, tu sais bien que même si je ne peux rien garantir, c'est comme ça que ça se passera. La fin du quinquennat sera forcément un moment de recentrage. Si le Patron se représente, vous serez décisifs, ton chef sera Premier ministre. Et si le Patron ne se représente pas…

Promettre des choses à un apparatchik n'est pas facile. C'est un peu comme lorsque deux vendeurs d'éplucheurs-légumes sur un marché essaient de se convaincre d'acheter la camelote de l'autre. C'est toujours un spectacle, mais la conclusion n'est pas toujours au rendez-vous.

— J'entends ce que tu me dis.

En langage apparatchik, ça voulait dire qu'il était à titre personnel plutôt d'accord avec moi, qu'il ne pouvait pas me le dire parce que son chef dirait peut-être l'inverse, mais qu'il tenait à ce que je le sache.

— Parle à ton chef. Vois comment il réagit. Et tiens-moi au courant.

— Je ne promets rien. On part de loin.

— Si on y arrive, on aura bien travaillé et bien aidé nos Patrons. On est là pour ça, non ?

Mon homologue souriait. Il devait être en train de préparer la façon dont il allait présenter le *deal* à son

chef. Peut-être imaginait-il également la tête de Trémeau et celle du Radical si son chef se pointait ce soir
au meeting et qu'il avait droit à toutes les attentions
du candidat. Ils allaient en faire une attaque...

— Je te dis ça pour le milieu de l'après-midi ?

— Pas après. Il faut que tu me laisses le temps
de me retourner pour tout caler. Mais je te fais
confiance. Nos intérêts sont communs sur ce coup-là.

Notre poignée de main ne scellait pas un pacte,
mais elle constituait le début d'une entente. Si nous
réussissions, Trémeau n'allait pas être contente. Texier,
lui, serait furieux, et ça, ça me réjouissait !

71.

Dans mon bureau au QG, je souriais du bon coup que j'allais jouer à Texier si mes discussions avec le Centriste allaient à leur terme. Je n'avais pas encore parlé au Patron de mon idée, certes, mais il n'y avait aucune raison qu'il s'y oppose. Il s'engagerait moins que moi, ce qui était normal, mais le *deal* que j'avais esquissé avec mon homologue était un coup à jouer. La seule petite inquiétude qui ternissait ma bonne humeur tenait à ce que je n'étais plus certain de lire aussi bien le Patron. Peut-être me reprocherait-il de m'être avancé à ce point. L'idée de proposer à Trémeau un ticket venait de lui, et il n'était pas impossible qu'il refuse d'en changer. En même temps, il n'avait toujours pas publiquement formulé cette offre. J'avais donc un peu de marge.

Ma bonne humeur fut brutalement anéantie par l'apparition d'un type dans l'encadrement de la porte qui menait au bureau de Marilyn. Avec ses longs cheveux et son air juvénile, Maussane était tout de suite reconnaissable.

Il m'adressa un signe de la tête.

— Je suis heureux de constater que la grande presse d'investigation nous fait l'honneur d'une visite !

— Je voulais parler au service de presse, mais je crois qu'ils sont partis avec le candidat.

Sa voix était douce et il s'efforçait de rester discret. Je notai son souci de ne pas mentionner Marilyn. À tous les coups, il savait quel était l'état de nos relations. Elle avait dû lui raconter. Je détestais cette idée.

— Ils étaient à Strasbourg pour le petit déjeuner et ils doivent être en route pour Metz, à l'heure qu'il est.

Maussane acquiesça silencieusement. Il savait déjà tout ça. L'information était publique après tout.

— Ce n'est pas pour ça que je venais... vous avez une minute ?

Non. Je n'avais pas une minute, et si j'en avais eu une, ce n'était pas avec lui que j'avais envie de la passer.

— Bien sûr. Venez dans mon bureau. On va boire un café.

Il fallait reconnaître qu'il était beau. Pas du tout mon genre de beauté masculine, mais un beau mec, à l'air intelligent.

— Votre candidat va-t-il annoncer ce soir officiellement qu'il constitue un ticket avec Marie-France Trémeau ?

Il attaquait fort ! Je m'efforçai de rester calme.

— Je n'en ai pas la moindre idée.

— Ça m'étonnerait.

Moi aussi, cela m'aurait étonné si j'avais été à sa place. Mais je devais bien reconnaître, au moins intérieurement, que je ne savais pas encore si le Patron irait jusque-là ce soir. Pourquoi il ne l'avait pas fait lors du débat et pourquoi personne ne lui avait posé la question à ce moment-là restait à mes yeux un mystère.

— Je vous assure. Je ne sais pas. L'idée est évoquée fréquemment, mais je ne crois pas qu'il l'ait jamais formulée en public.

— Il en a parlé au cours d'une réunion ici même, avec les membres les plus importants de votre staff de campagne !

— Il se dit beaucoup de choses au cours de ces réunions. C'est vrai qu'il en a parlé, mais je suis bien obligé de constater qu'il n'a jamais formulé publiquement cette idée. Est-ce qu'il le fera ce soir, je ne sais pas.

— On me dit que Trémeau l'exige.

— C'est possible. Mais est-elle en position de l'exiger ?

— On me dit que oui.

Merde. Maussane me posait des questions, mais il était surtout en train de me dire quelque chose.

— C'est-à-dire ?

— Je crois comprendre qu'elle a prévu de donner une longue interview demain et qu'elle pourrait… tirer les conséquences d'une attitude trop distante du candidat à son égard… surtout après que des assurances lui auraient été données… On parle de révélations également…

Il choisissait bien ses mots. Le type était bon. En le regardant, j'essayai de rester neutre et tranquille, mais je ne pouvais pas m'empêcher de penser que c'était son journal qui avait pour la première fois parlé de la Tuile. Était-il en train de me prévenir que le sujet allait à nouveau sortir ? Ou voulait-il seulement préparer le terrain pour un papier autour de l'éventuelle conférence de presse de Trémeau ? Et qui le poussait ? Quelqu'un de chez nous ou quelqu'un d'ailleurs ?

— Franchement, je ne sais pas encore ce que le Patron va dire. Si j'en sais plus avant ce soir, je vous appelle. Je m'y engage, pour peu que vous n'écriviez rien avant une éventuelle annonce. Pour le reste, je n'ai pas de commentaires, sinon que Marie-France Trémeau a déjà reçu toutes les assurances de jouer une place importante après la victoire du Patron. Cette place lui revient, et personne n'a jamais contesté cela.

— Importante, cela veut dire Premier ministre ?

— Cela veut dire importante. Je vous appelle si j'en sais plus.

Maussane fit la moue et me salua.

Il aurait fallu que je raconte cet entretien à Marilyn, mais c'était au-dessus de mes forces. Peut-être s'en chargerait-il…

72.

Jeudi 6 mai, 12 h 15

— Le petit Caligny est venu te voir ce matin ?
— Oui.

Même au téléphone, la voix de la Valkyrie sentait la fumée. Elle avait ces accents rauques des femmes qui fument tôt le matin et n'arrêtent d'enchaîner les clopes que pour descendre un verre de vin rouge.

— Et ?
— Ils sont toujours là.
— Qui ça, ils ?
— Lui et ses potes.
— C'est qui ses potes ?
— Je ne sais pas trop. Mais ils sont mignons.

Les pauvres ! Si la Valkyrie commençait à leur faire des avances, ils allaient regretter le jour de leur premier émoi.

— Et qu'est-ce qu'ils font ? Et pourquoi le petit Caligny ne répond pas quand je l'appelle ?

Un silence. La Valkyrie était manifestement en train de parler avec quelqu'un et elle avait pris soin de poser sa main devant le téléphone. Je n'entendais rien et j'en étais réduit à attendre.

— Ils sont mignons et tu vois, ils ont du caractère aussi. Louis me charge de te dire qu'il t'appellera quand lui et ses copains auront terminé et qu'en attendant tu pouvais t'occuper de la salle de presse.

Le petit Caligny se foutait de moi. Ce n'était pas le jour.

— Je ne gère pas une colonie de vacances !!! Ils sont dans la régie, les copains du petit Caligny ? Tu les as laissés entrer ? Mais qu'est-ce que c'est que ce bordel ? Tu ne veux pas non plus leur donner les clés du parti ?

En me sentant donner libre cours à mon énervement, je me suis rendu compte que je prenais un risque. La Valkyrie ne devait pas son surnom à sa blondeur ou à une quelconque origine allemande. Ses cheveux étaient noir de jais quand ils n'étaient pas peroxydés, ses parents italiens et son caractère éruptif. Elle avait tout vu dans le parti, et elle n'avait peur de personne. Et certainement pas de moi, puisqu'elle savait que je me reposais sur elle. Et il ne fallait pas l'agacer lorsqu'elle était en train de gérer la mise en place d'un meeting aussi important que celui d'aujourd'hui.

— Écoute-moi bien mon vieux. Louis est arrivé ce matin avec un badge. Tu le lui as donné. Donc il a le droit d'être là. Et je vais te dire quelque chose que tu n'as pas bien compris. La Régie, c'est chez moi. Chez moi, j'invite qui je veux. Si Louis a envie d'inviter ses copains, et qu'ils ne me gênent pas, pas de problème. Et tu vois, ils ne me gênent pas. Ils travaillent dans leur coin, ils ne font pas de bruit, ils sont sympathiques et bien élevés, et ça fait une sacrée différence avec toi ! Alors si tu as des trucs à me dire pour ce soir, tu me les dis, et sinon, tu me laisses bosser, OK ?

La journée était un peu longue. Et elle n'était pas finie.

73.

Je déteste répondre au téléphone quand je déjeune. C'est très impoli à l'égard de ceux avec qui on partage son repas, et en plus c'est le signe d'une soumission à l'immédiateté qui me révulse de plus en plus. Ce doit être une question d'âge. Quand j'observe les jeunes, autour de moi, je constate qu'ils n'ont pas tous ces principes. Ou alors je suis de moins en moins adapté à mon époque.

Et pourtant, dès que le numéro de l'appelant s'était affiché, j'avais su que j'allais décrocher. D'abord j'étais seul et je me battais avec un sandwich prétendument italien que le boulanger installé en face du QG de campagne m'avait vendu en me jetant un regard torve ; mon goût pour la gastronomie avait déjà été offensé, mais les règles de la politesse, elles, ne seraient pas battues en brèche. Ensuite, c'était le Major et un jour comme aujourd'hui, ce qu'il avait à me dire était forcément important. Lui aussi devait faire en sorte que le meeting se passe dans les meilleures conditions.

— Alors Major, on le fait ce meeting ou on l'annule ?

— Fais pas le malin. Je suis avec le Patron et il vient de recevoir un appel curieux.

— Ah. En même temps, en Lorraine, c'est normal d'entendre des appels ou des voix !

Le silence au bout du fil me fit sourire. Le Major devait se demander si je lui parlais de l'appel du 18 Juin et de la croix de Lorraine ou des voix de Jeanne d'Arc. Après autant d'années, j'arrivais encore à le plonger dans des abîmes de perplexité.

— Ton ami le Centriste vient de l'appeler pour lui demander s'il était prêt à le laisser parler ce soir. C'est toi qui lui as proposé ça ?

Oups. Normalement ces choses-là sont discutées entre apparatchiks. C'est à cela que nous servons. Lorsque les chefs s'appellent pour parler directement de *deal* et d'organisation, les choses deviennent toujours plus compliquées à gérer.

— Oui. On a une chance de l'avoir ce soir. Ce serait utile pour dimanche, ça ferait de bonnes images et ça nous donnerait un peu d'air à l'égard de Trémeau. Je suis convaincu que le Centriste hésite.

Je laissai au Major le temps d'ingurgiter.

— Qu'est-ce qu'il a répondu le Patron ?

— Qu'il serait bien entendu ravi de le voir ce soir.

— C'est tout ?

— Oui.

— Et le Centriste va venir ?

— Je ne sais pas. Le Patron non plus. C'est pour ça que je t'appelle.

On était parti pour la gloire. La conversation entre les deux élus avait dû se terminer en eau de boudin, sans qu'aucun sache vraiment ce que pensait l'autre et ce qu'il ferait. Tout le contraire de ce dont j'avais besoin.

— OK. Je m'en occupe. Dis-lui de m'appeler dès qu'il peut, j'ai des trucs à lui dire et à lui demander.

En raccrochant, je ne pus m'empêcher de constater que le Patron avait demandé au Major de m'appeler. Il devait considérer que nous avions désormais besoin d'un intermédiaire pour nous parler.

74.

Le SMS s'était affiché et j'avais poussé un cri en le lisant, immédiatement réprimé, mais néanmoins perçu par les trois autres personnes qui se trouvaient dans le hall de l'immeuble où les centristes avaient installé leurs bureaux.

> *Ai retrouvé votre rouquin. Le fais parler*
> *et vous appelle. Gardez un œil sur Louis.*

Je fus pris d'un frisson en pensant à ce « le fais parler ».

Compte tenu de ce que Gaspard lui avait infligé lors de leur dernière rencontre, on pouvait imaginer que le rouquin parlerait spontanément. À défaut de quoi, Gaspard avait probablement assez de ressources pour le convaincre...

En tout état de cause, ce rouquin avait tué Mukki et m'avait tabassé. Son sort m'était indifférent, pour autant que Gaspard ne se fasse pas repérer ou qu'on ne puisse pas remonter jusqu'à moi ou au Patron.

Quant à Louis, je voulais bien garder un œil dessus. Encore fallait-il qu'il me laisse faire. Mais il était porte de Versailles, dans la Régie, sous la double protection du service d'ordre qui sécurisait le site et de la Valkyrie. Le premier pouvait à la limite être contourné, la seconde était infranchissable. De ce côté-là, au moins, j'étais tranquille.

75

Mon homologue chez les centristes avait l'air ennuyé.

— Mon chef hésite.

Comme par hasard. Un centriste qui n'hésite pas est un centriste qui vient de changer de parti. Dans aucune formation politique, on ne trouve cette capacité hors du commun à hésiter, à insister sur les inconvénients du choix que l'on s'apprête à faire. Aux États-Unis, les démocrates ont l'âne pour emblème. En France, les centristes pourraient avoir le même, mais ce serait celui de Buridan, qui à force de se demander s'il fallait commencer par manger ou par boire finissait par se laisser mourir.

Le Patron détestait cette manie. S'il comprenait qu'on puisse hésiter avant d'agir, ce qui au fond traduisait un souci de réfléchir parfaitement louable, il n'avait jamais pu admettre la posture de l'hésitation que les centristes semblaient vouloir incarner inlassablement.

Je ne disais rien. J'avais formulé le matin même

une offre claire, et mon homologue me devait une réponse. Je n'allais pas changer mon offre simplement parce que le Centriste hésitait. Et de surcroît, je n'avais pas assisté à sa conversation avec le Patron.

— Je sais qu'il est tenté. Sa place est avec vous. Et il a toujours eu beaucoup d'estime pour ton Patron. Peut-être même un peu d'admiration…

Voilà qui m'avait échappé. Pendant la campagne du premier tour, il ne s'était pas gêné pour peindre le Patron en cheval de retour de la politique, dépassé par son époque et incarnant la continuité avec un système qui avait, paraît-il, fait son temps. Je réprimai un sourire en me disant que, sans cette estime, le Patron en aurait vraiment pris pour son grade.

— … et pourtant, je te le dis franchement, il hésite. Il a confiance mais il craint que ce ralliement de dernière minute ne ternisse son image.

Il n'avait pas tort. Le type qui hurle à l'indépendance pendant toute la campagne et qui va à la soupe juste avant l'élection ressemble toujours un peu à l'ouvrier de la 25e heure. Cela dit, on avait vu des contorsions plus compliquées. Il y avait forcément autre chose.

— Je comprends que ton chef soit inquiet. Mais on doit pouvoir organiser sa présence de façon positive. Si ce n'est qu'une question d'image, tu sais bien qu'on va trouver une solution.

— Je sais. J'aimerais que ce soit le seul problème…

On allait entrer dans le dur.

— … mais il y a aussi Trémeau. Pour une raison que je ne suis pas certain de très bien comprendre, mon chef bloque complètement sur elle. Il refuse absolument d'être présent si elle est intronisée Premier ministre ce soir. Il ne veut pas cautionner cela. Il est convaincu qu'elle est abjecte et il m'a affirmé qu'il ne la soutiendrait jamais.

Il y allait un peu fort, le Centriste. Le monde politique était souvent structuré autour des querelles de personnes, mais même ces détestations ne pouvaient faire obstacle à la logique des chiffres et des rapports de force. Trémeau était dans notre camp, et elle pesait lourd dans notre majorité.

— Ce n'est pas à toi que je vais apprendre que le Premier ministre est nommé par le président de la République. Le Patron n'est pas encore élu. Il est trop tôt.

— Et ce n'est pas à toi que je vais apprendre que bien que je sois apparatchik dans un petit parti, je ne suis pas totalement débutant. Je sais que Trémeau exige que ton patron annonce avant l'élection qu'elle ira à Matignon. S'il ne le fait pas ce soir, quelque chose me dit qu'elle ne restera pas inerte.

Ça faisait deux fois aujourd'hui qu'on évoquait cette menace. Deux fois de trop à mon goût, et le choix du mot « inerte » par mon homologue n'était pas neutre. Pour une arme, le fait d'être inerte signifiait qu'elle ne pouvait être utilisée. Ne pas être inerte, c'était être explosif.

— J'ai déjà entendu dire ça. Pendant toute la primaire, pendant toute la campagne et depuis le premier tour, on n'a pas arrêté de me dire ça. J'attends de voir. Ce que je sais, c'est que mon Patron n'a aucune envie de se faire balader par elle. Il n'a pas tout sacrifié pour devenir un Président manipulé. Ça ne lui ressemble pas et tu le sais.

— Je sais qu'il n'en a pas envie... mais dans ce métier il faut avoir les moyens de ses envies, ou les envies de ses moyens, c'est comme tu veux. En tout cas, le décalage entre les deux se termine toujours mal.

Il était sympathique, mon homologue, mais ce n'était pas le jour pour faire de la philosophie politique.

— Écoute. Je te confirme mon offre. Trémeau sera d'autant plus puissante que vous ne serez pas là pour contrebalancer son poids. C'est à ton chef de prendre ses responsabilités. Je dois foncer à la porte de Versailles pour tout caler avant l'arrivée du Patron. Appelle-moi rapidement. Le temps presse.

En sortant de l'immeuble, je me disais que si Maussane et mon homologue évoquaient des mesures de rétorsion, c'est que le milieu était en train d'être agité par quelqu'un qui y avait intérêt. Quelqu'un qui voulait faire pression sur le Patron et sur moi. Quelqu'un qui avait pris soin de n'avoir aucun contact avec moi depuis plusieurs jours mais dont je savais qu'il serait à coup sûr aux premiers rangs du meeting ce soir : Texier.

76.

Jeudi 6 mai, 15 h 30

Les militants avaient visiblement décidé d'arriver tôt, à moins qu'on ne leur ait imposé les horaires. L'accès à l'immense salle était encore bloqué, les démineurs n'ayant pas terminé leur boulot. La sécurité civile envoyait toujours une équipe pour ce genre d'événements. Même si nous étions encore l'opposition et bien que les législatives devant renouveler l'Assemblée nationale soient prévues dans six semaines, une bombe explosant et tuant une petite moitié du Parlement aurait fait désordre. Du coup, les militants étaient tenus d'attendre que les chiens aient fini leur travail.

La foule était déjà compacte. Les visages souriants des militants laissaient entrevoir la victoire. Les cornes de brume restaient encore silencieuses, mais on voyait déjà, au-dessus de la marée humaine en train de se rassembler, des panneaux et des banderoles aux couleurs de la campagne.

La première chose à faire, pour éviter d'être bloqué en permanence et de perdre son temps, était de trouver un nouveau badge « organisation ». J'avais bêtement donné le mien au petit Caligny et je n'étais pas sûr du tout que tous les membres du service d'ordre ameutés pour l'occasion me reconnaissent. Et quand bien même ils me reconnaîtraient, ils pouvaient être assez obtus pour ne pas me laisser accéder aux endroits sensibles.

Je me faufilai jusqu'à l'accueil des VIP, où se trouvait la permanente en charge des badges. Sur le chemin, je croisais plusieurs douzaines de cadres du parti, secrétaires de circonscription, responsables locaux dévoués qui m'avaient accueilli et véhiculé pendant la campagne et les deux dizaines d'années précédentes. On se touchait. On se disait bonjour, comme si on se connaissait par cœur. Pour eux, la grande communion avait commencé.

Le téléphone sonna alors que j'étais encore à une bonne cinquantaine de mètres de la borne d'accueil. Le Patron se décidait enfin à me rappeler.

— Bonjour, Patron. Ça s'est bien passé ?

— Oui. On est sur le point de décoller. Nous sommes en retard mais je serai à l'heure au meeting. Enfin j'espère. Sinon vous commencez sans nous. Bon sérieusement, vous en êtes où ?

Je lui racontai le plus brièvement possible mes conversations avec mon homologue et j'exposai l'accord que j'avais proposé au Centriste. Pour dresser un tableau complet, je mentionnai également les rumeurs de mesures de rétorsion envisagées par Trémeau dans l'hypothèse où le ticket ne serait pas explicitement mentionné au cours du meeting.

— Vous vous êtes un peu avancé. Je veux bien que notre ami centriste soit présent ce soir, et nous l'accueillerons parfaitement s'il vient, mais je ne vois pas comment je pourrais revenir sur mon engagement vis-à-vis de Trémeau.

— Mais Patron, vous n'avez jamais publiquement pris cet engagement !

— Je l'ai pris vis-à-vis d'elle. Je suis lié. Et je crains qu'elle n'ait assez de biscuit pour mettre sa menace à exécution... Je vous en parlerai...

Je ne voyais plus la foule et j'étais comme écrasé par le poids des mots que prononçait le Patron. Trémeau serait Premier ministre. Texier allait gagner. Et le Patron était à deux doigts d'admettre qu'il était à l'origine de la fraude.

Brutalement, la grand-messe prenait des allures de funérailles.

77.

Avant la campagne, je pensais m'être préparé psy-
chologiquement à tout. Même à perdre. Il suffirait de
maudire les Français en se disant qu'après tout, s'ils
avaient été assez demeurés pour choisir Vital, tant pis
pour eux. Mais je n'avais pas imaginé voir Trémeau
et Texier me voler la victoire et contraindre le Patron
à plier.

Pis encore, je me rendais compte que si le Patron
cédait à Trémeau, c'était pour protéger ses arrières ;
parce qu'il avait sans doute quelque chose à se reprocher ; une fraude plus exactement ; une fraude et
peut-être pire. Je ne pouvais rien prouver. Mais je
pouvais sentir, et ce que je sentais puait.

78.

Hagard, je tenais mon badge dans une main et mon téléphone dans l'autre. L'espace VIP derrière la scène était encore vide. Les parlementaires et les invités les plus importants n'arriveraient pas avant 18 heures. Plus on montait dans la hiérarchie politique, moins on attendait.

Derrière les cloisons mobiles, j'entendais la grande salle commencer à se remplir.

Le SMS me fit sursauter.

Vous êtes où ?

J'avais presque oublié le petit Caligny. Il allait falloir le mettre au courant. Et son oncle aussi. Je n'avais aucune idée de la façon dont ils prendraient la nouvelle.

Espace VIP. Et vous ?

Je bénissais le ciel de pouvoir échanger avec Winston par SMS. Je ne me sentais pas encore le courage de lui parler.

Moi aussi j'en avais, du neuf. Mais je n'étais guère pressé de le lui raconter. Pour atteindre la Régie, j'allais devoir traverser une immense salle en train de se remplir de militants et de cadres qui allaient forcément vouloir se réjouir avec moi.

Lorsque j'étais en forme, le Moïse qui sommeillait en moi se réjouissait d'avoir à fendre une marée humaine.

Aujourd'hui, la cohue que j'allais devoir affronter ressemblait plutôt à un chemin de croix.

79.

Accéder à la Régie se méritait. J'avais dû traverser une foule enthousiaste en saluant tous ceux qui me reconnaissaient et qui voulaient afficher leur complicité avec le bras droit du futur Président. S'ils avaient su…

Quelqu'un avait dû remonter les bretelles des membres du service d'ordre. En dépit de mon badge, j'avais dû décliner mon identité et l'autorisation d'accéder au saint des saints avait été donnée par le PC Sécurité après plusieurs minutes d'attente.

En pénétrant dans la Régie, j'eus brusquement le sentiment de retourner quarante ans en arrière, à cette époque si proche et déjà lointaine où fumer était normal et où enfumer semblait naturel. Ça puait la clope, et on n'y voyait pas à cinq mètres. Je me souvenais d'une scène dans *César et Rosalie*, où une pièce dans laquelle se jouait une partie de poker disparaissait progressivement dans des volutes épaisses sans que quiconque paraisse s'en émouvoir.

Mais au lieu du visage parfait de Romy Schneider,

c'était celui, à la fois rond et dur, de la Valkyrie que je découvris entre les nuages.

— Je croyais que c'était interdit de fumer dans les lieux de travail ?

— Je suis chez moi. Tu as oublié ? Tu veux m'empêcher de fumer chez moi ? Décidément, vous êtes bien tous des fascistes dans ton parti.

Je ne pouvais pas m'empêcher de sourire. Je n'étais pas loin de penser que la Valkyrie ne votait pas nécessairement pour nous. Elle aimait la mécanique des grands meetings et l'ambiance du parti, mais ne s'encombrait pas des idées qu'il était censé véhiculer. Au fond, elle était peut-être la seule à avoir raison…

— Tout va bien ?

— Tout irait mieux si je savais enfin qui va parler ce soir. C'est un peu difficile de caler le déroulé si on ne me dit pas qui parle.

— Je sais… tous les chefs de parti qui ont appelé à voter pour le Patron s'expriment, dans l'ordre croissant d'importance. Le Centriste viendra peut-être mais je ne crois pas qu'il parlera. Trémeau devrait parler juste avant le Patron. Il faut que je cale ça avec Texier, et je n'arrive pas le joindre.

Et je n'avais aucune envie d'y arriver. Il allait m'écraser sous une fausse sollicitude et une camaraderie factice qui m'épuisaient par avance.

— Je te préviens, après 18 heures, je ne change plus rien. J'ai des réglages compliqués et je dois avoir un peu de temps pour mettre en place le pupitre mobile du Patron et pour brancher ses prompteurs.

J'acquiesçai vaguement. Au fond de la salle de la Régie, le nez fixé sur plusieurs ordinateurs, je devinai un groupe de jeunes gens qui entouraient le petit Caligny. Sans lever la tête de l'écran sur lequel défilaient des séries de chiffres et de noms, Winston fit les présentations.

— Je vous présente Paul, Khalid et Juliette. Mes meilleurs amis. Paul et Khalid étaient avec moi à Sciences-Po. Juliette a pris un mauvais départ en allant à Polytechnique, mais comme elle est la plus belle, on ne lui en veut pas.

C'était peu dire. Je n'avais jamais rencontré une polytechnicienne aussi belle. Je n'en avais pas rencontré beaucoup, cela dit. Grande, blonde, souriant avec légèreté, incroyablement sexy dans son jean et son tee-shirt blanc qui mettait en valeur le contraste entre un ventre plat qu'on devinait musclé et des seins ronds qu'on espérait confortables, elle irradiait.

J'en étais bouche bée. Bizarrement, ma première pensée fut de me demander si le petit Caligny et elle...

— Vous pouvez parler devant eux. Je leur fais confiance et ils me font confiance, eux. Et en s'y mettant à plusieurs, on a trouvé quelque chose qui devrait vous intéresser. Venez voir...

J'avançai vers le poste de travail en prenant bien soin de ne pas toucher au passage la jeune Juliette qui me laissa passer en plongeant ses yeux dans les miens.

Le petit Caligny commenta ce qui s'affichait sur son écran.

— J'ai pris tous les documents informatiques de mon oncle et nous avons essayé de voir ce qu'on pourrait en tirer...

— Vous avez volé ces documents à votre oncle ?

Je n'en revenais pas.

— Il les a lui-même volés, je ne vois pas où est le problème. S'il n'est pas content, je lui dirai de se plaindre à la police ! Ou alors je lui dirai que c'est vous qui me l'avez suggéré... Vous vous entendez tellement bien qu'il comprendra.

Le clin d'œil du petit Caligny m'incita à faire semblant de sourire, mais je commençai à me sentir mal à l'aise. On entrait en territoire dangereux. Je n'avais aucune envie de me fâcher avec l'oncle de Winston.

— Nous avons travaillé sur les pics de participation, en essayant d'isoler les adresses IP des pics.

— Je croyais que ces données étaient cryptées ?

— Elles le sont. Enfin elles l'étaient. Juliette a réussi à casser le code.

Juliette était décidément pleine de ressources.

— En réalité, ce n'est pas moi qui ai cassé le code. Mais j'ai proposé un défi aux accros à l'informatique de l'X qui pensent qu'ils sont les meilleurs du monde. Ces histoires de cryptage sont généralement des affaires d'algorithmes, donc des maths. Je leur ai dit que le premier qui réussissait avait gagné...

Cette gamine avait à peine vingt ans, mais sa voix était d'une sensualité à tomber. J'étais totalement fasciné. Si on m'avait dit, au début de ma scolarité au lycée, qu'il y avait des filles comme ça à Polytechnique, je me serais mis aux maths et à la physique avec davantage de sérieux.

— Et alors ?

— Ils ont réussi. Ils sont très compétitifs, vous savez. Et ils avaient vraiment envie de gagner.

Et on disait que les grandes écoles ne servaient à rien ! J'étais sur le point de lui demander ce qu'elle avait promis en gagnant, en me disant, *in petto*, que moi aussi j'aurais été prêt à beaucoup de choses si elle était le prix qu'on accordait au vainqueur, lorsque le petit Caligny reprit la parole. Il me connaissait assez bien, et il devait imaginer ce que sa Juliette suscitait chez moi.

— En tout cas, on a réussi à exploiter les données. Mais c'est long et compliqué. D'autant que nous avons essayé d'exploiter aussi bien les données officielles, transmises à l'huissier, que les données réelles que mon oncle a découvertes chez Droïde. Histoire de pouvoir comparer.

— Comment vous faites ?

— Une fois qu'on a réussi à casser le code, nous avons pu faire tourner les ordinateurs pour récupérer la liste des IP ayant servi au vote.

— L'identifiant de chaque ordinateur connecté à Internet ?

Je ne voulais pas avoir l'air idiot. Ils me regardaient tous fixement, et mon ego était parfaitement conscient qu'il n'avait pas envie d'être ridiculisé en présence de quatre jeunes gens, dont une Juliette aux yeux bleus et au demi-sourire hypnotiques.

— C'est ça. Je vous sens plus à l'aise avec le monde informatique. C'est incroyable comme les pires aversions peuvent disparaître quand on trouve les bonnes personnes pour expliquer.

Le petit Caligny se foutait clairement de moi.

— Bon et alors. Ces adresses IP ?

— Eh bien, une fois qu'on les a, on est content, mais en même temps, on a juste l'identifiant de l'ordinateur.

— C'est utile ?

J'avais dépassé depuis longtemps déjà les limites de mon savoir informatique. Je regardais le petit Caligny d'un air dubitatif et implorant.

— Oui et non. Ce qui est important pour vous, ce n'est pas de savoir quel ordinateur a voté, mais plutôt où il est installé et qui est derrière. Mais pour ça il faut pouvoir croiser les données IP avec les fournisseurs d'accès pour identifier les adresses postales et éventuellement les identités. Ça prend du temps, et il faut savoir s'y prendre.

Je me faisais peut-être des idées, mais la jolie Juliette était en train de me draguer. Son ton lorsqu'elle avait expliqué qu'il fallait savoir s'y prendre était sans équivoque...

— Ça tombe mal. On a peu de temps.

— Oui, mais on sait assez bien s'y prendre...

Je ne me faisais pas d'idées. Cette fille était une bombe et elle me faisait des avances. Je notai dans un coin de ma tête de ne pas oublier de poser plus de questions au petit Caligny sur ses amis, à l'avenir. J'essayais de me concentrer en ne regardant plus que les représentants du genre masculin de cette élite de la jeunesse française.

— Écoutez, c'est passionnant, mais j'ai un meeting à boucler. Qu'est-ce que vous avez trouvé ?

— Nous avons constaté deux choses : d'abord pour les données officielles, une grande masse d'adresses IP sont curieuses...

Je restai sans voix. Moins par surprise que par incompréhension. L'idée que des adresses IP puissent être normales était, en soi, un mystère. Alors l'inverse...

— Il y en a un grand nombre qui correspondent à des adresses à l'étranger et beaucoup ne sont plus valables. On dirait qu'elles ont été compilées à partir d'adresses collectées sur des sites commerciaux. Notre sentiment, c'est qu'elles ont été transmises en se disant que personne n'irait vérifier si ces adresses IP correspondaient à des ordinateurs sur lesquels des membres du Parti avaient effectivement voté…

J'écoutais avec attention. Ça commençait à devenir très intéressant.

— Ça confirme la fraude ! Et ça veut dire qu'on peut la prouver ?

— Ça tend à indiquer qu'il y a eu fraude, oui. De là à pouvoir la démontrer avec ces adresses, c'est moins certain. Il faudrait vérifier que les adresses IP qui ne sont plus valables ne l'étaient déjà plus au moment du vote. Il faudrait comparer le nombre de militants susceptibles d'avoir voté depuis l'étranger et le nombre des adresses étrangères… c'est possible, mais je reste prudent. D'autant que ces données proviennent de documents volés…

Bon. On avançait, mais jusque-là, le petit Caligny ne m'en disait guère plus que ce qu'avait déjà découvert son oncle.

— En revanche, le travail sur les données réelles, qui n'ont pas été transmises à l'huissier, est beaucoup plus instructif. Il montre qu'il y a moins d'ordinateurs utilisés que de votes envoyés pendant les pics. Ce qui d'ailleurs est compatible avec le fait que le fraudeur ait inventé ou ajouté des adresses IP bidons pour les résultats officiels.

— Mais j'ai déjà expliqué à votre oncle que c'était normal ! Les militants votent en majorité depuis l'ordinateur du secrétaire de circonscription, celui de la permanence du parti ou du parlementaire…

— Bien sûr. Mais là il y a beaucoup moins d'ordinateurs que de votes. Beaucoup, beaucoup moins.

— C'est-à-dire ?

Le petit Caligny sourit pour ménager son effet.

— Quatre.

Qu'est-ce qu'il racontait ?

— Quatre quoi ?

— Les pics de participation s'expliquent par un vote massif, en moins d'une minute, à partir de quatre ordinateurs. Le premier, on n'est jamais aussi bien servi que par soi-même, est installé chez Droïde. On est en train d'essayer d'identifier les trois autres, mais ça n'est pas simple parce qu'ils ont tout de même pris des précautions.

Je regardais les quatre jeunes gens en essayant de comprendre.

— Vous voulez dire que quand vous aurez identifié les trois ordinateurs restants, vous pourrez démontrer qui a fraudé ?

— Absolument. On devrait savoir ça très vite maintenant. À mon avis, dans une heure ou deux, on sera bons. Je vous tiens au courant, j'imagine ?

Le petit Caligny allait trouver. Le Patron allait être confondu par un gamin d'une vingtaine d'années qu'il avait lui-même placé au cœur de la campagne. Je souris doucement à Winston.

L'ironie de la situation lui échappait encore.

80.

Jeudi 6 mai, 17 h 15

J'étais sorti pour prendre l'air et réfléchir.

Un flot de groupes compacts convergeait vers l'entrée du hall. De grandes banderoles indiquaient parfois la provenance des militants. Les jeunes en rajoutaient dans l'enthousiasme : certains étaient déguisés comme pour une fête étudiante, d'autres étaient équipés de trompettes et de tambours. L'ambiance était parfaite.

D'ordinaire, dans les congrès tendus à cause des luttes internes, je « fais la salle ». Avec un grand soin, je place aux endroits stratégiques les supporters les plus sonores du Patron afin d'être certain que les applaudissements jailliront spontanément et avec enthousiasme au moment où il en aura besoin.

Cette fois-ci, l'enjeu était un peu différent. La seule chose que je devais éviter, c'était que Trémeau ne supplante le Patron à l'applaudimètre. La mesure du succès à cette aune était toujours aléatoire, mais je n'avais pas envie que le dernier meeting soit terni par une faute de goût.

Texier ne m'avait toujours pas appelé. Je ne savais pas si Trémeau voudrait prendre la parole.

Le Patron allait arriver sur le site dans deux heures et ça n'était toujours pas bouclé. Il n'aimerait pas.

Dans deux heures, le petit Caligny aurait peut-être fini d'analyser les données qu'il avait dérobées à son oncle. L'oncle serait furieux et le neveu le serait encore plus quand il découvrirait les turpitudes de celui qu'il avait accompagné pendant toute cette campagne.

Le Centriste non plus n'avait pas encore appelé. L'urgence était là. Après tout, le second tour aurait lieu dimanche. Trois jours, compte tenu de ce qui se tramait, c'était du long terme. À ce stade, ma priorité était que le meeting se passe correctement. On verrait bien plus tard.

Il était temps de parler à Texier.

81.

Jeudi 6 mai, 17 h 50

— Vous n'avez toujours pas répondu à l'invitation du Patron. Elle vient ou pas ?

— Bien entendu, elle sera là. Je suis surpris que sa réponse ne soit pas arrivée jusqu'à toi. Il n'a jamais été question qu'elle ne vienne pas. Personne ne pourra la prendre en défaut de loyauté avec le candidat.

Du grand Texier. Il fallait rester calme.

— J'imagine que tu veux qu'elle prenne la parole. Juste avant le Patron ?

Un silence au bout du fil. Qu'est-ce qu'il voulait ? Que Trémeau parle *après* le Patron ?

— Marie-France a décidé de ne pas s'exprimer ce soir. Le dernier meeting, c'est vraiment celui du candidat. Elle pense que c'est mieux comme ça. Je crois d'ailleurs que c'est le format qui avait été envisagé initialement.

À mon tour de ne pas parler immédiatement. Qu'est-ce que ça cachait ?

— Tu es certain ? Je ne voudrais pas que la presse

s'empare de ça pour raconter une histoire de tensions internes.

— Elle est certaine. Et je ne vois pas la presse se saisir de ça. Marie-France Trémeau sera très bien placée, à la droite du candidat, j'imagine. Et puis avec l'annonce officielle du ticket, je crois qu'il n'y a pas de risque de ce côté-là…

On y était. Il manquait juste la menace…

— … Bien sûr, si le candidat oubliait de tenir l'engagement qu'il a pris à l'égard de Marie-France, elle pourrait en être surprise et manifester un peu de mauvaise humeur. Tu la connais. Mais je ne vois pas pourquoi on en arriverait là. Cela dit, pour être complètement franc, un peu plus de confiance entre eux aurait sans doute arrangé l'ambiance.

— Qu'est-ce que tu veux dire ?

— Tu aurais pu nous faire passer le discours, pour qu'on vous aide à formuler quelques passages…

Texier commençait à m'échauffer les oreilles. Il était en position de force, certes, mais je n'avais aucune envie de lui laisser faire sa loi. Manifestement, nous étions en train de tester la nature de nos relations après l'élection.

— Il n'a jamais soumis ses discours à quiconque avant de s'exprimer. Je ne vois pas pourquoi il commencerait maintenant. Et toi non plus tu ne m'as jamais soumis un discours de ta chef. Je ne te l'ai jamais demandé d'ailleurs… N'aie aucune inquiétude, ce sera un très bon discours !

— Très bien… très bien… J'arriverai avec Marie-France vers 18 h 30. Elle a envie de rencontrer les militants avant les discours. Elle est très proche d'eux tu sais… de plus en plus…

Je conclus en ne relevant ni les sous-entendus, ni les contradictions. Être plus proche des militants, vouloir les rencontrer et pourtant s'abstenir volontairement de prendre la parole devant 40 000 d'entre eux ? Trémeau et Texier préparaient leur coup. Ils voulaient s'assurer que le Patron annoncerait le ticket et se laisser la possibilité de l'attaquer s'il ne le faisait pas.

Je ne voyais pas comment nous pourrions éviter les fourches Caudines.

82.

Le Centriste donnait enfin signe de vie.

— On vient. On sera là pour 19 heures. Il ne parlera pas mais il passera en salle de presse. Je te demande seulement de prévenir ton Patron et de ne pas en parler à la presse avant. Laisse-nous l'effet de surprise. Tout est OK pour le reste ?

— Tu as ma parole. Il sera assis à la gauche du Patron.

— C'est possible à droite ?

— Ce sera Trémeau, je ne peux pas mieux faire. Mais il sera juste à la gauche du Patron. Les photographes ne pourront pas le rater, crois-moi.

— OK. Je te fais confiance.

— Tu peux.

Les centristes avaient mis le temps, mais au moins ils avaient pris la bonne décision. C'était la première bonne nouvelle de la journée. Les images d'union seraient excellentes et tout ça nous placerait dans une excellente dynamique pour le second tour. L'étau de

Trémeau s'en trouverait peut-être même un peu des-
serré.

Sauvé par un Centriste... Si on m'avait dit ça il y
a quelques années...

83.

Jeudi 6 mai, 18 h 20

La Valkyrie avait de nombreux défauts, mais elle avait une immense qualité. Plus l'ambiance et la pression montaient, plus elle restait calme. C'est appréciable de la part de n'importe qui, mais pour quelqu'un devant gérer les ego des grands requins de la politique et les détails d'une réunion publique à 40 000 personnes, c'est inestimable.

— Alors, tu sais enfin qui parle ?

— Tous ceux qui étaient prévus, dans l'ordre prévu. Le Centriste sera là, à gauche du Patron, mais il ne parlera pas. J'ai besoin d'un coup de lumière sur lui au moment où il arrive et où il s'assoit. Trémeau ne s'exprime pas finalement. Donc le Patron devrait être sur scène vers 19 h 30. Ce sera parfait pour les reprises télé en direct.

— OK pour moi. Le pupitre du Patron commencera à avancer dès la fin du discours précédent. Il y en a pour une minute et, le temps qu'il monte sur scène, tout sera terminé. J'envoie le discours sur le prompteur dès qu'il arrive au pupitre.

— Le petit Caligny et ses copains sont toujours là ?

— Oui. Et ça bosse, je peux te dire. On ne les entend pas. Ils bossent sur quoi exactement ?

— Pourrais pas t'expliquer dans le détail. Mais c'est important, et ils ont besoin de calme. Et j'ai besoin qu'ils n'aient aucun contact avec l'extérieur. Tu peux vérifier ça ?

— Tu me demandes de les surveiller ?

— Non. De les protéger. Je t'expliquerai. Si je peux...

84.

Le Patron n'était toujours pas là.

Les retards du matin s'étaient accumulés. Tout le monde voulait le toucher, lui adresser la parole, lui faire embrasser la petite dernière, et il était difficile d'interrompre brutalement la liesse militante qu'il suscitait. Le déjeuner à Metz avait commencé en retard et s'était poursuivi au-delà du raisonnable. Les orages qui menaçaient dans le ciel de Lorraine avaient fini de contrarier le bel ordonnancement prévu par la cellule « déplacements ».

Le Patron se poserait au Bourget. Un hélicoptère le conduirait du Bourget à l'héliport de la porte de Versailles. Il serait là juste au début du meeting. Il prendrait dix minutes pour se rafraîchir, changer de chemise, passer au maquillage et se concentrer. Et ensuite il serait dans la salle, à côté de Trémeau.

J'étais en train de relire le discours, au calme, dans le bureau réservé au Patron. Démosthène avait bien travaillé. Il y avait du souffle et de la chaleur. Le

Patron parlait de lui et de la France qu'il souhaitait construire. C'était clair, intelligent, émouvant.

Mais ça ne parlait ni du Centriste ni de Trémeau.

Si le discours restait comme ça, le Centriste allait m'en vouloir à mort pour les siècles et les siècles. Et encore, cela ne serait rien par rapport à la fureur de Trémeau qui ne manquerait pas d'assassiner le Patron et notre campagne aussitôt le meeting terminé.

J'allais avoir cinq minutes avec le Patron pour régler tout ça au dernier moment et en plein stress. Je fermai les yeux et profitai de quelques instants de calme. Les derniers avant la tempête.

85.

Difficile de rester calme, cela dit. Pour trahir mon angoisse, j'appelais le petit Caligny.

— Vous en êtes où ?

— C'est difficile. Il y a des cascades de renvois d'adresses IP et nous avons du mal à nous y retrouver. On a quelque chose pour le deuxième ordinateur, mais ça me semble difficilement exploitable.

— C'est-à-dire ?

— C'est le serveur d'une société installée dans l'Ain, à Ferney-Voltaire pour être précis. La SCI Carlier. Je n'arrive pas à en savoir plus...

Je connaissais un peu l'Ain. Ferney-Voltaire était un chef-lieu de canton de la troisième circonscription. Le député était de chez nous, même s'il n'avait jamais été un proche du Patron.

— Ça ne me dit rien... Et les autres ?

— On est dessus. Je vous envoie un SMS dès que j'en sais plus.

Je sentais le petit Caligny concentré. Autant le laisser travailler.

Pour prendre un peu d'avance, j'essayai de compléter le discours que Démosthène m'avait transmis, pour soumettre au Patron des éléments sur le Centriste et sur Trémeau.

La partie sur le Centriste n'était pas trop compliquée à concevoir. Il fallait lui passer la brosse à reluire, souligner le courage et appeler à l'union. Dans le genre « paix aux hommes de bonne volonté », j'étais moins lyrique que Démosthène, mais j'avais quelques idées.

La partie sur Trémeau était plus compliquée. Concevoir quelque chose de gentil sur elle ne tombait pas sous le sens. L'écrire était héroïque. Le dire serait franchement inhumain.

86.

J'attendais le Patron derrière le bâtiment.

Le Major m'avait appelé il y a cinq minutes à peine pour me dire que l'hélicoptère venait de se poser et que le Patron arrivait sur place. J'avais couru pour pouvoir l'accueillir là où sa voiture s'arrêterait. Il aurait en tout et pour tout dix minutes pour passer dans son bureau. Puis sa voiture le reprendrait, pour le déposer devant le Hall afin qu'il fasse son entrée officielle en fond de salle, auréolé d'une poursuite de lumière, régénéré par les acclamations et au contact avec le peuple qui allait l'élire. La mise en scène serait classique, mais elle avait démontré son efficacité.

J'avais moins de dix minutes pour lui dire où on en était, ce qu'il faudrait dire au Centriste, ce que j'avais promis, ce que m'avait dit Texier, comment je proposais de modifier son discours et, peut-être, si l'occasion se présentait, pourquoi j'étais quasiment en mesure de démontrer qu'il y avait eu fraude.

Je ne devais pas me rater : les dix minutes qui

s'annonçaient étaient d'une importance cruciale pour la suite.

Et c'est à ce moment précis que Gaspard m'envoya un SMS pour le demander de le rappeler en urgence. Il avait le sens du timing.

> *Urgent – Ne pas répondre sur ce numéro – 20 H 00 – M'appeler au +421 2 5954 XXXX dans 15 minutes. Les 4 X sont : n° rue Winston et âge de Marilyn*

L'oncle avait complètement déraillé ou quoi ?

Je ne savais pas quoi penser. Ma première réaction avait été de rigoler devant ce message presque crypté qui fleurait bon la caricature d'agent secret.

Mais je connaissais Gaspard. J'avais vu de quel bois il était fait. Il n'était pas du tout du genre à essayer de m'impressionner avec des barbouzeries de bas étage. S'il m'envoyait ce message, c'était parce qu'il ne pouvait pas me parler, et qu'il avait sans doute peur d'être entendu. Mais par qui ?

+ 421 2 5954 XXXX. Un numéro à l'étranger. Qu'est-ce qu'il foutait à l'étranger, l'oncle ? Et ces références à Winston et Marilyn. Il avait choisi les surnoms que j'employais pour deux personnes qu'il connaissait. Mais quiconque tombait sur ce message pouvait très bien imaginer qu'il parlait de Churchill et de Monroe.

De là où il était, personne ne pourrait trouver le numéro qu'il m'adressait. Marilyn avait quarante-deux ans. Je ne me souvenais pas de l'adresse du petit Caligny, mais il suffisait de lui demander.

Au bout de l'allée, la C6 du Patron venait de tourner. J'avais juste le temps d'envoyer un SMS au petit Caligny. Il allait se demander pourquoi je lui demandais son adresse...

87

Jeudi 6 mai, 19 h 07

Le Patron était à la fois calme et tendu.

Concentré, il renvoyait toujours cette image contradictoire aux autres. Il avait peu de temps et il le savait. Il était dans la dernière ligne droite, en train d'imposer un sprint à son équipe et à son concurrent.

D'un coup d'œil, il m'invita à prendre la parole. Il venait à peine de sortir de la voiture. J'avais peu de temps, il fallait l'utiliser au mieux.

— La salle est pleine. Quarante mille personnes. L'ambiance est parfaite. Vous parlez dans vingt minutes. Le Centriste est là. À votre gauche…

— Il parle ?

— Pas depuis la scène, mais en salle de presse… et il va dire du bien de vous. Il faudra renvoyer l'ascenseur.

— L'ascenseur… l'ascenseur… ça va me coûter combien, cette affaire ? Vous avez promis quoi ?

— Rien. J'ai juste expliqué que s'il voulait limiter l'influence de Trémeau, il fallait qu'il se rapproche de vous. Et du coup, il est venu, vous aurez l'unité complète.

Pas de merci. Pas de félicitations. J'avais l'habitude et je n'étais pas là pour ma gloire personnelle. Ces choses-là viendraient après la victoire. Peut-être.

— Et Trémeau ?

— Elle est là. Elle sera assise à votre droite. Mais… elle ne parlera pas.

— Je vous demande pardon ?

— Elle ne parlera pas. Selon Texier, elle pense que personne d'autre que vous ne peut légitimement s'exprimer ce soir.

— C'est assez juste.

— Je crois surtout qu'elle attend que vous annonciez officiellement qu'elle sera Premier ministre.

Nous étions arrivés dans le bureau du Patron. Sans un mot, il s'isola pour enlever sa chemise et enfiler un peignoir. Il était sombre. Sans me lancer un seul regard, il passa devant la glace et la maquilleuse commença son office.

— Patron, j'ai lu votre discours. Il est très bien. Mais il ne dit rien sur notre ami le Centriste, et il ne dit rien sur Trémeau. Et d'après ce que je comprends… elle considère que vous vous êtes engagé à l'annoncer… et ils commencent à devenir nerveux…

Le Patron s'était mis à feuilleter une revue de presse. Il se concentrait.

— J'ai préparé quelques éléments de langage. S'ils vous vont, je les intègre à votre discours dans les cinq minutes et vous les aurez sur votre prompteur pour le discours.

Aucune réaction. Il fallait qu'il sorte de sa torpeur et que je lui parle vraiment.

— Patron...

Je n'y arrivais pas.

Tous les apparatchiks du métier aiment à raconter qu'ils sont capables de parler les yeux dans les yeux avec leur Patron. Tous ceux qui sont proches d'un homme politique prétendent qu'ils peuvent lui dire la vérité et qu'ils ne sont pas comme tous les autres.

La vérité, c'est que c'est faux.

C'est faux parce que dire des choses compliquées à quelqu'un qui vous est proche est toujours difficile. Il faut n'avoir jamais eu à dire à un ami qu'il devrait boire un peu moins, ou à expliquer à votre conjoint que quelque chose clochait vraiment, ou à dire à vos enfants que vous êtes malade à mourir pour penser que c'est facile. Avec le Patron, qui avait une vie publique, dont la puissance intellectuelle était sans commune mesure avec la mienne, dont l'ex-femme était en train de mourir, je pouvais contester une position, formuler un désaccord politique, mais j'avais du mal à attaquer bille en tête en lui expliquant que je pensais qu'il avait fraudé, que Trémeau le savait et qu'il était pieds et poings liés.

Les clameurs du meeting se faisaient de plus en plus nettes. L'ambiance était en train de monter et tout le monde attendait le Patron.

Dans quelques minutes, il prononcerait son dernier discours de candidat. Peut-être son dernier discours d'homme politique.

J'attendais qu'il me parle, et il ne bougeait pas.

— Patron, il faut qu'on avance... j'intègre ces éléments ?

— Je parle dans combien de temps ?

Un bref coup d'œil à ma montre. Vercingétorix était sur scène et on lui avait dit de ne pas dépasser dix minutes. Puis ce serait le plus jeune député de notre groupe parlementaire qui annoncerait l'arrivée du Patron après un discours de cinq minutes. En comptant les acclamations et la traversée de la salle, il en avait encore pour une bonne demi-heure, mais il fallait qu'on soit prêt à entrer dans le hall dans moins de dix minutes.

— Il faut qu'on y aille, mais j'ai le temps si vous me dites de le faire maintenant. Je fonce à la Régie et j'intègre les modifications dans votre discours.

— OK. Tout ça ne se passe pas comme je l'avais imaginé. Mais j'imagine que le pouvoir ne ressemble jamais à l'idée qu'on s'en fait...

Les dés étaient jetés.

Au moment de sortir du bureau, mon téléphone vibra. C'était un SMS du petit Caligny. Même dans ce moment de grande tristesse, il réussissait à me faire sourire.

> *23 rue Lancry 75010. Je pensais que*
> *vous demanderiez plutôt l'adresse de*
> *Juliette*

88.

Jeudi 6 mai, 19 h 12

Le Patron venait d'entrer dans la salle. C'était incroyable. Les cornes de brume sonnaient triomphalement. Quarante mille militants poussaient avec leur cœur et avec leurs tripes un homme qui se tenait debout, au milieu de la salle, parmi eux.

J'avais laissé au Patron le soin de traverser seul, simplement entouré d'un léger cordon de sécurité qui peinait à le faire avancer dans la cohue.

Je n'avais pas beaucoup de temps. Il fallait corriger le discours et appeler Gaspard, à l'autre bout du monde peut-être.

> *Urgent – Ne pas répondre sur ce numéro – 20 H 00 – M'appeler au +421 2 5954 XXXX dans 15 minutes. Les 4 X sont : n° rue Winston et âge de Marilyn*

En relisant son SMS, je remarquais la mention de l'heure. Pourquoi avait-il indiqué 20 H ? Probablement pour que je sache exactement quand l'appeler, puisque je devais utiliser le numéro 15 minutes après. Mais après quoi ? La réception du SMS ou l'envoi du SMS ? Ce devait être pour ça qu'il avait noté l'heure d'envoi. Il y avait une heure de décalage horaire, en plus, donc il était à l'Est.

Je composai le numéro en montant les marches qui conduisaient à la régie. Après un instant, une voix féminine à l'évidence enregistrée prononça un message incompréhensible. Un bip sonore vint conclure et la communication commença :

— C'est vous ?

— Oui. Vous attendiez quelqu'un d'autre ?

— OK. Je ne peux pas parler longtemps parce qu'ils me cherchent. Mais je suis tranquille. Quand ils auront compris, je serai déjà revenu...

Qu'est-ce qu'il racontait ?

— Votre ami rouquin a parlé. Il a pris le temps. Il était coriace. Mais il a parlé...

Je fermai les yeux en essayant de ne pas imaginer comment il avait pu être conduit à parler.

— ... Il a tué Mukki. Ce n'était pas prémédité, selon lui. Il a paniqué quand il a vu des types courir vers lui. Ça devait être vous...

L'idée que j'aie pu être à l'origine de la mort de Mukki, même indirectement, était très désagréable.

— ... Il dit que ce n'est pas lui qui a tué Pinguet. Il devait vous faire peur, ne pas abîmer Louis et vous handicaper durablement.

— Me quoi ?

— Ce sont ses mots. Enfin... il les a prononcés moins vite et de façon moins compréhensible...

Je n'en revenais pas.

— Qui lui a demandé ?

— Ce n'est pas votre Patron, si c'est votre question.

— Vous êtes sûr ?

— Certain. D'après votre ami rouquin, le commanditaire ultime de cette histoire est... une femme.

— Une femme !!! Qui ça ?

Immédiatement, je pensai à Trémeau.

— Il ne sait pas. Mais il est certain que c'est une femme qui tire les ficelles. En tout cas, ce n'est pas votre Patron, il est affirmatif.

— Vous pouvez lui demander des détails sur cette femme ?

Un petit rire précéda la réponse de Gaspard.

— Je ne vais pas m'attarder par ici. C'est joli Bucarest, mais j'y ai appris ce que je voulais. Le rouquin avait des amis. Ils savent que quelqu'un voulait lui parler et qu'il a disparu. Quand ils vont le retrouver, c'est à moi qu'ils vont vouloir parler. Quant au rouquin, je doute qu'il puisse répondre à des questions désormais... Je vous rappelle quand je peux.

Et un bip plus tard, Gaspard me laissa seul, dans l'escalier qui menait à la Régie.

Trémeau ?

89.

Dans la Régie, l'odeur de tabac froid avait fini de conquérir le terrain. Le calme était absolu et la concentration de la Valkyrie totale. Les nombreux écrans montraient la salle, la scène et le Patron sous tous les plans possibles et imaginables. Je n'avais aucune idée du nombre de caméras, mais on devait dépasser la quinzaine.

Sur l'écran et dans la salle, tout semblait aller à merveille. La liesse était complète, et tout se passait exactement comme le déroulé l'avait prévu.

Dans ma tête, en revanche, une tempête s'était levée.

Si c'était Trémeau, pourquoi le Patron avait-il gagné la primaire ?

Pourquoi Trémeau avait-elle voulu faire supprimer Mukki ? Pour se venger de la fraude orchestrée contre elle ? Pour l'empêcher de parler ? Pourquoi aurait-elle voulu me faire peur ? Je n'étais pour rien dans cette affaire, j'essayais juste de comprendre !

Le Patron était encore en train de traverser la salle.

Cela faisait presque dix minutes, et la scène restait loin. Tout le monde voulait le toucher. Sur les écrans de la régie, je voyais le sourire de ceux qui réussissaient à lui effleurer la main ou à l'embrasser. Je voyais aussi son sourire à lui, naturel, sincère, tellement éloigné de la concentration austère qui avait prévalu quelques instants auparavant. Il était heureux parmi les siens. Il donnait de sa personne. Il était prêt à leur parler.

Il fallait que je corrige le discours, en modifiant directement le texte qui s'afficherait, au fur et à mesure de sa lecture, sur le prompteur.

Mais fallait-il le faire ?

La Valkyrie avait tout de suite perçu que quelque chose n'allait pas. Elle était bien plus fine et attentive aux autres que ce que tout le monde imaginait. J'avais confiance en elle, mais je ne pouvais rien lui dire.

Si Gaspard disait vrai, il était probable qu'un des plus grands scandales politiques de ces dernières décennies était sur le point d'éclater. Et un bon nombre d'actes parfaitement illégaux avaient été commis, y compris sous mon autorité, pour le dévoiler. Sans parler du sort du rouquin...

Le petit Caligny était toujours avec ses amis, dans la petite salle du fond de la Régie. Ils étaient tellement concentrés sur leurs ordinateurs qu'ils ne m'avaient pas entendu arriver.

Tel le Centriste, j'hésitais.

Dans le doute, je choisis la loyauté. Le Patron m'avait demandé de corriger le texte, je le lui avais promis. L'objectif essentiel était de gagner la présidentielle. Pour atteindre cet objectif, il fallait que l'union soit complète, que le meeting se passe bien, que le Patron annonce le ticket attendu par tous. Pour la suite, on verrait plus tard.

— Où est le texte diffusé sur le prompteur ? Je dois le corriger.

La Valkyrie siffla entre ses dents.

— Maintenant ? Il est sur le point de parler !

— J'ai encore cinq bonnes minutes. Tout est sous contrôle.

Si seulement...

90.

Du coin de l'œil, je suivais sur l'écran la lente progression du Patron vers la scène. Il n'y était toujours pas. La cohue était indescriptible et même les journalistes les plus rompus à ce type d'exercice devaient être en train de noter que quelque chose d'extraordinaire se passait.

Je venais de terminer la correction du texte.

Il ne me restait plus qu'à substituer les fichiers dans l'ordinateur et le Patron pourrait prononcer son discours. Je soufflais un peu.

La Valkyrie me regardait d'un air effrayé. Elle avait l'habitude des changements de dernière minute, des modifications de programme erratiques ou des dérapages plus ou moins contrôlés dont ces grands événements étaient coutumiers. Mais elle avait senti cette fois-ci autre chose, comme un mélange inquiétant d'urgence, de doute et d'importance.

La Régie était calme et l'impression de silence et de maîtrise contrastait curieusement avec la liesse qui s'affichait dans la salle. En reprenant mes esprits, je regardai autour de moi. Les quelques collaborateurs de la Valkyrie étaient concentrés sur leurs appareils. Dans la salle voisine, les jeunes semblaient vissés à leurs ordinateurs.

De loin, je voyais les trois amis du petit Caligny. Winston devait être derrière eux.

Il était temps que je lui dise ce que Gaspard venait d'apprendre. J'étais certain que Winston finirait par le découvrir, et je n'avais pas envie de le décevoir à nouveau.

Je m'approchai du groupe.

Le petit Caligny s'était isolé. Il était seul devant un ordinateur, un téléphone dans la main. Totalement concentré, il donnait l'impression de ne rien voir autour de lui.

— Vous en êtes où ?

— Je termine. J'arrive à récupérer les informations, mais je crains que cela ne soit inexploitable et que ça ne prouve rien.

— Décidément, c'est une manie…

Le petit Caligny leva enfin les yeux pour me regarder.

— Vous avez du neuf, vous ?

Je m'agenouillai à côté du petit Caligny pour lui raconter discrètement ma conversation avec son oncle. Même si les trois autres étaient ses amis, même si la Valkyrie était fidèle et discrète, je n'avais pas envie d'ébruiter ce que faisait Gaspard en Roumanie, et peut-être encore moins ce que j'en déduisais.

Le petit Caligny, en m'écoutant, se passait la main dans les cheveux, pour se donner une contenance. Il n'en revenait pas plus que moi. Sa voix chuchotée trahissait une excitation mal contenue.

— Vous croyez que c'est elle ?

— Je ne sais pas. Je ne sais plus grand-chose. Mais si ce n'est pas elle, qui peut être derrière ça ?

Le petit Caligny absorbait la nouvelle et restait interdit. Sans dire un mot, il se pencha à nouveau vers son ordinateur. Sur l'écran s'affichait un tableau.

— C'est ce que vous avez trouvé ?

— Une journée de travail à plusieurs pour arriver à identifier quatre ordinateurs, mais pas ceux qui les ont utilisés…

Le petit Caligny semblait déçu. Je devinais l'espoir contrarié d'une découverte qui aurait permis de résoudre cette affaire.

— … Au moins vous saurez que les deux derniers ordinateurs sont enregistrés au nom d'une SCI et d'un particulier inconnu au bataillon. La SCI du 15 avril est domiciliée dans la Somme, mais je n'arrive pas à aller au-delà. Le particulier est un certain M. Bruno, qui habite dans les Alpes-Maritimes. Ça ne vous dit rien ?

Rien du tout. Le seul Bruno que je connaissais dans les Alpes-Maritimes était…

— C'est quoi son prénom ?

Le petit Caligny se pencha à nouveau sur l'ordinateur.

— Le contrat avec le fournisseur d'accès mentionne un certain Bernard Bruno.

Je ne bougeai pas. C'était énorme.

— Il habite à Grasse, ou à côté ?

— À Mougins.

Je les tenais.

Je ne connaissais pas de Bernard Bruno, mais je connaissais très bien un Bruno Bernard, qui avait longtemps été le responsable du parti à Grasse. Un sombre connard que j'avais systématiquement barré chaque fois qu'une investiture était envisageable, et qui avait donc logiquement rejoint le camp Trémeau qui lui offrait des perspectives plus alléchantes.

Si Bruno Bernard était bien Bernard Bruno, c'est que Trémeau et Texier étaient derrière tout ça. Les ordures ! Ils avaient truqué le vote. Ils avaient éliminé Mukki. Ils avaient voulu nous faire taire.

Sous le coup d'une décharge d'adrénaline puissante, je me levai. Il fallait prévenir le Patron. Il ne pouvait plus céder à Trémeau. Il allait même pouvoir lui tordre le cou.

La clameur encore plus vive que celle qui berçait la régie depuis que le Patron était entré dans la salle me ramena brutalement à la réalité. La traversée était finie. Le Patron avait atteint la scène. Il allait commencer son discours.

91.

Face à la foule en liesse, le Patron était le calme et la puissance. L'ovation qui l'avait accompagné au fur et à mesure de sa progression vers la scène s'était transformée en vacarme incroyable, comme si les codes de la politique s'étaient effacés pour laisser la place aux déchaînements hystériques des concerts de rock.

Seul face à la foule, il allait parler.

Dans sa Régie, la Valkyrie, concentrée, s'apprêtait à faire défiler le texte sur le prompteur. Je voyais avec horreur sur mon écran de contrôle les deux premiers paragraphes.

Comme dans un ralenti cotonneux, j'essayais d'assembler une à une les pièces de l'infernale machine mise en place par Trémeau. Comment avait-elle réussi à truquer l'élection, et pourquoi avait-elle perdu alors même qu'elle était derrière tout ça ? Avait-elle délibérément choisi d'éliminer les traces de son forfait, en supprimant le fils Pinguet puis Mukki, ou avait-elle été dépassée par ses troupes ? Rien n'était clair, sinon qu'elle était derrière tout ça, que son but était de faire pression sur le Patron, et qu'elle avait réussi.

Le Patron annoncerait dans quelques minutes qu'il la choisirait comme Premier ministre. En corrigeant moi-même le texte du discours, j'avais dressé les fourches Caudines sous lesquelles il s'apprêtait à passer. Tout ce que je m'étais juré d'accomplir s'écroulait : je n'avais pas réussi à protéger mon Patron.

Je posai ma main calmement sur le bras de la Valkyrie.

— Je peux encore corriger le texte ?

Silence. Elle devait se demander si je plaisantais, ce qui aurait été possible dans d'autres circonstances.

— Tu plaisantes ?

— Non. Il faut que je corrige son discours. Il faut que j'enlève les deux paragraphes que je viens d'ajouter au discours. Je n'ai jamais été aussi sérieux. C'est vital. Pour lui. Je t'expliquerai.

Le Patron commençait à parler. D'un geste de la main, la Valkyrie me fit signe d'arrêter. Elle devait faire dérouler le discours en conservant un paragraphe d'avance sur ce que disait le Patron. La tâche n'était pas intellectuellement compliquée, mais il fallait rester concentré, sous peine de faire défiler le texte trop vite, ou trop lentement, et d'abîmer ainsi la belle mécanique oratoire du Patron. Elle n'avait pas besoin qu'on sème la pagaille dans un texte qui, en tout état de cause, était en train de défiler et ne pouvait plus être modifié.

D'un ton sec, alors que ses yeux restaient rivés sur les deux écrans placés en face d'elle et sur lesquels on voyait d'un côté le Patron, en gros plan, et de l'autre, le texte du discours en train d'être lu, elle aboya.

— On ne peut plus modifier le texte. Il faudrait arrêter le défilement sur le prompteur. Pour cela, il faut qu'il arrête son discours. Pas possible. La seule solution est que quelqu'un lui fasse un signe quand il arrivera au passage que tu veux supprimer.

Je me tournai vers le petit Caligny.

— Winston, il faut y aller. Vous vous plantez au premier rang s'il le faut et quand il s'apprête à parler de son équipe après l'élection, vous lui faites comprendre qu'il ne faut rien dire…

Le petit Caligny me regardait l'air ébahi.

— Mais comment je peux…

— Démerdez-vous ! On n'a pas le choix ! Essayez de vous faire comprendre, moi je vais voir comment on peut faire d'ici pour changer la version du discours ! Allez !!!

Après un instant d'immobilité, je vis le petit Caligny regarder l'écran et quitter la Régie comme si sa vie en dépendait. D'une certaine façon, elle en dépendait un peu…

— Il n'y a plus qu'à prier pour que le Patron prenne son temps et que Louis ne perde pas le sien.

La Valkyrie avait le sens de la formule. Sur les écrans de contrôle, je voyais le petit Caligny se démener pour traverser la salle, bousculant les vigiles en exhibant son badge, écartant sans ménagement les militants qui traînaient dans les allées. Je n'étais pas certain que la sécurité le laisserait se faufiler jusque devant la scène, et encore moins que le Patron le verrait. On est volontiers ailleurs quand on est sur scène. On ne voit pas toujours ceux qui sont devant vous. Il faut faire semblant, mais c'est un peu comme au théâtre : on entend le public bien plus qu'on ne le voit.

La Valkyrie s'était transformée en sphinx. Elle ne bougeait plus, tout entière absorbée par le texte. Son immobilité était presque émouvante. Seule sa voix éraillée rappelait, par instants, qu'elle ressemblait, en temps normal, à un volcan.

— Tu veux toujours changer le discours ?

— Tu as une idée ?

— Colle-toi sur un autre ordinateur, reprends le texte et modifie-le en supprimant ce que tu veux enlever. Quand ton fichier sera prêt et qu'il se fera interrompre par les applaudissements, tu me passeras la clé USB et le nouveau fichier et on intervertira. Il sera privé de texte pendant trente secondes, mais il devrait s'en sortir. Non ?

On allait jouer avec le feu. J'imaginais l'effet que ne manquerait pas de produire sur le Patron, seul devant plus de 40 000 personnes, devant les caméras de la France entière, à la veille du second tour de la présidentielle, une interruption du prompteur. C'était un coup à lui faire perdre les pédales. Mais c'était la seule chose à faire compte tenu des enjeux.

— OK. OK. On va faire ça.

J'essayais de rester calme. Pour quelqu'un qui détestait les manipulations informatiques, j'étais servi. J'allais m'atteler à la tâche, lorsque la Valkyrie, d'un froncement des sourcils, me glaça le sang.

— Qu'est-ce qu'il y a ?

— Il s'échappe du discours. Il vient de sauter un paragraphe et de faire une digression. Il est bon mais j'ai du mal à suivre !

La digression était particulièrement applaudie. Le Patron faisait un tabac et semblait emporté par son élan. Pour la Valkyrie, en revanche, chaque liberté que le Patron prenait avec son texte était un piège. Comment dérouler un discours si celui qui lisait ne respectait pas le texte ?

En vraie professionnelle, la Valkyrie ne s'énervait pas. Quand le Patron s'éloignait du texte, elle cessait de le faire défiler, espérant sans doute qu'il finirait par retomber sur ses pieds pour reprendre le fil du discours. C'était la seule chose à faire, et elle le faisait en dégageant une impression de calme admirable. Moi, je suais.

Le Patron improvisait. Il tenait la salle. À la différence de l'immense majorité des politiques, il ne s'écartait pas de son discours pour faire des incises, des commentaires de son propos sur un ton plus décontracté, mais au contraire pour approfondir une idée, ou pour l'enrichir d'un exemple ou d'une anecdote. Le public en était captivé. C'était comme une conversation entre un homme et une foule. Un moment magique, révélé par la qualité du silence qui se faisait quand il parlait.

Le Patron dissertait. Il expliquait ce qu'il voulait faire, tout en prenant le temps d'expliquer comment il était arrivé aux conclusions qu'il présentait dans toute leur complexité à la foule. Là où tant de ses collègues brillaient par leur aptitude à simplifier les problèmes, en les caricaturant à l'occasion, il cherchait au contraire à les présenter dans toute leur complexité. Un pari osé dans ce métier, qui exposait souvent celui qui s'y risquait à être présenté comme un naïf, ou un intellectuel plus à l'aise dans l'analyse que dans l'action, ou pire comme un technocrate coupé du peuple. Avec le Patron, ce n'était plus un pari, c'était la démonstration que l'intelligence pouvait prévaloir.

Le fond de son discours captivait, et la forme n'était pas en reste. Démosthène devait s'arracher les cheveux, ou ressentir une immense dose d'humilité. Les passages improvisés étaient comparables à ceux qui avaient été travaillés et écrits : même maîtrise du français, même simplicité élégante, même humour distancié qui faisait sourire les gens.

Même moi, j'étais pendu à son discours.

La Valkyrie soufflait doucement, attendant qu'il reprenne le cours de son discours.

— Tu aurais eu le temps de changer le texte…

Merde. Elle avait raison. Je m'installai devant le clavier, pour reprendre la version du discours et faire disparaître avec une joie rageuse toute mention de Trémeau. À force d'écouter mon grand homme, je perdais de vue l'essentiel.

Un rapide coup d'œil sur l'écran de contrôle me fit réaliser que ce n'était pas la seule chose que j'avais perdue de vue. Le petit Caligny aussi avait disparu, noyé dans la masse ou bloqué par la sécurité. Je ne le voyais pas au premier rang, et je savais, au fond de moi-même, que le Patron ne le verrait pas non plus.

92.

Mon texte était prêt.

Je tenais dans ma main, sur une clé USB, la version finale, débarrassée de toute référence à Trémeau.

Le Patron, lui, tenait la salle.

Je n'avais jamais assisté à un meeting depuis la Régie. D'habitude, je traînais avec la presse, ou dans les coulisses, ou au fond de la salle pour mieux saisir l'impression que le spectacle produisait. La Régie, c'était une première, dictée par la nécessité. Mais quelle première !

Peut-être était-ce cela, la rencontre entre un peuple et un homme ? La fameuse équation qui résumait l'élection présidentielle trouvait sa résolution sous mes yeux ébahis.

J'avais assisté à des centaines de meetings, certains avec enjeux, d'autres, plus nombreux, rigoureusement inutiles. Jamais je n'avais ressenti ce que la foule et moi vivions. Le Patron flottait sur la scène. Il s'adressait à chacun d'entre nous. Il créait un lien magique, uniquement fondé sur la raison, sur l'intelligence, sur une argumentation qui conciliait la part de rêve et celle de la contrainte.

La Valkyrie s'était relâchée. Calée dans son siège, attentive, fascinée aussi, elle avait lâché la molette avec laquelle elle était censée faire défiler le discours. Il n'y avait plus de discours. Le Patron s'en était affranchi. Il n'y reviendrait plus. Il était parti dans des considérations qu'il avait mûries depuis si long-temps qu'il n'avait pas besoin de les lire pour les dire.

Le risque qu'il prenait était considérable. Son dis-cours était exceptionnel, mais un discours de cette qualité ne produisait d'impression que sur ceux qui étaient présents dans la salle. Les autres n'en enten-draient sans doute même pas parler. La télévision en livrerait quelques phrases qui ne donneraient jamais la mesure de l'ensemble. Si, en revanche, il allait trop loin, en lâchant une formule malheureuse ou en com-mettant un lapsus dévastateur, la seule chose qui serait retenue serait portée à son débit. À deux jours d'une présidentielle, il serait impossible de corriger une erreur.

Je repensais instantanément à la demi-finale de 1982. Séville. Les Français menant 3 à 1 pendant la prolongation et continuant à jouer, à faire le spec-tacle, à prendre des risques. Et le retour des Alle-mands. Battiston sorti sur une civière, deux ou trois dents en moins. Et la victoire des Allemands. La France vaincue par son désir de gloire. Le panache malheureux contre la rigueur victorieuse. Il y avait du Cyrano dans cette équipe, et je voyais le héros du Patron pointer le bout de son nez au meeting.

Le Patron, en gros plan, donnait l'impression d'être habité, par l'idée qu'il se faisait de la fonction qu'il briguait, et probablement par l'idée de la France qu'il s'était forgée.

Il donnait tout. Il ne cherchait plus seulement à convaincre, ou à gagner. Il voulait montrer ce qu'il était, ce qu'il fallait viser pour être à la hauteur. Il parlait pour la gloire.

Il n'y avait plus un bruit dans la Régie. Les amis du petit Caligny s'étaient rapprochés des écrans de contrôle. Ils étaient sous le charme du Patron. Dans la salle, les quelques caméras qui prenaient des plans des militants montraient des bouches ouvertes et des yeux brillants. Le petit Caligny était bloqué à l'entrée des rangs des parlementaires. La sécurité, pour une fois, faisait son boulot, et c'était cette fois-là que le Patron allait en payer le prix. L'ironie était savoureuse, mais la prestation du Patron, qui absorbait la salle comme un trou noir dévore la matière, rendait tout cela presque dérisoire.

Il allait finir par parler de Trémeau. À un moment quelconque, il dirait comment il envisageait l'avenir, son gouvernement, sa composition, son action. À ce moment-là, il mentionnerait Trémeau. Et ni les signes du petit Caligny, ni ma clé USB, inutile désormais, ne pourraient l'empêcher de se laisser piéger par cette garce. C'était à pleurer.

Mon téléphone vibra doucement dans ma poche. Marilyn, par SMS, me demandait si je savais ce que faisait le Patron et s'il faudrait distribuer aux journalistes le texte initial, qui n'avait plus grand-chose à voir avec le produit final.

Je n'en savais rien. J'étais devenu spectateur.

93.

Je ne suis pas certain que les paranoïaques puissent croire aux miracles.

Lorsque tout ce qui vous ennuie résulte de la malveillance dont vous êtes l'objet, les bonheurs inattendus relèvent-ils d'un hasard enfin bienfaiteur ou de la maladresse de vos ennemis ?

Personnellement, en tout cas, et jusqu'à ce meeting, je n'avais jamais cru aux miracles.

J'étais en revanche de plus en plus fermement convaincu que la perfection était de ce monde. Peut-être était-ce un effet de l'âge ? Peut-être avais-je besoin de me rassurer en pensant qu'il était possible d'atteindre le plus pur état de ce qu'on recherchait. Cela ne durait pas forcément longtemps, sauf lorsque le génie humain fixait dans une œuvre d'art l'éternité, mais il y avait des moments de perfection.

Je le savais. J'étais en plein dedans.

Tout se passait comme si le talent naturel du Patron, taillé et poli par des années de travail, explosait à la face du monde.

Le discours rédigé par Démosthène n'était plus qu'un vague souvenir. Les éléments de langage que le Patron avait mécaniquement répétés pendant toute la campagne avaient disparu. Les lieux communs du genre étaient comme vaporisés, remplacés par un discours à la fois complexe, lumineux, émouvant et entraînant.

Fasciné dans la Régie, je voyais mon Patron franchir encore une étape, s'élever sans que j'y sois pour rien, quitter au moins par le discours le monde d'ici pour commencer à tutoyer l'Histoire.

C'est à ce moment que l'intuition qu'il ne parlerait pas de Trémeau m'est venue. Il ne s'était pas seulement affranchi de son discours. Il avait renoncé à tout ce qui était contingent pour se concentrer sur l'essentiel. Je comprenais mieux pourquoi il ne m'avait pas écouté dans la loge. Il ne verrait ni mes corrections, ni les gesticulations du petit Caligny, et il ne parlerait pas de Trémeau.

J'étais prêt à prendre le pari.

Intérieurement, je me disais que si je gagnais celui-là, j'étais prêt à reconsidérer ma position sur les miracles.

94.

L'explosion qui ponctua la fin du discours du Patron fut d'une d'intensité telle que les vitres de la Régie tremblèrent.

Les cornes de brume, les trompettes, les fanfares directement venues du Sud-Ouest, les voix éraillées de militants gonflés d'espoir et d'énergie se lancèrent dans un concert assourdissant et joyeux comme j'en avais rarement entendu.

Le Patron, très digne, conscient de son effet, brandissait un poing déterminé vers la foule.

La Valkyrie nous avait promis une fin de meeting à l'américaine et je n'avais pas été déçu. Dès la fin du discours, des milliers de ballons stockés dans des filets immenses installés sous les plafonds étaient tombés sur la scène et dans la salle. « Fumée, pétards, lasers », comme on disait dans le métier.

Le Patron n'avait pas parlé de son futur gouvernement. Il n'avait même pas mentionné le nom de Trémeau, ni celui d'aucun des Barons présents. Reléguant au rang de platitudes inutiles les égards traditionnels des candidats pour ceux qui les soutiennent, le Patron avait parlé à la foule, et à elle seule.

La Marseillaise avait commencé à retentir et, comme par instinct, tous les Barons étaient montés sur la scène pour chanter à côté du Patron.

Sur l'écran de contrôle, je voyais la sueur couler sur son visage. Une petite heure de discours sous des spots brûlants suffisait à cuire n'importe quel animal politique, même ceux à sang-froid.

À côté de lui, Marie-France Trémeau tentait un sourire. Depuis la salle, la grimace faisait sans doute illusion. Mais en gros plan, sur un écran de contrôle, je voyais qu'elle fulminait. Ses lèvres pincées et son regard furieux en disaient long sur la rage qui devait l'animer. Je devinais le calcul auquel elle devait se livrer pendant que sa bouche mimait les paroles de l'hymne national. Devait-elle dès ce soir planter une banderille en regrettant le côté trop personnel, ou trop brillant, ou trop spontané, enfin trop quelque chose, ou était-il préférable d'attendre le lendemain, en allant à l'affrontement sur le terrain qu'elle choisirait ? Ce qui était certain, c'est qu'à la différence de bon nombre de ses collègues sur la scène, elle souhaitait réellement qu'un sang impur abreuve les sillons du Parc des Expositions.

Je frissonnai à cette perspective. Elle avait déjà montré de quoi elle était capable. Il ne fallait pas s'attendre à ce qu'elle nous fasse des cadeaux, et certainement pas à ce qu'elle renonce.

La foule ovationnait et les Barons restaient sur la scène. Parmi eux, certains se livraient à des efforts désespérés pour s'approcher au plus près du Patron et profiter ainsi des images que les chaînes de télévision diffuseraient en boucle pendant quelques heures. D'autres espéraient faire durer ce moment de communion. Trémeau avait décidé de rester. Elle se tenait un peu à l'écart du Patron, droite comme un piquet. Ses yeux fouillaient la salle.

Elle cherchait quelqu'un. Elle cherchait le pion qui lui permettrait de jouer le coup d'après. Immédiatement, je pensai à Texier. Il n'était pas sur la scène. Je ne le voyais plus à sa place, mais la nuée de photographes qui avait investi l'espace qui séparait la scène des premiers rangs interdisait d'identifier qui que ce soit.

L'angoisse que le discours du Patron avait fait disparaître était en train de revenir à toute vitesse.

— Où est Texier ?!! Est-ce que quelqu'un a vu Texier ??

La Valkyrie sursauta. Son meeting était terminé et, du point de vue technique, il avait été un succès. La concentration avait laissé place au relâchement. D'un air amusé et goguenard, elle commença à railler.

— Où veux-tu qu'il soit ? Où est-ce que tu serais à sa place ?

Interloqué, je m'apprêtai à rugir quand je réalisai qu'elle n'avait pas tort. Il était forcément en salle de presse. Tous les journalistes allaient s'y précipiter pour écrire leurs papiers. C'est là que le serpent allait cracher son venin.

— Appelle Marilyn et Winston et dis-leur de foncer en salle de presse et de bloquer Texier avant qu'il ne fasse le beau devant les journalistes !

La salle de presse était à l'autre bout de la salle. J'allais devoir traverser la foule au moment de la sortie. Le genre d'exercice infaisable en moins de vingt minutes.

Il allait falloir passer la démultipliée.

— Prends les gars de la sécurité avec toi et passe par l'extérieur !

L'adrénaline affluait. J'oubliai mon âge, la fatigue, les coups, mon œil à peine remis et les doutes ressassés depuis que la Tuile nous était tombée dessus. J'embarquai les deux types qui s'ennuyaient à mourir devant la porte de la Régie et je commençai à courir.

95.

La salle de presse bruissait d'activité.

Les journalistes de presse écrite tapaient leur texte à toute vitesse sur leurs ordinateurs, les équipes de télévision formaient des grappes qui se faisaient et se défaisaient au rythme des prises de parole des Barons qui venaient commenter le discours du Patron.

J'étais essoufflé. Les deux molosses n'étaient pas seulement physiquement imposants, ils couraient vite et j'avais dû forcer pour les suivre.

En déboulant dans l'espace réservé aux journalistes et à ceux qui leur parlaient, je vis, de dos, le Centriste. Le Patron ne l'avait pas salué avec toute la chaleur que j'avais promise à mon homologue, mais il n'avait pas non plus évoqué Trémeau. Le Centriste devait être enchanté et je comptais sur lui pour faire l'article du candidat.

Marilyn se jeta sur moi. Sans craindre d'attirer l'attention, elle m'attira vers un coin de la salle.

— Qu'est-ce qui se passe ? Je croyais qu'il devait annoncer le ticket ? On m'a déjà posé la question deux fois. Les journalistes parlent d'une conférence de presse demain. Tout le monde va se jeter là-dessus. Qu'est-ce que je dis ?

J'hésitai un moment. Je voyais le correspondant d'i-Télé qui nous observait de loin. La fébrilité de Marilyn, si rare, allait lui mettre la puce à l'oreille.

— Rien. Tu la joues absolument normal. On n'annonce pas un Premier ministre dans un meeting de campagne. Il y a un temps pour tout, pour faire campagne et puis, à partir de lundi prochain, pour gouverner. Tu brodes là-dessus.

— Tu rêves si tu crois qu'ils vont se contenter de ça. Ils vont se jeter sur Texier et on va en prendre plein la gueule. Tu étais au courant qu'il allait sortir de son texte à ce point ?

Si elle savait à quel point je l'ignorais… Je regardai ma montre. 20 h 45. Je ne pouvais pas en dire beaucoup plus à Marilyn. Je n'avais pas le temps et je ne savais pas encore à qui je pourrais raconter quoi.

Il fallait que je voie le Patron. Il fallait que je bloque Texier. Il fallait que je flingue Trémeau.

Il y a des moments où il faut savoir prendre des risques.

— Si tu vois Texier, débrouille-toi pour le bloquer et pour éviter qu'il ne parle à des journalistes.

— Et comment je fais ça ?

— Tu te débrouilles. Et si tu n'y arrives pas, tu le prends par la peau du cul, tu lui dis que le Patron veut lui parler, en personne, que dans trois jours il sera président de la République, et qu'il a une mémoire d'éléphant. Tu nous l'amènes. Compris ?

Non. Elle n'avait pas compris. Mais je voyais dans son regard qu'elle obéirait.

— Autre chose. Annonce que Trémeau balancera un communiqué de presse dans la soirée.

L'incrédulité de Marilyn allait croissante.

— Non mais tu me prends pour son attaché de presse ? Et comment tu le sais ? Qu'est-ce que c'est que ce bordel ?!

— Pas le temps de t'expliquer. Mais c'est le moment de me faire confiance. Je t'assure. Pour le Patron. Si tu as un jour pensé que je connaissais mon métier et que j'étais le meilleur, c'est le moment de t'en souvenir et de me faire confiance. OK ?

Marilyn m'observa et lâcha un OK hésitant.

— Je fonce chez le Patron. À plus tard !

Les dés étaient jetés. Il était temps de flinguer Trémeau.

96.

Jeudi 6 mai, 20 h 50

Devant la loge du Patron, c'était l'affluence des premières réussies.

Tous les Barons se pressaient pour essayer d'entrer, pour le saluer, le féliciter, lui faire part de leur admiration et de leur soutien indéfectible, être vus avec lui. Tous voulaient être un proche.

Trémeau et Texier n'étaient pas là. Un rapide coup d'œil à l'extrémité du couloir me laissa penser qu'elle était dans son bureau, et qu'elle devait être en train de mettre au point, avec ses fidèles, la riposte.

Je me frayai un chemin jusqu'à la sécurité. J'avais de la chance, c'était la Chose qui assurait le service.

Je lui tapai gentiment sur l'épaule comme pour dire qu'à la différence des autres, je pouvais entrer.

La Chose avait des consignes, et je n'en faisais pas partie. D'un air gêné, il me dit doucement que personne ne pouvait rentrer. Pas la peine de faire un esclandre devant tout le monde. Je sortis un bout de papier de ma veste et griffonnai quelques mots.

— Donne-lui ça, et dis-lui que j'ai besoin de le voir maintenant.

Pas besoin d'être un grand psychologue pour deviner la tempête qui se levait sous le crâne buriné de la Chose. C'était une demande du bras droit avec lequel il s'entendait bien contre une consigne du chef de la sécurité.

D'un clignement d'œil, il me signifia d'attendre, et il entra doucement dans la loge du Patron. J'avais encore un peu de crédit dans ce parti.

À peine trente secondes après, la Chose me fit signe de rentrer dans la loge. J'imaginais la tête des Barons, et, dans d'autres circonstances, j'aurais volontiers souri.

Le Patron sortait de sa douche. Il était seul dans son bureau. Son peignoir immaculé, la bossa-nova très douce en fond sonore et le verre qu'il tenait à la main donnaient à la scène une ambiance surréaliste. La porte de Versailles avait laissé la place à un grand hôtel sur une plage du Brésil.

Le Patron avait l'air épuisé. Tenant à la main le papier que je lui avais fait passer, il m'interrogea sur un ton direct.

— Vous savez qui a fraudé ?

— Trémeau.

Le Patron était tout de même très fort. Je lui annonçais une bombe atomique, et il ne cillait pas. Je n'en revenais pas.

— Vous pouvez le prouver ?

— Oui. Enfin je crois. Mais pas ce soir, et je ne suis pas certain que mes preuves seraient considérées comme très orthodoxes par des juristes. Mais je suis sûr de moi, si c'est ce que vous voulez savoir.

Le Patron posa son verre. Il réfléchissait et je voyais qu'il essayait de comprendre l'enchaînement des faits à la lumière de l'information que je venais de lui donner. Je le connaissais assez pour savoir qu'il était en train de faire la liste de toutes les solutions envisageables avant de choisir la conduite à tenir.

— Vous êtes certain ?

D'un signe de la tête, je confirmai. Trémeau était derrière la fraude et, directement ou indirectement, derrière les meurtres qui l'avaient accompagnée.

— Racontez-moi.

En moins de cinq minutes, je racontais au Patron tout ce que Gaspard, le petit Caligny et moi avions appris, sans toutefois m'appesantir sur nos méthodes. À ce stade, il n'était pas nécessaire d'effrayer le Patron ou de l'exposer.

— Qui est au courant ?

Trop de gens pour que cela reste un secret pour toujours, et pas assez pour que la carrière politique de Trémeau soit irrémédiablement compromise. Mais le Patron ne voulait pas de longs discours, il était en pleine réflexion, et je devais lui donner des faits.

— Le petit Caligny, son oncle et moi. À ce stade. Nous sommes les seuls à savoir que Trémeau a fraudé. Le Major, quelques amis du petit Caligny et peut-être Marilyn savent qu'il y a eu une fraude. Et je crains que la liste ne s'allonge du côté de chez Vital, parce que les flics cherchent à savoir.

574

— Vous oubliez ceux qui ont commis cette fraude. Trémeau n'a pas manipulé toute seule les ordinateurs. Qui l'a aidée ?

— J'ai du mal à imaginer que Texier n'ait pas trempé dans cette histoire. Il est de tous les mauvais coups. Mais je ne sais pas.

Le Patron, assis dans son fauteuil, semblait complètement indifférent à l'agitation qui régnait dans le couloir. Derrière la porte, j'entendais le grondement des conversations et des éclats de rire de toutes les personnalités qui espéraient pouvoir le rejoindre. La Chose devait passer un sale quart d'heure : bloquer des éminences est toujours délicat.

Mon téléphone vibrait sans discontinuer. Discrètement, je jetai un coup d'œil. Le petit Caligny me cherchait. Il m'avait envoyé une petite dizaine de SMS. En levant les yeux, je tombai sur ceux du Patron, qui me fixaient.

— Je suis épuisé, vous savez. C'est bien plus reposant de lire un texte, en fait. Mais il s'est passé quelque chose ce soir. J'avais envie de dire vraiment ce que je voulais. C'est la première fois que je ressentais ça dans une salle.

— Je peux vous dire que vous n'étiez pas le seul. C'était un grand moment, Patron. Remarquable. Vraiment. Maintenant, je suis désolé de vous ennuyer avec cette histoire sordide, mais il faut purger l'affaire. Nous devons agir. Trémeau ne sait pas que nous savons. Elle va attaquer. Il faut la dégommer maintenant.

Le Patron fit une moue.

— C'est une ordure. Mais nous avons encore besoin d'elle. Et comme vous ne pouvez rien prouver, il va falloir la jouer fine. Vous savez où elle est ?

— Non. Peut-être dans son bureau. On me dit qu'elle organise demain une conférence de presse. Vous pensez qu'elle va choisir l'affrontement ?

— Ce n'est pas comme ça que je ferais. Mais, vous l'avez peut-être compris, à présent, je ne suis pas fait comme elle. Allez la chercher. Je sais comment nous allons faire.

Je ne relevai pas l'insinuation désagréable. Le Patron savait que je l'avais soupçonné, ou en tout cas que j'avais douté. Je n'étais pas certain que notre relation s'en remettrait. Mais à ce moment précis, cela n'avait pas beaucoup d'importance, car après une primaire brutale et une campagne sanglante, j'allais enfin mettre dans la même pièce Trémeau et le Patron. Et on verrait bien qui en sortirait vivant.

97.

Le petit Caligny était livide et Texier rouge de colère.

Lorsque j'étais sorti du bureau du Patron, tous les parlementaires s'étaient précipités pour me demander quand ils pourraient voir le candidat. J'avais répondu, avec sans doute une pointe de malice, que le Patron m'avait demandé d'aller chercher Trémeau et que je croyais qu'il voulait d'abord s'entretenir avec elle.

Pour la petite centaine de personnes qui faisaient le pied de grue devant la porte, cette information valait nomination au *Journal Officiel*. Certains pensaient sans doute qu'avec Trémeau à Matignon ils obtiendraient plus facilement un ministère.

J'avais évidemment conservé un air mystérieux. Intérieurement, j'éprouvais une jouissance intense à savoir que Trémeau allait s'écraser. Sa carrière était finie. Texier allait payer.

Dans ce couloir, en franchissant les quelques mètres qui séparaient l'attroupement béat du bureau de Trémeau, je mesurai combien le Capitole était proche de la roche Tarpéienne.

Mais en entrant dans le bureau de Marie-France Trémeau, ma surprise fut totale.

— Tu tombes bien ! Je n'ai jamais vu ça ! Tu es personnellement responsable de ce scandale ! Ton collaborateur s'est conduit aujourd'hui comme jamais personne n'avait osé se conduire dans cette famille politique !

Texier était rouge de colère. Il éructait en pointant le doigt vers le petit Caligny, qui était blanc comme un linge. Je ne savais pas depuis combien de temps durait la scène, mais manifestement Winston prenait une avoinée d'anthologie.

Trémeau était dans un coin de la salle, à distance. Elle était en rage, mais avait conservé ses distances et suintait la colère froide. Elle faisait beaucoup plus peur que Texier.

— Qu'est-ce qui vous arrive ? Et pourquoi vous en prenez-vous à un de mes collaborateurs ? Si vous avez quelque chose à reprocher à cette campagne, c'est à moi qu'il faut en parler. Et si j'étais toi, Jean, je ferais bien attention à ne pas menacer Louis. Il a fait pendant toute cette campagne exactement ce que je lui demandais. Si tu t'attaques à lui, tu vas m'entendre. Et tu vas en entendre un autre, qui n'a ni les mêmes arguments, ni les mêmes méthodes !

J'essayais de rester calme, mais voir le petit Caligny aussi livide m'échauffait. Après tout, j'avais failli me faire buter par les sbires des deux ordures qui donnaient des leçons de morale à Winston. J'enviais presque Gaspard et sa manière expéditive de régler leur sort aux fâcheux.

Je faisais face à Texier, et nous n'étions pas loin d'en venir aux mains. Le petit Caligny était transformé en statue de sel.

— Jean est énervé contre ce jeune homme, interrompit Marie-France Trémeau. Il a parfaitement raison de l'être. L'attitude de votre collaborateur est inacceptable. Il a bousculé des militants de mon département, et a prononcé des injures inqualifiables sur mon compte. Je ne suis pas venue ce soir et je n'ai pas renoncé à me présenter à la présidentielle pour être traitée de la sorte. Je veux en parler immédiatement au candidat. Immédiatement, vous m'entendez ?

Je l'entendais. J'entendais la rage dans sa voix. Elle s'en prenait au petit Caligny, mais c'est le Patron qu'elle voulait tuer. Et depuis que je savais ce dont elle était capable, je mesurais quelle portée pouvait avoir ce mot. Le petit Caligny me lança un regard implorant. Texier était tendu à un point tel que tout pouvait exploser.

— Ça tombe parfaitement bien, Marie-France. Je suis précisément venu vous trouver pour vous dire que le Patron souhaitait s'entretenir avec vous dans son bureau.

98

Jeudi 6 mai, 21 h 20

— Tu vas le payer cher. Ce que tu m'as fait, jamais personne n'avait osé. Je ne l'oublierai jamais. Je te réduirai en cendres, tu m'entends !

Trémeau avait explosé dès que la porte du bureau du Patron s'était refermée. Dans le couloir, elle avait assez remarquablement donné le change en souriant à tous et en distribuant quelques bises. Mais à présent, elle ne pouvait plus contenir la rage qui s'était accumulée comme la vapeur d'une cocotte-minute.

Le Patron était parfaitement impassible. Pendant qu'elle lui parlait, il remplissait un verre de Châteldon.

— Tiens, Marie-France. Bois. C'est l'eau du président Laval. Ça te fera du bien.

— Je me fous du président Laval et de ton verre d'eau !!! Tu te prends pour qui ?! Tu penses que tu peux me faire miroiter Matignon et me balancer comme une merde alors que tu as besoin de moi pour gagner ? Tu crois que tu peux gagner seul ? Grâce à tes grands discours ? Grâce à tes études ? Parce que

tu es plus intelligent que les autres ? Je vais te montrer moi !

Le Patron se tenait droit. Les mains croisées dans
le dos, il était d'un calme absolu. C'était d'autant plus
admirable que la colère d'une femme est souvent difficile à gérer pour un homme.

— Ma chère Marie-France...

— Ma chère rien du tout ! Tu as voulu me faire un
enfant dans le dos, très bien ! Si c'est la valeur que
tu donnes à ta parole, c'est parfait. Tu vois, Jean, ça
se prétend Homme d'État, mais au fond ça n'est
jamais qu'un vendeur de savonnettes sans parole.
Mais moi aussi je peux frapper en dessous de la ceinture. On ne va pas en rester là.

— Si, justement Marie-France, on va en rester là...

Trémeau, un peu surprise, parut bloquée dans son
élan.

— ... ou plutôt tu vas en rester là. Tu vois, Marie-
France, je sais tout. Tout sur la fraude, tout sur ses
auteurs et tout sur les dérapages excessifs auxquels
elle a donné lieu.

Un silence de mort se fit immédiatement.

Texier, voyant sa patronne en difficulté, monta au
créneau.

— Vous ne manquez pas de toupet ! Nous pouvons démontrer qu'il y a eu une fraude et que la
sécurité de votre système informatique ne valait rien.

Je n'en revenais pas. Texier avait soit un aplomb
exceptionnel, digne des meilleurs bonimenteurs de sa
génération, soit il ne savait pas. Est-ce que Trémeau
avait pu ne pas le mettre dans la boucle de sa manipulation ? Ça me semblait énorme. Mais après tout,

j'avais moi-même envisagé que le Patron s'appuie sur le Major et pas sur moi pour frauder…

Le Patron, daignant à peine regarder Texier, fixait toujours Trémeau.

— Faites-le, je vous en prie, et cela permettra de constater qu'il y a bien eu fraude, mais que ses auteurs ne sont pas ceux qu'on croit. N'est-ce pas, Marie-France ?

Trémeau ne disait rien. Son teint déjà blanc virait au transparent. Le sang se retirait de son visage. Son œil furieux laissait la place à un regard morne.

— Et nous pourrions évoquer les à-côtés, si je puis dire s'agissant d'incidents qui ont conduit au décès, accidentel j'en suis certain, d'au moins deux citoyens français. Je crois comprendre qu'un de vos amis à Bucarest est disposé à nous en dire plus. Qu'en penses-tu, Marie-France ?

Le Patron s'avançait un peu : j'étais loin d'être certain que le rouquin de Roumanie soit en mesure de parler. Je n'étais même pas certain qu'il puisse encore respirer à dire vrai.

Texier était interdit. Il voyait sa patronne s'enfoncer dans un mutisme abasourdi. Il devait commencer à deviner qu'il s'était trompé, et lourdement. Je ne constatais pas encore chez lui les symptômes de l'affaissement que j'avais décelé chez le Major lors de notre dernier dîner à Cherbourg, mais j'étais certain qu'il allait rapidement passer par là. Et je n'étais pas sûr qu'il s'en remette.

Avec l'écrasement de Trémeau, qui était désormais manifeste, c'était la seconde bonne nouvelle de la soirée.

— Ce que nous allons faire, reprit le Patron, c'est donc en rester là. Mais je ne voudrais pas que cet épisode nuise à votre carrière politique, et à celle de notre famille politique. Vous et moi, nous travaillons pour la France, n'est-ce pas ? Pas avec les mêmes méthodes, mais probablement avec la même détermination.

Ou voulait-il en venir ? Je trouvais qu'il en faisait beaucoup dans la neutralité.

Alors qu'il n'avait pas quitté des yeux Trémeau depuis le début, il se tourna pour prendre sur le bureau le morceau de papier que j'avais utilisé pour forcer le barrage de la Chose quelques minutes auparavant.

— Voici le texte d'un communiqué de presse que j'ai rédigé en pensant à toi il y a quelques minutes. Je t'encourage très vivement à le transmettre dans l'heure qui vient aux agences de presse, en le reprenant mot à mot bien sûr. Je crois qu'il préserve l'avenir. Le mien. Celui de la France. Et probablement aussi le tien.

D'une main ferme, il tendit la petite feuille à Trémeau, qui mit quelques instants à s'en saisir.

D'une main tremblante.

99

Jeudi 6 mai, 22 h 15

URGENT. AFP – Paris – 22 h 12 : Marie-France Trémeau renonce à toute fonction gouvernementale pour « raisons personnelles ».

Marie-France Trémeau, députée (D) du Nord, longtemps présentée comme une candidate incontournable pour les fonctions de Premier ministre en cas de victoire de son camp, a précisé ce soir, au terme du dernier meeting de campagne, qu'elle renonçait par avance à occuper toute fonction gouvernementale dans cette hypothèse, et ce pour des « raisons personnelles » sur lesquelles elle n'a pas souhaité s'étendre.

Je suis pleinement engagée dans la campagne, et je me bats pour la victoire de mes idées et de mon candidat, qui est, de loin, le mieux placé dans notre camp pour gagner et pour diriger la France, précise-t-elle dans un communiqué diffusé à la presse. *Les rumeurs absurdes sur un possible ticket entre lui et moi n'ont aucun fondement. Elles ne correspondent ni à la logique des institutions, ni à mon caractère. Des motifs*

personnels lourds m'amènent à renoncer, temporaire-
ment, à toute fonction gouvernementale. Je précise que
toute tentative d'interprétation politique de ce renon-
cement serait parfaitement vaine.

Marie-France Trémeau s'était inclinée au cours
d'une primaire particulièrement disputée en septembre dernier pour la désignation du candidat de
son parti à l'élection présidentielle.

Dimanche 9 mai
17 h 33

Mes cartons sont prêts.

Sur la table qui me servait de bureau jusqu'à hier soir, il n'y a déjà plus rien. Je suis prêt à faire face : à l'hystérie de la victoire ou au vide de la défaite. La campagne est finie. Ce soir, le Patron sera fixé : il sera le Président ou il sera terminé.

Je devrais être tendu, impatient, excité. Je le suis sans doute un peu, au plus profond de moi, et peut-être tout cela va-t-il sortir au fur et à mesure que la soirée approchera. Peut-être, une fois les résultats connus, exploserai-je de joie ou de rage. Peut-être resterai-je comme d'habitude, impassible face aux bonnes comme aux mauvaises nouvelles.

Mais pour l'instant, seul, dans ce qui me servait de bureau, je suis quelque part entre l'apathie et le désarroi. L'enchaînement des faits, des calculs, des réactions, des doutes et des décisions prises par les uns et les autres me laisse, littéralement, interdit.

Depuis le meeting, j'essaie de reconstituer le fil des événements, d'éclairer les zones d'ombre. J'essaie de comprendre. J'ai l'impression d'être le seul.

Le Patron ne veut pas en entendre parler. Le communiqué de presse de Trémeau vaut pour lui toutes les explications, tous les aveux et tous les quitus nécessaires. Cette affaire est derrière lui. Il ne l'oubliera pas, car il n'oublie rien et certainement pas cela, mais il ne veut pas que cette affaire devienne un sujet. Elle est déjà passée. Elle a produit ses effets, qui ont pu être contenus, au moins à ce stade. Peut-être veut-il en savoir le moins possible, flairant les libertés que nous avons prises avec la légalité pour démêler l'écheveau. Peut-être a-t-il déjà pardonné, même si j'en doute. Le Patron est un politique pur : il passe à autre chose parce que c'est le principe même de la vie que de passer à autre chose.

C'est à moi, l'apparatchik, l'ombre, de veiller à ce que cette affaire soit nettoyée mais pas oubliée. À moi de conserver quelques éléments, bien choisis, pour faire en sorte que ceux qui ont voulu compromettre le Patron ne puissent jamais refaire surface autrement que si le Patron le souhaite, et à ses conditions. À moi aussi d'effacer suffisamment de traces pour ne pas placer le Patron en situation délicate si des gens mal intentionnés venaient poser trop de questions.

L'essentiel de mon activité, depuis le meeting, a été consacré à nettoyer le terrain. D'abord le terrain médiatique, en donnant suffisamment de biscuit à Marilyn pour justifier la volte-face de Trémeau. Pas facile, compte tenu de la brutalité du revirement. Texier, heureusement a bien aidé. Berné par sa chef, il m'apparaissait presque sympathique. Ayant cru que la même mésaventure m'était arrivée, je ne pouvais pas m'empêcher de lui trouver des excuses, voire du crédit. Et puis le métier avait, chez lui aussi, pris le dessus : il fallait nettoyer. Une bonne vieille rumeur de maladie pénible avait indiqué aux connaisseurs que quelque chose de triste se passait et qu'il fallait ne pas chercher. Elle avait été aussitôt publiquement démentie et en était donc d'autant plus crédible. Texier avait été parfait : correct avec sa Patronne qui ne l'avait pas été avec lui, mais assez efficace et vicieux pour protéger ses arrières. Sa législative n'était pas perdue, pour autant que le Patron emporte la présidentielle ce soir. On saurait vite.

Marilyn avait bien senti que quelque chose de bizarre se jouait derrière ces manœuvres. Elle n'avait pas cherché à en savoir beaucoup plus, concentrée sur la fin de campagne et la perspective d'avoir à gérer, dans quelques heures, le résultat.

Je n'avais pas réellement reparlé au Major. Il avait douté du Patron, ce qui était grave, et s'en était ouvert à moi, ce qui était pire. Je ne lui en voulais pas. Moi aussi. Mais il ne le savait pas et je constatais tristement qu'il m'évitait. Il ne serait plus jamais à l'aise avec moi. Et il savait que ne pas être à l'aise avec moi rendrait compliquée sa vie avec le Patron.

Le second dîner de Cherbourg, celui de la veille du second tour, celui qui aurait dû permettre la réunion du premier cercle avant la victoire ou la défaite, avait été annulé très sobrement. Cela arrangeait tout le monde, sauf peut-être le petit Caligny qui avait pris goût à l'idée d'être associé à ce rituel.

À la place d'un dîner à plusieurs à Cherbourg, nous nous étions retrouvés avec Winston tous les deux, à Paris. Il était le seul qui en savait autant que moi. Son oncle était rentré de son petit déplacement roumain et avait conservé une discrétion de bon aloi sur les conditions dans lesquelles il avait obtenu du rouquin ses informations. Il n'avait rien dit à Winston, qui imaginait le pire, et s'était borné à quelques allusions en tête à tête avec moi, qui me confirmaient dans l'idée que Winston avait raison. Le décalage entre les yeux très fixes et très calmes et l'esquisse de sourire carnassier que j'avais deviné sur sa bouche m'avait glacé le sang.

Winston et moi n'étions pas complètement d'accord sur l'enchaînement des faits et sur la motivation de ceux qui en étaient responsables. L'esprit systématique de la jeunesse ignore trop souvent les impondérables et les ratés. Il voit la méchanceté là où il n'y a souvent que de la maladresse. Il dénonce la préméditation là où il n'y a parfois que dérapage. Pour Winston, Trémeau et Texier prenaient la forme du mal absolu. Après avoir organisé une fraude, les compères avaient voulu effacer les traces et supprimer ceux qui pouvaient parler. L'un des Pinguet, ou peut-être les deux avaient eu l'idée de la fraude. Mukki avait dû consentir à livrer les informations qu'il détenait et qui la rendaient possible. Et Trémeau avait chargé ses exécuteurs de basses œuvres de supprimer les rouages de la fraude, le fils Pinguet et Mukki d'abord, puis ceux qui cherchaient à la démasquer, Winston et moi.

Peut-être avait-il raison. En partie sans doute. Mais je ne pouvais pas m'empêcher de penser que cette explication était trop claire pour être vraie. Trop simple et trop brutale. La vérité, surtout quand elle est sombre, est toujours pleine de hasards et d'ombres. Je savais, au fond de moi-même, que Texier n'avait pas été associé à cette histoire. Il avait réellement cru que nous avions fraudé. L'exclusion de Texier impliquait que Trémeau soit passée par d'autres pour monter ce coup. Et ces autres-là étaient à coup sûr moins compétents et beaucoup moins précis qu'un bras droit. Je le savais d'autant plus que j'avais moi-même redouté que le Patron ait fraudé, et qu'il s'en soit remis au Major pour le faire...

Si Trémeau s'était passée de Texier, elle avait forcément mal géré l'affaire. C'est tellement vrai, qu'elle avait perdu, en dépit de la fraude. En d'autres circonstances, j'en aurais ri aux éclats et fait un sujet de fierté nationale : Trémeau avait fraudé, avait ajouté des milliers de faux bulletins électroniques et elle avait quand même perdu ! En dépit de ce que racontaient les journaux et les observateurs, en dépit de l'agitation médiatique qui avait entouré la candidature de Trémeau à la primaire, elle avait en fait perdu largement. Elle était bien plus faible que ce que tout le monde pensait, et le Patron bien plus fort.

Et si elle avait mal géré l'affaire dès le début, elle avait probablement continué. Mukki, qui constituait sans doute le maillon faible de son dispositif, avait dû être placé sous surveillance et, dès que son comportement avait suggéré qu'il voulait parler, elle avait dû s'affoler. Avait-elle demandé à ce qu'il soit supprimé ou simplement demandé qu'on l'empêche de parler ? Je la voyais mal commanditer un assassinat. Une fraude, oui, mais un meurtre, j'avais encore des doutes. Je ne pouvais pas m'empêcher de penser que le rouquin avait été au-delà de ses instructions. Tout le monde ne gérait pas sa violence aussi bien que Gaspard...

Ni le petit Caligny ni moi ne pouvions expliquer, en revanche, pourquoi Mukki avait choisi Winston pour tirer la sonnette d'alarme. Le remords d'avoir trahi le Parti ? C'était possible pour un militant fidèle. La peur de subir le même sort que le fils Pinguet, dont l'accident avait dû lui paraître suspect ? Ce n'était pas à exclure. J'imagine en tout cas qu'il avait choisi le petit Caligny pour traiter avec le seul proche du Patron non susceptible de le reconnaître ou de l'identifier. Peut-être avait-il conservé un bon souvenir du père de Winston. Probablement ne le saurions-nous jamais. Et cela n'avait d'ailleurs aucune importance.

En dépit de sa maladresse, le vice et l'audace incroyables de Trémeau me plongeaient dans une perplexité désagréable. Écartée par l'échec de la fraude et menacée par l'agitation de Mukki, elle avait choisi de diriger les soupçons vers nous. Elle nous avait chargés avec toute l'assurance de la vertu outragée. Winston était écœuré. Moi aussi, mais je ne pouvais pas m'empêcher, au plus profond de mes tripes, d'admirer cet instinct de survie et cette niaque fascinante.

Sans rien en dire au petit Caligny, je ressentais avec encore bien plus d'acuité depuis quelques jours le malaise qui n'avait cessé de se développer depuis ce déplacement à Lille.

Je sais ce que c'est.

Au fond de moi, je crois que le Patron va gagner. Il a été tellement impressionnant au cours du dernier meeting, et cela s'est tellement vu, que je n'arrive pas à voir comment il pourrait être battu. C'est absurde, parce qu'il peut tout à fait perdre, mais je n'arrive pas à y croire. Je sens qu'il va gagner.

Cette conviction ne me réchauffe pas. Je n'arrive pas à me réjouir. Une nouvelle vie va commencer pour le Patron, un nouveau cycle et moi je ne vois que la fin. La fin d'une conquête qui m'a occupé depuis que je travaille pour lui, la fin d'une relation de confiance exceptionnelle que le doute a commencé à ronger, la fin d'une équipe regroupée autour du Patron mais divisée pour longtemps, la fin d'une fonction aussi.

Je suis un apparatchik. J'ai servi mon Patron pour qu'il prenne le pouvoir. Il va le prendre. Et il faudra qu'il me laisse. Je connais trop bien le monde dans lequel je vis. Les Présidents n'ont pas vraiment besoin des apparatchiks qui les ont servis. Ils ne les congédient pas, ou pas tout de suite. Ils les reclassent, en font des parlementaires, ou des ministres, ou des conseillers, ou des bouffons. Parfois ils pensent qu'il faut les garder, mais cela traduit surtout qu'ils n'ont pas encore compris qu'ils étaient présidents.

Exercer le pouvoir n'a rien à voir avec le conquérir. Les deux sont difficiles, mais relèvent d'un genre différent. J'ai tout donné au Patron pour qu'il réussisse sa conquête. Je ne suis pas certain d'avoir encore quelque chose à donner. Et, au fond de moi, je ne suis pas loin de me demander si le Patron a encore envie de recevoir. Si je lui posais la question, il esquiverait sûrement et m'assurerait du contraire. Son confort immédiat et une certaine prudence pourraient primer sur sa lucidité… mais au fond, il sait que je sais que nous savons tous les deux qu'un pur apparatchik n'a plus sa place auprès d'un vrai Président. Je suis l'ombre de son ombre. Tout cela, mais rien que cela…

Je suis un apparatchik et j'en suis fier, autant qu'on puisse l'être de ce métier en tout cas. Je ne veux pas me transformer en un conseiller écarté et désavoué, ruminant ses conquêtes dans une soupente de l'Élysée, abusant des intrigants en leur faisant miroiter une proximité et une confiance révolues.

Autant en profiter pour passer à autre chose.

Autant choisir la Toscane tout de suite.

Peut-être que Winston viendrait m'y rendre visite pour me tenir informé de ce que se dit à Paris. Pour prendre quelques conseils, sait-on jamais. Peut-être que Juliette viendrait y dévoiler ses charmes. Je pourrais toujours écrire quelques livres. Un homme mûr qui écrit au soleil de Toscane, cela peut séduire une jeune polytechnicienne.

Combien de fois me suis-je demandé si le temps était venu d'arrêter la politique.

Et en même temps, arrêter tout ça : la proximité du pouvoir, l'influence, les campagnes, les gens, les coups, le Patron…

C'est le problème d'une ombre. Elle ne peut pas quitter celui qu'elle suit, sauf s'il fait noir ou si la lumière est au zénith. J'avais soupçonné le Patron d'une noirceur dont il était innocent. Je ne pouvais pas envisager de le quitter pour cela. Peut-être la lumière à laquelle il allait être exposé une fois devenu Président le conduirait à me congédier…

Dans quelques minutes, j'aurai les premières tendances. J'allais devoir l'appeler. De mon côté, cela faisait vingt-cinq ans que j'attendais ce coup de fil. Du sien, cela faisait probablement une vie.

Il lui reviendrait de décider.

Et je ferai en sorte que tout cela se passe bien.

REMERCIEMENTS

Merci à nos femmes et à nos enfants, qui ont encouragé et accompagné nos efforts, sans jamais trop insister sur le fait qu'écrire des livres en plus de tout le reste était peut-être discutable.

Merci à nos Patrons. Pour tout. Il serait vain de les chercher dans ce roman, mais ils nous inspirent bien davantage que ce qu'ils imaginent.

Merci à nos amis Bertrand, François, Frédéric, Gilles, Guillaume, d'Arju, Sarah et Sophie-Caroline, qui ont eu, pour la deuxième fois, la lourde tâche de nous lire pour nous corriger. Le livre leur doit beaucoup et les erreurs qui subsistent ne sont dues qu'à nous. Nous nous réjouissons de leur annoncer qu'ils seront mis à contribution une troisième fois dans un futur que nous espérons proche.

Merci à tous ceux qui nous ont fait confiance et qui nous ont aidés : toute l'équipe des éditions Lattès, mais aussi Pierre, Koukla et Christopher.

Merci à Camille pour la couverture qu'elle a imaginée et créée.

Merci à Édouard pour avoir trouvé le mot « ombre ».

Merci à Gilles pour avoir rajouté le mot « dans » et le « l » apostrophe.

Des mêmes auteurs :

L'Heure de vérité,
Flammarion, 2007.

Le Livre de Poche s'engage pour l'environnement en réduisant l'empreinte carbone de ses livres. Celle de cet exemplaire est de :

0,900 kg éq. CO_2

Rendez-vous sur www.livredepoche-durable.fr

PAPIER À BASE DE FIBRES CERTIFIÉES

Composition réalisée par NORD COMPO

Achevé d'imprimer en avril 2021 en France par
Laballery
N° d'impression : 104183
Dépôt légal 1re publication : mai 2012
Édition 05 – avril 2021
LIBRAIRIE GÉNÉRALE FRANÇAISE
21, rue du Montparnasse – 75298 Paris Cedex 06